高等院校最新本科指导教学计划新增科目教材

文学

主编 文然

副主编 王彤 马岂停

修养

辽宁大学出版社

图书在版编目（CIP）数据

文学修养/文然主编. －沈阳：辽宁大学出版社，
2009.2（2009.12 重印）

ISBN 978-7-5610-5735-3

Ⅰ. 文… Ⅱ. 文… Ⅲ. 文学欣赏－世界－高等学校－教
材 Ⅳ. I106

中国版本图书馆 CIP 数据核字（2009）第 016858 号

出 版 者：辽宁大学出版社
　　　　　　　（地址：沈阳市皇姑区崇山中路 66 号　　邮政编码：110036）
印 刷 者：抚顺光辉彩色广告印刷有限公司
发 行 者：辽宁大学出版社
幅面尺寸：170mm×240mm
印　　张：19.25
字　　数：365 千字
印　　数：3751～7250 册
出版时间：2009 年 2 月第 1 版
印刷时间：2009 年 12 月第 2 次印刷
责任编辑：董晋骞　武　瑛
封面设计：邹本忠　徐澄玥
封面书法：刘东杰
插图绘制：邹本忠
责任校对：李　佳

书　　号：ISBN 978-7-5610-5735-3
定　　价：33.50 元

联系电话：024－86864613
邮购热线：024－86830665
网　　址：http://press.lnu.edu.cn
电子邮件：lnupress@vip.163.com

编 委 会

序

这部摆在读者面前的教材，是一段凝缩的、令人沉思的历史。这样说，不仅是指这部教材的内容，这部教材的内容广泛涉及古今中外文学作品的精华，同时也就以文学结晶的方式凝聚着或者提炼着它们各自所属的那部分历史。内容的历史意义我下面要谈，这里说的是这部教材的编写，是这部教材的编撰或设计思路，它的形成并付诸实施本身就是一段不简单的历史。

这部教材之前，也有一些功能或内容相类似的教材，如各种版本的《大学语文》。它们为非汉语言文学专业而编撰，旨在提高非汉语言文学专业学生的阅读、欣赏、写作水平，使这些学生通过学习这类教材，在接受专业教育、提高专业水平的同时，得到文学艺术的熏陶，汲取文学名著的精华。通过那些翻开的经典，进入既往岁月的长河，再次呼吸那泛着麦香、合着炊烟、融着山海云烟的空气，学会细腻地触摸，触摸在文学符号中显身的碑石、古树、兵戎、小桥流水、亭台楼阁，还要懂得体悟，懂得用心去倾听，倾听穷荒古道上的辚辚车骑，雨打孤舟的微响，临风把酒的慷慨悲歌。再有，就是学着写作，把你的悲欢离合、人生感悟、历史沉思书写出来，为同时的友人，未来的自己，犁出一块染有文学气息的方田，保留一些生命的常绿。此外，还有日常之说，日常之行，谁不希望说得更流畅、更明晰、更准确、更动人呢？谁又不希望行得更得体、更文雅、更能如愿以偿呢？学这类教材虽说不能直接受到何以说何以行的训练，但却可以获得何以说何以行的智慧根据、情感根据乃至襟怀根据。这就是这类课程的意义所在。它授人以才识，养人以襟怀，使不同专业的学生们都可以沐浴理当属于全人类因此也属于每一个人的文学艺术的阳光，因此，不至于在狭窄的专业分类中被专业所囿圈、所割裂，并学会守持那鲜活的、朝气蓬勃地全面发展的人生。

而这部教材，除具有以前同类教材在授人以情智襟怀、促人以全面实现与发展的一般性考虑之外，更具有当下时代的特殊性考虑及因此而来的特别强调。近年来，随着市场经济的不断繁荣，社会人才开发及使用呈现出两极化趋向，即社会分工的能力细化及分工运作的能力全面化。能力的细化与全面化是有所对立的两极。能力细化，即把人的全面发展着的能力按照越来越细密的社会职业分工进行分化或单一化，如家电行业明显地分界于房产行业。家电行业及房产行业中又各自细分为设计、制作、经营、管理等；在经营中又再度划分，如市场调查、销售、广告宣传、售后服务；而其中广告宣传之下，还有策划、创意、制作、发布、反馈等众多环节。这样，现实社会就成为一个不断细分的巨大的分工网络，在每一个细分的职业网结上，都要求相对应的职业能力，于是，本应全面发展的能力便在不断的分工细化中被不断地肢解。从某种角度说，大学生就业，就是就被肢解的能力之业，就业选择，也就是选择被肢解的能力与所就职业的对应情况。很多学者对这种职业分工导致的能力肢解情况，无奈地称为分工使人碎片化。不过，还有与此相反的另外一极，就是社会职业对于从业者能力的多方面需求。从就业角度说，一位大学毕业生，他越具有多方面发展的能力，则他能对应的职业分工面就越宽，他择业的天地就越广阔；从从业角度说，在任何一个细分的职业网结上，由于网结上的从业人员都是面对市场、面对消费者的，他就必须具有面对市场及消费者的多方面能力，他不仅要动人地说，周到地做，而且要细腻地理解和机敏地应对。他越是无所不晓，就越能满足消费者多方面的需求，因此他的成功度就越高。市场经济不断繁荣带来的这种两极展开的能力构建情况，使每一个就业者都面临能力细化与能力多样化的难题。这个难题也正是当下大学教育的难题，大学教育如何适应市场经济而改革与发展，如何更好地解决大学生就业的时代课题，从一定意义上说，就是如何解决大学生知识及能力的细化、专门化与其多样化的相互关系的难题。从解决这一难题的角度，这部教材在编撰宗旨上，突出了此前同类教材使大学生全面发展的初衷，更加着力于它的能力培养的时代意义以及使鉴赏能力的培养更有实效。这重努力，在本教材文学门类的取材上，古今中外文学作品的选择上以及欣赏及索引、欣赏与练习的体例安排上，都可以见出。从教材的使用者与受教者来说，带着上述时代课题去教、去学，当能更好地发挥这部教材这方面的优势。

其实，在中国教育史上曾有过一段专业壁垒分明、彼此不通的时期。这与中国六艺共习的优良传统相悖。在这段时期，学文的学理的，各执一隅，画地为牢。那段时期，学理的大学生很难与学文的大学生交往，无法找到共同语言，因此互相视为异类。偶然结婚组成家庭，彼此专业无法弥合的裂缝往往会造成夫妻关系的某种无法弥合。有人称这样的时期为专业决定人生的时期。这一时期，受过高等教育者的知识结构的严重褊狭、社会分工的专业性断裂、社会交往的专业性隔阂，乃至家庭因专业的严重差异造成的长久不和谐，引起教育工作者的关注与深思，并努力寻找弥合专业裂隙的途径，将之列入教学改革的内容。因此，不要以为大学语文、文学修养这类课程的设置，这类教材的编撰，是早已如此的事实，从弥合专业裂隙到顺应市场经济，从此前的《大学语文》类课程到这部《文学修养》教材，体现着对于培养全面发展的当代大学生的大学教育的理解，也体现出对于大学教育的负责与对于当代大学生全面发展的人性关爱。这是一段并不轻松的教育史。

　　这部教材根据所选文学门类，分为四大部分，即散文、诗歌、小说、戏剧影视。历史及现实中辽阔而神秘多彩的文学疆域正以这四个部分所构成的要地圈成。这四种文学门类，各有其在历史过程中约定俗成的文体特点，尽管这类文体特点并非僵死不变，但定体虽无，大体总有。如诗总是要短句分行，至于是否合辙押韵，就在自选的变动之中；散文相对于诗，不求短句分行，而是以长行句式或长短相间句式的分段而下写成；小说是讲故事或情节的长度，依长度不同分为短篇、中篇及长篇，而故事或情节长度又由人物的性格行为及行为关系构成，因此情节、人物（性格行为）及性格行为必然发生其中的环境构成传统小说的"三要素"，尽管不同时期出现了一些设法打破这"三要素"的小说流派，但打破的结果，也不过是"三要素"的变相运用，"三要素"并没有取消或被另外的什么东西取代；戏剧影视是直接以一定的故事或情节长度诉诸视觉听觉，因而可听的声音与可见的行动便成为戏剧影视的基本形式规定，其他，如小说的情节，散文的长句分段叙写，诗的短句分行，都可以在戏剧影视中使用，并且舍此则无它可用，戏剧影视所以又被称为综合文学样式，它先是以脚本的形式提供给演员，演员在导演的总体指导下完成脚本的角色规定，将之展示为可视可听的角色活动。

　　受不同文学门类各自形式的制约，便有了不同文学门类各有侧重的表现内容。文学内容始终是通过一定的文学形式表现的内容，而文学形式，又不是孤立存在，它是特定内容的形式。由此我们看到，短句分行的诗以其形式的概括性规定，便长于抒情与概括地或跳跃性地叙事，于是就有了抒情诗与叙事诗，而对所抒情所叙事进行精神原因的追问，又有了可以短句分行加以表述的哲理诗。至于其他流派性的诗，如象征主义诗、意象派诗、未来主义诗、寓言诗等，不过是以上诗类的变形。人们在现实生活中不断生出各种情绪情感。这类情绪情感是大体的、模糊的体验，伴有一定的生理变化，主观认知的大脑皮层对这类变化只隐约地知道发生了什么，却无法用文字去明确地表陈这类变化的具体细腻的过程。因此，当人们试图用语言去传达情绪情感时，他会发现说出来的只是话语而不是情绪情感，别人也只能借助他的话语，如高兴、痛苦、悲哀之类，进行联想性体验，才能唤起相应的情绪情感活动，这便是情绪情感的接受与传达。倘若所说的话不足以唤起别人的联想性体验，所说者的情绪情感就无法被别人接受，这就是孤单，就会顾影自怜。所以，能否用只言片语，能否用短句分行便把自己涌动于胸的复杂情感表述出来，让同时的人、后世的人听之读之便动容，便成为你的现时的也是历史的同情者、共鸣者、响应者，这真是一件事关生存状态的大事！谁能没有感情，谁不需要交流感情呢？诗，历史地发挥了这种作用，它拒绝详尽的情感表述，因为情感无法详尽地表述，它只言片语地唤起情感，然后便把它交由接受者的联想体验。毫无疑问，并不是每个接受这部教材的大学生都想当诗人，但却每个大学生都有情感，并且也都需要向他或她认为可以接受这种情感的人倾诉自己的情感。这时，他或她便切身地感受到诗的价值，因为诗就是这样地向他人倾诉情感的；同时，他或她也就知道了怎样在诗的欣赏中学会向他人诗一般地倾诉情感。

散文，在抒情叙事上要自由于诗，因而也可以在更为具体的层面上抒发感情、讲述事情。诗在叙事时，强调抓住最富代表性的事件片断，然后概述以诗的语言。但问题是现实生活中远非任何随时发生的生活事件过程，都可以找到这样的代表性的事件片断，它就是一个生活事件过程，哪一部分被进行语言删减，都难以展示这样的生活过程以及抒发伴随地产生在这个过程中的情感。对于这种情况，散文就派上了用场。散文的长行文字，使它可以更具体地叙述事件，可以更细致的营造情绪情感得以产生的环境条件、历史条件及个人心理条件，因此可以更具体地唤起相应的情绪情感。正因为散文有这个长处，所以，散文作者们便通过它陈述自己的生活经历，内心微妙的变化过程以及因事因景而生的情绪情感过程。你可以不当散文家，可以不写散文，但你总要表述自己的人生经历吧？总要传达你具体场景中的情感吧？无论是通过面对面的话语或者通过书信、手机短信及互联网，你能够散文般地进行这样的表述，你肯定会觉得自己生活得更为充实与自由。

至于小说或戏剧影视，它们用更为日常化的语言与更为日常化的形象，通过想象，展示一个时代、一个情境、一段跌宕起伏的人生命运、一段阶段性的人生经历与人生感悟。它以真实的样式虚拟人生或生活故事，塑造一个或几个血肉丰满的人物，复现令人身临其境的生活场景，告知蕴涵其中的人生哲理。而在这样的创造中，作者体味的，是他再现生活及人生经历的愉快，他的生活理想在这样的创造中有所着落；读者则借助小说或戏剧影视获得一个超越的自我，拥有一个他不可能直接生活其中的世界，并赢得一份于人生有益的智慧。他忘情于其中，感动于其中，在为作品中的人物而喜悦而流泪而惦念而实现的过程中，培养自己的同情、理解与襟怀，这不又是一种难能可贵的享受吗？

更何况，还不止于此。阅读与欣赏这部教材中搜集的文学精品，便是与精品作家们进行难得的对话。通过对话，可以获得知识，开阔视野，陶冶情操，于是便可以更坚实地确立健康生存的根基。在《论语》中，在《逍遥游》中，在《滕王阁序》中，在《傅雷家书》中，在《谈谈中国的传统文化》中，在《诗经》与《乐府》的诗句中以及在《铡美案》、《红高粱》的戏剧影视作品中，我们知道了什么是人、是中国人，知道了什么是传统、是人生，也知道了什么叫时代与世界。于是，我们便与巨人齐肩了，与历史交融了，与时代同步了，与世界一体了。逐渐地，我们便会发现，这部教材是难舍的挚友。

还须说的是，一部好的教材必有一个适宜于该教材使用目的即教学目的，同时又与其内容相适应的体例。体例也称为范式或者构架，可分为部分，部分之下可有章节，也可以直接见于篇目。本教材出于篇章精选与荟萃的内容特点，采取以文体门类为部分，以精选篇章为细目的编排方法，各部分被束以大体的文体规定，各部分篇章都以合于该部分的文体规定为前提。这个前提既是选文的根据，也是教师施以教学的根据，当然，还是学生受教与自训的根据。文体规定把握住了，每一篇章都是文体规定的具体化，并在具体化中通变，于是就有了千姿百态的文学经典世界。遵于文体又通文体之变，这是法而不法、似与不似的智慧，经典作家们用自己的篇章演绎这样的智慧，大家通过本教材的体例安排破译并接受这样的智慧，其启智功能自然不可忽略。

再则，这部教材的体例实现着授知、训智、敛情、表述的综合教学目的，这一目的又主要是通过阅读、讲授、鉴赏的方式实现。为此，对于收入的每一篇章而言，必要的背景材料须予提供。背景是篇章接受的条件性根据，即所谓知人论世。经由背景材料展开合于背景规定的联想与退思，就有了接受的意向性，讲授也有了旁征博引的依凭。此外，各篇章还专设名家点评内容，精要之语往往有一矢破的效果，这可以看做是鉴赏篇章的捷径。当然，从接受学角度说，每一个接受者的每一次接受过程都是自主运作，他在自主运作中享受接受自由并因此收获自己的接受。不过，从另一个角度说，尤其是从教学角度说，学生的自主接受是被规定的接受，也可以说，是合于规定的接受，这类规定包括文学标准的规定、阅读与鉴赏方式的规定、鉴赏的主题规定、结构规定、修辞规定等，通过这些规定使鉴赏合于通常的路数，合于普遍的价值尺度，这是阅读与鉴赏的基本功。名家评点的意义不在于名家本身，而在于名家深厚的文学修养，在于他运用文学修养进行创作与鉴赏从而获得的社会认同。社会认同才有名家，社会认同才有名家个人修养的普遍性证明。因此，名家评点既有标准在其中，又有社会认同的普遍性在其中，其所评所点，便是对于所点评篇章的合于普遍标准的特征性发现。至于接受学所说的接受自由，在这部教材中则体现为教者与受者在专家评点的普遍性标准的指导下，求得的进一步思考、体验及表述。这里有一套必予遵从的基本规定，这套基本规定即所说的"矩"，有了"矩"，才进而谈得上"从心所欲不逾矩"。

为增强本教材能力培养的功能，教材在体例安排中还特别加入了名句名篇背诵、作品链接、课后思考等要求或条件规定。这便是授之以智识，习之以方略。学生通过教材的这类要求或条件规定，以心感之以体图之，努力达到知行不二、心手合一的境界，这就是古人极为看重的通化之境。这里要特别提出两点：一是名句名篇的背诵。背诵即强记，强记当然不是新知的创造，但任何新知的创造都不是凭空而至，它其实是延续的创生，像子对父，子是父的延续性创生，有遗传基因延续于其中。而这里所说的名句名篇，它们所以成为名句名篇，这"名"的赋予并不是哪一位更有名者的专授，这是历代名家们因它们展示的深厚学识、高超品性、精妙修辞而进行的公认公举，进而大家便共诵之、共鉴之。此一代名句名篇由上一代名句名篇创生而出，下一代名句名篇又由此一代名句名篇创生而出，在任何一代名句名篇中都保有此前各代名句名篇的创生基因，这基因再逐代地向下延续，延续中有创新，创新中有延续，人类智慧的精华便由这样一条重要的路径代代相传。这就是传承，也是持续发展。名句名篇有如此重要的创新延续意义，拿出一些时间，将之背诵下来，让它们栖居于我们心灵，构成我们的学识与智慧、人格与追求，在心灵中随着我们的新境遇不断生发与创新。就是从实用而言，或是在适宜场合引经据典地脱口而出以展示才艺，或是即时地说出更新、更美的惊人之语，或是伏案于文学创作、网上交流，这是永远随身的财富。二是这部教材所设置的作品链接。这是把纸媒的文学教材与微机传媒的网页教材结合起来，为此，教材编撰者制作了一个本教材的相关网页，将教材所及的长篇小说、戏剧影视文学剧本及文学作品改编后的影像资料进行链接。这在"大学语文"时代是不可想象的事。那时，只能对优秀的长篇作品进行节选，节选便破坏了原有作品的整体性，人物与情节都被割裂；而一些影视作品及影视改编的文学作品，只能另外开设鉴赏课去解决。现在通过链接，扩大了教材与教学空间，使更全面、更深刻、更细腻的欣赏成为可能，这是时代优势的充分发挥。

信马由缰地写了这些，一个目的，即怎样更好地使用这部教材发挥它的教育功能。禅家有个故事，说有一位传授禅悟之道的老和尚，在明月之下接受弟子们的提问，有弟子问何谓悟道，老和尚不语，只是扬起手臂伸出手指，众弟子不懂，盯住那手指看，并再三追问，老和尚被问得不耐烦起来，脱口道，"悟道之道见于明月，我这里用手指指那明月，你们不看明月，只看我指着明月的手指做什么！"这就是有名的"望月之悟"。我说了这些介绍这部教材及如何使用这部教材的话，那不过就是伸出的手指。盯着手指看，相关于手指的话都说完了，还看什么？顺着所指去领悟教材中的篇章之"月"，识于其中，情于其中，道于其中，这才是正路子。

希望使用这部教材的教师们教有所成！

希望受教于这部教材的同学们学有所成！

高凯征

2009 年 1 月 1 日

目　　录　CONTENTS

散 文

论语·侍坐章

孔 子

【作品导读】

孔子(前551—前479),名丘,字仲尼,春秋末期鲁国人,中国古代伟大的思想家、教育家,儒家学派创始人,其思想对我国文化发展具有巨大和深远的影响。据《史记·孔子世家》记载,孔子有感于周室微、礼乐废、诗书缺,对古代文献进行了整理,作《春秋》,整理《诗》,并以《诗》、《书》、《礼》、《乐》教授弟子。

对孔子的言行和思想最可靠的记载就是《论语》。"《论语》者,孔子应答弟子、时人及弟子相与言而接闻于夫子之语也。当时弟子各有所记,夫子既卒,门人相与辑而论篆,故谓之《论语》。"(《汉书·艺文志》)从孔子的言行中,我们可以感受到孔子巨大的人格魅力。这部书为早期语录体散文,主要内容是孔子与其弟子的简短对话,语言洗练而寓意深远,有一种平和含蓄之美, 许多语句成为后世常用的成语、格言。《论语》的文学魅力主要在于个性化的语言,通过人物的语言来展现人物的性格。

《侍坐章》选自《论语·先进第十一》。《论语·先进 》多评弟子贤否。本文所选的 《侍坐章》是《论语》中最具文学色彩的篇章,被视为先秦诸子散文的典范之一。其文学性首先表现在通过个性化的人物语言、动作细节和侧面描写勾勒出性格饱满、个性鲜明的孔子与四弟子形象。子路年纪最长,仅少孔子九岁,不待夫子点名,"率尔而对",可见子路平时在弟子中的地位以及他的自信与锋芒毕露。再有、公西华待夫子点名才作审慎的回答,可见他们善于察言观色。曾皙的形象最为丰满。夫子问志,曾皙非但没有正襟危坐,专心听讲,而是在旁鼓瑟,我行我素,若即若离,琴声的慢慢

文学修养

减弱和铿然而止使曾皙的特立独行、洒脱散淡、狂放不拘跃然纸上。曾皙的回答也与前三位不同，非直接言志，而是用诗意的语言，描绘了一幅踏春图，委婉地表达了他的理想和淡泊宁静的心态，也为整个故事设置了一个典雅、诗意的场景，增添了耐人玩味的意蕴。程颐评价说："曾皙言志，而夫子与之。盖与圣人之志同，便是尧舜气象也，特行有不掩焉耳，此所谓狂也。"孔子的性格与志向则通过对弟子们志向的点评和细节从侧面加以刻画，让读者不仅感受到圣人的谦和与循循善诱，而且有许多想象的空间。孔子的一"哂"、一"叹"成为后人解读孔子真意的旁证。有的认为孔子见济世无望，也发恬然退隐之思；有的认为曾皙的回答深合夫子的礼乐治国之道，表面上与政治无关，实则是治国的最高境界——建立一个风清俗朴、和平宁静的社会，这与孔子的内心深处产生了强烈的共鸣，故孔子深表赞许。《侍坐章》的文学性表现之二是完整故事的结构。此章与《论语》中的其他篇章不同，它叙述了一个较为完整的故事：先是孔子发问，然后弟子依次回答，最后孔子依次点评，其中曾皙的回答为故事的高潮。弟子之志为明写，夫子之志为暗写，层层递进、互相补充、相得益彰，构成了一个完整的故事。

【经典回顾】

　　子路、曾皙、冉有、公西华侍坐。

　　子曰："以吾一日长乎尔，毋吾以也。居则曰：'不吾知也！'如或知尔，则何以哉？"

　　子路率尔而对曰："千乘之国，摄乎大国之间，加之以师旅，因之以饥馑；由也为之，比及三年，可使有勇，且知方也。"夫子哂之。

　　"求！尔何如？"对曰："方六七十，如五六十，求也为之，比及三年，可使足民。如其礼乐，以俟君子。"

　　"赤！尔何如？"对曰："非曰能之，愿学焉。宗庙之事，如会同，端章甫，愿为小相焉。"

　　"点！尔何如？"鼓瑟希，铿尔，舍瑟而作，对曰："异乎三子者之撰。"子曰："何伤乎？亦各言其志也。"曰："莫春者，春服既成。冠者五六人，童子六七人，浴乎沂，风乎舞雩，咏而归。"夫子喟然叹曰："吾与点也！"

　　三子者出，曾皙后。曾皙曰："夫三子者之言何如？"子曰："亦各言其志也已矣。"曰："夫子何哂由也？"曰："为国以礼，其言不让，是故哂之。""唯求则非邦也与？""安见方六七十如五六十而非邦也者？""唯赤则非邦也与？""宗庙会同，非诸侯而何？赤也为之小，孰能为之大？"

选自《论语集解》，中华书局1990年版

【经典背诵】

子曰："知之者，不如好之者。好之者，不如乐之者。"

——《论语·雍也》

子曰："知者乐水,仁者乐山。知者动,仁者静。知者乐,仁者寿。"

——《论语·雍也》

子曰："默而识之,学而不厌,诲人不倦,何有于我哉!"

——《论语·述而》

子曰："不愤不启。不悱不发。一举隅不以三隅反,则不复也。"

——《论语·述而》

子曰："三人行,必有我师焉。择其善者而从之,其不善者而改之。"

——《论语·述而》

子在川上，曰："逝者如斯夫! 不舍昼夜。"

——《论语·子罕》

子曰："三军可夺帅也,匹夫不可夺志也。"

——《论语·子罕》

子贡问曰："有一言而可以终身行之者乎?"子曰："其恕乎? 己所不欲,勿施于人。"

——《论语·卫灵公》

孔子曰："君子有三戒。少之时,血气未定,戒之在色。及其壮也,血气方刚,戒之在斗。及其老也,血气既衰,戒之在得。"

——《论语·季氏》

选自《论语新解》， 生活·读书·新知三联书店 2005 年版

【名家评点】

太史公曰：《诗》有之："高山仰止，景行行止。"虽不能至，然心向往之。余读孔氏书，想见其为人。适鲁，观仲尼庙堂车服礼器，诸生以时习礼其家，余祗回留之不能去云。天下君王至于贤人众矣，当时则荣，没则已焉。孔子布衣，传十馀世，学者宗之。自天子王侯，中国言六艺者折中於夫子，可谓至圣矣!

——[汉]司马迁：《史记·孔子世家》

此章孔子乘间四弟子侍坐，因使各言其志，以观其器能也。……子路性刚，故率尔先三人而对也。（子路之志）言若有公侯之国，迫于大国之间，又加之以师旅侵伐，复因之以饥馑民困，而由也治之，比至三年以来，可使其民有勇敢且知义方也。……（冉）求性谦退，（冉求之志）言欲得方六七十如五十里小国治之而已。求也治此小国，比及三年以来，使足民衣食。若

礼乐之化，当以待君子。此谦辞也。……（公西华之志）我非自言能之，原学为焉。宗庙祭祀之事，如有诸侯会同，及诸侯衣玄端，冠章甫，日视朝之时，己愿为其小相君之礼焉。……时曾晳方鼓瑟，承师之问，思所以对，故音希也。……思得其对，故置瑟起对，投置其瑟而声铿然也。……未敢言其志，先对此辞，言己之所志，异乎三子者所陈为政之具也。……（曾晳之志）春服既成，衣单袷之时也。我欲得与二十以上冠者五六人，十九以下童子六七人，浴乎沂水之上，风凉於舞雩之下，歌咏先王之道，而归夫子之门也。

……夫子闻其乐道，故喟然而叹曰：吾与点之志。善其独知时，而不求为政也。……（孔子对子路之志的评价）言为国以礼，礼贵谦让，子路言不让，故笑之也。……（孔子对冉有、公西华之志的评价）明皆诸侯之事，与子路同，其言让，故不笑之，徒笑其子路不让耳。……公西华之才堪为大相，今赤谦言小相耳。若赤也为之小相，更谁能为大相？……（孔子对曾晳之志的评价）生值乱时而君不用。三子不能相时，志在为政。唯曾晳独能知时，志在澡身浴德，咏怀乐道，故夫子与之也。

——[宋]邢　昺：《论语注疏》

程子曰："古之学者，优柔厌饫，有先后之序。如子路、冉有、公西赤言志如此，夫子许之。亦以此自是实事。后之学者好高，如人游心千里之外，然自身却只在此。"又曰："孔子与点，盖与圣人之志同，便是尧、舜气象也。诚异三子者之撰，特行有不掩焉耳，此所谓狂也。子路等所见者小，子路只为不达为国以礼道理，是以哂之。若达，却便是这气象也。"又曰："三子皆欲得国而治之，故夫子不取。曾点，狂者也，未必能为圣人之事，而能知夫子之志。故曰浴乎沂，风乎舞雩，咏而归，言乐而得其所也。孔子之志，在于老者安之，朋友信之，少者怀之，使万物莫不遂其性。曾点知之，故孔子喟然叹曰"吾与点也"。又曰："曾点、漆雕开，已见大意。"

——[宋]朱　熹：《论语集注》

《论语》之最大价值，在教人以人格的修养。修养人格，决非徒恃记诵或考证，最要是身体力行，使古人所教变成我所自得。既已如此，则不必贪多务广，果能切实受持一两语，便可以终身受用。至某一两语最合我受用，则全在各人之自行领会，非别人所能参预。别人参预，则已非自得矣。要之，学者苟能将《论语》反复熟读若干次，则必能罜然有见于孔子之全人格，以作自己祈向之准鹄。而其间亦必有若干语句，恰与自己个性相针对，读之别有会心，可以作终身受持之用也。《论语》文并不繁，熟读并不费力，吾深望青年勿蔑弃此家宝也。

——梁启超：《要籍解题及其读法》

《先进》章中，有较长的一节，写孔丘与弟子子路、曾晳、冉有、公西华在一起，令他们各言其志，从比较、对照中显出各人性格的不同。子路冒冒失失，抢先作答，说了一通大话；冉有、公西华以谦虚的语言表述了自己的志向；而后是曾晳"鼓瑟希，铿尔，舍瑟而作，对曰：'异乎二三子之撰。'子曰：'何伤乎？亦各言其志也。'曰：'莫春者，春服既成，冠者五六人，童子六七人，浴乎沂，风乎舞雩，咏而归。'夫子喟然叹曰：'吾与点也！'"这一段，不但语气生动，而且有简单的情节，又有场景的描写，曾晳的回答也特别具有美感，在《论语》中，是比较特出的了。

——章培恒：《中国文学史》

【延伸阅读】

1. 何晏著，邢昺疏：《论语注疏》，北京大学出版社 1999 年版。

2. 朱 熹：《四书章句集注》，中华书局 1983 年版。

3. 司马迁：《史记·孔子世家第十七》、《史记·仲尼弟子列传第七》，中华书局 1959 年版。

【思考与拓展】

1. 了解孔子的"礼乐"思想。

2. 本文是如何刻画曾晳的人物个性的？

3. 阅读《论语·先进第十一》，总结一下孔子的个性特征。

（撰稿：杨 楠）

庄子·逍遥游

庄 子

【作品导读】

庄子（约前369—前286），名周，字子休（一说子沐），大致与梁惠王、齐宣王同时，战国时宋国蒙人，是我国古代著名的思想家、哲学家、文学家，道家学派的代表人物之一，老子思想的继承者和发展者，后世将他与老子并称为"老庄"。

《庄子》为庄周及其后学所著，分内篇、外篇、杂篇，现存33篇。《庄子》的文章体制已经完全脱离了语录体，标志着先秦散文已经发展到成熟的阶段。在文学意义上，它代表了先秦散文的最高成就，是中国早期具有浪漫主义文学色彩的杰出代表。用雄奇、壮美的艺术形象来阐释丰富而含蓄的哲学道理是《庄子》散文的特色之一。因为道不可言，所以《庄子》把超越性、无限性和抽象性的道家文学的笔法具象化，摇曳多姿，经常从一个视角跳到另一个视角，从一个思路跳到另一个思路，常常使人如坠云雾，然则形散神不散。论辩之中充满丰富、深沉而奔放的情感是《庄子》散文的特色之三。《庄子》对美好事物和理想人物给予满腔热情的颂扬，崇慕之情溢于言表；对黑暗社会和邪恶势力，大胆揭露和冷嘲热讽，愤懑之情充满字里行间。

《逍遥游》是《庄子》的开篇之作，也是全书中最重要的一篇，被认为是《庄子》思想的总论，也代表了《庄子》散文的最高艺术成就。《逍遥游》的核心思想就是如何摆脱生命的困境与追求心灵的自由。《逍遥游》为我们展示了由低至高的三个层次的自由："至人无己"、"神人无功"、"圣人无名"。"至人无己"就是主体自我与自然万物处于一种和谐自然、物我交融的境界，是一种不为物欲所限制的状态。"神人无功"就是不被社会功名利禄、规章制度所束缚，摆脱主体在他者眼光中的反射，保持人的自然本

性。"圣人无名"就是解构了语言，消除了"名、言之辨"的逍遥才是最高层面的逍遥，这是一种没有任何限制的真正自由。语言所造成的"待"是人的心灵自由最大的羁绊，语言是种种情欲产生的根本，要使世人祛除情欲之累，最根本的办法就是解构语言，进入到"无名"的逍遥之境。

【经典回顾】

北冥有鱼，其名为鲲。鲲之大，不知其几千里也。化而为鸟，其名为鹏。鹏之背，不知其几千里也；怒而飞，其翼若垂天之云。是鸟也，海运则将徙于南冥。南冥者，天池也。《齐谐》者，志怪者也。《谐》之言曰："鹏之徙于南冥也，水击三千里，抟扶摇而上者九万里，去以六月息者也。"野马也，尘埃也，生物之以息相吹也。天之苍苍，其正色邪？其远而无所至极邪？其视下也，亦若是则已矣。且夫水之积也不厚，则其负大舟也无力。覆杯水于坳堂之上，则芥为之舟，置杯焉则胶，水浅而舟大也。风之积也不厚，则其负大翼也无力。故九万里则风斯在下矣，而后乃今培风；背负青天而莫之夭阏者，而后乃今将图南。蜩与学鸠笑之曰："我决起而飞，枪榆枋，时则不至，而控于地而已矣，奚以之九万里而南为？"适莽苍者，三飡而反，腹犹果然；适百里者宿舂粮；适千里者三月聚粮，之二虫又何知！小知不及大知，小年不及大年。奚以知其然也？朝菌不知晦朔，蟪蛄不知春秋，此小年也。楚之南有冥灵者，以五百岁为春，五百岁为秋；上古有大椿者，以八千岁为春，八千岁为秋。而彭祖乃今以久特闻，众人匹之，不亦悲乎！汤之问棘也是已："穷发之北有冥海者，天池也。有鱼焉，其广数千里，未有知其修者，其名为鲲。有鸟焉，其名为鹏，背若太山，翼若垂天之云，抟扶摇羊角而上者九万里，绝云气，负青天，然后图南，且适南冥也。斥鴳笑之曰："彼且奚适也？我腾跃而上，不过数仞而下，翱翔蓬蒿之间，此亦飞之至也。而彼且奚适也？"此小大之辨也。

故夫知效一官，行比一乡，德合一君而徵一国者，其自视也亦若此矣。而宋荣子犹然笑之。且举世而誉之而不加劝，举世而非之而不加沮，定乎内外之分，辩乎荣辱之境，斯已矣。彼其于世，未数数然也。虽然，犹有未树也。夫列子御风而行，泠然善也，旬有五日而后反。彼于致福者，未数数然也。此虽免乎行，犹有所待者也。若夫乘天地之正，而御六气之辩，以游无穷者，彼且恶乎待哉？故曰：至人无己，神人无功，圣人无名。

尧让天下于许由，曰："日月出矣，而爝火不息，其于光也，不亦难乎！时雨降矣而犹浸灌，其于泽也，不亦劳乎！夫子立而天下治，而我犹尸之，吾自视缺然。请致天下。"许由曰："子治天下，天下既已治也。而我犹代子，吾将为名乎：名者，实之宾也。吾将为宾乎？鹪鹩巢于深林，不过枝；偃鼠饮河，不过满腹。归休乎君！予无所用天下为。庖人虽不治庖，尸祝不越樽俎而代之矣。"

肩吾问于连叔曰："吾闻言于接舆，大而无当，往而不反。吾惊怖其言，犹河汉而无极也，大有径庭，不近人情焉。"连叔曰："其言谓何哉？"曰："藐姑射之山，有神人居焉，肌肤若冰雪，绰约若处子，不食五谷，吸风饮露，乘云气，御飞龙，而游乎四海之外。其神凝，使物不疵疠而年谷熟。吾以是狂而不信也。"连叔曰："然。瞽者无以与乎文章之观，聋者无以与乎钟鼓之声。岂唯形骸有聋盲哉？夫知亦有之。是其言也，犹时女也。之人也，之德也，将旁礴万物，以为一世蕲乎乱，孰弊弊焉以天下为事！之人也，物莫之伤，大浸稽天而不溺，大旱、金石流、土山焦而不热。是其尘垢秕糠，将犹陶铸尧、舜者也。孰肯以物为事！"

宋人资章甫而适诸越，越人短发文身，无所用之。尧治天下之民，平海内之政，往见四子藐姑射之山，汾水之阳，窅然丧其天下焉。

惠子谓庄子曰："魏王贻我大瓠之种，我树之成而实五石，以盛水浆，其坚不能自举也。剖之以为瓢，则瓠落无所容。非不呺然大也，吾为其无用而掊之。"庄子曰："夫子固拙于用大矣。宋人有善为不龟手之药者，世世以洴澼絖为事。客闻之，请买其方百金。聚族而谋曰：'我世世为洴澼絖，不过数金；今一朝而鬻技百金，请与之。'客得之，以说吴王。越有难，吴王使之将。冬，与越人水战，大败越人，裂地而封之。能不龟手一也；或以封，或不免于洴澼絖，则所用之异也。今子有五石之瓠，何不虑以为大樽而浮于江湖，而忧其瓠落无所容？则夫子犹有蓬之心也夫！"

惠子谓庄子曰："吾有大树，人谓之樗。其大本拥肿而不中绳墨，其小枝卷曲而不中规矩，立之涂，匠者不顾。今子之言，大而无用，众所同去也。"庄子曰："子独不见狸狌乎？卑身而伏，以候敖者；东西跳梁，不辟高下；中于机辟，死于罔罟。今夫斄牛，其大若垂天之云。此能为大矣，而不能执鼠。今子有大树，患其无用，何不树之于无何有之乡，广莫之野，彷徨乎无为其侧，逍遥乎寝卧其下？不夭斤斧，物无害者，无所可用，安所困苦哉！"

选自《庄子集解》，中华书局1987年版

［经典背诵］

大知闲闲，小知间间；大言炎炎，小言詹詹。

——《庄子·齐物论》

吾生也有涯，而知也无涯。以有涯随无涯，殆已！已而为知者，殆而已矣！

——《庄子·养生主》

彼节者有间而刀刃者无厚，以无厚入有间，恢恢乎其于游刃必有余地矣。

——《庄子·养生主》

汝不知夫螳螂乎？怒其臂以当车辙，不知其不胜任也，是其才之美者也。

——《庄子·人间世》

泉涸，鱼相与处于陆，相呴以湿，相濡以沫，不如相忘于江湖。

——《庄子·大宗师》

夫哀莫大于心死，而人死亦次之。

——《庄子·田子方》

荃者所以在鱼，得鱼而忘荃；蹄者所以在兔，得兔而忘蹄；言者所以在意，得意而忘言。

——《庄子·外物》

知足者，不以利自累也；审自得者，失之而不惧；行修于内者，无位而不怍。

——《庄子·让王》

有机械者必有机事，有机事者必有机心。机心存于胸中则纯白不备。纯白不备则神生不定，神生不定者，道之所不载也。

——《庄子·天地》

人生天地之间，若白驹过郤，忽然而已。

——《庄子·知北游》

选自《庄子浅注》，中华书局1982年版

【名家评点】

庄子者，蒙人也，名周。周尝为蒙漆园吏，与梁惠王、齐宣王同时。其学无所不窥，然其要本归于老子之言。故其著书十余万言，大抵率寓言也。作《渔父》、《盗跖》、《胠箧》，以诋訿孔子之徒，以明老子之术。《畏累虚》、《亢桑子》之属，皆空语无事实。然善属书离辞，指事类情，用剽剥儒、墨，虽当世宿学不能自解免也。其言洸洋自恣以适己，故自工公大人不能器之。

庄子散道德，放论，要亦归之自然。

——[汉]司马迁：《史记·老庄申韩列传》

极天之荒，穷人之伪，放肆迤演，如长江大河，滚滚灌注，泛滥于天下；又如万籁怒号、澎湃汹涌，声沉影灭，不可控搏。

——[宋]高似孙：《史略·子略》

五一：庄子文看似胡说乱说，骨里却尽有分数。彼固自谓"猖狂妄行而蹈乎大方"也。学者何不从"蹈大方"处求之?

五二：庄子寓真于诞，寓实于玄，于此见寓言之妙。

五三：《庄子》文法断续之妙，如《逍遥游》忽说鹏，忽说蜩与学鸠、斥鷃，是为断。下乃接之曰："此大小之辩也。"则上文之断处，皆续矣。而下文宋荣子、许由、接舆、惠子诸断处，亦无不续矣。

五四：文有合两篇为关键者。《庄子·逍遥游》："小知不及大知，小年不及大年。"读者初不觉意注何处。直至《齐物论》"天下莫大于秋毫之末"四句，始见前语正像为此处翻转地耳。

五五：文之神妙，莫过于能飞。《庄子》之言鹏曰："怒而飞"。今观其文，无端而来，无端而去，殆得飞之机者。乌知非鹏之学为周耶?

——[清]刘熙载：《艺概·文概》

看他先说鲲化，次说鹏飞，次说南徙，次形容九万里，次借水喻风，次叙蜩、鸠，然后落出"二虫何知"。文复生文，喻中加喻，如春云乍起，层为叠属，遂为垂天大观，真古今横绝之文也。点"小知不及大知"便可收束，却又生出"小年不及大年"做一陪衬，似乎又别说一件事者，令读者不可捉摸，真古今横绝之文也。以"小年"、"大年"衬明"小知"、"大知"大势可收矣，却又生出"汤问"一段来，似乎有人谓《齐谐》殊不足据而特此以证之者，试思鲲、鹏、蜩、鸠都是影子，则《齐谐》真假，有何紧要耶?偏要作此诞漫不羁，光洋恣肆，然后用"小大之辩"一句锁住，真古今横绝之文也。

——[清]宣　颖：《南华经解》

一路笔势蜿蜒，如神龙夭矫空中，灵气往来，不可方物……则东云见鳞，西云见爪，余波喷涌，亦极恣肆汪洋。读者须处处觑定逍遥游正意，方不失赤水元珠，致贻讥于象罔也。

——[清]刘凤苞：《南华雪心编》

获得相对幸福的方法——

《庄子》第一篇题为《逍遥游》，这篇文章纯粹是一些解人颐的故事。这些故事所含的思想是，获得幸福有不同等级。自由发展我们的自然本性，可以使我们得到一种相对幸福；绝对幸福是通过对事物的自然本性有更高一层的理解而得到的。

获得绝对幸福的方法——

可是道家思想还有另一个方向，它强调万物自然本性的相对性，以及人与宇宙的同一。要达到这种同一，人需要更高层次的知识和理解。由这种同一所得到的幸福才是真正的绝对幸福，《庄子》的《逍遥游》里讲明了这种幸福。

这一篇里，描写了大鸟、小鸟的幸福之后，庄子说有个人名叫列子，能够乘风而行。"彼于致福者，未数数然也。此虽免乎行，犹有所待者也。"他所待者就是风，由于他必须依赖风，所以他的幸福在这个范围里还是相对的。接着庄子问道："若夫乘天地之正而御六气之辩，以游无穷者，彼且恶乎待哉？故曰：至人无己，神人无功，圣人无名。"庄子在这里描写的就是已经得到绝对幸福的人。他是至人，神人，圣人。他绝对幸福，因为他超越了事物的普通区别。他也超越了自己与世界的区别，"我"与"非我"的区别。

所以他无己。他与道合一。道无为而无不为。道无为，所以无功，圣人与道合一，所以也无功。他也许治天下，但是他的治就是只让人们听其自然，不加干涉，让每个人充分地、自由地发挥他自己的自然能力。道无名，圣人与道合一，所以也无名。

——冯友兰：《中国哲学简史》

《庄子》大抵寓言，人物土地，皆空言无事实，而其文则汪洋辟阖，仪态万方，晚周诸子之作，莫能先也。

——鲁　迅：《汉文学史纲要》

古来谈哲学以老、庄并称，谈文学以庄、屈并称。南华的文辞是千真万确的文学，人人都承认。可是《庄子》的文学价值还不只在文辞上，实在连他的哲学都不像寻常那一种矜严的，峻刻的，料峭的一味皱眉头，绞脑子的东西；他的思想的本身便是一首绝妙的诗。

有大智慧的人们都会认识道的存在，信仰道的实有，却不像庄子那样热忱的爱慕它。在这里，庄子是从哲学又跨进了一步，到了文学的封域。他那婴儿哭着要捉月亮似的天真，那神秘的怅惘，圣睿的憧憬，无边无际的企慕。无涯岸泊任艳羡，便使他成为最真实的诗人。

读《庄子》，本分不出那是思想的美，那是文字的美。那思想与文字，外形与本质的极端的调和，那种不可捉摸的浑圆的机体，便是文章家的极致；只那一点，便足注定庄子在文学中的地位。

讨论庄子的文学，真不好从那里讲起，头绪太多了，最紧要的例如他的谐趣，他的想象；而想象中，又有怪诞的，幽渺的，新奇的，秾丽的各种方向，有所谓"建设的想象"，有幻想：就谐趣讲，也有幽默，诙谐，讽刺，谑弄等等类别。

——闻一多：《闻一多全集·庄子编》

庄子本人既是一个哲学家，又富于诗人气质。庄学的后人，也受了他的感染。因而，《庄子》这部哲学著作，又充满了浓厚的文学色彩。并且，其文章体制也已经脱离语录体的形式，标志着先秦散文已经发展到成熟的阶段。在文学意义上，它代表了先秦散文的最高成就。

用艺术形象来阐明哲学道理，是《庄子》的一大特色。战国文章，普遍多假寓言、故事以说理，但仅仅作为比喻的材料，证明文章的观点。《庄子》不仅如此。从理论意识来说，庄子这一派本有"言不尽意"的看法，即逻辑的语言并不能充分地表达思想。与此相关，在表现手法上，许多篇章，如《逍遥游》、《人间世》、《德充符》、《秋水》，几乎都是用一连串的寓言、神话、虚构的人物故事连缀而成，把作者的思想融化在这些故事和其中人物、动物的对话中，这就超出了以故事为例证的意义。而且，作者的想象奇特而丰富，古今人物、骷髅幽魂、草虫树石、大鹏小雀，无奇不有，千汇万状，出人意表，迷离荒诞，使文章充满了诡奇多变的色彩。

《逍遥游》的宗旨，是说人的精神摆脱一切世俗羁绊，化同大道，游于无穷的至大快乐。所以文章开头，即写大鹏直上云天，飘翔万里，令人读之神思飞扬。

《庄子》的文章又富于抒情性。如果说《孟子》的感情是在清楚的逻辑表达下运行的，那么《庄子》的感情，却往往是无端而起，迷茫恍惚。

《庄子》的文章结构，也很奇特。看起来并不严密，常常突兀而来，行所欲行，止所欲止，汪洋恣肆，变化无端，有时似乎不相关，任意跳荡起落，但思想却能一线贯穿。句式也富于变化，或顺或倒，或长或短，更加之词汇丰富，描写细致，又常常不规则地押韵，显得极有表现力，极有独创性。后代文人在思想上、文学风格、文章体制、写作技巧上受《庄子》影响的，可以开出很长的名单。即以第一流作家而论，就有阮籍、陶渊明、李白、苏轼、辛弃疾、曹雪芹等，由此可见其影响之大。

——章培恒：《中国文学史》

【延伸阅读】

1. 陈鼓应：《庄子今注今译》，中华书局 1983 年版。
2. 郭庆藩：《庄子集释》，中华书局 1997 年版。
3. 王先谦：《庄子集解》，中华书局 2006 年版。
4. 司马迁：《史记·老庄申韩列传第三》，中华书局 1959 年版。

【思考与拓展】

1. 《逍遥游》的主旨是什么？
2. 实现"逍遥游"的途径是什么？
3. 《逍遥游》中所体现的庄子的精神特质是什么？
4. 试析《逍遥游》中大鹏的艺术形象。

（撰稿：杨　楠）

史记·李将军列传

司马迁

【作品导读】

　　司马迁（前145—约前87），字子长，左冯翊夏阳人（今陕西韩城），我国古代伟大的史学家、文学家、思想家。司马迁家学渊源甚深，祖上数代为史官；少年时，师从董仲舒学《春秋》、孔安国学古文《尚书》；青年时，漫游广泛；出仕后，奉使到过四川、云南一带，后又随汉武帝巡狩封禅，足迹遍及全国。司马迁作为太史令，"紬史记石室金匮之书"，可以阅读到大量的政府藏书，这为他的《史记》写作奠定了雄厚的才学基础，积累了丰富的实践阅历和提供了大量的图书资料。

　　《史记》原名《太名公书》，东汉末始称《史记》。它是我国第一部纪传体通史，也是我国古代第一部由个人独立完成的具有完整体系的著作。《史记》记载了从传说中的黄帝到汉武帝太初年间，共3000年左右的历史，开创了纪传体和书表的编写体例。全书130篇，包括12本纪、8书、10表、30世家、70列传，共约50余万字。（其中一些篇目在东汉时就已亡佚，有录无书，其中一部分由汉元成间的褚少孙所补）《史记》全书由本纪、表、书、世家、列传五种体例构成。"本纪"是用编年体的方式叙述历代君主或实际统治者的政迹，是全书的时间脉络；"书"是对当时的社会生活的分类著述，包括思想、艺术、法律、天文、历法、水利、经济和封禅；"表"是用表格形式分项列出各历史时期的大事，是全书事件的脉络；"世家"是世袭家族以及孔子、陈胜等历代祭祀不绝的家族史；"列传"为历史上重大事件的参与者、文化名人和特殊人群的人物传记。《史记》通过这五种不同体例相互配合、相互补充，完整地展现了中国历史的发展脉络、重大事件、杰出人物和社会风貌。《史记》被誉为"史家之绝唱，无韵之

《离骚》"，是中国叙事文学的典范之作。《史记》塑造了大量的生动鲜活、富有个性的艺术形象；突出展示了历史人物的悲剧命运，其叙事和情节建构具有高度的戏剧艺术性；语言淳朴简洁、疏宕从容、变化多端、通俗流畅，代表了骈文出现以前古文的最高成就。司马迁写作《史记》是将人置于宏大的历史发展的洪流中来论述历史、考察历史，努力探究人在历史发展进程中的作用和地位。人类的命运、国家的命运、家族的命运、个人的命运都成为司马迁观照的对象，使得这部作品充满了人性的光辉。历史是人的活动史，历史事件是人的活动表象，人是历史的核心。《史记》中的全部人物都倾注了作者滔滔情思和进取的人生观，其人生的忧患意识与悲凉感也因此而生出文学的抒情性。

《李将军列传》选自《史记·李将军列传第四十九》，是《史记》中为数不多的以官职命名的传记，可见司马迁对李广的尊敬与喜爱。《李将军列传》以"不遇时"为主线，展现了李广的悲剧一生。文章开篇便以汉文帝的话奠定了李广"不遇时"的基调，平定吴楚七国之乱时，尽管斩将取旗，可因为接受了梁孝王的将军印，汉景帝心中不悦，李广未能得到赏赐。马邑之战，李广因"所失亡多，为虏所生得"，以法"当斩"，最后"赎为庶人"。右北平一战，李广寡不敌众，差点全军覆没。最后一次跟随大将军卫青出击匈奴，结果"军亡导，或失道，后大将军。大将军与单于接战，单于遁走，弗能得而还"。李广因此不愿忍受刀笔吏的侮辱而自杀。虽然司马迁对李广多次失利给了许多客观原因，但也无法改变李广个人骁勇有余，而作为将军统帅之不足的事实。另外，司马迁也没有忘记霸陵尉一事，展现了李广人性中的另一面：些许的心胸狭隘、公报私仇，充分展现了人性的复杂性和丰富性。

【经典回顾】

李将军广者，陇西成纪人也。其先曰李信，秦时为将，逐得燕太子丹者也。故槐里，徙成纪。广家世世受射。孝文帝十四年，匈奴大入萧关，而广以良家子从军击胡，用善骑射，杀首虏多，为汉中郎。广从弟李蔡亦为郎，皆为武骑常侍，秩八百石。尝从行，有所冲陷折关及格猛兽，而文帝曰："惜乎，子不遇时！如令子当高帝时，万户侯岂足道哉！"

及孝景初立，广为陇西都尉，徙为骑郎将。吴楚军时，广为骁骑都尉，从太尉亚夫击吴楚军，取旗，显功名昌邑下。以梁王授广将军印，还，赏不行。徙为上谷太守，匈奴日以合战。典属国公孙昆邪为上泣曰："李广才气，天下无双，自负其能，数与虏敌战，恐亡之。"于是乃徙为上郡太守。后广转为边郡太守，徙上郡。尝为陇西、北地、雁门、代郡、云中太守，皆以力战为名。

匈奴大入上郡，天子使中贵人从广，勒习兵击匈奴。中贵人将骑数十，纵，见匈奴三人，与战。三人还射，伤中贵人，杀其骑且尽。中贵人走广。广曰："是必射雕者也。"广乃遂从百骑往驰三人。三人亡马步行，行数十里。广令其骑张左右翼，而广身自射彼三人者，杀其二人，生得一人，果匈奴射雕者也。已缚之上马，望匈奴有数千骑，见广，以为诱骑，皆惊，上山陈。广之百骑皆大恐，欲驰还走。广曰："吾去大军数十里，今如此以百骑走，匈奴追射我立尽。今我留，匈奴必以我为大军诱之，必不敢击我。"广令诸骑曰："前！"前，未到匈奴陈二里所，止，令曰："皆下马解鞍！"其骑曰："虏多且近，即有急，奈何？"广曰："彼虏以我为走，今皆解鞍以示不走，用坚其意。"于是胡骑遂不敢击。有白马将出护其兵，李广上马与十余骑奔射杀胡白马将，而复还至其骑中，解鞍，令士皆纵马卧。是时会暮，胡兵终怪之，不敢击。夜半时，胡兵亦以为汉有伏军于旁欲夜取之，胡皆引兵而去。平旦，李广乃归其大军。大军不知广所之，故弗从。

居久之，孝景崩，武帝立，左右以为广名将也，于是广以上郡太守为未央卫尉，而程不识亦为长乐卫尉。程不识故与李广俱以边太守将军屯。及出击胡，而广行无部伍行陈，就善水草屯，舍止，人人自便，不击斗以自卫，莫府省约文书籍事，然亦远斥候，未尝遇害。程不识正部曲行伍营陈，击刀斗，士吏治军簿至明，军不得休息，然亦未尝遇害。不识曰："李广军极简易，然虏卒犯之，无以禁也；而其士卒亦佚乐，咸乐为之死。我军虽烦扰，然虏亦不得犯我。"是时汉边郡李广、程不识皆为名将，然匈奴畏李广之略，士卒亦多乐从李广而苦程不识。程不识孝景时以数直谏为太中大夫。为人廉，谨于文法。

后汉以马邑城诱单于，使大军伏马邑旁谷，而广为骁骑将军，领属护军将军。是时单于觉之，去，汉军皆无功。其后四岁，广以卫尉为将军，出雁门击匈奴。匈奴兵多，破败广军，生得广。单于素闻广贤，令曰："得李广必生致之。"胡骑得广，广时伤病，置广两马间，络而盛卧广。行十余里，广佯死，睨其旁有一胡儿骑善马，广暂腾而上胡儿马，因推堕儿，取其弓，鞭马南驰数十里，复得其余军，因引而入塞。匈奴捕者骑数百追之，广行取胡儿弓，射杀追骑，以故得脱。于是至汉，汉下广吏。吏当广所失亡多，为虏所生得，当斩，赎为庶人。

顷之，家居数岁。广家与故颍阴侯孙屏野居蓝田南山中射猎。尝夜从一骑出，从人田间饮。还至霸陵亭，霸陵尉醉，呵止广。广骑曰："故李将军。"尉曰："今将军尚不得夜行，何乃故也！"止广宿亭下。居无何，匈奴入杀辽西太守，败韩将军，后韩将军徙右北平。于是天子乃召拜广为右北平太守。广即请霸陵尉与俱，至军而斩之。

广居右北平，匈奴闻之，号曰"汉之飞将军"，避之数岁，不敢入右北平。

广出猎，见草中石，以为虎而射之，中石没镞，视之石也。因复更射之，终不能复入石矣。广所居郡闻有虎，尝自射之。及居右北平射虎，虎腾伤广，广亦竟射杀之。

广廉，得赏赐辄分其麾下，饮食与士共之。终广之身，为二千石四十余年，家无余财，终不言家产事。广为人长，猿臂，其善射亦天性也，虽其子孙他人学者，莫能及广。广讷口少言，与人居则画地为军陈，射阔狭以饮。专以射为戏，竟死。广之将兵，乏绝之处，见水，士卒不尽饮，广不近水，士卒不尽食，广不尝食。宽缓不苛，士以此爱乐为用。其射，见敌急，非在数十步之内，度不中不发，发即应弦而倒。用此，其将兵数困辱，其射猛兽亦为所伤云。

居顷之，石建卒，于是上召广代建为郎中令。元朔六年，广复为后将军，从大将军军出定襄，击匈奴。诸将多中首虏率，以功为侯者，而广军无功。后二岁，广以郎中令将四千骑出右北平，博望侯张骞将万骑与广俱，异道。行可数百里，匈奴左贤王将四万骑围广，广军士皆恐，广乃使其子敢往驰之。敢独与数十骑驰，直贯胡骑，出其左右而还，告广曰："胡虏易与耳。"军士乃安。广为圜陈外乡，胡急击之，矢下如雨。汉兵死者过半，汉矢且尽。广乃令士持满毋发，而广身自以大黄射其裨将，杀数人，胡虏益解。会日暮，吏士皆无人色，而广意气自如，益治军。军中自是服其勇也。明日，复力战，而博望侯军亦至，匈奴军乃解去。汉军罢，弗能追。是时广军几没，罢归。汉法，博望侯留迟后期，当死，赎为庶人。广军功自如，无赏。

初，广之从弟李蔡与广俱事孝文帝。景帝时，蔡积功劳至二千石。孝武帝时，至代相。以元朔五年为轻车将军，从大将军击右贤王，有功中率，封为乐安侯。元狩二年中，代公孙弘为丞相。蔡为人在下中，名声出广下甚远，然广不得爵邑，官不过九卿，而蔡为列侯，位至三公。诸广之军吏及士卒或取封侯。广尝与望气王朔燕语，曰："自汉击匈奴而广未尝不在其中，而诸部校尉以下，才能不及中人，然以击胡军功取侯者数十人，而广不为后人，然无尺寸之功以得封邑者，何也？岂吾相不当侯邪？且固命也？"朔曰："将军自念，岂尝有所恨乎？"广曰："吾尝为陇西守，羌尝反，吾诱而降，降者八百余人，吾诈而同日杀之。至今大恨独此耳。"朔曰："祸莫大于杀已降，此乃将军所以不得侯者也。"

后二岁，大将军、骠骑将军大出击匈奴，广数自请行。天子以为老，弗许；良久乃许之，以为前将军。是岁，元狩四年也。

广既从大将军青击匈奴，既出塞，青捕虏知单于所居，乃自以精兵走之，而令广并于右将军军，出东道。东道少回远，而大军行水草少，其势不屯行。广自请曰："臣部为前将军，今大将军乃徙令臣出东道，且臣结发而与匈奴战，今乃一得当单于，臣原居前，先死单于。"大将军青亦阴受上诫，以为李广老，数奇，毋令当单于，恐不得所欲。而是时公孙敖新失侯，为中将军从大将军，大将军亦欲使敖与俱当单于，故徙前将军广。广时知之，固自辞于大将军。大将军不听，令长史封书与广之莫府，曰："急诣部，如书。"广不谢大将军而起行，意甚愠怒而就部，引兵与右将军食其合军出东道。军亡导，或失道，后大将军。大将军与单于接战，单于遁走，弗能得而还。南绝幕，遇前将军、右将军。广已见大将军，还入军。大将军使长史持糒醪遗广，因问广、食其失道状，青欲上书报天子军曲折。广未对，大将军使长史急责广之幕府对簿。广曰："诸校尉无罪，乃我自失道。吾今自上簿。"

太史公曰：《传》曰"其身正，不令而行；其身不正，虽令不从"。其李将军之谓也？余睹李将军悛悛如鄙人，口不能道辞。及死之日，天下知与不知，皆为尽哀。彼其忠实心诚信于士大夫也？谚曰："桃李不言，下自成蹊"。此言虽小，可以谕大也。

选自《史记》，中华书局1959年版

【经典背诵】

项庄舞剑，意在沛公。

——《史记·项羽本纪》

众口铄金，积毁销骨。

——《史记·张仪列传》

桃李不言，下自成蹊。

——《史记·李将军传》

失之毫厘，谬以千里。

——《史记·太史公自序》

运筹帷幄之中，决胜千里之外。

——《史记·高祖本纪》

忠言逆耳利于行，良药苦口利于病。

——《史记·留侯世家》

人固有一死，或重于泰山，或轻于鸿毛。

——《史记·报任安书》

智者千虑，必有一失；愚者千虑，必有一得。

——《史记·淮阴侯列传》

选自《史记》，上海古籍出版社1997年版

【名家评点】

司马迁据《左氏》、《国语》，采《世本》、《战国策》，述《楚汉春秋》，接其后事，讫于天汉。其言秦汉，详矣。至于采经摭传，分散数家之事，甚多疏略，或有抵牾。亦其涉猎者广博，贯穿经传，驰骋古今，上下数千载间，斯以勤矣。又其是非颇缪于圣人，论大道则先黄老而后六经，序游侠则退处士而进奸雄，述货殖则崇势利而羞贱贫，此其所蔽也。然自刘向、扬雄博极群书，皆称迁有良史之材，服其善序事理，辨而不华，质而不俚，其文直，其事核，不虚美，不隐恶，故谓之实录。乌呼！以迁之博物洽闻，而不能以知自全，既陷极刑，幽而发愤，书亦信矣。迹其所以自伤悼，《小雅·巷伯》之伦。夫唯《大雅》"既明且哲，能保其身"，难矣哉！

——[汉]班　固：《汉书·司马迁传》

（司马迁）恨为弄臣，寄心楮墨，感身世之戮辱，传畸人于千秋，虽背《春秋》之义，固不失为史家绝唱，无韵之《离骚》矣。惟不拘于史法，不囿于字句，发于情，肆于心而为文，故能如茅坤所言："读游侠传即欲轻生，读屈原贾谊传即欲流涕，读庄周，鲁仲连传即欲遗世，读李广传即欲立斗，读石建传即欲俯躬，读信陵，平原君传即欲养士"也。

……

迁雄于文，而亦爱赋，颇喜纳之列传中。于《贾谊传》录其《吊屈原赋》及《鹏鸟赋》，而《汉书》则全载《治安策》，赋无一也。《司马相如传》上下篇，收赋尤多，为《子虚》（合《上林》），《哀二世》，《大人》等。自亦造赋，《汉志》云八篇，今仅传《士不遇赋》一篇，明胡应麟以为伪作。

——鲁　迅：《汉文学史纲要》

【延伸阅读】

1. 司马迁：《史记·李将军列传第四十九》、《史记·卫将军骠骑列传第五十一》，中华书局 1959 年版。

2. 班　固：《汉书·司马迁传第三十二》，中华书局 2000 年版。

【思考与拓展】

1. 从《李将军列传》与《卫将军骠骑列传》的比较中来看李广的悲剧人生。

2. 司马迁是如何刻画李广的人物性格的?

3. 试分析李广未能生前封侯的原因。

（撰稿：杨　楠）

中国人的精神

辜鸿铭

【作品导读】

辜鸿铭（1857—1928）出生于华侨世家，十三岁即赴欧洲求学，十余年中游学于英、法、德、意诸国，归国后长期担任张之洞幕府的洋文案，曾官至清廷外务部左丞。他精通英、法、德、拉丁、希腊、马来等9种语言，获得过13个博士学位。尤其擅长英文写作，被孙中山、林语堂称之为"中国第一语言天才"。

20世纪初，西方人曾流传一句话：到中国可以不看三大殿，不可不看辜鸿铭。他第一个将中国的《论语》、《中庸》用英文和德文翻译到西方，向日本首相伊藤博文大讲孔学，与文学大师列夫·托尔斯泰书信来往，讨论世界文化和政坛局势，被印度圣雄甘地称为"最尊贵的中国人"。

1867年，辜鸿铭以优异的成绩被著名的爱丁堡大学录取，并得到校长、著名作家、历史学家、哲学家卡莱尔的赏识。1877年，辜鸿铭获得文学硕士学位后，又赴德国莱比锡大学等著名学府研究文学、哲学。

后来，蔡元培去莱比锡大学求学时，辜鸿铭已是声名显赫的知名人物；而四十年后，当林语堂来到莱比锡大学时，辜鸿铭的著作已是学校指定的必读书了。十四年的留学生活使富有天赋的少年辜鸿铭成为精通西方文化的青年学者。

完成学业后，辜鸿铭听从当时在新加坡的语言大家马建忠的劝说，埋头研究中华文化，并回到祖国大陆，继续苦读中国典籍。他在晚清实权派大臣张之洞幕府中任职二十年，主要职责是"通译"。他一边帮助张之洞统筹洋务，一边精研国学，自号"汉滨读易者"。

19世纪末20世纪初的几年里，他将《论语》、《中庸》译成英文，相继在海外刊载和印行。后来又翻译了《大学》。

　　从 1901—1905 年，辜鸿铭分五次发表了一百七十二则《中国札记》，反复强调东方文明的价值。1909 年，英文著作《中国的牛津运动》（德文译本名《为中国反对欧洲观念而辩护：批判论文》）出版，在欧洲尤其是德国产生巨大的影响，一些大学哲学系将其列为必读参考书。

　　在辜氏的所有著作中，最有影响、较能反映他思想风貌的作品是《中国人的精神》，国内学者较为熟悉的名字为《春秋大义》（原书封面上所题的中文名）。其英文书名为：The Spirit of the Chinese People。

　　此书 1915 年由北京每日新闻社首版，1922 年由商务印书馆重版。全书系由作者 1914 年发表于英文报纸上的以"中国人的精神"为核心的系列论文结集而成，故全书以此命名。至于辜氏又称其为《春秋大义》，则是因为在该书中，他强调了孔子在《春秋》里所包含的"尊王攘夷"和"名分"等儒教经义的缘故。

　　面对当时西方列强对中华民族的欺凌和对中国文化的歧视，辜鸿铭论述的主旨就是揭示中国人的精神生活，阐发中国传统文化的永恒价值，传播儒家文明救西论。它是"一战"前后（即"五四"时期）世界范围内兴起的东方文化思潮的代表作之一。辜鸿铭以理想主义的热情向世界展示中国文化才是拯救世界的灵丹，同时，他对西方文明的批判也是尖锐的、深刻的。

　　《中国人的精神》是辜鸿铭最有影响的英文代表作品，辜鸿铭认为，要估价一种文明，必须看它"能够生产什么样子的人，什么样的男人和女人"。他批评那些"被称作中国文明研究权威"的传教士和汉学家们"实际上并不真正懂得中国人和中国语言"。他独到地指出"要懂得真正的中国人和中国文明，那个人必须是深沉的、博大的和淳朴的"，因为"中国人的性格和中国文明的三大特征，正是深沉、博大和淳朴（deep，broad and simple）"，此外还有"灵敏（delicacy）"。

　　辜鸿铭从这一独特的视角出发，把中国人和美国人、英国人、德国人、法国人进行了对比，凸显出中国人的特征之所在：美国人博大、淳朴，但不深沉；英国人深沉、淳朴，却不博大；德国人博大、深沉，而不淳朴；法国人没有德国人天然的深沉，不如美国人心胸博大和英国人心地淳朴，却拥有这三个民族所缺乏的灵敏；只有中国人全面具备了这四种优秀的精神特质。也正因如此，辜鸿铭说，中国人给人留下的总体印象是"温良"（gentle，温文尔雅），"那种难以言表的温良"。

　　在中国人温良的形象背后，隐藏着他们"纯真的赤子之心"和"成年人的智慧"。辜鸿铭写道，中国人"过着孩子般的生活———一种心灵的生活"，因此，"与其说中国人的发展受到了阻碍，不如说它是一个永不衰老的民族"，一个"拥有了永葆青春的秘密"的民族。

该书出版后，立即在西方特别是在德国引起轰动效应，各种报刊杂志纷纷摘录和译载。很快，奥卡·A.H·施密茨就翻译出版了德文译本（1916）。以后又有了意大利著名史学家、作家、反法西斯斗士费雷罗作序的法文译本。日本在"二战"时期，由鱼返善雄正式翻译出版了日文本。

在这股"辜鸿铭热"的推动下，欧洲人对中国与中国文化的了解有所加深，辜鸿铭笔下遵奉良民宗教、社会有条不紊的中国与温文尔雅的中国男人、幽美贤淑的中国女人的形象也广为人们所熟知，乃至成为身陷战乱之中的欧洲人心向往之的一个"乌托邦"。辜鸿铭所阐发的"中国人的精神"和他以中救西的"春秋大义"，在中国人对外传播民族文化的历程中，无疑写下了独特而醒目的一笔。

【经典回顾】

我曾听一位外国朋友这样说过：作为外国人，在日本居住的时间越长，就越发讨厌日本人。相反，在中国居住的时间越长，就越发喜欢中国人。这位外国友人曾久居日本和中国。我不知道这样评价日本人是否合适，但我相信在中国生活过的诸位都会同意上述对中国人的判断。一个外国人在中国居住的时间越久，就越喜欢中国人，这已是众所周知的事实。

中国人身上有种难以形容的东西。尽管他们缺乏卫生习惯，生活不甚讲究；尽管他们的思想和性格有许多缺点，但仍然赢得了外国人的喜爱，而这种喜爱是其他任何民族所无法得到的。我已经把这种难以形容的东西概括为温良。如果我不为这种温良正名的话，那么在外国人的心中它就可能被误认为中国人体质和道德上的缺陷——温顺和懦弱。这里再次提到的温良，就是我曾经提示过的一种源于同情心或真正的人类的智慧的温良——既不是源于推理，也非产自本能，而是源于同情心——来源于同情的力量。那么，中国人又是如何具备了这种同情的力量的呢？

我在这里冒昧给诸位一个解答——或者是一个假设。诸位愿意的话，也许可以将其视为中国人具有同情力量的秘密所在。中国人之所以有这种力量、这种强大的同情的力量，是因为他们完全地或几乎完全地过着一种心灵的生活。中国人的全部生活是一种情感的生活——这种情感既不来源于感官直觉意义上的那种情感，也不是来源于你们所说的神经系统奔腾的情欲那种意义上的情感，而是一种产生于我们人性的深处——心灵的激情或人类之爱的那种意义上的情感。

下面让我们看看中国人是否过着一种心灵的生活。对此，我们可以用中国人实际生活中表现出的一般特征，来加以说明。

首先，我们来谈谈中国的语言。中国的语言也是一种心灵的语言。一个很明显的事实就是：那些生活在中国的外国人，其儿童和未受教育者学习中文比成年人和受过教育者要容易得多。原因在于儿童和未受教育者是用心灵来思考和使用语言。相反，受过教育者，特别是受过理性教育的现代欧洲人，他们是用大脑和智慧来思考和使用语言的。有一种关于极乐世界的说法也同样用于对中国语言的学习：除非你变成一个孩子，否则你就难以学会它。

其次，我们再指出一个众所周知的中国人日常生活中的事实。中国人具有惊人的记忆力，其秘密何在？就在于中国人是用心而非脑去记忆。用具同情力量的心灵记事，比用头脑或智力要好得多，后者是枯燥乏味的。举例来说，我们当中的绝大多数儿童时代的记忆力要强过成年后的记忆力。因为儿童就像中国人一样，是用心而非用脑去记忆。

接下来的例子，依旧是体现在中国人日常生活中，并得到大家承认的一个事实——中国人的礼貌。中国一向被视为礼仪之邦，那么其礼貌的本质是什么呢？这就是体谅、照顾他人的感情。中国人有礼貌是因为他们过着一种心灵的生活。他们完全了解自己的这份情感，很容易将心比心推己及人，显示出体谅、照顾他人情感的特征。中国人的礼貌虽然不像日本人的那样繁杂，但它是令人愉快的。相反，日本人的礼貌则是繁杂而令人不快的。

我已经听到了一些外国人的抱怨。这种礼貌或许应该被称为排练式的礼貌——如剧院排戏一样，需要死记硬背。它不是发自内心、出于自然的礼貌。事实上，日本人的礼貌是一朵没有芳香的花，而真正的中国人的礼貌则是发自内心、充满了一种类似于名贵香水般奇异的芳香。

我们举的中国人特性的最后一例，是其缺乏精确的习惯。这是由亚瑟·史密斯提出并使之得以扬名的一个观点。那么，中国人缺少精确性的原因又何在呢？我说依然是因为他们过着一种心灵的生活。心灵是纤细而敏感的，它不像头脑或智慧那样僵硬、刻板。实际上，中国人的毛笔或许可以视为中国人精神的象征。用毛笔书写绘画非常困难，好像也难以准确，但是一旦掌握了它，你就能够得心应手，创造出美妙优雅的书画来，而用西方坚硬的钢笔是无法获得这种效果的。

正是因为中国人过着一种心灵的生活，一种像孩子的生活，所以使得他们在许多方面还显得有些幼稚。这是一个很明显的事实，即作为一个有着那么悠久历史的伟大民族，中国人竟然在许多方面至今仍表现得那样幼稚。这使得一些浅薄的留学中国的外国留学生认为中国人未能使文明得到发展，中国文明是一个停滞的文明。

必须承认，就中国人的智力发展而言，在一定程度上被人为地限制了。众所周知，在有些领域中国人只取得很少甚至根本没有什么进步。这不仅有自然科学方面的，也有纯粹抽象科学方面的，诸如科学、逻辑学。实际上欧洲语言"科学"与"逻辑"二词，是无法在中文中找到完全对等的词加以表达的。

像儿童一样过着心灵生活的中国人，对抽象的科学没有丝毫兴趣，因为在这方面心灵和情感无计可施。事实上，每一件无需心灵与情感参与的事，诸如统计表一类的工作，都会引起中国人的反感。如果说统计图表和抽象科学只引起了中国人的反感，那么欧洲人现在所从事的所谓科学研究，那种为了证明一种科学理论而不惜去摧残肢解生物的所谓科学，则使中国人感到恐惧并遭到了他们的抑制。

实际上，我在这里要指出的是：中国人最美妙的特质并非他们过着一种心灵的生活。所有处于初级阶段的民族都过着一种心灵的生活。正如我们都知道的一样，欧洲中世纪的基督教徒们也同样过着一种心灵的生活。马太·阿诺德就说过"中世纪的基督教世人就是靠心灵和想象来生活的"。中国人最优秀的特质是当他们过着心灵的生活，像孩子一样生活时，却具有为中世纪基督教徒或其他任何处于初级阶段的民族所没有的思想与理性的力量。换句话说，中国人最美妙的特质是：作为一个有悠久历史的民族，它既有成年人的智慧，又能够过着孩子般的生活——一种心灵的生活。

因此，我们与其说中国人的发展受到了一些阻碍，不如说她是一个永远不衰老的民族。简言之，作为一个民族，中国人最美妙的特质就在于他们拥有了永葆青春的秘密。

选自《中国人的精神》，海南出版社1996年版

【经典背诵】

什么是真正的中国人？我们现在已经知道，真正的中国人就是有着赤子之心和成年人的智慧、过着心灵生活的这样一种人。简言之，真正的中国人有着童子之心和成年人的智慧。中国人的精神是一种永葆青春的精神，是不朽的民族魂。那么，这种使民族不朽，永远年轻的秘密又何在呢？诸位一定还记得在篇首我曾说过：是同情的或真正的人类的智能造就了中国式的人之类型，从而形成了真正的中国人那种难以言表的温良。这种真正的人类的智能，是同情与智能的有机结合，它使人的心与脑得以调和。总之，它是心灵与理智的和谐。如果说中华民族之精神是一种青春永葆的精神、是不朽的民族魂，那么，民族精神不朽的秘密就是中国人心灵与理智的完美谐和。

——辜鸿铭《中国人的精神》

选自《中国人的精神》，海南出版社1996年版

【名家评点】

在旧中国，哪儿有人可与辜鸿铭先生相提并论？他是唯一通晓东学和西

学的中国人，我承认我欣赏他，我承认我爱他。

——[法]弗兰西斯·波里：《解读一代狂儒怪杰辜鸿铭》

在战时与战后欧洲悲观与幻灭的氛围中，与泰戈尔、冈仓等成为东方著名的圣哲者的，是辜鸿铭，不是梁漱溟或梁启超。在那时代，辜氏极受欢迎，他的书是欧洲大学哲学课程所必读，译成了多种欧洲语言，被西方多位哲学家引用。其之所以深得外国人的尊敬甚而崇拜，不仅在于他所著有关欧战文字，使饱受战祸的欧洲人产生精神解脱作用，还因为他能够把中国固有的文明宣传到外国去，而不像别人只说外国的东西好。

——[美]艾恺：《文化守成主义论——反现代化思潮的剖析》

他有深度及卓识，这使人宽恕他许多过失，因为真正有卓识的人是很少的。

——林语堂：《八十老翁心中的辜鸿铭》

吾人之于辜氏，毁之固属无当，而尊之亦不宜太过。辜氏譬如有用之兴奋剂，足以刺激，使一种麻痹之人觉醒；而非滋补培养之良药，使病者元气恢复、健康增进也。

——吴　宓：《国学大师之死》

辜鸿铭乃是"中国近代思想文化领域在'古今中西之争'中演化出来的一个奇特而复杂的标本"。

——冯天瑜：《解读辜鸿铭》

辜氏最为人诟病的，就是他对诸如缠足、纳妾、吐痰等这些现代人眼中的陋俗为之辩。其实，在现代性向全球拓展之先，世界各个民族都存在不少被今人视为陋俗的习俗，即使是自以为文明高人一等的欧洲人也并不例外。

——王　炎：《一代怪杰辜鸿铭》

在历史的苹果园里，辜鸿铭是一只过早坠地的落果，他的可贵之处是超前地看到了社会发展中的困境和危机，他的可悲之处也正在于此。

——鲁枢元：《解读辜鸿铭》

愚以为中国两千五百余年文化所钟出一辜鸿铭先生，已足以扬眉吐气于20 世纪之世界。一之为奇，宁复有偶，必为辜氏之讹无疑。

愚读欧人对于辜说之评判，不禁起数种感想：第一，国人对于现代西洋最有价值之学说，恒扞格不相入，诋排之惟恐不及。而我以最无价值之梦话，一人彼欧人之耳，彼皆以诚恳之意迎之。或则以促其自反，或则以坚其自信，虽见仁见智各不相同，要皆能虚心袒怀资为他人之助。以视胶执己见、夜郎自大之吾人，度量相越之远，有非可以道里计者。故吾人对于欧人之注意辜说，惟当引以自愧，切不可视为"惊动欧人之名论"以自荣。

第二，西洋文明之是否偏于物质主义，宜否取东洋之理想主义以相调剂，此属别一问题。时至今日吾人所当努力者，惟在如何以吸收西洋文明之长以济吾东洋文明之穷，断不许以义和团的思想欲以吾陈死寂灭之气象腐化世界。（例如以不洁净之癖为中国人重精神不重物质之证，则吸食鸦片之癖亦何不可数为相同之例，是非欲腐化世界而何？）断不许舍己会人，但指摘西洋物质文明之疲穷，不自反东洋精神文明之颓废。

第三，希望吾青年学者出全力以研究西洋之文明，以迎受西洋之学说，同时将吾东洋文明之较与近世精神接近者介绍之于欧人，期于东西文明之调和有所神助，以尽对于世界文明二次之贡献，勿令欧人认此陈腐固陋之谈为中国人之代表。

第四，台里乌司氏谓："人虽有采用新税制新服制者，而无轻易采用新世界观者。"斯言诚不尽妄。但愚以为于吾东方静的世界观，若不加以最大之努力使之与动的世界观接近，则其采用种种动的新制度新服器必至怪相百出，不见其利只见其害。然此非可轻易能奏功效者亦属事实。当于日常生活中习练熏陶之，始能渐渍儒染，易静的生活为动的生产。取法乎上，仅得乎中。吾人即于日常生活中常悬一动的精神为准则，其结果尤不能完全变易其执性之静止。倘复偏执而保守之，则活动之气质将永不见于吾人之身心，久又必归于腐亡。

——李大钊：《东西文明根本之异点》

【延伸阅读】

1. 严光辉：《闲话辜鸿铭》，海南出版社1997年版。

2. 孔庆茂、张鑫：《中华帝国的最后一个遗老——辜鸿铭》，江苏文艺出版社1996年版。

3. 国学网：学人部国学大师辜鸿铭，http://www.guoxue.com/master/guhongming/guhongming.htm

【思考与拓展】

1. 一直以来，对辜鸿铭的评价都是毁誉参半的，请你在阅读过相关资料后，结合辜鸿铭所生活的时代背景，对他的这部作品作出自己的评价。

2. 如果有条件，请参考该文的英文原著，与中译本对照阅读。

3. 辜鸿铭为什么会对当时的西方世界，尤其是德国产生很大的影响？

（撰稿：宋 妍）

傅雷家书

傅 雷

【作品导读】

　　傅雷（1908—1966），别名怒庵，上海人，一代翻译巨匠、文艺评论家。幼年丧父，在寡母严教下，养成严谨、认真、一丝不苟的性格。早年留学法国，学习艺术理论，得以观摩世界级艺术大师的作品，大大地提高了他的艺术修养。回国后曾任教于上海美专，因不愿从流俗而闭门译书，几乎译遍法国重要作家如伏尔泰、巴尔扎克、罗曼·罗兰的重要作品。一生译著宏富，译文以传神为特色，更兼行文流畅，用字丰富，工于色彩变化。数百万言的译作成了中国译界备受推崇的范文，形成了"傅雷体华文语言"。他的遗著《世界美术名作二十讲》、《傅雷家书》等也深受读者喜爱，多次再版，一百余万言的著述也收录于《傅雷文集》。为表示对他著译的由衷礼赞，近年还出版了多种插图珍藏本，如《世界美术名作二十讲》、《米开朗琪罗传》、《贝多芬传》、《罗丹艺术论》、《艺术哲学》和版画插图珍藏本《约翰·克里斯朵夫》。他多艺兼通，在绘画、音乐、文学等方面，均显示出独特高超的艺术鉴赏力。1957年，他被打成"右派"，但仍坚持自己的立场。"文革"中因不堪忍受污辱，他与夫人朱梅馥双双含冤自尽，悲壮地走完了一生。

　　《傅雷家书》是傅雷暨夫人写给儿子傅聪、傅敏及长媳弥拉的家信摘编，写信时间为1954年1至6月。

　　《傅雷家书》中的信大部分是写给长子傅聪的。1954年，傅聪赴波兰参加第五届肖邦国际钢琴比赛并在波兰留学，《傅雷家书》就围绕着这一事件开始的。1958年，傅雷被打成"右派"，波及远在波兰的傅聪，被"逼上梁山"的傅聪在万般无奈的情况下从波兰出走英国。傅雷夫妇与儿子通信一度中断。当时，傅雷的政治身份是"右派"分子，傅聪又身蒙出走恶名，因此，他不敢与傅聪通信。后经上海市政府有关领导的批准，傅雷得与傅聪重新通信。

傅聪从英国将傅雷的书信原稿带回后，弟弟傅敏打算交给上海的出版社出版。然而，当时"文革"结束不久，许多人受极"左"思想的影响不敢出版。这时，北京三联书店的经理范用慧眼识珠，决定将傅雷家书整理出版。在排除了阻力之后，《傅雷家书》终于在1981年8月面世。此后，《傅雷家书》一版再版，印行了一百多万册。

《傅雷家书》不是一本普通的家书，它是傅雷的思想、艺术观和人生观的集中体现。

【经典回顾】

亲爱的孩子，六月十八日信(邮戳十九)今晨收到。虽然花了很多钟点，信写得很好。多写几回就会感到更容易更省力。最高兴的是你的民族性格和特征保持得那么完整，居然还不忘记："一箪食(读如'嗣')一瓢饮，回也不改其乐。"惟有如此，才不致被西方的物质文明湮没。你屡次来信说我们的信给你看到和回想到另外一个世界，理想气息那么浓的，豪迈的，真诚的，光明正大的，慈悲的，无我的 (即你此次信中说的 idealistic,generous, devoted,loyal,kind,selfless) 世界。我知道东方西方之间的鸿沟，只有豪杰之士，领悟颖异，感觉敏锐而深刻的极少数人方能体会。换句话说，东方人要理解西方人及其文化和西方人理解东方人及其文化同样不容易。即使理解了，实际生活中也未必真能接受。这是近代人的苦闷：既不能闭关自守，东方与西方各管各的生活，各管各的思想，又不能避免两种精神、两种文化、两种哲学的冲突与矛盾。当然，除了冲突与矛盾，两种文化也彼此吸引，相互之间有特殊的魅力使人神往。东方的智慧、明哲、超脱，要是能与西方的活力、热情、大无畏的精神融合起来，人类可能看到另一种新文化出现。西方人那种孜孜矻矻，白首穷经，只知为学，不问成败的精神还是存在 (现在和克利斯朵夫的时代一样存在)，值得我们学习。你我都不是大国主义者，也深恶痛绝大国主义，但你我的民族自觉、民族自豪和爱国热忱并无一星半点的排外意味。相反，这是一个有根有蒂的人应有的感觉与感情。每次看到你有这种表现，我都快活得心儿直跳，觉得你不愧为中华民族的儿子！

选自《傅雷家书》，生活·读书·新知三联书店1983年版

【经典背诵】

真诚是第一把艺术的钥匙。知之为知之，不知为不知。真诚的"不懂"，比不真诚的"懂"，还叫人好受些。最可厌的莫如自以为是，自作解人。有

了真诚，才会有虚心，有了虚心，才肯丢开自己去了解别人，也才能放下虚伪的自尊心去了解自己。建筑在了解自己了解别人上面的爱，才不是盲目的爱。

——傅　雷《傅雷家书》

凭了修养的功夫所能达到的和平恬静只是极短暂的，比如浪潮的尖峰，一刹那就要过去的。或者理想的和平恬静乃是微波荡漾，有矛盾而不太尖锐，而且随时能解决的那种精神修养，可决非一泓死水：一泓死水有什么可美呢？我觉得倘若苦闷而不致陷入悲观厌世，有矛盾而能解决（至少在理论上认识上得到一个总结），那么苦闷与矛盾并不可怕。所要避免的乃是因苦闷而导致身心失常，或者玩世不恭，变做游戏人生的态度。

——傅　雷《傅雷家书》

一个人唯有敢于正视现实，正视错误，用理智分析，彻底感悟，终不至于被回忆侵蚀。

——傅　雷《傅雷家书》

尽管人生那么无情，我们本人还是应当把自己尽量改好，少给人一些痛苦，多给人一些快乐。说来说去，我仍抱着"宁天下人负我，毋我负天下人"的心愿。

——傅　雷《傅雷家书》

选自《傅雷家书》，生活·读书·新知三联书店1981年版

【名家评点】

听了适夷先生的介绍，我对傅雷与傅聪的通信产生了极大的兴趣。正如适夷先生后来所写的："应该感谢当时的某位领导同志（石西民），在傅雷被划成'右派'之后，仍能得到一些关顾，允许他和身在海外并同样蒙受恶名的儿子保持经常通信关系。"这才有这部可贵的家书。不久，我从傅敏那里取得家书原件。阅读之后，一种强烈的愿望，驱使我一定要把它出版介绍给广大读者，让天下做父母的做儿女的都能一读。

——范　用：《〈傅雷家书〉的出版始末》

这是一部最好的艺术学徒修养读物，这也是一部充满着父爱的苦心孤诣、呕心沥血的教子篇。傅雷艺术造诣极为深厚，对无论古今中外的文学、绘画、音乐的各个领域，都有渊博的知识……在他给傅聪的家书中，我们可以看出他在音乐方面的学养与深入的探索。他自己没有从事过音乐实践，但他对于一位音乐家在艺术生活中所遭到的心灵的历程，是体会得多么细致，多么深刻。儿子在数万里之外，正准备一场重要的演奏，爸爸却好似以即将赴考的身边的孩子一般，殷切地注视着他的每一次心脏的律动，设身处地预

想他在要走去的道路上会遇到的各种可能的场景，并替他设计应该如何对待。因此，在这儿所透露的，不仅仅是傅雷对艺术的高深的造诣，而是一颗更崇高的父亲的心，和一位有所成就的艺术家，在走向成功的道路中所受过的陶冶与教养，在他才智技艺中所积累的成因。

——楼适夷：《读家书，想傅雷》

傅雷以翻译家见知于世，译文信、达、雅三美兼擅，传誉译林，卓然一家。所译皆世界名著，抉择谨严，影响巨大。傅氏学养精深，于美术及音乐理论与欣赏，尤具专长，而常为其翻译盛名所掩。特别重要的，是他的立身处世，耿介正直，劲节情操，一丝不苟，兼具中国知识分子传统品德与现代精神，堪称典范。文革殉难，举世景仰。《傅雷家书》问世，一时家弦户诵，纸贵洛阳，因为其中不但表达了亲情之温馨，还深刻体现了生活的真谛，社会的尊严，爱国的热情，对艺术家"德才兼备，人格卓越"的严格要求。

——柯 灵：《〈傅雷文集〉代序》

《傅雷家书》的意义，远远超过了傅雷一家的范围。哲学家可以从《傅雷家书》中研究傅雷的思想、哲理、方法；教育家可以从《傅雷家书》中研究教育子女的方式、方法；人才学家可以从《傅雷家书》中探讨人才培养的规律以及家庭对人才的影响；文学家可以从《傅雷家书》中研究散文的笔法；艺术家可以从《傅雷家书》中汲取音乐、美术的营养；历史学家可以从《傅雷家书》中研究 20 世纪 50 年代至 60 年代中国知识分子的灵魂；广大的读者则把《傅雷家书》作为一本思想修养读物，一本爱国主义教育的生动题材。

——叶永烈：《傅雷与傅聪——解读〈傅雷家书〉》

我对傅聪说，我写这篇文章（《傅雷的音乐艺术观》）的主要目的是想借题发挥：一方面我个人对《家书》所讨论的内容有着浓厚的兴趣，有的同意傅雷的看法，有的则不同意；另一方面，近年来大陆、台湾和香港有一种吹捧《家书》的风气；好好看了《家书》之后来吹捧，这还可以忍受。但有些人根本没有仔细阅读《家书》，也不知道傅雷的艺术观，只是瞎吹捧，这篇《傅雷的音乐艺术观》希望能起着平衡的作用。傅聪亦同意我的反应，说中国人就是喜欢造神。

——刘靖之：《傅雷的音乐艺术观》

【延伸阅读】

1. 叶永烈:《傅雷与傅聪——解读傅雷家书》,广西人民出版社 2004 年版。

2. 傅 雷:《世界美术名作二十讲》,生活·读书·新知三联书店 1998 年版。

3. [法] 罗曼·罗兰:《约翰·克里斯朵夫》,傅雷译,人民文学出版社 1954 年版。

4. [法] 泰 纳:《艺术哲学》,傅雷译,天津社会科学院出版社 2004 年版。

【思考与拓展】

1. 《傅雷家书》的写作背景是什么?

2. 《傅雷家书》具有哪些方面的内容?

3. 你读了《傅雷家书》后有何感想?

4. 围绕你目前学习中取得的成绩、学到的知识及生活中的困惑写一封家书。

(撰稿:齐光远)

骂人的艺术

梁实秋

【作品导读】

梁实秋（1903—1987），学名梁治华，字实秋，北京人，原籍浙江杭县（今杭州市）。一度以秋郎、子佳为笔名。中国著名的散文家、学者、文学批评家、翻译家。

1915 年，梁实秋考入清华大学，在该校高等科求学期间开始写作。梁实秋早年写新诗、写小说，数量不多，并不引人注目。第一篇散文诗《荷水池畔》发表于 1921 年 5 月 28 日《晨报》。1923 年毕业后赴美留学研读英美文学批评。留美期间，虽然在创作上无甚成就，但对于他的一生来说，具有不可低估的重要意义。在哈佛做白璧德的学生时，他对新人文主义产生了浓厚的兴趣，从此从青春的浪漫转到了传统的古典，成为古典主义的批评家。1926 年回国任教于南京东南大学。

梁实秋的散文起笔很早。他在清华做学生时就在杂志上发表了《南游杂感》《清华的环境》等多篇作品，在上海编辑《时事新报》副刊《青光》，并以"秋郎"为笔名在该报副刊上发表小品，这些短文中有都市社会的生活风景，诙谐文笔中常有芒刺指向流行的市民阶层的心理病患。后由新月书店结集于 1927 年出版，名曰《骂人的艺术》。

《骂人的艺术》是用一种调侃揶揄的笔墨来表现都市生活。1994 年，《骂人的艺术》由台湾远东图书公司再版，在该书的简介中梁实秋写道："民国十六年（1927）五月一日至八月九日上海《时事新报》的《青光》一栏，是由我编辑的。在这三个多月的期间，我在《青光》上写了不少的短篇文字，本来这些不曾用心写的东西，不值得再来印行。但是我想：一个夙性严重的人忽然发疯一般作了三个月不严重的文字，在我自己是一件可纪念的事；同时还有远道的朋友因为买不到《时事新报》，看不见我的文字，我很想给他们看看。所以我决计把些庞杂的短文聚集起来，删去了一大半，把比较通顺的留在这里。这集里面没有'文学'，没有'艺术'，也没有'同情'，也没有'爱'，更没有'美'。里面有的，只是'闲话'、'絮语'、'怨怒'、'讥讽'、'丑陋'和各式各样的'笑声'。"

【经典回顾】

古今中外没有一个不骂人的人。骂人就是有道德观念的意思，因为在骂人的时候，至少在骂人者自己总觉得那人有该骂的地方。何者该骂，何者不该骂，这个抉择的标准，是极道德的。所以根本不骂人，大可不必。骂人是一种发泄感情的方法，尤其是那一种怨怒的感情。想骂人的时候而不骂，时常在身体上弄出毛病，所以想骂人时，骂骂何妨。

但是，骂人是一种高深的学问，不是人人都可以随便试的。有因为骂人挨嘴巴的，有因为骂人吃官司的，有因为骂人反被人骂的，这都是不会骂人的缘故。今以研究所得，公诸同好，或可为骂人时之一助乎？

（一）知己知彼

骂人是和动手打架一样的，你如其敢打人一拳，你先要自己忖度下，你吃得起别人的一拳否。这叫做知己知彼。骂人也是一样。譬如你骂他是"屈死"，你先要反省，自己和"屈死"有无分别。你骂别人荒唐，你自己想想曾否吃喝嫖赌。否则别人回敬你一二句，你就受不了。所以别人有着某种短处，而足下也正有同病，那么你在骂他的时候只得割爱。

（二）无骂不如己者

要骂人须要挑比你大一点的人物，比你漂亮一点的或者比你坏得万倍而比你得势的人物。总之，你要骂人，那人无论在好的一方面或坏的一方面都要能胜过你，你才不吃亏的。你骂大人物，就怕他不理你，他一回骂，你就算骂着了。在坏的一方面胜过你的，你骂他就如教训一般，他即便回骂，一般人仍不会理会他的。假如你骂一个无关痛痒的人，你越骂他他越得意，时常可以把一个无名小卒骂出名了，你看冤与不冤？

（三）适可而止

骂大人物骂到他回骂的时候，便不可再骂；再骂则一般人对你必无同情，以为你是无理取闹。骂小人物骂到他不能回骂的时候，便不可再骂；再骂下去则一般人对你也必无同情，以为你是欺负弱者。

（四）旁敲侧击

他偷东西，你骂他是贼；他抢东西，你骂他是盗，这是笨伯。骂人必须先明虚实掩映之法，须要烘托旁衬，旁敲侧击，于要紧处只一语便得，所谓杀人于咽喉处著刀。越要骂他你越要原谅他，即便说些恭维话亦不为过，这样的骂法才能显得你所骂的句句是真实确凿，让旁人看起来也可见得你的度量。

（五）态度镇定

骂人最忌浮躁。一语不合，面红筋跳，暴躁如雷，此灌夫骂座，泼妇骂街之术，不足以骂人。善骂者必须态度镇静，行若无事。普通一般骂人，谁的声音高便算谁占理，谁来得势猛便算谁骂赢，惟真善骂人者，乃能避其而击其懈。你等他骂得疲倦的时候，你只消轻轻的回敬他一句，让他再狂吼一阵。在他暴躁不堪的时候，你不妨对他冷笑几声，包管你不费力气，把他气得死去活来，骂得他针针见血。

（六）出言典雅

骂人要骂得微妙含蓄，你骂他一句要使他不甚觉得是骂，等到想过一遍才慢慢觉悟这句话不是好话，让他笑着的面孔由白而红，由红而紫，由紫而灰，这才是骂人的上乘。欲达到此种目的，深刻之用词故不可少，而典雅之言词尤为重要。言词典雅则可使听者不致刺耳。如要骂人骂得典雅，则首先要在骂时万万别提起女人身上的某一部分，万万不要涉及生理学范围。骂人一骂到生理学范围以内，底下再有什么话都不好说了。譬如你骂某甲，千万别提起他的令堂令妹。因为那样一来，便无是非可言，并且你自己也不免有令堂令妹，他若回敬起来，岂非势均力敌，半斤八两？再者骂人的时候，最好不要加人以种种难堪的名词，称呼起来总要客气，即使他是极卑鄙的小人，你也不妨称他先生，越客气，越骂得有力量。骂得时节最好引用他自己的词句，这不但可以使他难堪，还可以减轻他对你骂的力量。俗话少用，因为俗话一览无遗，不若典雅古文曲折含蓄。

（七）以退为进

两人对骂，而自己亦有理屈之处，则处于开骂伊始，特宜注意，最好是毅然将自己理屈之处完全承认下来，即使道歉认错均不妨事。先把自己理屈之处轻轻遮掩过去，然后你再重整旗鼓，着着逼人，方可无后顾之忧。即使自己没有理屈的地方，也绝不可自行夸张，务必要谦逊不遑，把自己的位置降到一个不可再降的位置，然后骂起人来，自有一种公正光明的态度。否则你骂他一两句，他便以你个人的事反唇相讥，一场对骂，会变成两人私下口角，是非曲直，无从判断。所以骂人者自己要低声下气，此所谓以退为进。

（八）预设埋伏

你把这句话骂过去，你便要想想看，他将用什么话骂回来。有眼光的骂人者，便处处留神，或是先将他要骂你的话替他说出来，或是预先安设埋伏，令他骂回来的话失去效力。他骂你的话，你替他说出来，这便等于缴了他的械一般。预设埋伏，便是在要攻击你的地方，你先轻轻的安下话根，然后他骂过来就等于枪弹打在沙包上，不能中伤。

（九）小题大做

如对方有该骂之处，而题目身小，不值一骂，或你所知不多，不足一骂，那时节你便可用小题大做的方法，来扩大题目。先用诚恳而怀疑的态度引申对方的意思，由不紧要之点引到大题目上去，处处用严谨的逻辑逼他说出不逻辑的话来，或是逼他说出合于逻辑但不合乎理的话来，然后你再大举骂他，骂到体无完肤为止，而原来惹动你的小题目，轻轻一提便了。

（十）远交近攻

一个时候，只能骂一个人，或一种人，或一派人。决不宜多树敌。所以骂人的时候，万勿连累旁人，即使必须牵涉多人，你也要表示好意，否则回骂之声纷至沓来，使你无从应付。

骂人的艺术，一时所能想起来的有上面十条，信手拈来，并无条理。我做此文的用意，是助人骂人，同时也是想把骂人的技术揭破一点，供爱骂人者参考。挨骂的人看看，骂人的心理原来是这样的，也算是揭破一张黑幕给你瞧瞧！

选自《梁实秋经典作品选》，当代世界出版社 2002 年版

【经典背诵】

真正理想的伴侣是不易得的，客厅里的好朋友不见得即是旅行的好伴侣，理想的伴侣须具备许多条件，不能太脏，如嵇叔夜"头面常一月十五日不洗，不太闷痒不能沐"，也不能有洁癖，什么东西都要用火酒揩，不能如泥塑木雕，如死鱼之之张嘴，也不能终日喋喋不休，整夜鼾声不已，不能油头滑脑，也不能蠢头呆脑，要有说有笑，有动有静，静时能一声不响的陪着你看行云，听夜雨，动时能在草地上打滚像一条活鱼！这样的伴侣哪里去找？

——梁实秋《旅行》
选自《梁实秋经典作品选》，当代世界出版社 2002 版

【名家评点】

在现代散文作家中，论幽默的才能，首推梁实秋，其次是钱锺书。两人的散文风格也近似，即不以抒情为主，也不似周作人那种札记式的随笔，重在致知，梁、钱二人的散文则以遣趣为主，抒情和致知也自在其中。

他的作品风趣，惹人发笑，有所会心，话中有耐得咀嚼的智慧，此外还有博雅的知见，从他的作品中，不但可以欣赏精彩的幽默，同时也获得知和

慧。

梁实秋的幽默不伤大雅，处处有谨厚之气。

——司马长风:《中国新文学史》

梁实秋富有幽默感，他的幽默不是外加的，而是内在的。

——叶永烈:《〈雅舍小品全集〉序言》

【延伸阅读】

1. 梁实秋:《雅舍》，《梁实秋经典作品选——谈话的艺术》，当代世界出版社 2002 年版。

2. 梁实秋:《孩子》，《中国现当代文学作品导读》，北京大学出版社 2005 年版。

3. 梁实秋:《关于鲁迅》，《雅舍闲翁》，东方出版中心 1998 年版。

【思考与拓展】

1. 试析梁实秋散文的艺术风格。

2. 谈谈梁实秋散文小品的幽默特色。

3. 试论梁实秋散文的语言艺术。

（撰稿：金世玉）

妈妈·弟弟·电影

李 敖

【作品导读】

　　李敖(1935—)台湾当代学者、著名作家、评论家和历史学家。祖籍吉林省扶余县，1935年生于哈尔滨，后迁居北京、上海等地。1949年举家赴台，定居台中。1954年考入台湾大学法律系，未满一年自动退学，旋再考入历史系。1957年在《自由中国》发表《从读〈胡适文存〉说起》，引起胡适注意，后任蒙元史专家姚从吾助手，并考入台大历史研究所。1961年11月于《文星》杂志发表《老年人和棒子》，揭开20世纪60年代台湾"中西文化论战"的序幕。此后出任《文星》总主笔。陆续发表《播种者胡适》、《给谈中西文化的人看看》。

　　李敖生平以嬉笑怒骂为己任，而且确有深厚的学问护身。自称文章天下第一，狂妄至极。李敖从十二岁开始就从事创作，笔耕不辍，至今已发表一千多万字，即使是小说，这个数字也够吓人的，何况他发表的主要是杂文、随笔、论文和散文。纵观他的文章大体可以分为四类，即谈历史、论时政、评人物、说情爱，而较有学术价值的当属前三类。不过对于李敖作品，不论哪类都文若其人，富有鲜明个性和独特风格。因此，很多人称李敖是世界上最特立独行的理想主义者，他的一生跌宕起伏，作品亦纵横捭阖。他写过一百多本书，其中有九十六本被查禁过，可以说他写禁书之多、被查禁量之大也是史无前例的。

　　本篇散文只是在他卷帙浩繁的作品当中很微小的一篇，但却也可以展现他跌宕生平中的一幕，也能展示他创作风格与个性的独树一帜，尤其是在对他散文创作上的研究方面提供很好的范本。在本篇散文的后记当中，已经很清楚地介绍了当时的一些创作背景。《妈妈·弟弟·电影》创作于1963年5月22日，这时李敖已经二十八岁，正担任着台湾《文星》杂志的总主笔。在台湾60年代掀起的"中西文化论战"思潮中，李敖借助《文星》杂志发表大量文章激烈抨击和否定中国传统文化，主张"剪掉传统的脐带"。针对

当时在台湾香港文坛上日趋保守顽固、墨守成规的创作风气以及对新式创作特点与风格的排挤,李敖发表了这篇文章,以实际行动和独具风格的创作批判了当时人们的错误理念,提出写文章为什么要"道貌岸然"?认为"游戏文章"也可"载道"。他以一个初出茅庐的青年形象力抗多位学者,从此成为文化界的知名人物之一。

在《妈妈·弟弟·电影》当中,我们可以发现,无论从文章题目的特点、行文的语言风格还是全文思想内容的深度和观察问题的方式,都多少体现出当时李敖文章的独特魅力。在这篇散文中,李敖用他喜欢和善用的自然调侃的文风特色,表达一种清新自如的创作风格,把妈妈对弟弟的喜爱和对电影的热爱描绘得淋漓尽致,使人读起来极富亲切感和轻松幽默感,又使人感到意味深长。母亲在家庭中总是固守传统的象征,而李敖的这篇文章恰恰通过母亲对新事物,尤其是电影的热爱和随着电影发展不断转换观念而始终葆有对电影的挚诚与当时香港、台湾文坛传统保守的状貌形成鲜明的对比,肯定其要"剪掉传统脐带"的西化观点。这篇散文虽篇章短小,但思想力量巨大,旗帜鲜明地标明李敖的观点,也为当时文坛吹进一缕清新之风,显得非常及时且意义重大。

李敖的语言自成风格,大体呈现浅显易懂、简洁精美、文气流贯以及高度情绪化等特点。写作决不用佶屈聱牙、半文不白的文字,只用大白话,把语言标准定格在"中学生也能懂"的层面上。因此,他的文章谁都能读,谁都能读懂,这也是他特别受大众欢迎、拥有最广泛读者群的重要原因之一。李敖的文章非常适合朗读,节奏分明,酣畅淋漓。他特别善于以高度情绪化的语言和性情装点他的思想和他所用的材料,由此展现他独特的语言魅力。比如,本篇中描述的"妈妈的半部自传就是一部电影发展史"那一段,倾诉了妈妈对电影的执著与热爱:从十几岁开始看电影,从默片看到有声,从黑白看到彩色,从平面看到立体,也看到各种明星从黑发到白发……,而最能让作者进行高度情绪表达的原因就是妈妈不肯服输、努力适应电影日新月异变化的恒心和毅力,尽管她也怀念她的青春和那个默片时代,但是还是接受电影的新变化。冷静下来,感动于作者妈妈的执著与固执之外,也不觉深思当时文坛的现实环境和作者写作本篇的深层意蕴。

此外,李敖的这篇散文还能展现出他的一个创作特色就是他的"于细微处见真章",小处着眼,材料具体,细致入微,从没有大而无当的空洞议论,而是每句话都落到实处。同时善于以小见大,即使是生活中的一件琐事、一个小人物,经由他的笔触和思想的包装也会变得独具意味,精彩十足。

李敖文章直率泼辣、果敢大胆,能显真性露真情,在当时确实一扫文坛虚伪做作的风气,使人读了耳目一新,痛快淋漓。不过,也要看到,有时直率容易变成草率，果敢也容易变成武断，李敖在 20 世纪 60 年代台湾掀起的"中西文化论战"思潮中，抨击传统文化时所作的文章确实具有一定的进步意义，但他提出的"全盘西化"论断也难免有些草率。不管怎样，成文于这个时期的《妈妈·弟弟·电影》仍是一篇不可多得的佳作，值得我们反复诵读与揣摩。

【经典回顾】

如果我说我喜欢弟弟，那我真对不起自己的良心，这原因说来话长，可是又不能不说。

想当年妈妈生了四个女儿以后我才出世，接着又来了两个妹妹，那时候我以一比六的优势，在家中的地位如日中天，前无古人，后无来者，爸爸妈妈对我的宠爱无以复加。但是好景不长，我虽然是空前，却势难绝后，命中注定我又有个宝贝弟弟，他的降生使我一落千丈，从宝座上掉将下来，因此，我对这个"篡位的小流氓"实在很讨厌，一见到他那贼头贼脑的贼眼与后来居上的油脸就不开心。

我们平常叫弟弟做"阿八"，可是妈妈似乎不喜欢这个称呼，她希望我们尊称他做"八少爷"。而她叫起弟弟来，名字就多了，除了"心肝"、"宝贝"、"金不换"、"小八哥"等十几个正规昵称不算外，她还经常改用新的名字来呼唤这个小流氓：比如说妈妈看了"小飞侠"回来，她就一连叫弟弟做"彼得潘"，叫呀叫的，直叫到另一场电影（比如说《辛八达七航妖岛》）散了场，于是她又兴高采烈地带了一个新名称回来，改叫弟弟做"辛八达"。少则五天，多则半月，整天你都会听到"辛八达"，"辛八达"，"辛——八——达"！

古人择善固执，妈妈却择电影固执。妈妈三天不看电影就觉得头昏脚软人生乏味，电影是妈妈的命根子，也是她唯一的嗜好。妈妈说她有三大生命：第一生命是她自己；第二生命是弟弟，第三生命就是电影，她统其名曰"三命主义"；并扬言三者一以贯之相辅为用，互为表里，缺一不可，极富连环之特性。

由于"生命"攸关，妈妈不得不像喜欢电影那样喜欢弟弟，或是像喜欢弟弟那样喜欢电影，妈妈虽说她用心如日正当中，对八个孩子绝不偏心哪一个，可是我们都知道妈妈的心眼儿长在胳肢窝里，除非"一泻千里式"的场合，才偶尔骂到辛八达。

所谓"一泻千里式"是妈妈骂我们的一种基本方法，只要我们八个孩子中的任何一个得罪了妈妈，妈妈就要采取"惩一坐八"的策略，一个个点名骂下去，因人而异，各有一套说词，绝无向隅之感，真是天网恢恢疏而不漏，八面玲珑人人俱到。比如说三小姐使妈妈不开心了，妈妈并不开门见山直接骂三小姐，她先从大小姐不该买那件黄外套开始，然后顺流而下，谴责二小姐不该留赫本头，再依此类推，直骂到么小姐的第六号男朋友的大鼻子为止。这种骂法，既可得以偏概全之功，又可收举一得八之效，因材施骂，报怨以直，个个鸣鼓小攻一番，不失古诗人轻怨薄怒的风度。但有个例外是，阴险的辛八达经常是个漏网者，因为他很乖巧，一看到妈妈"骂人开始"了，他便赶紧跑到厨房去烧开水，等到妈妈骂完么小姐刚要峰回路转枪口对他的时候，他便准时把热腾腾的红茶从门外端进来，那种唯恭唯谨的嘴脸、必信必忠的姿态、清白此身的尊容，再加上举案齐眉的红茶，四种攻势立刻使妈妈化干戈为玉帛，拨云雾而见青天——笑逐颜开了。大喜之余，妈妈立即转换主题，品茗大谈"辛八达孝感动天录"，誉辛八达为二十四孝外一章，曾参以后第一人，"生民以来，未之有也！"……一天夜里我偷看辛八达的日记，他写道：

今天小施故技，老大又被"红茶战术"击垮，转而对我谬许不止。不过妈妈似乎对"八"这个数字很偏爱，只骂七个人犹意未足，所以把老太爷抬出来补骂一阵，小子何人？竟劳动老子代我受过，实在不幸之至。感而有诗，成六绝一首：

他们人人挨骂，

例外只有阿八。

妈妈创造儿子，

儿子征服妈妈！

妈妈的半部自传就是一部电影发展史。妈妈从十几岁就开始看电影，那时还正是默片时代。四十年来，妈妈从黑白看到彩色；从真人看到卡通；从平面看到立体；从无声看到有声。不但如此，妈妈还看白了嘉宝的头发；看老了卓别林的神情；看死了范伦·铁诺的风采；也看花了她自己的眼睛。这种赫赫的历史背景使她轻易取得了电影"权威"的宝座，妈妈也不谦辞。她的座右铭是："天下万事，事事可让，碰到电影，绝不后人！"但是电影界的日新月异，新人辈出，未免使妈妈很辛苦。有一次我半夜醒来，竟看到她戴着老花眼镜，坐在灯前，口诵心经，用起功来。我蹑手蹑脚走到她后面去看，吓！原来她念的是一大串美国新歌星的名字与履历！其用情之专、用力之勤、用心之苦，真可为千古典范而无愧色！妈妈虽不忘新人力争上游，可是在不经意间，仍可见其心折于老明星而讨厌这些后起之秀。她最痛恨普莱斯利，本来早有挞伐之意，想不到六小姐与么小姐却对猫王大为倾倒、大为卿狂，妈妈一人难敌两口，何况贬斥新星容易被人戴上老顽固或不时髦的帽子，那又何苦来？所以妈妈不久也就软化了。她在两位千金促膝大谈猫王从军史的当儿，偶尔也插嘴说："不错，猫王的嗓子也不错，他有几个调门是学平克劳斯贝的；而他的鼻子又很像却尔斯鲍育！"其眷念故老之情，不但飞舞于眉宇，而且摇滚于脸上，大有白头宫女谈天宝之慨！有一次她看了一出《洪水神舟》的默片，归来大谈不止，无声电影把她带回到青春时代，那天她非常兴奋，躺在床上犹喃喃自语，说个不停，反复背着《琵琶行》里的一句："此时无声胜有声！"

妈妈最会看电影，也最能在电影里发挥美学上的"移情作用"。她积四十年之经验，一日心血来潮，作了一篇《影迷剪影》，其中有一段说：

观影之道，贵乎能设身处地，要能先明星之忧而忧而不后明星之乐而乐，我看到那女明星喜怒哀乐，我早就喜怒哀乐，我虽是个资深的观众，可是当电影开演时，我就摇身一变为女主角了！她生气，我发怒；她出力，我流汗；她志在求死，我痛不欲生。一定要这样，才能心领神会，得个中三昧，那时你一定要陶然忘我，深入无我之境，魂不附体，舍己为人，凡不能自我牺牲的，都得不到顾"影"自怜的乐趣！

妈妈把这篇大作油印出来，见人就送，我也幸获一份，此后有指南在手，时开茅塞，再也不怕人家笑我是外行了！

妈妈是上世纪六十年代的新派人物，她最恨老、最不服老，想当年爸爸曾为她仗义执言道："谁说你妈妈老？比起玛琳·黛德丽来，她还是小孩子！"妈妈最讨厌人家问她年纪，她的年纪也始终是个未知数，我只风闻她已五十岁，可是她却偷偷告诉张太太她只四十五，并且三年来一直没有打破这项纪录，据初步判断，未来也很有冻结的可能。其实话说开来，世界上哪个女明星不瞒岁数？有明星为证成例可援，妈妈气势为之一壮，心安理得了！

不过，别看妈妈上了年纪，满头黑发的她实在与那些祖母明星们一样的年轻，而她对生活的兴致与乐趣，更远非像我这种少年落魄的文人所能比拟。我记得她第十二次看《乱世佳人》的时候，早晨九点钟到电影院里，直到晚上九点钟才回来。从这种雅人深致的热情、老当益壮的雄风，岂是一般妈妈比得上的？何况妈妈还屡施惊人之举，遇有文艺巨片，缠绵悱恻，在电影院里坐上七八个小时，本是家常便饭拿手好戏，老太视此固小芥耳，何足道哉！

妈妈生平最大的遗憾大概就是生不逢时未能献身银幕了，但聊以自慰的是，人生本是个大舞台，有演员也得有观众。妈妈说她既不能"巧笑倩兮"于水银灯下，只好"美目盼兮"于电影院中。委曲求全之余，妈妈不但成功地做了一个伟大的观众，并且把六位千金和辛八达训练成大影迷，个个精谙影星家传，银幕春秋。最要命的是，我这个"不孝有三，不爱电影为大"的长子最使她失望，幸有弟弟善全母志克绍箕裘，俨然以未来明星自许，常使妈妈厚望不已。有一次妈妈居然打破一向不信释道鬼神的惯例，在老佛爷面前焚香膜拜起来了，只见她五体投地扑身便倒，口中念念有词，词曰：

别的母亲望子成龙，我却望子成电影明星，如果老天爷一定要我儿子成龙，那么就请成个王元龙吧！

昔孟轲有母，史传美谈；今我有母如此，我死何憾？辛八达的妈妈呀！我服了！

[后记]

在台湾香港的几家报纸杂志一再围攻"浮夸青年"、"文化太保"的时候，我发表这篇文章，似乎不能不说几句话。

我认为如果有"人心不古"的事，那就是后人不如古人有幽默感。司马迁的《滑稽列传》及身而绝就是一个显例。流风所被，好像一个人不板着脸孔写文章就是大逆不道！不写硬邦邦的文章就是没有价值！

我不明白：为什么写文章要道貌岸然？教别人读了要得胃病？为什么写他们眼里的"游戏文章"就是罪过？"游戏文章"就不能"载道"吗？

一九六三年五月二十二日

选自《李敖文存——李敖作品精选》，中国友谊出版公司 2002 年版

【经典背诵】

哲学家斯宾塞说"没有人能完全自由，除非所有人完全自由；没有人能完全道德，除非所有人完全道德；没有人能完全快乐，除非所有人完全快乐。"这种伟大的透视力、伟大的胸襟，我给它下了一个描绘，这叫"自由的不自由"。

"自由的不自由"的特色是民胞物与，是把受苦受难的人当兄弟，又使自己有责任感。夏禹感觉天下有淹在水里的人，就好像自己把他们淹在水里一样；后稷感觉天下有没饭吃的人，就好像自己使他们挨饿一样，有这种抱负的人，后天下之乐而乐，众生不成佛的时候，他自己不要成佛。《新约》哥林多后书第十一章里，为这种心境做了动人的总结："有谁软弱，我不软弱呢？有谁跌倒，我不焦急呢？"有这种心境的人，他自己坚强，却感受兄弟的软弱；他自己站起，却焦急兄弟的跌倒；他自己自由，却念念不忘兄弟的不自由。

——李 敖《自由的不自由》

选自《话中外古今》，人民文学出版社 1992 年版

【名家评点】

学者的散文（scholar's prose）：这一型的散文限于较少数的作者。它包括抒情小品、幽默小品、游记、传记、序文、书评、论文等等，尤以融合情趣、智慧和学问的文章为主。它反映一个有深厚的文化背景的心灵，往往令读者心旷神怡，既羡且敬。面对这种散文，我们好像变成面对歌德的艾克尔曼（J.P.Eckerman），或是恭聆约翰生博士的鲍斯威尔（James Boswell）。有时候，这个智慧的声音变得厚利而辛辣像史感夫特，例如钱锺书；有时候，它变得诙谐而亲切像兰姆，例如梁实秋；有时候，它变得清醒而明快像罗素，例如李敖。许多优秀的"方块文章"的作者，都是这一型的散文家。

——余光中：《剪掉散文的辫子》

李敖台湾文坛的独行侠，台湾独裁政治的放火者。他性格复杂，被喻为都市丛林中的稀有动物。他说过："与知心朋友谈天，我很愉快地说很多话；与俗人相处，我就非常爱沉默了。"

李敖收集资料的原则是"贪多务得、细大不捐"；"宁失之过滥，不失之交臂"。他文章的威力很大程度上就来自于资料的丰富性和准确性。对李敖来说，冠以"资料大王"的称号的确不是溢美之词。

我询问李敖的写作习惯，问他那上百册的著作是不是一气呵成、一挥而就的。李敖说，他从来没有急就章，他的文章都是深思熟虑、反复斟酌之后才付排的。

——陈漱渝：《我眼中的李敖——"望之俨然，即之也温"》

【延伸阅读】

1. 李　敖：《北京法源寺》，中国友谊出版公司 2004 年版。
2. 李　敖：《李敖有话说》，中国友谊出版公司 2005 年版。

【思考与拓展】

1. 试选读李敖的一篇散文，并根据作品分析李敖散文的创作特色。

2. 试将梁实秋与李敖的散文作比较分析。

3. 自选一本当代散文家的作品集，试着撰写评论。（评论层次和要求：理解和分析散文作品特色，体悟作家情怀；从不同角度赏析及评论作品内容及艺术特色；引用相关资料作参考，客观评论并有个人见解；阐述清楚、评析精要、组织恰当、表达流畅）

（撰稿：王百娣）

一只特立独行的猪

王小波

王小波（1952—1997），我国著名学者、作家。在其短暂的一生中，创作了大量脍炙人口的优秀作品。如著名的时代三部曲《黄金时代》、《白银时代》、《青铜时代》，电影文学剧本《东宫·西宫》以及数十万字的杂文随笔。王小波的作品文学价值很高，他的《黄金时代》和《未来世界》曾两次荣获台湾《联合报》文学大奖，他的电影剧本《东宫·西宫》获得阿根廷国际电影节最佳编剧奖，并成为1997年戛纳国际电影节入围作品。但是，他生前的大部分作品并不被出版社所接受，直到逝世之后，才被大量出版，并得到评论界和文学界的认可和称赞，有的学者甚至认为"王小波正在成为我们这个时代的精神时尚，嘴边挂着王小波似乎是某种免俗的标志……"。王小波的作品之所以深受人们的喜爱，主要在于其中（尤其是杂文随笔中）所体现出的强烈的自由精神和民主意识。王小波的文章剔除了所有权威般的、历史定论式的用语和口吻，不从任何一位现有权威那里剥来现成的句式，取而代之的是富有个性的口语、逻辑和句法。这使得王小波的文字极具特色，甚至有些另类。就如他的妻子李银河所说："就像帕瓦罗蒂一张嘴，不用报名，你就知道这是帕瓦罗蒂，胡里奥一唱你就知道是胡里奥一样，小波的文字也是这样，你一看就知道出自他的手笔。"

作为一个小说家，王小波还有一个特殊的本领，就是能够把枯燥的论说文写成生动的记叙文，把理论都写成故事，把最富有理性的智慧以一种"含智量"最低的方式传达出来。比如：傻大姐的故事，"猪兄"的故事，掏盲肠的故事，食与不食同类耳朵的故事，云南老乡不会说话的故事，山东农民送粪上山的故事，在美国装修及比利时厕所的故事等。这些特色在《一只特立独行的猪》中都有集中的体现。

【经典回顾】

插队的时候，我喂过猪，也放过牛。假如没有人来管，这两种动物也完全知道该怎样生活。它们会自由自在地闲逛，饥则食渴则饮，春天来临时还要谈谈爱情；这样一来，它们的生活层次很低，完全乏善可陈。人来了以后，给它们的生活做出了安排：每一头牛和每一口猪的生活都有了主题。就它们中的大多数而言，这种生活主题是很悲惨的：前者的主题是干活，后者的主题是长肉。我不认为这有什么可抱怨的，因为我当时的生活也不见得丰富了多少，除了八个样板戏，也没有什么消遣。有极少数的猪和牛，它们的生活另有安排。以猪为例，种猪和母猪除了吃，还有别的事可干。就我所见，它们对这些安排也不大喜欢。种猪的任务是交配，换言之，我们的政策准许它当个花花公子。但是疲惫的种猪往往摆出一种肉猪（肉猪是阉过的）才有的正人君子架势，死活不肯跳到母猪背上去。母猪的任务是生崽儿，但有些母猪却要把猪崽儿吃掉。总的来说，人的安排使猪痛苦不堪。但它们还是接受了：猪总是猪啊。

对生活做种种设置是人特有的品性。不光是设置动物，也设置自己。我们知道，在古希腊有个斯巴达，那里的生活被设置得了无生趣，其目的就是要使男人成为亡命战士，使女人成为生育机器，前者像些斗鸡，后者像些母猪。这两类动物是很特别的，但我以为，它们肯定不喜欢自己的生活。但不喜欢又能怎么样？人也好，动物也罢，都很难改变自己的命运。

以下谈到的一只猪有些与众不同。我喂猪时，它已经有四五岁了，从名分上说，它是肉猪，但长得又黑又瘦，两眼炯炯有光。这家伙像山羊一样敏捷，一米高的猪栏一跳就过；它还能跳上猪圈的房顶，这一点又像是猫——所以它总是到处游逛，根本就不在圈里呆着。所有喂过猪的知青都把它当宠儿来对待，它也是我的宠儿——因为它只对知青好，容许他们走到三米之内，要是别的人，它早就跑了。它是公的，原本该劁掉。不过你去试试看，哪怕你把劁猪刀藏在身后，它也能嗅出来，朝你瞪大眼睛，嗷嗷地吼起来。我总是用细米糠熬的粥喂它，等它吃够了以后，才把糠兑到野草里喂别的猪。其他猪看了嫉妒，一起嚷起来。这时候整个猪场一片鬼哭狼嚎，但我和它都不在乎。吃饱了以后，它就跳上房顶去晒太阳；或者模仿各种声音。它会学汽车响、拖拉机响，学得都很像；有时整天不见踪影，我估计它到附近的村寨里找母猪去了。我们这里也有母猪，都关在圈里，被过度的生育搞得走了形，又脏又臭，它对它们不感兴趣；村寨里的母猪好看一些。它有很多精彩的事迹，但我喂猪的时间短，知道得有限，索性就不写了。总而言之，所有喂过猪的知青都喜欢它，喜欢它特立独行的派头儿，还说它活得潇洒。但老乡就不这么浪漫，他们说，这猪不正经。领导则痛恨它，这一点以后还要谈到。我对它则不止是喜欢——我尊敬它，常常不顾自己虚长十几岁这一现实，把它叫做"猪兄"。如前所述，这位猪兄会模仿各种声音。我想它也学过人说话，但没有学会——假如学会了，我们就可以做倾心之谈。但这不能怪它。人和猪的音色差得太远了。

后来，猪兄学会了汽笛叫，这个本领给它招来了麻烦。我们那里有座糖厂，中午要鸣一次汽笛，让工人换班。我们队下地干活时，听见这次汽笛响就收工回来。我的猪兄每天上午十点钟总要跳到房上学汽笛，地里的人听见它叫就回来——这可比糖厂鸣笛早了一个半小时。坦白地说，这不能全怪猪兄，它毕竟不是锅炉，叫起来和汽笛还有些区别，但老乡们却硬说听不出来。领导上因此开了一个会，把它定成了破坏春耕的坏分子，要对它采取专政手段——会议的精神我已经知道了，但我不为它担忧——因为假如专政是指绳索和杀猪刀的话，那是一点门都没有的。以前的领导也不是没试过，一百人也逮不住它。狗也没用：猪兄跑起来像颗鱼雷，能把狗撞出一丈开外。谁知这回是动了真格的：指导员带了二十几个人，手拿五四式手枪；副指导员带了十几人，手持看青的火枪，分两路在猪场外的空地上兜捕它。这就使我陷入了内心的矛盾：按我和它的交情，我该舞起两把杀猪刀冲出去，和它并肩战斗。但我又觉得这样做太过惊世骇俗——它毕竟是只猪啊；还有一个理由，我不敢对抗领导，我怀疑这才是问题之所在。总之，我在一边看着。猪兄的镇定使我佩服之极：它很冷静地躲在手枪和火枪的连线之内，任凭人喊狗咬，不离那条线。这样，拿手枪的人开火就会把拿火枪的打死，反之亦然；两头同时开火，两头都会被打死。至于它，因为目标小，多半没事。就这样连兜了几个圈子，它找到了一个空子，一头撞出去了；跑得潇洒之极。以后我在甘蔗地里还见过它一次，它长出了獠牙，还认识我，但已不容我走近了。这种冷淡使我痛心，但我也赞成它对心怀叵测的人保持距离。

我已经四十岁了，除了这只猪，还没见过谁敢于如此无视对生活的设置。相反，我倒见过很多想要设置别人生活的人，还有对被设置的生活安之若素的人。因为这个缘故，我一直怀念这只特立独行的猪。

　　　　　　选自《王小波自选集：我的精神家园》，文化艺术出版社1997年版

【经典背诵】

东西方精神的最大区别在于西方人沉迷于物欲，而东方人精于人与人的关系；前者从征服中得到满足，后者从人与人的相亲相爱中汲取幸福。

人可以从环境中得到满足，这种满足又成为他行动的动力。乐趣又产生欲望，又反馈回去成了再做这行动的动力，于是越来越凶，成了一种毛病。

真正的幸福就是让人在社会的法理、公德约束下，自觉自愿地去生活；需要什么，就去争取什么；需要满足之后，就让大家都得会儿消停。

——王小波《东西方快乐区别之我见》

选自《我的精神家园——王小波杂文自选集》

【名家评点】

王小波把许多理论问题引向生活的概念。尤其是"沉默的大多数"的生活，简直成了知人论世的准则。他提出，人生活着，除了具有一定物质的保障之外，还必须享有自由、快乐、幸福与尊严。而所有这些，都不是权势者可以垄断的。这也就是说，"人该是自己生活的主宰，不是别人手里的行货"。所以，在一篇文章中，王小波特别赞赏一只"特立独行"的猪，因为它总是力图反抗"生活的设置"，以致终于由家猪变做了野猪。与这种生活态度相比照的，文中还谈到两种人：一种是"想要设置别人生活的人"，另一种是"对被设置的生活安之若素的人"。无论设置或被设置，奴役或被奴役，两者都不足取。王小波表明，他要过独立而自由的人的生活，自己所爱的生活，"有"的生活。他发誓说："我这一生决不会向虚无投降。我会一直战斗到死。"

——林贤治：《五十年：散文与自由的一种观察》

在他那代知识分子之中，王小波是孤独的，可以说是特立独行的。他曾经写过一篇脍炙人口的杂文，叫做《一只特立独行的猪》。他说："我已经四十岁了，除了这只猪，还没见过谁敢于如此无视对生活的设置。相反，我倒见过很多想要设置别人生活的人，还有对被设置的生活安之若素的人。"中国的知识分子太热衷于设置别人的生活了，他们的使命感太强，总是觉得该搞出点给老百姓当信仰的东西。他们不仅想当牧师，而且想做圣人和上帝。

——许纪霖：《他思故他在——王小波的思想世界》

王小波的杂文随笔有两个明显的特征，一是它独特的思路，一是它独特的语言风格。他的思路属于自由人文主义，是在经历过思想浩劫的国度硕果仅存的自由和独立思考精神的结晶；他的语言属于幽默，妙趣横生，是一种极具个人特色的文字。正如一些专家和一般读者所说，读他的文字是一种享受，可以获得阅读的快感。他的文章既让人捧腹，又令人掩卷沉思，把杂文随笔提高到了艺术品的境界。

——李银河：《沉默的大多数前言》

王小波被奉为"特立独行的人生哲学的倡导者与实践者"，但是，特立独行其实并不代表一种价值，也构不成一种真正有意义的人生哲学，更不是获得自由的有效途径。特立独行本身并不说明什么，仅仅特立独行是不够的，一种特立独行的思想和行为方式是否值得推崇，要看它对个人和社会所产生的建设性力量。

——李美皆：《我们有没有理由不喜欢王小波》

王小波是我们这个时代的思想牛虻，他尖锐的锋芒，深深地刺破了这个时代的麻木的皮肤。但王小波又是一只快乐的牛虻，是无趣的精神规则的死敌。与同时代作家的那种或者有激情无智慧或者有智慧无激情的写作不同，王小波的作品，无论是小说还是随笔，都充满了快乐的智慧和批判的激情。这一精神态度，包含在随笔《一只特立独行的猪》当中。无视生活既定的设置，遵循自主快乐的最高原则，特立独行的精神品质和快乐的生活智慧，构成了制度化的生活的反面。这一精神特质在现代中国文学中并不多见，从中隐约可以窥见英国人斯威夫特和法国人伏尔泰的影子。

——张 闳：《王小波：一只快乐的思想牛虻》

【延伸阅读】

1. 王小波：《思维的乐趣》，北岳文艺出版社 1996 年版。
2. 王小波：《沉默的大多数》，中国青年出版社 1997 年版。

【思考与拓展】

1. 阅读《一只特立独行的猪》以及王小波的其他杂文，体会作者高超的讽刺艺术手法。

2. 分析作者提倡的"特立独行"的精神与中国传统文化的冲突。

（撰稿：魏海岩）

青年在选择职业时的考虑

马克思

【作品导读】

　　卡尔·马克思（1818—1883）生于德国，在英国伦敦逝世。世界上最伟大的无产阶级思想家、革命家。

　　本文是1835年8月马克思17岁中学毕业时所写的毕业论文。作者以优美的文笔、深刻的语言、缜密的思考、严格的推理，阐述了青年人在选择职业时应具有的正确态度，探讨了青年择业时必须认真考虑的各种因素，提出了青年择业的主要指针和基本原则。文章充满了辩证法的思想和理性的光辉，读后给人以振聋发聩的力量。文中的许多见解和哲理性的语句都深入实际，给人启迪。时隔近两个世纪，文章不仅对我们研究马克思的思想发展史具有重大理论意义，而且对当代大学生选择职业、开创事业、实现人生理想有重大现实意义。马克思从小在家庭和学校就受到了人道主义、理性主义和启蒙思想的教育和熏陶。他在中学时期就确立了拥护进步政治与反对反动势力的正确立场，并树立起为人类造福的伟大理想和崇高精神。他在中学毕业时所写的这篇德语作文已经表现了这位17岁的年轻人对自己未来所做的最初选择的严肃考虑。少年马克思已经注意到了"选择了最能为人类福利而劳动的职业"，他已经认识到个人职业选择和社会需要之间的关系，指出"在选择职业时，我们应该遵循的主要指针是人类的幸福和我们自身的完美"。今天读起来，仍然对广大青年在现实生活中如何择业有重大指导意义。

【经典回顾】

　　自然本身给动物规定了它应该遵循的活动范围，动物也就安分地在这个范围内活动，不试图越出这个范围，甚至不考虑有其他什么范围的存在。神也给人指定了共同的目标——使人类和他自己趋于高尚，但是，神要人自己去寻找可以达到这个目标的手段；神让人在社会上选择一个最适合于他、最能使他和社会都得到提高的地位。

能有这样的选择是人比其他生物远为优越的地方，但是这同时也是可能毁灭人的一生、破坏他的一切计划并使他陷于不幸的行为。因此，认真地考虑这种选择——这无疑是开始走上生活道路而又不愿拿自己最重要的事业去碰运气的青年的首要责任。

每个人眼前都有一个目标，这个目标至少在他本人看来是伟大的，而且如果最深刻的信念，即内心深处的声音，认为这个目标是伟大的，那他实际上也是伟大的，因为神决不会使世人完全没有引导，神总是轻声而坚定地作启示。

但是，这声音很容易被淹没；我们认为是灵感的东西可能须臾而生，同样可能须臾而逝。也许，我们的幻想油然而生，我们的感情激动起来，我们的眼前浮想联翩，我们狂热地追求我们以为是神本身给我们指出的目标；但是，我们梦寐以求的东西很快就使我们厌恶——于是我们的整个存在也就毁灭了。

因此，我们应当认真考虑：所选择的职业是不是真正使我们受到鼓舞？我们的内心是不是同意？我们受到的鼓舞是不是一种迷误？我们认为是神的召唤的东西是不是一种自欺？但是，不找出鼓舞的来源本身，我们怎么能认清这些呢？

伟大的东西是光辉的，光辉则引起虚荣心，而虚荣心容易给人鼓舞或者是一种我们觉得是鼓舞的东西；但是，被名利弄得鬼迷心窍的人，理智已无法支配他，于是他一头栽进那不可抗拒的欲念驱使他去的地方；他已经不再自己选择他在社会上的地位，而听任偶然机会和幻想去决定它。

我们的使命决不是求得一个最足以炫耀的职业，因为它不是那种使我们长期从事而始终不会情绪低落的职业。相反，我们很快就会觉得，我们的愿望没有得到满足，我们的理想没有实现，我们就将怨天尤人。

但是，不只是虚荣心能够引起对这种或那种职业突然的热情。也许，我们自己也会用幻想把这种职业美化，把它美化成人生所能提供的至高无上的东西。我们没有仔细分析它，没有衡量它的全部分量，即它让我们承担的重大责任；我们只是从远处观察它，然而从远处观察是靠不住的。

在这里，我们自己的理智不能给我们充当顾问，因为它既不是依靠经验，也不是依靠深入的观察，而是被感情欺骗，受幻想蒙蔽。然而，我们的目光应该投向哪里呢？在我们丧失理智的地方，谁来支持我们呢？

是我们的父母，他们走过了漫长的生活道路，饱尝了人世的辛酸。——我们的心这样提醒我们。

如果我们通过冷静的研究，认清所选择的职业的全部分量，了解它的困难以后，我们仍然对它充满热情，我们仍然爱它。觉得自己适合它，那时我们就应该选择它，那时我们既不会受热情的欺骗，也不会仓促从事。

但是，我们并不能总是能够选择我们自认为适合的职业；我们在社会上的关系，还在我们有能力对它们起决定性影响以前就已经在某种程度上开始确立了。

我们的体质常常威胁我们，可是任何人也不敢藐视它的权利。诚然，我们能够超越体质的限制，但这么一来，我们也就垮得更快；在这种情况下，我们就是冒险把大厦筑在松软的废墟上，我们的一生也就变成一场精神原则和肉体原则之间的不幸的斗争。但是，一个不能克服自身相互斗争的因素的人，又怎能抗拒生活的猛烈冲击，怎能安静地从事活动呢？然而只有从安静中才能产生伟大壮丽的事业，安静是唯一生长出成熟果实的土壤。

尽管我们由于体质不适合我们的职业，不能持久地工作，而且工作起来也很少乐趣，但是，为了恪尽职守而牺牲自己幸福的思想激励着我们不顾体弱去努力工作。如果我们选择了力不能胜任的职业，那么，我们决不能把它做好，我们很快就会自愧无能，并对自己说，我们是无用的人，是不能完成自己使命的社会成员。由此产生的必然结果就是妄自菲薄。还有比这更痛苦的感情吗？还有比这更难于靠外界的赐予来补偿的感情吗？妄自菲薄是一条毒蛇，它永远啮噬着我们心灵，吮吸着其中滋润生命的血液，注入厌世和绝望的毒液。

如果我们错误地估计了自己的能力，以为能够胜任经过周密考虑而选定的职业，那么这种错误将使我们受到惩罚。即使不受到外界指责，我们也会感到比外界指责更为可怕的痛苦。

如果我们把这一切都考虑过了，如果我们生活的条件容许我们选择任何一种职业；那么我们就可以选择一种能使我们最有尊严的职业；选择一种建立在我们深信其正确的思想上的职业；选择一种给我们提供广阔场所来为人类进行活动、接近共同目标（对于这个目标来说，一切职业只不过是手段）即完美境地的职业。

尊严就是最能使人高尚起来，使他的活动和他的一切努力具有崇高品质的东西，就是使他无可非议，受到众人钦佩并高于众人之上的东西。

但是，能给人以尊严的只有这样的职业，在从事这种职业时我们不是作为奴隶般的工具，而是在自己的领域内独立地进行创造；这种职业不需要有不体面的行动（哪怕只是表面上不体面的行动），甚至最优秀的人物也会怀着崇高的自豪感去从事它。最合乎这些要求的职业，并不一定是最崇高的职业，但总是最可取的职业。

但是，正如有失尊严的职业会贬低我们一样，那种建立在我们后来认为是错误的思想上的职业也一定使我们感到压抑。

这里，我们除了自我欺骗，别无解救办法，而以自我欺骗来解救又是多么的糟糕！

那些不是干预生活本身，而是从事抽象真理研究的职业，对于还没有坚定的原则和牢固、不可动摇的信念的青年是最危险的。同时，如果这些职业在我们心里深深地扎下了根，如果我们能够为它们的支配思想牺牲生命、竭尽全力，这些职业看来似乎还是最高尚的。

这些职业能够使才能适合的人幸福，但也必定使那些不经考虑、凭一时冲动就仓促从事的人毁灭。

相反，重视作为我们职业的基础的思想，会使我们在社会上占有较高的地位，提高我们本身的尊严，使我们的行为不可动摇。

一个选择了自己所珍视的职业的人，一想到他可能不称职时就会战战兢兢——这种人单是因为他在社会上所居地位是高尚的，他也就会使自己的行为保持高尚。

在选择职业时，我们应该遵循的主要指针是人类的幸福和我们自身的完美。不应认为，这两种利益是敌对的，互相冲突的，一种利益必须消灭另一种；人类的天性本身就是这样的：人们只有为同时代人的完美、为他们的幸福而工作才能使自己也过得完美。

如果一个人只为自己劳动，他也许能够成为著名的学者、大哲人、卓越诗人，然而他永远不能成为完美无疵的伟大人物。

历史承认那些为共同目标劳动因而自己变得高尚的人是伟大人物；经验赞美那些为大多数人带来幸福的人是最幸福的人；宗教本身也教诲我们，人人敬仰的理想人物，就曾为人类牺牲了自己——有谁敢否定这类教诲呢？

如果我们选择了最能为人类福利而劳动的职业，那么，重担就不能把我们压倒，因为这是为大家而献身；那时我们所感到的就不是可怜的、有限的、自私的乐趣，我们的幸福将属于千百万人，我们的事业将默默地、但是永恒发挥作用地存在下去，面对我们的骨灰，高尚的人们将洒下热泪。

选自《马克思恩格斯全集》第40卷，人民出版社1982年版

【经典背诵】

在选择职业时，我们应该遵循的主要指针是人类的幸福和我们自身的完美。

——马克思《青年在选择职业时的考虑》

人类的天性本来就是这样的：人们只有为同时代人的完美、为他们的幸福而工作，才能使自己也过得完美。

——马克思《青年在选择职业时的考虑》

然而只有从安静中才能产生出伟大壮丽的事业，安静是唯一生长出成熟果实的土壤。

——马克思《青年在选择职业时的考虑》

历史承认那些为共同目标劳动因而自己变得高尚的人是伟大人物；经验赞美那些为大多数人带来幸福的人是最幸福的人。

——马克思《青年在选择职业时的考虑》

选自《马克思恩格斯全集第 40 卷》，人民出版社 1982 年版

【名句评点】

马克思在写作《青年在选择职业时的考虑》时，还是一个血气方刚的青年，但著作中关于择业问题的思考却表现出了同龄人少有的冷静、严肃和成熟。马克思指出，虽然择业是人区别和优越于一般动物的地方，是人的神圣权利，"但是这同时也是可能毁灭人的一生、破坏他的一切计划并使他陷入不幸的行为。因此，认真地考虑这种选择——这无疑是开始走上生活道路而又不愿拿自己最重要的事业去碰运气的青年的首要责任。"他一再强调，青年在择业时应"认真"、"周密"地考虑，要"通过冷静的研究"和"仔细分析"，"认清所选择的职业的全部分量"，"衡量它让我们承担的重大责任"，"了解它的困难"；反复告诫人们在择业时不能为一时兴趣所左右、为一时激情和狂热所鼓舞而仓促行事，不能听任偶然随意性的决定。因此，认真思考，慎重择业，是对准备走上工作岗位的青年的基本要求。马克思提倡的冷静严肃、认真慎重的择业态度是正确、合理的，也是符合现代科学理论和社会实际的。

——徐其清：《青年马克思的择业观对当代大学生的启示》

马克思以他杰出的一生，实现了青年时代对职业的远大抱负，在为人类谋幸福、为共产主义事业奋斗的过程中达到了自我完善，成为全世界无产阶级的伟大导师和领袖。马克思向来把为人类谋幸福和自我完善看做是辩证的统一，他明确地阐明了职业与实现自我价值的关系，他说："不应认为，这种利益是敌对的，互相冲突的，一种利益必须消灭另一种的，""人们只有为同时代人的完善、为他们的幸福而工作，才能使自己也达到完善。"这些至理名言给今天的青年指明了前进的方向。改革开放的逐步深入、劳动就业制度的变化，给青年就业成才开辟了广阔的天地。但有的青年择业时往往过多地从"我"来考虑问题，如自我的感觉、自我的兴趣、自我的价值、自我的

前途等等，至于说到社会的需要，则认为并不那么重要。要知道凡不顾社会需要的人，是谈不上个人才能的充分发挥的。我们应该以社会现实为基础，即以社会需要的现实条件为前提，把个人理想与社会需要紧密地结合起来，摆正"社会"与"个人"这二者的位置，把"个人"融于"社会"之中，让自身价值在为社会服务、为人类谋幸福的过程中得到充实和发挥。让我们牢记马克思的谆谆教诲，为社会主义现代化建设作出应有的贡献！

——邓玉平：《青年马克思的择业观》

自由选择是神赋予人特有的天命，是人之所以高贵、之所以具有尊严的内在根据。因此，独立严肃冷静的思考是一个刚刚走上生活道路的年轻人的首要责任。"重视作为我们职业的基础的思想会使我们在社会上占有较高的地位，提高我们本身的尊严，使我们的行为不可动摇"，由此，马克思指出，如果我们的生活条件容许我们选择任何一种职业，那么我们就可以"选择一种建立在我们深信其正确的思想上的职业"。首先要排除外在精神的干扰。马克思在《考虑》中多次谈到神，"神也给人指定了共同的目标"，"神总是轻声而坚定地作启示"。但马克思随之又把神的力量移于人的身上，向神的权威提出了质疑："神要人自己去寻找可以达到共同目的的手段"，"我们认为是灵感的东西可能须臾而生，同样可能须臾而逝"，"我们受到的鼓舞是不是一种迷误？我们认为是神的召唤的东西是不是一种自欺"。在对职业、事业的思考中，他把独立的思考放在神的位置之上。

——杨金洲：《对马克思〈青年在选择职业时的考虑〉的当代解读》

【延伸阅读】

1. 《给父亲的信》，《马克思恩格斯全集》第40卷，人民出版社1982年版。

2. 王令金：《马克思主义经典作者精选及导读》，中央编译出版社2002年版。

【思考与拓展】

1. 马克思在这篇文章里强调了一个什么样的重要思想？

2. 当代青年在择业时应树立怎样的人生观、价值观？

3. 试以"我在选择职业时的考虑"为题，写一篇随笔，谈出你的思想。

（撰稿：李 巍）

贝多芬百年祭

萧伯纳

【作品导读】

　　萧伯纳（1856—1950），英国剧作家、小说家、音乐和美术评论家，为英国戏剧事业作出了重要贡献，产生很大的影响，因其戏剧强烈的讽刺倾向，被称为"20世纪的莫里哀"。1925年"因为作品具有理想主义和人道主义"而获诺贝尔文学奖。萧伯纳出生于音乐氛围浓厚的艺术之家，会弹一手好钢琴，通过自学掌握了丰富的音乐知识。他从不人云亦云、一味赞美，而是坚持独自感受、独立思考，敢于并善于对大师们挑刺、抨击。他的音乐散文及评论，将哲人的思考、文学性的语言、英国人特有的保守和矜持融为一体，形成鲜明的风格特色，成为音乐批评史上的经典。萧伯纳一生完成了51部戏剧，成为莎士比亚之后最伟大的英语戏剧家，其戏剧创作深受挪威剧作家易卜生的影响，坚决主张艺术应当反映迫切的社会问题，反对"为艺术而艺术"。他的创作中，社会问题剧占有很大的比重，其中影响较大的有《鳏夫的房产》、《华伦夫人的职业》、《巴巴拉少校》、《伤心之家》、《苹果车》、《波扬家的亿万财产》、《圣女贞德》等。其中《华伦夫人的职业》和《圣女贞德》尤为著名。

　　1827年3月，德国最伟大的作曲家贝多芬辞世。在贝多芬逝世100年后的1927年，萧伯纳为自己崇拜的音乐家写下了这篇音乐评论，发表在伦敦《广播时报》，引起了巨大的轰动。文章是纪念贝多芬的，其中包含着作者对于贝多芬及其音乐的理解，字里行间，透着大师的独特的感受——他把贝多芬视做"反抗性的化身"。文章围绕如何解开"贝多芬之谜"，追记了贝多芬思想和创作的各个侧面，揭示了贝多芬音乐的本质——"惊人的活力和激情"。

　　这篇文章在文笔上矫健、酣畅、激荡人心，爱因斯坦说："萧伯纳作品中的一个字，就像古典音乐大师乐谱里的一个音符"——这就是大师的语言魅力，需要我们潜心体味。

　　人类生存状况渐趋舒适的今天，"扼住命运的咽喉"，以反抗苦难作为真生存方式的贝多芬精神，时下已稍显疏阔。但是，生活不会总是一帆风顺的，挫折与忧虑还是我们需要直面的人生课题。愿巨人的音乐响起时，巨人的身影、巨人的脚步，投影在或轰响在我们每个人的生活旅程之中，给我们以生的勇气和力量。

【经典回顾】

　　一百年前，一位虽还听得见雷声但已聋得听不见大型交响乐队演奏自己的乐曲的五十七岁的倔强的单身老人最后一次举拳向着咆哮的天空，然后逝去了，还是和他生前一直那样地唐突神灵，蔑视天地。他是反抗性的化身；他甚至在街上遇上一位大公和他的随从时也总不免把帽子向下按得紧紧地，然后从他们正中间大踏步地直穿而过。他有一架不听话的蒸汽轧路机的风度（大多数轧路机还恭顺地听使唤和不那么调皮呢）；他穿衣服之不讲究尤甚于田间的稻草人：事实上有一次他竟被当做流浪汉给抓了起来，因为警察不肯相信穿得这样破破烂烂的人竟会是一位大作曲家，更不能相信这副躯体竟能容得下纯音响世界最奔腾澎湃的灵魂。他的灵魂是伟大的；但是如果我使用了最伟大的这种字眼，那就是说比韩德尔的灵魂还要伟大，贝多芬自己就会责怪我；而且谁又能自负为灵魂比巴哈的还伟大呢？但是说贝多芬的灵魂是最奔腾澎湃的那可没有一点问题。他的狂风怒涛一般的力量他自己能很容易控制住，可是常常并不愿去控制，这个和他狂呼大笑的滑稽诙谐之处是在别的作曲家作品里都找不到的。毛头小伙子们现在一提起切分音就好像是一种使音乐节奏成为最强而有力的新方法；但是在听过贝多芬的《第三里昂诺拉前奏曲》之后，最狂热的爵士乐听起来也像《少女的祈祷》那样温和了，可以肯定地说我听过的任何黑人的集体狂欢都不会像贝多芬的《第七交响乐》最后的乐章那样可以引起最黑最黑的舞蹈家拼了命地跳下去，而也没有另外哪一个作曲家可以先以他的乐曲的阴柔之美使得听众完全溶化在缠绵悱恻的境界里，而后突然以铜号的猛烈声音吹向他们，带着嘲讽似地使他们觉得自己是真傻。除了贝多芬之外谁也管不住贝多芬；而疯劲上来之后，他总有意不去管住自己，于是也就成为管不住的了。

　　这样奔腾澎湃，这种有意的散乱无章，这种嘲讽，这样无顾忌的骄纵的不理睬传统的风尚——这些就是使得贝多芬不同于十七、十八世纪谨守法度的其他音乐天才的地方。他是造成法国革命的精神风暴中的一个巨浪。他不认任何人为师，他同行里的先辈莫扎特从小起就是梳洗干净，穿着华丽，在王公贵族面前举止大方的。莫扎特小时候曾为了法皇路易十五的情妇彭巴杜夫人发脾气说："这个女人是谁，也不来亲亲我，连皇后都亲我呢"。这种事在贝多芬是不可想象的，因为甚至在他已老到像一头苍熊时，他仍然是一只未经驯服的熊崽子。莫扎特天性文雅，与当时的传统和社会很合拍，但也有灵魂的孤独。莫扎特和格鲁克之文雅就犹如路易十四宫廷之文雅。海顿之文雅就犹如他同时的最有教养的乡绅之文雅。和他们比起来，从社会地位上说贝多芬就是个不羁的艺术家，一个不穿紧腿裤的激进共和主义者。海顿从不知道什么是嫉妒，曾称呼比他年轻的莫扎特是有史以来最伟大的作曲家，可他就是吃不消贝多芬。莫扎特是更有远见的，他听了贝多芬的演奏后说："有一天他是要出名的"，但是即使莫扎特活得长些，这两个人恐也难以相处下去。贝多芬对莫扎特有一种出于道德原因的恐怖。莫扎特在他的音乐中给贵族中的浪子唐璜加上了一圈迷人的圣光，然后像一个天生的戏剧家那样运用道德的灵活性又回过来给莎拉斯特罗（莫扎特的歌剧《魔笛》中的一个人物）加上了神人的光辉，给他口中的歌词谱上了前所未有的就是出自上帝口中都不会显得不相称的乐调。

贝多芬不是戏剧家，赋予道德以灵活性对他来说就是一种可厌恶的玩世不恭。他仍然认为莫扎特是大师中的大师（这不是一顶空洞的高帽子，它的的确确就是说莫扎特是个为作曲家们欣赏的作曲家，而远远不是流行作曲家）；可是他是穿紧腿裤的宫廷侍从，而贝多芬却是个穿散腿裤的激进共和主义者；同样地海顿也是穿传统制服的侍从。在贝多芬和他们之间隔着一场法国大革命，划分开了18世纪和19世纪。但对贝多芬来说莫扎特可不如海顿，因为他把道德当儿戏，用迷人的音乐把罪恶谱成了像德行那样奇妙。如同每一个真正激进共和主义者都具有的，贝多芬身上的清教徒性格使他反对莫扎特，固然莫扎特曾向他启示了19世纪音乐的各种创新的可能。因此，贝多芬上溯到韩德尔，一位和贝多芬同样倔强的老单身汉，把他作为英雄。韩德尔瞧不上莫扎特崇拜的英雄格鲁克，虽然在韩德尔的《弥赛亚》里的田园乐是极为接近格鲁克在他的歌剧《奥菲欧》里那些向我们展示出天堂的原野的各个场面的。

因为有了无线电广播，成百万对音乐还接触不多的人在他百年祭的今年将第一次听到贝多芬的音乐。充满着照例不加选择地加在大音乐家身上的颂扬话的成百篇的纪念文章将使人们抱有通常少有的期望。像贝多芬同时的人一样，虽然他们可以懂得格鲁克和海顿和莫扎特，但从贝多芬那里得到的不但是一种使他们困惑不解的意想不到的音乐，而且有时候简直是听不出是音乐的由管弦乐器发出来的杂乱音响。要解释这也不难，18世纪的音乐都是舞蹈音乐。舞蹈是由动作起来令人愉快的步子组成的对称样式，舞蹈音乐是不跳舞也听起来令人愉快的由声音组成的对称的样式。因此，这些乐式虽然起初不过是像棋盘那样简单，但被展开了，复杂化了，用和声丰富起来了，最后变得类似波斯地毯；而设计像波斯地毯那种乐式的作曲家也就不再期望人们跟着这种音乐跳舞了。要有神巫打旋子的本领才能跟着莫扎特的交响乐跳舞。有一回我还真请了两位训练有素的青年舞蹈家跟着莫扎特的一阕前奏曲跳了一次，结果差点没把他们累垮了。就是音乐上原来使用的有关舞蹈的名词也慢慢地不用了，人们不再使用包括萨拉班德舞、帕凡宫廷舞、加伏特舞和小步舞等等在内的组曲形式，而把自己的音乐创作表现为奏鸣曲和交响乐，里面所包含的各部分也干脆叫做乐章，每一章都用意大利文记上速度，如快板、柔板、谐谑曲板、急板等等。但在任何时候，从巴哈的序曲到莫扎特的《天神交响乐》，音乐总呈现出一种对称的音响样式给我们以一种舞蹈的乐趣来作为乐曲的形式和基础。

可是音乐的作用并不止于创造悦耳的乐式，它还能表达感情。你能去津津有味地欣赏一张波斯地毯或者听一曲巴哈的序曲，但乐趣只止于此。可是你听了《唐璜》前奏曲之后却不可能不发生一种复杂的心情，它使你心理有准备去面对将淹没那种精致但又是魔鬼式的欢乐的一场可怕的末日悲剧。听莫扎特的《天神交响乐》最后一章时你会觉得那和贝多芬的第七交响乐的最后乐章一样，都是狂欢的音乐：它用响亮的鼓声奏出如醉如狂的旋律，而从头到尾又交织着一开始就有的具有一种不寻常的悲伤之美的乐调，因之更加沁人心脾。莫扎特的这一乐章又自始至终是乐式设计的杰作。

但是贝多芬所做到了的一点，也是使得某些与他同时的伟人不得不把他当做一个疯人，有时清醒就出些洋相或者显示出格调不高的一点，在于他把音乐完全用做了表现心情的手段，并且完全不把设计乐式本身作为目的。不错，他一生非常保守地（顺便说一句，这也是激进共和主义者的特点）使用着旧的乐式，但是他加给它们以惊人的活力和激情，包括产生于思想高度的那种最高的激情，使得产生于感觉的激情显得仅仅是感官上的享受。于是他不仅打乱了旧乐式的对称，而且常常使人听不出在感情的风暴之下竟还有什么样式存在着了。他的《英雄交响乐》一开始使用了一个乐式（这是从莫扎特幼年时一个前奏曲里借来的），跟着又用了另外几个很漂亮的乐式。这些乐式被赋予了巨大的内在力量，所以到了乐章的中段，这些乐式就全被不客气地打散了。于是，从只追求乐式的音乐家看来，贝多芬是发了疯了，他抛出了同时使用音阶上所有单音的可怕的和弦。他这么做只是因为他觉得非如此不可，而且还要求你也觉得非如此不可呢。

以上就是贝多芬之谜的全部。他有能力设计最好的乐式；他能写出使你终身享受不尽的美丽的乐曲；他能挑出那些最干燥无味的旋律，把它们展开得那样引人，使你听上一百次也每回都能发现新东西。一句话，你可以拿所有用来形容以乐式见长的作曲家的话来形容他。但是他的病征，也就是不同于别人之处在于他那激动人的品质，他能使我们激动，并把他那奔放的感情笼罩着我们。当柏辽兹听到一位法国作曲家因为贝多芬的音乐使他听了很不舒服而说"我爱听了能使我入睡的音乐"时，他非常生气。贝多芬的音乐是使你清醒的音乐，而当你想独自一个静一会儿的时候，你就怕听他的音乐。

懂了这个，你就从18世纪前进了一步，也从旧式的跳舞乐队前进了一步（爵士乐，附带说一句，就是贝多芬化了的老式跳舞乐队），不仅能懂得贝多芬的音乐，而且也能懂得贝多芬以后的最有深度的音乐了。

选自《外国散文百年精华》，人民文学出版社 2003 年版

【经典背诵】

亨德尔自有他的魅力。一旦他的乐曲把上帝定在永恒的位置上，无神论者就会被打得哑口无言；即使你鄙视这样的迷信，可上帝仍在那里，并经亨德尔之手而变成永恒……当他给你讲以色列人逃出埃及的故事时，"整个民族都精神抖擞，没有一个倒下"；你若想说总有一个患了感冒的吧，那也是白搭，亨德尔绝不允许有这样的疑问……管弦乐队那简单、急促的和弦伴奏更是让你无话可说，不得不服。这就是为什么现在每个英国人都相信亨德尔在天堂身居高位的原因。

在涉及英雄主义、激情、暴烈等极端因素的音乐领域里，所有别的音乐都是那么亢奋与激烈，惟有莫扎特一人表现出彻底地沉着和冷静。在其他作家用铁掌狠狠抓住栏杆，并以独眼巨人般的重击狠敲它们时，莫扎特却永远对它们施以润物无声般的轻锤。在相似灵感的同样压力下，其他作曲家会把提坦写得抽风，而莫扎特却能考虑周全、举重若轻，把庞然大物写得春风化雨、简洁明快。

选自《萧翁谈乐:萧伯纳音乐散文评论选》,生活·读书·新知三联书店 2005 年版

【名家评点】

莎士比亚虽然是"剧圣"，我们不大有人提起他。五四时代绍介了一个易卜生，名声倒还好，今年绍介了一个萧，可就糟了，至今还有人肚子在发胀。

为了他笑嘻嘻，辨不出是冷笑，是恶笑，是嬉笑么？并不是的。为了他笑中有刺，刺着了别人的病痛么？也不全是的。列维它夫说得很分明：就因为易卜生是伟大的疑问号（?），而萧是伟大的感叹号（!）的缘故。

他们的看客，不消说，是绅士淑女们居多。绅士淑女们是顶爱面子的人

种。易卜生虽然使他们登场，虽然也揭发一点隐蔽，但并不加上结论，却从容的说道"想一想罢，这到底是些什么呢？"绅士淑女们的尊严，确也有一些动摇了，但究竟还留着摇摇摆摆的退走，回家去想的余裕，也就保存了面子。至于回家之后，想了也未想得怎样，那就不成什么问题，所以他被绍介进中国来，四平八稳，反对的比赞成的少。萧可不这样了，他使他们登场，撕掉了假面具，阔衣装，终于拉住耳朵，指给大家道，"看哪，这是蛆虫！"连磋商的工夫、掩饰的法子也不给人留一点。这时候，能笑的就只有并无他所指摘的病痛的下等人了。在这一点上，萧是和下等人相近的，而也就和上等人相远。

——鲁　迅：《南腔北调集·论语一年》

【延伸阅读】

1. ［法］罗曼·罗兰著：《贝多芬传》，傅雷译，中国友谊出版公司 2000 年版。

2. ［爱尔兰］佛兰克·赫里斯：《萧伯纳传》，黄嘉德译，团结出版社 2006 年版。

3. 倪　平：《萧伯纳与中国》，河北人民出版社 2001 年版。

【思考与拓展】

1. 贝多芬在作者萧伯纳眼中是怎样一个人，他是一个丰满的个性化的人物吗？

2. 文章不仅写了贝多芬这个人，还评价了他的音乐，你能否发现作者眼中的贝多芬音乐的精髓？

3. 文章刻画人物除了直接描写人物外，还调动了哪些艺术手法？

4. 萧伯纳生动、优美、诗化的语言，饱含着对贝多芬浓重的情感，试举例加以分析。

（撰稿：冯　露）

宽 容

房 龙

【作品导读】

亨德里克·威廉·房龙（1882—1944），美国作家，出生在荷兰，他是出色的通俗作家，在历史、文化、文明、科学等方面都有著作，且读者众多。

《圣经的故事》、《人类的故事》、《宽容》并列为房龙的三大名著，自出版以来，一直饱受赞誉，传读不衰。房龙本人多才多艺，精通十种文字，善拉小提琴，他还为自己的绝大多数著作配画了许多稚拙可爱的插图，是文字难以替代的内容。房龙的作品不仅是用青少年都能看懂的语言讲述了成年人也同样感兴趣的内容，更重要的是他把人类文明的进步与科学技术的发展相结合来讲述。他实际上是大文化思想普及的先驱者，也是用文艺手法宣传科学的大师。正如郁达夫所言："房龙的笔，有这样一种魔力，将文学家的手法，拿来讲述科学。"房龙使读历史成为读者的一大乐趣，对科普宣传和创作有着深刻的影响。

《不列颠百科全书》关于宽容的定义："宽容即允许别人自由行动或判断；耐心而毫无偏见地容忍与自己的观点或公认的观点不一致的意见。"我国《现代汉语词典》中对宽容的解释是："宽大有气量，不计较或不追究。"房龙提出的"宽容"一词，蕴涵了我们常说的自由、民主、理性。《宽容》的另一种版本的名字就叫《人的解放》，房龙以他犀利的眼光，从不同宗教派别的冲突中去寻找背后的深层根源。最终他看到：历史上的宗教改革家假以"宗教改革"的名义，对一切不利于自己发展的思想创新进行残酷迫害，这种精神上的不宽容导致的恰是他们的"敌人"犯下的那些错误。借助于房龙的"宽容"之眼，我们不难对宗教史乃至一切精神文化现象的发展有一个清晰的轮廓。本书是他一以贯之的主题，也是他最杰出的贡献。他在书中阐述了什么叫做真正的宽容，揭示了一幕幕因为固执己见所带来的悲剧。告诉人们，每个人都有权利选择自己所认可的信仰，不应该把自己认为是正确的观念强加给别人，我们应该宽容地对待与自己不相同的观点。房龙没有采取一般作家写此类作品时的笔调，如采用描绘波澜壮阔的斗争场面等，而是用幽默的笔调来叙述那些不宽容的历史，充满了人文主义情怀，不经意间流露出了悲天悯人的思想。从欧洲早期对基督教徒的迫害，圣巴多罗里昂大屠杀，各种种族的、社会的、个人的不宽容，让我们在触目惊心中，能够更加清醒地认识昨天、善待今天、期盼明天。

【经典回顾】

在宁静的无知山谷里，人们过着幸福的生活。

永恒的山脉向东西南北各个方向蜿蜒绵亘。

知识的小溪沿着深邃破败的溪谷缓缓地流着。

它发源于昔日的荒山。

它消失在未来的沼泽。

这条小溪并不像江河那样波澜滚滚，但对于需求浅薄的村民来说，已经绰有余裕。

晚上，村民们饮毕牲口，灌满木桶，便心满意足地坐下来，尽享天伦之乐。

守旧的老人们被搀扶出来，他们在荫凉角落里度过了整个白天。对着一本神秘莫测的古书苦思冥想。

他们向儿孙们叨唠着古怪的字眼，可是孩子们却惦记着玩耍从远方捎来的漂亮石子。

这些字眼的含意往往模糊不清。

不过，它们是一千年前由一个已不为人所知的部族写下的，因此神圣而不可亵渎。

在无知山谷里，古老的东西总是受到尊敬。

谁否认祖先的智慧，谁就会遭到正人君子的冷落。

所以，大家都和睦相处。

恐惧总是陪伴着人们。谁要是得不到园中果实中应得的份额，又该怎么办呢？

深夜，在小镇的狭窄街巷里，人们低声讲述着情节模糊的往事，讲述那些敢于提出问题的男男女女。

这些男男女女后来走了，再也没有回来。

另一些人曾试图攀登挡住太阳的岩石高墙。

但他们陈尸石崖脚下，白骨累累。

日月流逝，年复一年。

在宁静的无知山谷里，人们过着幸福的生活。

外面是一片漆黑，一个人正在爬行。

他手上的指甲已经磨破。

他的脚上缠着破布，布上浸透着长途跋涉留下的鲜血。

他跌跌撞撞来到附近一间草房，敲了敲门。

接着他昏了过去。借着颤动的烛光，他被抬上一张吊床。

到了早晨，全村都已知道："他回来了。"

邻居们站在他的周围，摇着头。他们明白，这样的结局是注定的。

对于敢于离开山脚的人，等待他的是屈服和失败。

在村子的一角，守旧老人们摇着头，低声倾吐着恶狠狠的词句。

他们并不是天性残忍，但律法毕竟是律法。他违背了守旧老人的意愿，犯了弥天大罪。

他的伤一旦治愈，就必须接受审判。

守旧老人本想宽大为怀。

他们没有忘记他母亲的那双奇异闪亮的眸子，也回忆起他父亲三十年前在沙漠里失踪的悲剧。

不过，律法毕竟是律法，必须遵守。

守旧老人是它的执行者。

守旧老人把漫游者抬到集市区，人们毕恭毕敬地站在周围，鸦雀无声。

漫游者由于饥渴，身体还很衰弱，老者让他坐下。

他拒绝了。

他们命令他闭嘴。

但他偏要说话。

他把脊背转向老者，两眼搜寻着不久以前还与他志同道合的人。

"听我说吧，"他恳求道，"听我说，大家都高兴起来吧！我刚从山的那边来，我的脚踏上了新鲜的土地，我的手感觉到了其他民族的抚摸，我的眼睛看到了奇妙的景象。"

"小时候，我的世界只是父亲的花园。

早在创世的时候，花园东面、南面、西面和北面的疆界就定下来了。

只要我问疆界那边藏着什么，大家就不住地摇头，一片嘘声。可我偏要刨根问底，于是他们把我带到这块岩石上，让我看那些敢于蔑视上帝的人的嶙嶙白骨。

'骗人！上帝喜欢勇敢的人！'我喊道。于是，守旧老人走过来，对我读起他们的圣书。他们说，上帝的旨意已经决定了天上人间万物的命运。山谷是我们的，由我们掌管，野兽和花朵，果实和鱼虾，都是我们的，按我们的旨意行事。但山是上帝的，对山那边的事物我们应该一无所知，直到世界的末日。

他们是在撒谎。他们欺骗了我，就像欺骗了你们一样。

那边的山上有牧场，牧草同样肥沃，男男女女有同样的血肉，城市是经过一千年能工巧匠细心雕琢的，光彩夺目。

我已经找到一条通往更美好的家园的大道，我已经看到幸福生活的曙光。跟我来吧，我带领你们奔向那里。上帝的笑容不只是在这儿，也在其他地方。"

他停住了，人群里发出一声恐怖的吼叫。

"亵渎，这是对神圣的亵渎。"守旧老人叫喊着。"给他的罪行以应有的惩罚吧！他已经丧失理智，胆敢嘲弄一千年前定下的律法。他死有余辜！"

人们举起了沉重的石块。

人们杀死了这个漫游者。

人们把他的尸体扔到山崖脚下，借以警告敢于怀疑祖先智慧的人，杀一儆百。

没过多久，爆发了一场特大干旱。潺潺的知识小溪枯竭了，牲畜因干渴而死去，粮食在田野里枯萎，无知山谷里饥声遍野。

不过，守旧老人们并没有灰心。他们预言说，一切都会转危为安，至少那些最神圣的篇章是这样写的。

况且，他们已经很老了，只要一点食物就足够了。

冬天降临了。

村庄里空荡荡的，人稀烟少。

半数以上的人由于饥寒交迫已经离开人世。活着的人把唯一希望寄托在山脉那边。

但是律法却说，"不行！"

律法必须遵守。

一天夜里爆发了叛乱。

失望把勇气赋予那些由于恐惧而逆来顺受的人们。

守旧老人们无力地抗争着。

他们被推到一旁，嘴里还抱怨自己的命运不济，诅咒孩子们忘恩负义。不过，最后一辆马车驶出村子时，他们叫住了车夫，强迫他把他们带走。

这样，投奔陌生世界的旅程开始了。

离那个漫游者回来的时间，已经过了很多年，所以要找到他开辟的道路并非易事。

成千上万人死了，人们踏着他们的尸骨，才找到第一座用石子堆起的路标。

此后，旅程中的磨难少了一些。

那个细心的先驱者已经在丛林和无际的荒野乱石中用火烧出了一条宽敞大道。

它一步一步把人们引到新世界的绿色牧场。

大家相视无言。

"归根结底他是对了，"人们说道，"他对了，守旧老人错了。"

"他讲的是实话，守旧老人撒了谎……"

"他的尸首还在山崖下腐烂，可是守旧老人却坐在我们的车里，唱那些老掉牙的歌子。"

"他救了我们，我们反倒杀死了他。"

"对这件事我们的确很内疚，不过，假如当时我们知道的话，当然就……"

随后，人们解下马和牛的套具，把牛羊赶进牧场，建造起自己的房屋，规划自己的土地。从这以后很长时间，人们又过着幸福的生活。

几年以后，人们建起了一座新大厦，作为智慧老人的住宅，并准备把勇敢先驱者的遗骨埋在里面。

一支肃穆的队伍回到了早已荒无人烟的山谷。但是，山脚下空空如也，先驱者的尸首荡然无存。

一只饥饿的豺狗早已把尸首拖入自己的洞穴。

人们把一块小石头放在先驱者足迹的尽头（现在那已是一条大道），石头上刻着先驱者的名字，一个首先向未知世界的黑暗和恐怖挑战的人的名字，他把人们引向了新的自由。

石上还写明，它是由前来感恩朝礼的后代所建。

这样的事情发生在过去，也发生在现在，不过将来（我们希望）这样的事不再发生了。

选自《宽容》，生活·读书·新知三联书店1996年版

【经典背诵】

只要世界依然笼罩在恐惧之中，谈论黄金时代、现代生活和发展进步只能是浪费时间。

只要专制仍然是我们赖以自保的法律不可分割的一部分，要求宽容就近乎犯罪。

当专制像屠杀俘虏、烧死寡妇和盲目崇拜经书一样成为遥远的传说时，宽容一统天下的日子就到来了。

这也许需要一万年，也许需要十万年。

但是它终将来临，就在人类取得第一次真正的胜利——战胜自己的恐惧——之后，历史一定会记下这一天。

选自《人的解放》，北京出版社1999年版

【名家评点】

在西方广为人知的《宽容》（1925）中，作者房龙先生不是直接赞美符合宽容标准的历史过程、否定或批评不宽容的历史现象，而是抓住人类文明变迁历程中"宽容"与"不宽容"所呈现出的各种形态，来描述社会发展何以如此的变迁规律。在他看来，人类身上普遍存在着超越时间和空间的三种不宽容现象："第一种也许最普遍，在每个国家和社会各个阶层都能看到，尤其是在小村子和古老镇子里更为常见，而且不仅仅限于人类的范围"，例如不同地区或时代之间的礼节、习惯和风俗是不尽相同的，然而人或动物的生活习惯所养成的惰性、生活经验的有限性，使之不能互相容忍，由此使得父母对子女行为摇头叹息、大部分人荒唐地向往"过去的好日子"（习俗使之不思进取、守旧）、抱有新思想的人往往成为人类的敌人，人人都有可能遭受这种不宽容之罪，"历史上许多人曾因此背井离乡、如今一些渺无人烟之地也因此意外出现居民点"，不过这种宽容相对而言还是无害的。"第二种不宽容来自无知者，仅仅因为对事物无知这种人就会成为危险人物，如果还为自己的智力低下而辩解那就更为可怕，这种人永远自我标榜正确、始终不能理解和谅解与自己不一致的他人，如果有人向他们提到宽容，他们会反对并认为这是不体面地承认自己道德观念衰退，若是有人批评这是不宽容的行为，他们反而沾沾自喜，这种不宽容的危害更为严重"。"第三种不宽容是自私自利引起的，实际上是嫉妒的一种表现"，这是最为严重的现象。不过，"只是在极为个别的情况下，我们才能遇到三种不同的不宽容中的单

独一种表现"，在人类许多黑暗岁月，或者 在人类许多重大历史事件中，这三种情况常常是并举的。

由此造成历史进步的艰难。

——林精华：《认识文明史变迁的一种方法：评房龙》

一部历史著作的"序言"，一般的做法是要从理论、概念和写法等方面入手的。而房龙却不落俗套、别出心裁地讲述了一个故事，一个寓言式的故事，把复杂的思想转换成了生动的形象。"形象大于思想"，由于这形象包含了作者的理性思考和历史内涵，又使这形象上升到了象征高度。"无知山谷"的故事象征了人类文明"宽容"与"不宽容"的激烈而漫长的斗争，预示着人类历史的艰难演进。作为一个概念，房龙所谓的"宽容"，绝不仅仅是指个人的思维、心胸、姿态等等，而是指一定的社会和人们容许别人有思想和探索的自由，对不同于自己或传统观点的见解有耐心公正的容忍。这篇"序言"生动、好读，意味深长，把它独立出来，又是一篇精美的散文诗、哲理诗。

——段崇轩：《"无知山谷"：一个象征》

【延伸阅读】

1. ［美］杰勒德·威廉、房龙：《房龙传》，北京出版社 2003 年版。

2. ［美］亨德里克·威廉、房龙：《人类的故事》，生活·读书·新知三联书店 1996 年版。

3. ［美］亨德里克·威廉、房龙：《圣经的故事》，生活·读书·新知三联书店 1996 年版。

【思考与拓展】

1. 如何看待房龙的"宽容"思想，你如何定义"宽容"的概念蕴涵？

2. 写一篇《宽容》读后感。

3. 倡导"宽容"有怎样的现实意义？

（撰稿：冯 露）

从认识到写作

散文是一种最为自由的文体。它在形式上的不拘一格使得人们在写作中能够自由发挥，不受限制。散文的内容极为宽泛，既可以是对自我情思的感怀，又可以是对大千世界以及生活的感悟，散文包容了一切可抒怀的对象、可感慨的现实，并从中生发出散文写作者的思想。散文的形式是开放的，没有人可以给散文设定既定的形式，一切对于散文形式上的要求，都会扼杀散文的生命,而所有的框定无非是在理论的层面上提供一种共性的指引。事实上，每一篇散文都各具特色，都有属于个体的美的闪光之处。因此，散文写作单元的设立，目的不在于传授散文写作的技巧，给自由的散文写作诸多框定，而仅希望能够廓清对于散文的认识，让散文真正成为人人均可自由发挥的文体。

散文从形式到内容的包罗万象的特点，使散文的创作也呈现出一片烂漫的姿态。但人们在欣赏散文的时候，仍然能够很直观地感受到优秀散文中所散发出来的文字的美和思想的美，从中得到感染或者启示。

好的散文往往不是掺杂了功利目的的散文。写散文不是为文而文，散文往往是一种最自然的情感的流露、最直观的感受的抒发、最真诚的书写，散文的美在散文的创作者那里，是不期而遇的。当一切都自然而然地迸发于心里，并被诉诸笔端的时候，散文的创作会收到最理想的效果。写散文不是完成任务，也不是应景文章，它是你在最想表达的时候，为你所驾驭的一叶扁舟。自由的表达、从心所欲，是你创作散文的最佳心理状态。

散文的真是真情流露的真。毫不夸张地说，情感是散文的灵魂，真情是散文的生命。散文的字字句句中，都见得到散文创作者的一颗真心。这颗心诚挚地感动着、领悟着、思考着。好的散文是没有任何伪装和矫情的。人们在阅读中，读到的是真思想、真性情，是洞彻心灵的体察与省悟，是发自内心的笑与泪。

唯其真，方动人。在对于"真"的认识的基础上，我们方能够谈到散文写作的首要问题——立意。

所谓"立意"，乃是散文行文的出发点，也是散文的归宿。从"意"出发，又归之为"意"，方能使一篇散文形神聚合，堪称佳作。立意的高下，是散文精彩与否的关键。可是，散文的"意"又源出何处呢？过去，我们在提到散文的"立意"时，总是强调深刻的思想、意义，于是很多散文只是在形式上做足了工夫，言必称国家大义，事必显生活哲理，似乎唯其如此才能显示出思想的深刻，以及自我的高屋建瓴。于是，很多徒具了散文的外壳，却失之灵性，只能是堆砌出来的空洞语言。深刻不是制造出来的。做散文的姿态，不用摆出一副架子，你只需放低了身心，什么触动了你，你便放开手脚去描摹这个触动心灵的点去。这个"意"，便在无"意"之中获得了升华。如此，即便是描摹生活中的琐事，你若从中见到了生活真意，那文章也便呈现出了别样的趣味与灵性。

以《傅雷家书》与李敖的《妈妈·弟弟·电影》为例，两篇文章品评下来，堪称立意高远。

《傅雷家书》中的书信，父亲与儿子之间探讨的是一个宏大的主题——青年人该如何面对东西方文化的交织与冲突。可是，在傅雷下笔写下这封信时，其本心涌动的感情是复杂的。作为一代翻译大师，他深知东西方文化的交融与冲突必不可免，而且在这种情势下，很容易给青年人带来困惑与疑虑，可能成为全盘西化的西方思潮的拥趸，也可能成为全盘否定的文化固守主义的极端。如何正确地认识东西方文化之间的关系，是傅聪、傅敏的问题，更是所有当时的青年人的问题。傅雷的这些家书，出发点的虽然是对儿子思想成长的关爱，但触动的却是傅雷对于国家和民族的大爱，这是一封家书无论如何也掩盖不住的。于是，本是父子之间的书信对话，本是囊括一些"小情感"的书信，很自然地抒发了"大情怀"。可见，"意"绝非是刻意为之，关键在于触动心灵。傅雷父子之间的书信，不是简单的家长里短、嘘寒问暖，而是一次次心灵的对话，因而才会在集结成册以后，带给人们许许多多的震撼和启示。

如果说《傅雷家书》仍然是父与子之间的晓以大义，带有明显的教诲痕迹，那么李敖的《妈妈·弟弟·电影》则显然与其不同。李敖一向是"嬉笑怒骂皆成文章"。这篇《妈妈·弟弟·电影》很可以看出他的风格一角。从文章描写的内容来看，李敖写的是爱看电影的母亲，描写母亲随着电影发展不断转换旧有观念。描写生动有趣，让人读后忍俊不禁。但究其内里，李敖著文的目的却决不在于对于乖巧的弟弟、热爱电影的母亲的有趣描写而博人一笑。他在后记中提到："流风所被，好像一个人不板着脸孔写文章就是大逆不道！不写硬邦邦的文章就是没有价值！"李敖著此文之"意"在于用固守传统的母亲却肯为电影去改变的事实去讽刺当时的台湾文坛仍然不知改变的现状，从而为他所提出的"剪断传统脐带"的观点摇旗呐喊。观点的正确与否，我们暂且不论。其文章的"立意"之深，却绝非他在后记中所提到的"游戏文章"这般简单。

然而，无论是《傅雷家书》还是李敖的《妈妈·弟弟·电影》，毋庸置疑的共性是两者在字里行间流露出的对于亲人的爱、对于国家的爱、对于文化的爱，这种情感是真挚的，所以，无论是在描述事实、抒发情感，还是指陈时弊，都不觉得生硬、矫情，相反字字句句都敲在人的心上，让你严肃起来思考，让你笑过了再思考。这便是深远的"立意"给阅读者带来的功效。

散文便是这样的一种文体，它散漫恣肆，无须任何章法的约束，但求一个"情真意切"。如果你还徘徊在散文的门外，不让你走进来的不是别人，而是你自己。放下对于文章的一切高高在上的认识，写一篇散文，从你自己写起。写自己的感觉、情绪、体验、识见、发现，写自己对往事的回忆，对另一时空的向往，以及心灵深处的瞬间波动。让你的文章中呈现出"我"，那是灵魂层面上的你自己，也是你文章的灵魂。久而久之，你的眼睛不但可以认识到自己的心灵，还可以从你的世界里去窥探到整个世界的奥秘。

【经典回顾】

梦　痕

丰子恺

我的左额上有一条同眉毛一般长短的疤。这是我儿时游戏中在门槛上跌破了头颅而结成的。相面先生说这是破相，这是缺陷。但我自己美其名曰"梦痕"。因为这是我的梦一般的儿童时代所遗留下来的唯一的痕迹。由这痕迹可以探寻我的儿童时代的美丽的梦。

我四五岁时，有一天，我家为了"打送"（吾乡风俗，亲戚家的孩子第一次上门来作客，辞去时，主人家必做几盘包子送他，名曰"打送"）某家的小客人，母亲、姑母、婶母和诸姊们都在做米粉包子。厅屋的中间放一只大匾，匾的中央放一只大盘，盘内盛着一大堆黏土一般的米粉，和一大碗做馅用的甜甜的豆沙。母亲们大家围坐在大匾的四周。各人卷起衣袖，向盘内摘取一块米粉来，捏做一只碗的形状；夹取一筷豆沙来藏在这碗内；然后把碗口收拢来，做成一个圆子。

再用手法把圆子捏成三角形，扭出三条绞丝花纹的脊梁来；最后在脊梁凑合的中心点上打一个红色的"寿"字印子，包子便做成。一圈一圈地陈列在大匾内，样子很是好看。大家一边做，一边兴高采烈地说笑。有时说谁的做得太小，谁的做得太大；有时盛称姑母的做得太玲珑，有时笑指母亲的做得象个饼。笑语之声，充满一堂。这是年中难得的全家欢笑的日子。而在我，做孩子们的，在这种日子更有无上的欢乐；在准备做包子时，我得先吃一碗甜甜的豆沙。做的时候，我只要噪闹一下子，母亲们会另做一只小包子来给我当场就吃。

　　新鲜的米粉和新鲜的豆沙，热热地做出来就吃，味道是再好不过的。我往往吃一只不够，再噪闹一下子就得吃第二只。倘然吃第二只还不够，我可嚷着要替她们打寿字印子。这印子是不容易打的：蘸的水太多了，打出来一塌糊涂，看不出寿字；蘸的水太少了，打出来又不清楚；况且位置要摆得正，歪了就难看；打坏了又不能揩抹涂改。所以我嚷着要打印子，是母亲们所最怕的事。她们便会和我商量，把做圆子收口时摘下来的一小团米粉给我，叫我"自己做来自己吃"。这正是我所盼望的主目的！开了这个例之后，各人做圆子收口时摘下来的米粉，就都得照例归我所有。再不够时还得要求向大盘中扭一把米粉来，自由捏造各种黏土手工：捏一个人，团拢了，改捏一个狗；再团拢了，再改捏一只水烟管……捏到手上的龌龊都混入其中，而雪白的米粉变成了灰色的时候，我再向她们要一朵豆沙来，裹成各种三不像的东西，吃下肚子里去。这一天因为我噪得特别厉害些，姑母做了两只小巧玲珑的包子给我吃，母亲又外加摘一团米粉给我玩。为求自由，我不在那场上吃弄，拿了到店堂里，和五哥哥一同玩弄。五哥哥者，后来我知道是我们店里的学徒，但在当时我只知道他是我儿时的最亲爱的伴侣。他的年纪比我长，智力比我高，胆量比我大，他常做出种种我所意想不到的玩意儿来，使得我惊奇。这一天我把包子和米粉拿出去同他共玩，他就寻出几个印泥菩萨的小型的红泥印子来，教我印米粉菩萨。

　　后来我们争执起来，他拿了他的米粉菩萨逃，我就拿了我的米粉菩萨追。追到排门旁边，我跌了一跤，额骨磕在排门槛上，磕了眼睛大小的一个洞，便晕迷不省。等到知觉的时候，我已被抱在母亲手里，外科郎中蔡德本先生，正在用布条向我的头上重重叠叠地包裹。

　　自从我跌伤以后，五哥哥每天乘店里空闲的时候到楼上来省问我。来时必然偷偷地从衣袖里摸出些我所爱玩的东西来——例如关在自来火匣子里的几只叩头虫，洋皮纸人头，老菱壳做成的小脚，顺治铜钿磨成的小刀等——送给我玩，直到我额上结成这个疤。

　　讲起我额上的疤的来由，我的回想中印象最清楚的人物，莫如五哥哥。而五哥哥的种种可惊可喜的行状，与我的儿童时代的欢乐，也便跟了这回想而历历地浮出到眼前来。

　　他的行为的顽皮，我现在想起了还觉吃惊。但这种行为对于当时的我，有莫大的吸引力，使我时时刻刻追随他，自愿地做他的从者。他用手捉住一条大蜈蚣，摘去了它的有毒的钩爪，而藏在衣袖里，走到各处，随时拿出来吓人。我跟了他走，欣赏他的把戏。他有时偷偷地把这条蜈蚣放在别人的瓜皮帽子上，让它沿着那人的额骨爬下去，吓得那人直跳起来。有时怀着这条蜈蚣去登坑，等候邻席的登坑者正在拉粪的时候，把蜈蚣丢在他的裤子上，使得那人扭着裤子乱跳，累了满身的粪。又有时当众人面前他偷把这条蜈蚣放在自己的额上，假装被咬的样子而号啕大哭起来，使得满座的人惊惶失措，七手八脚地为他营救。正在危急存亡的时候，他伸起手来收拾了这条蜈蚣，忽然破涕为笑，一缕烟逃走了。后来这套戏法渐渐做穿，有的人警告他说，若是再拿出蜈蚣来，要打头颈拳了。于是他换出别种花头来：他躲在门口，等候警告打头颈拳的人将走出门，突然大叫一声，倒身在门槛边的地上，乱滚乱撞，哭着嚷着，说是践踏了一条臂膀粗的大蛇，但蛇是已经攒进榻底下去了。走出门来的人被他这一吓，实在魂飞魄散；但见他的受难比他更深，也无可奈何他，只怪自己的运气不好。

他看见一群人蹲在岸边钓鱼，便参加进去，和蹲着的人闲谈。同时偷偷地把其中相接近的两人的辫子梢头结住了，自己就走开，躲到远处去作壁上观。被结住的两人中若有一人起身欲去，滑稽剧就演出来给他看了。诸如此类的恶戏，不胜枚举。

现在回想他这种玩耍，实在近于为虐的戏谑。但当时他热心地创作，而热心地欣赏的孩子，也不止我一个。世间的严正的教育者，请稍稍原谅他的顽皮！我们的儿时，在私塾里偷偷地玩了一个折纸手工，是要遭先生用铜笔套管在额骨上猛钉几下，外加在至圣先师孔子之神位面前跪一支香的！

况且我们的五哥哥也曾用他的智力和技术来发明种种富有趣味的玩意，我现在想起了还可以神往。暮春的时候，他领我到田野去偷新蚕豆。把嫩的生吃了，而用老的来做"蚕豆水龙"。其做法，用煤头纸火把老蚕豆荚熏得半熟，剪去其下端，用手一捏，荚里的两粒豆就从下端滑出，再将荚的顶端稍稍剪去一点，使成一个小孔。然后把豆荚放在水里，待它装满了水，以一手的指捏住其下端而取出来，再以另一手的指用力压榨豆荚，一条细长的水带便从豆荚的顶端的小孔内射出。制法精巧的，射水可达一二丈之远。他又教我"豆梗笛"的做法：摘取豌豆的嫩梗长约寸许，以一端塞入口中轻轻咬嚼，吹时便发喈喈之音。再摘取蚕豆梗的下段，长约四五寸，用指爪在梗上均匀地开几个洞，作成豆的样子。然后把豌豆梗插入这笛的一端，用两手的指随意启闭各洞而吹奏起来，其音宛如无腔之短笛。他又教我用洋蜡烛的油作种种的浇造和塑造。用芋艿或番薯镌刻种种的印版，大类现今的木版画。……诸如此类的玩意，亦复不胜枚举。

现在我对这些儿时的乐事久已缘远了。但在说起我额上的疤的来由时，还能热烈地回忆神情活跃的五哥哥和这种兴致蓬勃的玩意儿。谁言我左额上的疤痕是缺陷？这是我的儿时欢乐的佐证，我的黄金时代的遗迹。过去的事，一切都同梦幻一般的消灭，没有痕迹留存了。

只有这个疤，好像是"脊杖二十，刺配军州"时打在脸上的金印，永久地明显地录着过去的事实，一说起就可使我历历地回忆前尘。仿佛我是在儿童世界的本贯地方犯了罪，被刺配到这成人社会的"远恶军州"来的。这无期的流刑虽然使我永无还乡之望，但凭这脸上的金印，还可回溯往昔，追寻故乡的美丽的梦啊！

选自《丰子恺人生随笔集：静观人生》，湖南文艺出版社 2003 年版

【思考与拓展】

1. 读过这篇散文，是否有些什么触动了你？试着描摹这种感觉。

2. 作者的立意何在？是一条疤痕的来历、一个调皮的童年伙伴、一场对于童年的回忆或是对童年消逝的怅惘？谈谈你的认识。

3. 如果你也有这样的一条"梦痕"，它能勾起你什么样的一种回忆？

4. 童年对你来说意味着什么？以你现在的年纪回首童年，你会生发出什么样的一番想象，有什么体会？

5. 当你想到童年的时候，或者在看到年幼的孩子在你身旁玩耍的时候，请记下最让你感怀的那一刻的情绪，记下你所能够联想到的事情。

（撰稿：王 彤）

诗歌

诗经·秦风·蒹葭

【作品导读】

《诗经》是我国最早的诗歌总集，也是儒家"六艺"之一。相传为孔子所编定。本是称《诗》，后世才称为《诗经》。现存 305 篇，分为《风》、《雅》、《颂》三大类，大抵是周初至春秋中叶 500 多年间的作品。

按照《诗序》以及其他古代学者的说法，《蒹葭》主旨是讽刺秦襄公不能使用周礼，导致国家不得稳固，或者是表达一种希求、招揽隐士贤达的意旨（方玉润《诗经原始》）。这些说法自然不能说没有道理，但只从诗作字面来看，却显然分辨不出这等深意来。朱熹解说得朴实："言秋水方盛之时，所谓彼人者，乃在水之一方，上下求之而不可得也。然不知其何所指也。"（《诗集传》）也就是说，这首诗描述的只是在秋水涨浮之时，追寻某人不得的感慨。而此人是何种身份，甚至是男是女，我们都不得而知。当然，依照读者的心意，我们更愿意将这首诗理解成一篇思恋、追求情人的情诗。

《蒹葭》的艺术感染力历来为人所称颂。蒹葭苍苍，秋水茫茫，那人正在河水的另一边，但百般追寻，却始终找不到她。全诗的意境空幻而杳渺，诗人与他企求的对象，似乎只有一水之隔，如在目前，触手可及，却始终追求不到，只余下深深的遗憾和惆怅。如钱锺书所说，"'在水一方'为企慕之象征"（《管锥编》）。这种企慕之情，因为疏隔而变得深切婉转，令人神伤。

【经典回顾】

诗经·秦风·蒹葭

蒹葭苍苍，白露为霜。所谓伊人，在水一方。溯洄从之，道阻且长；溯游从之，宛在水中央。

蒹葭萋萋，白露未晞。所谓伊人，在水之湄。溯洄从之，道阻且跻；溯游从之，宛在水中坻。

蒹葭采采，白露未已，所谓伊人，在水之涘。溯洄从之，道阻且右；溯游从之，宛在水中沚。

选自《诗经注析》，中华书局1999年版

【经典背诵】

蒹葭苍苍，白露为霜。所谓伊人，在水一方。溯洄从之，道阻且长。溯游从之，宛在水中央。

蒹葭萋萋，白露未晞。所谓伊人，在水之湄。溯洄从之，道阻且跻。溯游从之，宛在水中坻。

蒹葭采采，白露未已。所谓伊人，在水之涘。溯洄从之，道阻且右。溯游从之，宛在水中沚。

——《诗经·秦风·蒹葭》

南有乔木，不可休思。汉有游女，不可求思。汉之广矣，不可泳思，江之永矣，不可方思。

翘翘错薪，言刈其楚。之子于归，言秣其马。汉之广矣，不可泳思，江之永矣，不可方思。

翘翘错薪，言刈其蒌。之子于归，言秣其驹。汉之广矣，不可泳思，江之永矣，不可方思。

——《诗经·周南·汉广》

选自《〈诗经〉与楚辞导读》，北京大学出版社2003年版

【名家评点】

这首诗意境飘逸，神韵悠长，从文学的角度来说实在是不可多得的佳作。王照圆云："《小戎》一篇古奥雄深，《蒹葭》一篇夷犹潇洒。"方玉润云："此诗在《秦风》中气味绝不相类，以好战乐斗之邦，忽遇高超远举之作，可谓鹤立鸡群，翕然自异者也矣。"他们从整体上点出了此诗的风格和特点。诗以"蒹葭苍苍，白露为霜"起兴，这是诗人触景生情的歌唱，

非但将深秋早晨凄清明净的景色写得很美，而且点明了诗的时间地点。其下"所谓伊人，在水一方"，是虚点其地，似乎近在眼前。《古诗十九首》"河汉清且浅，相去复几许"意境仿佛近之。然后转过一笔："溯洄从之，道阻且长；溯游从之，宛在水中央。"诗人在上下左右地求索，然而远道阻隔，可望而不可即。真是"盈盈一水间，脉脉不得语"。一个"宛"字，又将是实在的处所一笔拎空，所以姚际恒称赞道："遂觉点睛欲飞，入神之笔"。全诗不着一个思字、愁字，然而读者却可以体会到诗人那种深深的企慕和求之不得的惆怅。

——程俊英、蒋见元：《诗经注析》

《诗经》中赋、比、兴手法运用得最为圆熟的作品，已达到了情景交融、物我相谐的艺术境界，对后世诗歌意境的创造，有直接的启发。如《秦风·蒹葭》，"毛传"认为是兴，朱熹《诗集传》则认为是赋，实际二者并不矛盾，是起兴后再以赋法叙写。河滨芦苇的露水凝结为霜，触动了诗人思念"伊人"之情，而三章兴句写景物的细微变化，不仅点出了诗人追求"伊人"的时间地点，渲染出三幅深秋清晨河滨的图景，而且烘托了诗人由于时间的推移，越来越迫切地怀想"伊人"的心情。有铺叙中，诗人反复咏叹由于河水的阻隔，意中人可望而不可即，可求而不可得的凄凉伤感心情，凄清的秋景与感伤的情绪浑然一体，构成了凄迷恍惚、耐人寻味的艺术境界。

——袁行霈：《中国文学史》

【延伸阅读】

1. 程俊英、蒋日元：《诗经注析》，中华书局 1999 年版。

2. 胡适等著：《青青子衿悠悠我心:名家说诗经》，天津教育出版社 2007 年版。

3. 徐名翚编：《诗经选译》，周振甫译注，中华书局 2005 年版。

【思考与拓展】

1. 你是否还能举出中国古典文学中临水怀人的作品？

2. 《诗经》中还有哪些爱情诗？试举例并谈谈你的理解。

（撰稿：王　珏）

九 歌

屈 原

【作品导读】

屈原（前 340—前 278），战国时期楚国人，名平，字原。主张联齐抗秦，提倡"美政"。他是中国最伟大的浪漫主义诗人之一，创立了"楚辞"文体，是我国已知最早的著名诗人和伟大的政治家。《离骚》、《九章》、《九歌》、《天问》是屈原最主要的代表作。

《九歌》原本是流传于楚地的民间祭歌，经过屈原的收集和改订而保存下来。虽然名为《九歌》，其实一共有 11 篇，据现代学者闻一多考证，第一首《东皇太一》和最后一首《礼魂》应该是祭祀时候的迎神和送神曲。东皇太一为祭祀时的主神，中间九章的神灵则为陪祭，最后以《礼魂》合唱完成整个祭祀仪式。朱熹在《楚辞辨证》中说，楚地的祭祀风俗是"以阴巫下阳神，以阳主接阴鬼"。如果所迎为女神，咏唱者即是男巫；如果所迎为男神，咏唱者即为女巫。有时男巫女巫互相唱和，有时一人歌唱而众人应答，很像是歌舞剧。从文学的角度来说，《九歌》堪称是楚辞中最美的诗篇。尤其是中间的九章，不仅浪漫瑰丽，有着鲜明的形象和绚丽的神话色彩；对神灵的思慕和疑惑，迎神时的动情与欣喜，更是如同恋歌，情致摇曳，婉转动人。

《九歌》中，东皇太一为至上的天神，云中君为云神，湘君和湘夫人都是湘水之神，传说就是舜帝和他的两个妃子娥皇、女英。大司命掌管人的生

死寿命，少司命则是掌管子嗣的女神。东君是太阳神，河伯为河神，山鬼为山神，"国殇"则是战场上阵亡将士的魂魄。这些神灵的形象大多绚丽瑰奇，令人一见而难以忘怀。譬如东君的出场，"暾将出兮东方，照吾槛兮扶桑"，扶桑是中国古代传说中的神木，生于东方，为日之居所。晨曦乍现，日光喷薄的情景极为鲜明。而在日落之时，这位太阳神则"青云衣兮白霓裳，举长矢兮射天狼。操余弧兮反沦降，援北斗兮酌桂浆。撰余辔兮高驰翔，杳冥冥兮以东行"。天狼、北斗、弧矢，天空中的星与星座全都被罗织进来，整座天穹变成了东君的舞台。在古代占星学里，天狼是恶星，主侵略之兆；弧矢则主防备盗贼，操弧矢而射天狼，也有祈求神灵保佑人间平安的意愿。而《少司命》中，这位女神原本是"满堂兮美人，忽独与余兮目成"，"荷衣兮蕙带"的温柔美人。但在诗末，却临风而高举，"孔盖兮翠旌，登九天兮抚彗星。竦长剑兮拥幼艾，荪独宜兮为民正"。登九天而抚彗星，一手怀抱幼儿，一手高举长剑，就如同古希腊的雕刻一般，完全是一位慈爱而又威严的女神形象。而《国殇》，描写了一场"旌蔽日兮敌若云"，短兵相接的战争。气氛紧张，形势迫人，"出不入兮往不反"的决然令观者动容。最后的结句"带长剑兮挟秦弓，首身离兮心不惩。诚既勇兮又以武，终刚强兮不可凌。身既死兮神以灵，子魂魄兮为鬼雄"，悲壮而激越。屈原所生活的时代，正是楚国战事频繁的时期，《国殇》是对死难者的歌颂、对生者的激励，同时也饱含了作者深沉的爱国情感。

《九歌》不仅有着对神迹的颂扬，人神之间的情感，也同样是缠绵悱恻、荡气回肠的。《少司命》中"悲莫悲兮生别离，乐莫乐兮新相知"一句，被明代文学家王世贞誉为"千古情语之祖"（《艺苑卮言》）。《湘君》中"交不忠兮怨长，期不信兮告余以不闲"的怨望，《湘夫人》中"沅有芷兮醴有兰，思公子兮未敢言"的暗恋，使这些神灵和祭神者如在人间。可以从中真切地体会到，人世间的爱恋那种种复杂纠缠的情感。《山鬼》中的神女独居于深山之中，"被薜荔兮带女萝"，只有赤豹文狸，辛夷杜衡，这些山间的神兽与香草为伴。与其说她是女神，不如说是一位"既含睇兮又宜笑"的妙龄少女。"山中人兮芳杜若，饮石泉兮荫松柏。君思我兮然疑作"，以山中馨香的奇花异草，衬托少女的美丽纯真，那种对恋人的猜疑，正是青春年华常有的心事。"风飒飒兮木萧萧，思公子兮徒离忧"——结尾萧瑟哀婉的气氛和强烈的孤独感，使山鬼的爱情变得希望渺茫。这是中国古典文学中一个令人难忘的形象，而那种思君不见、孤独忧伤的心理，恐怕也是屈原本人心境的写照。

【经典回顾】

湘夫人

帝子降兮北渚，目眇眇兮愁予。
嫋嫋兮秋风，洞庭波兮木叶下。
登白薠兮骋望，与佳期兮夕张。
鸟何萃兮蘋中，罾何为兮木上？
沅有芷兮醴有兰，思公子兮未敢言。
荒忽兮远望，观流水兮潺湲；
麋何食兮庭中，蛟何为兮水裔。
朝驰余马兮江皋，夕济兮西澨；
闻佳人兮召予，将腾驾兮偕逝。
筑室兮水中，葺之兮荷盖。
荪壁兮紫坛，播芳椒兮盈堂。
桂栋兮兰橑，辛夷楣兮药房。
罔薜荔兮为帷，擗蕙櫋兮既张。
白玉兮为镇，疏石兰兮为芳。
芷葺兮荷屋，缭之兮杜衡。
合百草兮实庭，建芳馨兮庑门。
九嶷缤兮并迎，灵之来兮如云。
捐余袂兮江中，遗余褋兮醴浦。
搴汀洲兮杜若，将以遗兮远者。
时不可兮骤得，聊逍遥兮容与。

山　鬼

若有人兮山之阿，被薜荔兮带女萝。
既含睇兮又宜笑，子慕予兮善窈窕。
乘赤豹兮从文狸，辛夷车兮结桂旗。
被石兰兮带杜衡，折芳馨兮遗所思。
余处幽篁兮终不见天，路险难兮独后来。
表独立兮山之上，云容容兮而在下。
杳冥冥兮羌昼晦，东风飘兮神灵雨。
留灵修兮憺忘归，岁既晏兮孰华予。

采三秀兮于山间，石磊磊兮葛蔓蔓。

怨公子兮怅忘归，君思我兮不得闲。

山中人兮芳杜若，饮石泉兮荫松柏。

君思我兮然疑作。

雷填填兮雨冥冥，猨啾啾兮狖夜鸣。

风飒飒兮木萧萧，思公子兮徒离忧。

选自《屈原集校注》，中华书局1996年版

【经典背诵】

九　歌

悲莫愁兮生别离，乐莫乐兮新相知。

——节选自《少司命》

出不入兮往不反，平原忽兮路超远。

带长剑兮挟秦弓，首身离兮心不惩。

诚既勇兮又以武，终刚强兮不可凌。

身既死兮神以灵，魂魄毅兮为鬼雄。

——《国殇》

选自《〈诗经〉与楚辞导读》，北京大学出版社2003年版

【名家评点】

激楚扬阿，声音凄楚，所以能动人而感神也。

——[清] 陈本礼：《楚辞精义·九歌》

《山鬼》写一个缠绵多情的女神，诗的情绪也是回旋婉转。这女神沉浸在失恋的悲哀之中，伴随着云云雨雨，孤独地往来于高山之间，她就是楚国民间传说中的巫山神女。关于巫山神女和楚怀王恋爱的故事，在《文选》江淹《杂体诗》李善注所引《宋玉集》的一段话中，说得比较详细。她是"帝之季女，名曰瑶姬，未嫁而亡，封于巫山之台"。她日常的生活是"旦为朝云，暮为行雨；朝朝暮暮，阳台之下"。这和山鬼是很相似的。

山鬼具备两重美，既有女性的美——少女之美，忠贞于爱情的少女之美；又有大自然的美——巫山之美，云雨霏霏的巫山之美。她既是女性美的体现者，又是自然美的化身。诗人想象，在那巫山云雨之间，忽隐忽现，有一女神出没：

若有人兮山之阿，被薜荔兮带女萝。既含睇兮又宜笑，子慕予兮善窈窕。

女神的目光微微一转，又像看又像没看，带几分羞涩、几分俏皮。莞尔一笑，又是那么妩媚。虽然着墨不多，却已把山鬼的绚美多姿描绘得十分鲜明了。下面写她折了香花等待情人，久等而不至。她担心自己来晚了，错过了赴约的时间，于是登上山巅远眺。只见云容容，风飘飘，此外什么也看不见。她想等情人来了以后，便把他留下，使他不再回去。一转念又想起自己已经不很年轻了，他还会把自己当成美人吗？她想采些芝草来吃，却又采不到，只有山石磊磊，葛草蔓蔓。她不免怨恨起他来了，怅怅地呆在那儿忘记了回去。忽然又觉得他一定也在想念自己，恐怕是不得空闲来不了。她想，自己好像杜若一样芬芳，自己的爱情是坚贞的。至于他呢，大概还在动摇吧！这时雷声大作，风雨交加，天也渐渐地黑了。

雷填填兮雨冥冥，猨啾啾兮狖夜鸣。风飒飒兮木萧萧，思公子兮徒离忧。

在雷声、雨声、猿声、风声之中，山鬼加倍地思念她的情人，陷入了重重忧愁之中。这首诗无论是环境描写，或是山鬼的仪态和心理的刻画，都极富跌宕变化，富于流动回旋之美。

——袁行霈：《屈原的人格美及其诗歌的艺术美》

【延伸阅读】
1. 马茂元：《楚辞选》，人民文学出版社 1998 年版。
2. 朱 熹：《楚辞集注》，上海古籍出版社 1979 年版。

【思考与拓展】

1. 试阐述《九歌》的产生背景和艺术特征。
2. 谈谈你对湘夫人和山鬼的形象有何理解。

（撰稿：刘 磊）

上 邪

汉乐府

【作品导读】

两汉乐府诗，指的是由汉代乐府机构或者相当于乐府职能的音乐管理机关搜集、保留而流传下来的汉代诗歌。一般认为，汉代乐府由汉武帝初立，这一机构所搜集、掌握的诗歌大致可以分为两部分：一是出自庙堂，二是出自民间。前者主要用于配合朝廷典礼、郊祀等礼仪活动，其性质不言而喻；后者则可能与儒家所鼓吹的"采诗"制度相关，即朝廷通过专门机构搜集各地的民谣歌咏，通过这些民歌来考见各地的风俗和政治效绩。我们不能确认汉代乐府是否曾以这种宗旨来搜罗诗歌，但传世的汉代乐府诗当中有相当数量来自民间，却是可以肯定的。这些诗歌的题材广泛，包括人世间的苦与乐、生与死等诸多的内容，当然，也包括男女之间的爱情。

汉乐府诗中的爱情诗数量颇丰，最著名者如《孔雀东南飞》，同时也是中国古代最著名的叙事长诗。除此之外，有一些短章小令，也同样精彩，如《上邪》、《有所思》等。也许是源自民间的缘故，这些诗歌大多保持了本初的朴茂风貌，特别是在情感的表达上，率直而热烈，全不同于后世文人诗中常见的含蓄委婉的风格。《上邪》一诗正是如此，女主人公如此激烈地抒发了她的情感，以至于声称，只有高山陵夷、江水枯竭、时序颠倒、天地叠合，她的情感才会改变。假如后世的诗人亦以如此的直接的方式书写情志，他的作品往往会变得刻露浅薄，缺乏深味，但这一篇古代的情歌却绝无此病。相反，身处异代的读者同样会为主人公诚挚而热烈的情感所感动。

文学修养

上 邪

上邪!
我欲与君相知,长命无绝衰。
山无陵,江水为竭,
冬雷震震,夏雨雪,
天地合,乃敢与君绝!

选自郭茂倩:《乐府诗集》,中华书局 2003 年版

有所思

有所思,乃在大海南。
何用问遗君?双珠玳瑁簪,用玉绍缭之。
闻君有他心,拉杂摧烧之。
摧烧之,当风扬其灰。
从今以往,勿复相思!
相思与君绝。鸡鸣狗吠兄嫂当知之。
妃呼豨秋风肃肃晨风飔,东方须臾高知之。

饮马长城窟行

青青河畔草,绵绵思远道。
远道不可思,宿昔梦见之。
梦见在我傍,忽觉在他乡。
他乡各异县,展转不相见。
枯桑知天风,海水知天寒。
入门各自媚,谁肯相为言。
客从远方来,遗我双鲤鱼。
呼儿烹鲤鱼,中有尺素书。
长跪读素书,书中竟何如?
上言加餐食,下言长相忆。

选自《汉魏六朝诗歌鉴赏集》,人民文学出版社 1985 年版

【名家评点】

上邪言情，短章中神品。

——[明]胡应麟：《诗薮》

山无陵以下共五事，重叠言言，不见其排，何笔力之横也！

——[清]沈德潜：《古诗源》

《上邪》是一首热烈奔放的情歌……主人公感情迸裂，如激流奔湍，一泻千里，连举五种不可能出现的反常的自然现象，比喻绝交的先决条件。以诅咒为誓言，重叠反复而不觉排沓，极其浑含奇警。

——葛晓睿：《八代诗史·两汉诗歌的源流》

【延伸阅读】

1. 郭茂倩：《乐府诗集》，中华书局 2003 年版。
2. 萧涤非：《汉魏六朝乐府文学史》，人民文学出版社 1984 年版。
3. 沈德潜：《古诗源》，中华书局 2000 年版。

【思考与拓展】

1. 举出几首你所知道的汉乐府中的爱情诗，谈谈它们各自的特点。

2. 进一步了解汉乐府民歌的思想内容与艺术成就。

(撰稿：王 珏)

悲愤诗

蔡文姬

【作品导读】

　　蔡琰，字文姬，东汉末陈留(今河南开封杞县)人，生卒年不详，是东汉著名文学家蔡邕的女儿，也是中国历史上著名的女诗人。蔡文姬生活在东汉末的战乱年代，经历颠沛流离，命运曲折悲惨。她早年守寡，在战乱中被匈奴骑兵俘虏，成为匈奴左贤王的妻室，并育有两子。因其父蔡邕是著名学者，素被曹操敬重，交谊很深，曹操得知蔡文姬的情形，以黄金千两白璧一双将蔡文姬赎回，另嫁给董祀。蔡文姬回到中原后，秉受曹操旨意，继承父亲遗志，完成《续后汉书》，留下《悲愤诗》和《胡笳十八拍》等作品。

　　蔡文姬在历史、音乐、书法、文学上具有多方面成就，影响最深远的当属《胡笳十八拍》。郭沫若认为："这实在是自屈原《离骚》以来，最值得欣赏的长篇抒情诗。"严格说来，《悲愤诗》共有两首，分别是"五言体"及"楚辞体"。其中的五言《悲愤诗》被称为我国诗史上文人创作的第一首自传体的五言长篇叙事诗，"真情穷切，自然成文"，激昂酸楚，在建安诗歌中别构一体。

【经典回顾】

悲愤诗

汉季失权柄，董卓乱天常。志欲图篡弑，先害诸贤良。
逼迫迁旧邦，拥主以自强。海内兴义师，欲共讨不祥。
卓众来东下，金甲耀日光。平土人脆弱，来兵皆胡羌。
猎野围城邑，所向悉破亡。斩截无孑遗，尸骸相撑拒。
马边悬男头，马后载妇女。长驱西入关，迥路险且阻。

还顾邈冥冥，肝脾为烂腐。所略有万计，不得令屯聚。

或有骨肉俱，欲言不敢语。失意几微间，辄言弊降虏。

要当以亭刃，我曹不活汝。岂复惜性命，不堪其詈骂。

或便加棰杖，毒痛参并下。旦则号泣行，夜则悲吟坐。

欲死不能得，欲生无一可。彼苍者何辜？乃遭此厄祸。

边荒与华异，人俗少义理。处所多霜雪，胡风春夏起。

翩翩吹我衣，肃肃入我耳。感时念父母，哀叹无终已。

有客从外来，闻之常欢喜。迎问其消息，辄复非乡里。

邂逅徼时愿，骨肉来迎己。己得自解免，当复弃儿子。

天属缀人心，念别无会期。存亡永乖隔，不忍与之辞。

儿前抱我颈，问："母欲何之？人言母当去，岂复有还时？

阿母常仁恻，今何更不慈？我尚未成人，奈何不顾思！"

见此崩五内，恍惚生狂痴。号泣手抚摩，当发复回疑。

兼有同时辈，相送告离别。慕我独得归，哀叫声摧裂。

马为立踟蹰，车为不转辙。观者皆歔欷，行路亦呜咽。

去去割情恋，遄征日遐迈。悠悠三千里，何时复交会？

念我出腹子，胸臆为摧败。既至家人尽，又复无中外。

城郭为山林，庭宇生荆艾。白骨不知谁，纵横莫覆盖。

出门无人声，豺狼号且吠。茕茕对孤景，怛咤糜肝肺。

登高远眺望，魂神忽飞逝。奄若寿命尽，旁人相宽大。

为复强视息，虽生何聊赖？托命于新人，竭心自勖励。

流离成鄙贱，常恐复捐废。人生几何时，怀忧终年岁。

选自《古诗源》，中华书局 1963 年版

【经典背诵】

天无涯兮地无边，我心愁兮亦复然。

人生倏忽兮如白驹之过隙，然不得欢乐兮当我之盛年。

怨兮欲问天，天苍苍兮上无缘。

举头仰望兮空云烟，九拍怀情兮谁与传？

——蔡　琰《胡笳十八拍》

选自《汉魏六朝诗歌鉴赏集》，人民文学出版社 1985 年版

【名家评点】

中国最早具有成熟内容及形式的叙事诗，可追溯至蔡琰的《悲愤诗》与《古诗为焦仲卿妻作》。《悲愤诗》与《古诗为焦仲卿妻作》的主旨无非都是对于生命苦难的泣诉，但在面对人世间无法扭转也无力抵抗的苦难时，孤独个人又是如此的渺小和无力。而在传统社会居于弱势地位的女性，

往往是时代苦难最直接的承受者。而文学透过对自己命运无自主力的女人来刻画大时代的苦难，除了加深读者的恐惧之情与哀怜之感外，另外还有更积极的意义，如柯氏所言："在这里女性的温柔就更呈现为'蒲苇纫如丝'的一种摧而不折的坚韧的对抗邪恶，维护人性的力量。而在苦难漫长的黑夜中，乍现一线人道之曙光。这正是所谓温柔敦厚精神的最佳体现，也是最好注脚。因此，透过女性形象，以女性的天赋柔情，母道的包容敦厚之心谛观苦难，而在苦难之中彰显正常人性的无限温柔，正是传统叙事诗的常见形态，也是中国叙事诗的特殊精神。"

以蔡琰的《悲愤诗》为例，蔡琰的苦难可依时空的移转分为"被掳离家"与"弃子返家"两个历程。她的被掳至异邦，是发生在她的能够有所选择之前，非她自由意志所能决定，而是一种外来的、突然的灾难降临，这种柯氏称之为"外加的苦难"；但是后来蔡琰有机会遇赦还家，她选择了承担弃子之痛而返家，但这次是出于她个人意志的选择，为了讨论上的方便柯氏名之为"选择的苦难"。而这两种苦难在《悲愤诗》中同时并存，使得蔡琰的《悲愤诗》超越了一般的抒情诗，而有了叙事诗的广度与深度。柯氏认为在"外加的苦难"中，我们主要看到的是"命运"；而在"选择的苦难"中，我们主要看到的是"意志"。意志与命运的拉拒，抗衡，及其终所造成的悲剧，往往是文学之所以震撼人心、感人心肺的重要因素。但柯氏认为蔡琰的《悲愤诗》终以"外加的苦难"为主，即使后来蔡琰弃子返家，她有多少选择的自由其实是大有疑问的。毕竟在乱世之中，能选择自己命运的人，实在是少之又少，大多数的黎民苍生只能被无情的命运任意摆布。

——柯庆明：《苦难与叙事诗的两型——论蔡琰〈悲愤诗〉与〈古诗为焦仲卿妻作〉》

【延伸阅读】

1. 蔡文姬：《胡笳十八拍》，《古诗源》，中华书局1963年版。
2. 郭沫若：《蔡文姬·屈原》，人民文学出版社1998年版。

【思考与拓展】

1. 《悲愤诗》的不同版本都围绕同一故事经历进行叙写，除了文体上的差异外，这两个版本在叙事的重点及结构上有哪些异同？

2. 古今中外有很多文学作品(包括戏剧)，是以乱世中的女性为主角，或是透过女性主角的苦难遭遇引发读者的怜悯之情。请举一个你曾读过的类似作品(古今中外不限，文学、戏剧、影视作品皆可)与《悲愤诗》比较，谈谈作品中的女主角有哪些特质与蔡琰是相似的。

(撰稿：彭 静)

把酒问月

李 白

【作品导读】

李白（701－762），唐朝著名诗人，字太白，号青莲居士。关于李白的家世和出生地，至今仍是未解之谜。较为可信的说法是，李白的祖籍是陇西成纪（今甘肃天水附近），出生于中亚碎叶（今吉尔吉斯共和国托克马克附近）。

李白一生的大部分时间是在唐代盛世中度过的，直到公元755年"安史之乱"爆发。26岁之前，李白在蜀中读书、习剑、任侠，"十五观奇书，作赋凌相如"，遍观百家之作；"十五好剑术"，以侠自任，与侠客道士隐居岷山，游峨眉。二十六岁，仗剑出国，辞亲远游，漫游襄汉、庐山、金陵、扬州、汝海、云梦，在安陆与故相许圉师的孙女成婚后，定居于此地约十年。在安陆，他曾多次干谒当地官员以求援引，事未成，反而得罪安州刺史，这就是李白的"遍干诸侯，历抵卿相"的时期。许夫人去世后，李白于开元二十八年（740）移家东鲁，客居任城，与孔巢父、韩准、裴政、张叔明、陶沔为友，纵酒酣歌，隐居徂徕山竹溪，时号为"竹溪六逸"。后来又回到江浙，入会稽，与道士吴筠为友，一同住在剡中。后吴筠被召入京，向玄宗举荐李白，玄宗征召李白入长安，礼遇非常，待诏供奉翰林。据传李白初到长安时，贺知章一见，惊叹为"谪仙人"，称其诗可"泣鬼神"。在长安三年，李白过着狂放的生活，相传有龙巾拭吐、御手调羹、力士脱靴、贵妃捧砚等种种故事。他还"浪迹纵酒，以自昏秽。咏歌之际，屡称东山。又与贺知章、崔宗之等自为八仙之游"，不久被玄宗皇帝赐金放归，于是李白离开长安。"一朝去京国，十载客梁园。"在齐州紫极宫，请北海高天师授道箓，入道士籍。这一次漫游以梁园、东鲁为中心，南至吴越、北上幽燕，其间与杜甫交游近两年，结下了深厚友谊。

安史乱起，李白携宗氏夫人避难越中，继而隐居庐山屏风叠。次年十二月，他怀着"誓欲清幽燕"的宏愿进入永王璘的幕府，事败而入狱，后被流放夜郎。"平生不下泪，于此泣无穷。"（《江夏别宋之悌》）途中遇赦依当涂令李阳冰。李光弼率大军出征东南，李白主动请缨杀敌，可惜因病半道而还，第二年冬天，竟一病不起，卒于当涂。

李白的思想是复杂的，儒、释、道、侠的思想统一于一身。他一方面怀有"兼善天下"的儒家思想，以济苍生、安社稷为平生抱负，另一方面又追求遗世独立的道家思想，此外还深受游侠思想的影响，敢于蔑视封建秩序。反映在诗歌创作中，既有"安能摧眉折腰事权贵，使我不得开心颜"的傲岸坚强；又有"且放白鹿青崖间，须行即骑访名山"的避世离俗；既有"停杯投箸不能食，拔剑四顾心茫然"的任性狂狷；又有"举杯邀明月，对影成三人"的玄思独绝。在李白身上兼具了儒家积极入世精神，又颇具侠肝义胆与仙风道骨的飘逸与浪漫。

李白雄才纵逸，为诗兼擅众体，尤以古体、绝句、歌行和乐府最为著名。李白在创作上，继承了前代诗歌的丰富遗产。他所继承的传统，首先是楚辞和汉魏六朝乐府民歌。在创作手法上，熔铸神话传说，大胆地幻想夸张等方面，继承了屈原的浪漫主义创作手法。就具体作品来说，如《远别离》、《梁甫吟》、《梦游天姥吟留别》、《蜀道难》等都在精神面貌以及题材、构思、句法的形式上对屈原作品有所继承。李白对建安诗歌、阮籍、陶渊明、谢灵运、谢朓、鲍照等人的创作也多有继承。李白在继承前人的基础上，又融入个人的才情与独特创造，形成了自身的鲜明特点。丰富的想象、鲜明而张扬的个性、青春与浪漫的气质、流美而生动的歌唱，形成了一种豪放、飘逸的艺术风格，成为盛唐气象的典型代表，被后世称为"诗仙"。

李白诗歌的语言风格，用他自己的诗句来说，就是"清水出芙蓉，天然去雕饰"。李白善于从新鲜活泼的生活语言中汲取营养，并加以提炼和升华，熔古茂的汉魏乐府和清新明丽的六朝乐府为一炉，以其俊逸的才气创造了新鲜的诗歌语言，形成了一种通俗而精练、明朗而含蓄、清新而明丽的风格特色。

酒与月是李白诗歌中常用的意象。李白飘逸的诗风大多来源于酒与月意象的成功运用。"李白斗酒诗百篇"，李白的人生可以称得上是诗酒人生，酒是催发诗情的催化剂，酒是诗人情感的寄托。得意时，要喝酒，"人生得意须尽欢，莫使金樽空对月"。失意时，更要饮酒遣怀，"五花马，千金裘，呼儿将出换美酒，与尔同销万古愁"。（《行路难》）朋友相见时，酒更是必不可少，"两人对酌山花开，一杯一杯复一杯"。（《山中与幽人对酌》）独酌也别有风味，"人生飘忽百年内，且须酣畅万古情。"（《答王十二寒夜独酌有怀》)酒成了诗人情感的慰藉。如果说酒为李白的诗篇增添了飘逸，那么月则为李白的诗平添了空灵与隽永。李白诗中的月亮，在不同的时间、不同的地点、不同的心境之下，其名称也不尽相同，如明月、朗月、皎月等是着眼于月的形象色彩，山月、海月、云月、风月、湖月等是将月与自然景物合写，汉月、古时月等体现了对历史的追忆，天门月、金陵月、峨眉月、碧山月等则蕴涵了各地的风物人情。李白诗中的月是亲切可感的，月与诗人的情绪、诗人的足迹紧密相随。

《把酒问月》一诗体现了酒与月意象的完美融合。此诗题下原注："故人贾淳令予问之。"一种风流自赏之态溢于言表。综观全篇，诗人采取屈原诗《天问》的形式，对月及其有关传说，发出一系列的询问，表现出一种强烈的求索精神。诗人由酒及月、由月及诗，纵横捭阖，空间与时间错落，现实与神话彼此穿插，诗人强烈的感情贯注其中。诗人将人与月反复对照，以优美的语言塑造出一个崇高、永恒、美好的月亮形象，诗人的孤高、飘逸的风神也鲜明地展现出来。开头"青天有月来几时？我今停杯一问之"体现了李白式的豪迈，苏轼的"明月几时有，把酒问青天"就从此句化用而来。"今人不见古时月，今月曾经照古人。古人今人若流水，共看明月皆如此"体现了绵远悠长的宇宙意识，与张若虚《春江花月夜》中"江畔何人初见月，江月何年初照人？人生代代无穷已，江月年年只相似"有异曲同工之妙，均体现了诗人对人生哲理的探索及宇宙奥秘的遐想。"唯愿当歌对酒时，月光常照金樽里"，又进一步突显了人生的短暂与明月的永恒。此诗随兴挥洒，但脉络贯通，既有回环错综之致，又有浑然天成之妙；四句一转韵，抑扬顿挫，一气呵成。王夫之《唐诗评选》评此诗"于古今为创调"。

【经典回顾】

把酒问月

> 青天有月来几时？我今停杯一问之。
> 人攀明月不可得，月行却与人相随。
> 皎如飞镜临丹阙，绿烟灭尽清辉发。
> 但见宵从海上来，宁知晓向云间没。
> 白兔捣药秋复春，嫦娥孤栖与谁邻？
> 今人不见古时月，今月曾经照古人。
> 古人今人若流水，共看明月皆如此。
> 唯愿当歌对酒时，月光长照金樽里。

选自《李太白全集》，中华书局1977年版

[经典背诵]

将进酒

李 白

君不见黄河之水天上来，奔流到海不复回。
君不见高堂明镜悲白发，朝如青丝暮成雪。
人生得意须尽欢，莫使金樽空对月。
天生我材必有用，千金散尽还复来。
烹羊宰牛且为乐，会须一饮三百杯。
岑夫子，丹丘生，将进酒，杯莫停。
与君歌一曲，请君为我侧耳听。
钟鼓馔玉不足贵，但愿长醉不复醒。
古来圣贤皆寂寞，唯有饮者留其名。
陈王昔时宴平乐，斗酒十千恣欢谑。
主人何为言少钱，径须沽取对君酌。
五花马，千金裘，
呼儿将出换美酒，与尔同销万古愁。

选自《李太白全集》，中华书局1977年版

[名家评点]

李、杜二公正不当优劣。太白有一二妙处，子美不能道；子美有一二妙处，太白不能作。子美不能为太白之飘逸，太白不能为子美之沉郁。太白《梦游天姥吟》、《远别离》等，子美不能道，子美《北征》、《兵车行》、《垂老别》等，太白不能作。论诗以李、杜为准，挟天子以令诸侯也。少陵诗法如孙、吴，太白诗法如李广。

——[宋] 严 羽：《沧浪诗话》

五七言绝句实唐三百年一人，盖以不用意得之。即太白亦不自知其所至，而工者顾失焉。

——[明] 李攀龙：《唐诗选·序》

太白七言古，想落天外，局自变生，大江无风，波浪自涌，白云从空，随风变灭，此殆天授，非人所及。

——[清] 沈德潜：《唐诗别裁集》

七言绝句，以语近情遥，含吐不露为主。只眼前景、口头语，而有弦外音、味外味，使人神远。太白有焉。

——[清] 沈德潜：《说诗晬语》

太白五七言绝，字字神境，篇篇神物，于鳞谓，即太白不自知所以至也。

——[明] 胡应麟：《诗薮》

诗以神行，使人得其意于言之外，若远若近，若无若有，若云之于天，月之于水，心得而会之，口不得而言之，斯诗之神者也。而五七言绝，尤贵以此道行之。甘之擅其妙者，在唐有太白一人，盖非摩诘、龙标之所及。吾尝以太白为五七言绝之圣，所谓鼓之舞之以尽神，繇神入化，为盛德之至者也。

——[清] 屈绍隆：《粤游杂咏·序》

（白）诗不可及处，在乎神识超迈，飘然而来，忽然而去，不屑屑于雕章琢句，亦不劳劳于镂心刻骨，自有天马行空，不可羁勒之势。

——[清] 赵 翼：《瓯北诗话》

庄屈实二，不可以并；并之以为心，自白始。儒、仙、侠实三，不可以合；合之以为气，又自白始也。其所以为白之真原也矣。

——[清] 龚自珍：《最录李白集》

酒放豪肠，七分酿成了月光，余下的三分啸成剑气，绣口一吐就半个盛唐。

——余光中：《寻李白》

【延伸阅读】

1. 李白著，王琦注：《李太白全集》，中华书局 1977 年 9 月版。

2. 王运熙：《李白精讲》，复旦大学出版社 2008 年 7 月版。

【思考与拓展】

1. 《把酒问月》体现了李白诗歌艺术的哪些特点？

2. 试查找李白诗歌中有关酒与月意象的诗。

（撰稿：李贵银）

秋　兴（其一）

杜　甫

【作品导读】

　　杜甫（712—770），字子美，生于河南巩县（今河南省巩县），世称杜工部、杜拾遗，自号少陵野老，是我国盛唐时期著名诗人，被尊称为"诗圣"，与李白并称"李杜"。杜甫祖籍襄阳（今湖北襄樊市），远祖为晋代将军杜预，祖父为初唐诗人杜审言。杜甫曾任左拾遗、检校工部员外郎，因而后世称其杜拾遗、杜工部。唐玄宗开元中，20岁的杜甫南游吴越，北游齐越，过着"裘马清狂"的生活。天宝七年（746），他到长安，进取无门，困顿了将近十年，甚至落到了"朝叩富儿门，暮随肥马尘，残杯与冷炙，到处潜悲辛"的境地。直到他44岁时才获得右卫率府胄曹参军的小官。就在这一年，"安史之乱"起，他颠沛流离，流亡了一段时期，竟为叛军所俘，拘留长安，写下了一些忠君恋阙的千古名作，如《春望》、《哀江头》等。公元757年从长安冒险奔赴当时皇帝所在地——凤翔，肃宗李亨给了他一个左拾遗的职位，不久就被贬为华州司户参军。48岁以后他弃官入蜀，长期浪迹西南，投靠了一些当地方官的朋友。曾在成都营建了草堂，但并未久居。57岁离蜀，漂泊湖南、湖北一带，59岁病死在湘水舟中。

　　杜甫出生在世代"奉儒守官"的家庭，自幼接受儒家正统思想的教育和熏陶。他有志于"致君尧舜上，再使风俗淳"，走"达则兼善天下"的道路。他曾回忆他自负的心情说："自谓颇挺出，立登要路津。"但是，诗人生活在唐王朝由盛而衰的历史时期，政治的昏聩使他的理想得不到施展的途径。

"安史之乱"的爆发，又使诗人过着颠沛流离的生活，这使他有机会接触到下层百姓的生活。

杜甫的诗歌广泛地反映了唐王朝由盛及衰过程中的社会面貌，真实地再现了这一历史转折时期的重大事件，上层统治阶级的横征暴敛、奢侈腐化，如"朱门酒肉臭，路有冻死骨"。正是在这一意义上，杜甫的诗被称为一代"诗史"。唐人孟棨《本事诗·高逸第三》中曰："杜逢禄山之难，流离陇蜀，毕陈于诗，推见至隐，殆无遗事，故当时号为'诗史'。"宋人胡宗愈《成都草堂诗碑序》也说："先生以诗鸣于唐，凡出处去就、动息劳佚、悲欢忧乐、忠愤感激、好贤恶恶，一见于诗，读之可以知其世，学士大夫谓之'诗史'。"杜甫以充满同情的笔触描绘了"安史之乱"前后的许多重要事件，百姓在战争中遭受的苦难，展现了战火中整个社会生活的广阔画面。常被人提到的重要的历史事件，在他的诗中都有反映。至德元年（756）唐军陈陶斜大败，继又败于青坂，杜甫有《悲陈陶》、《悲青坂》；收复两京，杜甫有《收京三首》、《喜闻官军已临贼境二十韵》；九节度兵围邺城，胜利在即，杜甫写了《洗兵马》，其中提到胜利的消息接踵而至，提到回纥军助战、在长安受到优待的事，提到平叛诸将的功绩，反映了此一事件在当时造成的普遍心理。后来九节度兵败邺城，为补充兵员而沿途征兵，杜甫写有"三吏"、"三别"。

在诗歌艺术上，杜甫可谓是集大成者。杜甫成功地运用了我国古典诗歌的许多体制，并加以创造性地发展。他是新乐府诗体的开路人，他的乐府诗"即事名篇，无复依傍"，可谓旧瓶装新酒，为反映现实提供了更方便、更直接的形式，促成了中唐时期元稹、白居易等人的新乐府运动。他的五七古长篇，亦诗亦史，如《自京赴奉先县咏怀五百字》、《北征》等长篇古诗展现了广阔的社会生活，标志着我国诗歌叙事艺术的高度成就。在律诗方面，杜甫的成就更为突出，尤其是七言律诗。其他各种诗体，在杜甫之前大都臻于成熟的境地，而唯有七言律诗，仍在尝试阶段，杜甫对于七言律诗这一诗歌体裁艺术上的成熟完备有不可磨灭之功。

杜甫律诗的成就的取得与他对诗律的讲究与炼字炼句有关。杜甫曾说："晚节渐于诗律细。"（《遣闷呈路十九曹长》）又说："老去诗篇浑漫与。"（《江上值水如海势聊短述》）这正是他对律诗的主要追求。"诗律细"不仅在于声律的精心安排，也在于从严谨中求变化，变化莫测而不离规矩。有时他为了表达某种感情的需要而写拗体，晚年七律拗体更多。这种拗体与七律初期出现的某些不合律现象是不同的，它是成熟之后的通变，表现为变化中的完整。杜甫在炼字炼句上也用功颇多。他精于用字，刻画精微。他炼字的用力之处在于表现神情韵味。刘熙载说"少陵炼神"就是着眼于此。炼字是

杜甫的自觉追求，他说过"为人性僻耽佳句，语不惊人死不休"。（《江上值水如海势聊短述》）

杜诗的主要风格特征是沉郁顿挫，沉郁顿挫风格的感情基调是悲慨。杜甫是一位系念国家安危和生民疾苦的诗人。个人的济世思想与坎坷遭遇，使他的诗有一种深沉的忧思，无论是写生民疾苦、怀友思乡，还是写自己的穷愁潦倒，感情都是深沉阔大的。他的诗，蕴涵着一种厚积的感情力量，每欲喷薄而出时，他的仁者之心、他的儒家涵养所形成的中和处世的心态，又使这种情感的抒发变得缓慢、深沉，变得低回起伏。长篇如此，短章也如此。杜甫的诗歌风格也是多样化的，除沉郁顿挫外，还有萧散自然的一面，如《水槛遣心二首》。胡震亨说杜甫的诗："精粗巨细，巧拙新陈，险易浅深，浓淡肥瘦，靡不毕具。"（《唐音癸签》卷六）

如果将杜甫诗歌置于唐诗发展的历史长河中来看，杜诗是唐诗发展的一大转折，杜甫是一位承先启后的人物。杜甫兼备众体，在诗歌体式与诗歌艺术上做了极大的开拓，后来者继承他诗歌艺术的某一方面均可成家。如中唐以后，白居易、元稹等人继承了杜甫缘事而发，写民生疾苦的一面，发展成新乐府运动；韩愈、孟郊、李贺则继承了杜诗奇崛、险怪的一面及散文化的特点；晚唐贾岛等人的苦吟也受到杜甫炼字的影响；李商隐则继承了杜甫在七律上的精深造诣，七律的组织更为严密且具有极大的跳跃性。宋代以后，杜甫的地位更高，江西诗派奉杜甫为祖。杜诗有法可循，因而较李白的纵横恣肆、想落天外，更易于学习与把握。

杜甫以律诗写组诗最为成功的，是七律，如《咏怀古迹五首》、《诸将五首》，特别是《秋兴八首》，可以说是杜甫律诗中的登峰造极之作。这组诗写于滞留夔州时期。此时"安史之乱"虽已结束，而外族入侵、藩镇叛乱时有发生，战争仍然不断。挚友已先后离开人世，诗人自己仍漂泊沧江，且疾病缠身。《秋兴八首》即因秋景而感兴，山城秋色，引发他的故园之思和对于京华岁月的怀念，回顾一生，感悟哲理。八首诗就是在这一思想脉络上展开，一层深入一层。其中，第一首作于代宗大历元年（766）秋。当时杜甫流寓夔州（治所在今重庆奉节），诗人以夔州秋景为主线，着重抒发自己的流离漂泊之苦以及内心的故国乡关之思。因景寄情，悲凉沉郁，很好地展现了杜甫诗歌的特色。

【经典回顾】

秋 兴（其一）

玉露凋伤枫树林，巫山巫峡气萧森。

江间波浪兼天涌，塞上风云接地阴。

丛菊两开他日泪，孤舟一系故园心。

寒衣处处催刀尺，白帝城高急暮砧。

选自《杜诗详注》，中华书局1979年版

【经典背诵】

登 高

风急天高猿啸哀，渚清沙白鸟飞回。

无边落木萧萧下，不尽长江滚滚来。

万里悲秋常作客，百年多病独登台。

艰难苦恨繁霜鬓，潦倒新停浊酒杯。

选自《杜诗详注》，中华书局1979年版

【名家评点】

窃尝谓子美之妙，释氏所谓学至于无学者耳。今观其诗，如元气淋漓，随物赋形；如三江五湖，合而为海，浩浩瀚瀚，无有涯涘；如祥光庆云，千变飐化，不可名状，固学者之所以动心而骇目。及读之熟，求之深，含咀之久，则九经百氏，古今精华，所以膏润其笔端者，犹可仿佛其余韵也。夫金屑、丹砂、芝术、参桂名之者矣。故谓杜诗为无一字无来处，亦可也；谓不从古人中来，亦可也。前人论子美用故事，有著盐水中之喻，固善矣。但未知九方皋之相马，得天机于来没存亡之间，物色牝牡，人所共知者，为可略耳。

——[唐] 元如问：《杜诗学引》

至于子美，盖所谓上薄风骚，下该沈、宋，言夺苏、李，气吞曹、刘，掩颜、谢之孤高，杂徐、庾之流丽，尽得古今之体势，而兼人人之所独专矣。使仲尼考断其旨要，尚不知贵，其多乎哉！苟以为能所不能，无可无不可，则诗人以来，未有如子美者。是时山东人李白，亦以奇文取称，时人谓之李杜。余观其壮浪纵恣，摆去拘束，摹写物象及乐府歌诗，诚亦差肩于子美矣。至若铺陈终始，排比声韵，大或千言，次犹数百，辞气豪迈而风调清深，属对律切而脱弃凡近，则李尚不能历其藩翰，况堂奥乎？

——[唐] 元稹：《唐故检校工部员外郎杜君墓系铭并序》

于是杜子美者，穷高妙之格，极豪逸之气，包冲淡之趣，兼俊洁之姿，备藻丽之态，而诸家之所不及焉。然不集众家之长，杜氏亦不能独至于斯也。

——[宋] 秦 观：《论韩愈》

句法理致，老而益精。平时读之，未见其工，迨亲更兵火丧乱之后，诵其诗如出乎其时，犁然有当于人心，然后知其语之妙也。

——[宋] 李 纲：《重校正杜子美集序》

杜甫之诗，包流源，综正变。自甫以前，如汉魏之浑朴古雅，六朝之藻丽秾纤、澹远韵秀，甫诗无一不备。然出于甫，皆甫之诗，无一字句为前人之诗也。自甫之后，在唐如韩愈、李贺之奇桀，刘禹锡、杜牧之雄杰，刘长卿之流利，温庭筠、李商隐之轻艳，以至宋、金、元、明之诗家，称巨擘者，无虑数十百人，各自炫奇翻异，而甫无一不为之开先。

——[清] 叶 燮：《原诗》

【延伸阅读】

1. 杜甫著，仇兆鳌注：《杜诗详注》，中华书局 1979 年 10 月版。
2. 莫砺锋：《杜甫评传》，南京大学出版社 1998 年版。

【思考与拓展】

1. 阅读《秋兴八首》，并思考这组诗蕴涵了诗人怎样的思想感情。
2. 试谈杜甫诗歌集大成的意义所在。

(撰稿：李贵银)

春江花月夜

张若虚

【作品导读】

　　张若虚，生平已经不能详考，只知道他是唐时扬州人，做过兖州兵曹，曾经与贺知章、张旭、包融并称为"吴中四士"。《唐才子传》中没有关于他的介绍，他的诗到现在也仅仅留存两首，但有了这首《春江花月夜》，正可谓"孤篇横绝，竟为大家"（王闿运语），足以奠定他在中国诗史上的不朽地位。《春江花月夜》是乐府《清商曲辞·吴声歌曲》的旧题，关于最初的创制者历来看法不一，或说为陈后主，或说为隋炀帝，杜佑《通典》中记载说"未详所起"。郭茂倩《乐府诗集》中还收有隋炀帝、诸葛颖、温庭筠等人的同名作品，同张若虚此篇相比，未免都显得有些黯然失色了。

　　春江连海，潮涌月生，诗作开篇，便令人置身于春江月夜的浩瀚与静美之中。一个"生"字，气象浑融而又生机盎然。月影流波，千里万里，此时此刻，这世间所有的春江水，都有明月朗照吧。此前谢庄《月赋》中的"隔千里兮共明月"，此后苏轼《水调歌头》中的"但愿人长久，千里共婵娟"，也都有着相似的意境，那一轮明月，不知不觉便破除了空间的阻隔。水绕汀洲，月照花林，夜晚的花色如同雪霰，万事万物仿佛都与皎洁的月光融为一体。春、江、花、月、夜，种种人世间的良辰美景，在诗人笔下展示成一片纯净透彻的光彩。

　　面对眼前的江天月色，作者不禁为之神驰。江天浩渺无际，明月独照万古，那么究竟"江畔何人初见月？江月何年初照人？"从空间到时间的遐想，表现出更为深邃辽远的宇宙意识。前人作品里也常见这样的追问，譬如《古诗十九首》中"生年不满百，常怀千岁忧"，"人生天地间，忽如远行客"。时空无尽，世事无常，人的生命与之相比实在是太渺小脆弱。然而张若虚却随即写下"人生代代无穷已，江月年年望相似"——由时

空的无限联想到生命的无限，个体的生命也许转瞬即逝，但人类的存在却是世代绵延，与明月共存于天地之间。在这看似天真的提问中，我们所看到的是一种感伤却不绝望的情怀，一种"不亢不卑，冲融和易"（闻一多语）的态度。

"不知江月待何人，但见长江送流水"这种态度同时也伴随着怅惘和迷茫。《论语·子罕》中说："子在川上曰：逝者如斯夫，不舍昼夜。"面前的江水奔流远去，一去不返，岁月又何尝不是如此。于是诗人笔触一转，从辽远的宇宙折回到人间游子思妇的离愁别绪。"白云一片去悠悠"，一如离家远行、漂泊无定的游子。"青枫浦"虽是地名，但"枫"、"浦"在诗中常用为伤别之景。如屈原《招魂》："湛湛江水兮上有枫，目极千里兮伤春心，魂兮归来哀江南！"清冷的色调，更能衬托出弥漫其间的伤怀愁绪。下文"谁家"、"何处"二句互文见义，浪迹天涯、楼头相思的人，又岂止是一家、一处？

对于思妇而言，思君不见，月色也变得分外恼人。"卷"而不去，"拂"走还来，只好转念一想，这月华此刻也一定映照着远方的爱人吧。若能随月而去，自然是遂了心愿，但又怎么可能呢？更何况"鸿雁长飞光不度，鱼龙潜跃水成文"，鸿雁飞不出月的光影，鱼儿只能跃动出水下的波纹。连雁寄音书、鱼传尺素都无从凭倚，又能以什么方法来传递这无尽相思？

对于游子而言，"昨夜闲潭梦落花，可怜春半不还家"。随流水落花悄然逝去的，不仅是春光，也是游子的青春岁月。月将西沉，弥漫的海雾遮挡了月光、黯淡了归路。春江花月、良辰美景，然而有几个人能乘这月色归返家乡？最后一句"落月摇情满江树"，无尽的思念和淡淡的怅惘，仿佛随月光洒落，萦绕在江畔花树之间。

清人王尧衢在《唐诗合解》中予以结句高度的评价，说："此将春江花月一齐抹倒，而单结出个'情'字。可见月可落，春可尽，花可无，而情不可得而没也。"有限与无限，宇宙与人生，种种矛盾中的思索尽管会带来迷惘；但这人世间的悲欢离合，平凡真挚的喜悦哀伤，才是真正令人眷恋和动情的。正如王尧衢所说："余情袅袅，摇曳于春江花月之中。望海天而杳渺，感今古之茫茫，伤离别而相思，视流光而如梦，千端万绪，总在此情字内动摇无已。"

【经典回顾】

春江花月夜

春江潮水连海平，海上明月共潮生。
滟滟随波千万里，何处春江无月明。
江流宛转绕芳甸，月照花林皆似霰。
空里流霜不觉飞，汀上白沙看不见。
江天一色无纤尘，皎皎空中孤月轮。
江畔何人初见月？江月何年初照人？
人生代代无穷已，江月年年望相似。
不知江月待何人，但见长江送流水。
白云一片去悠悠，青枫浦上不胜愁。
谁家今夜扁舟子？何处相思明月楼？
可怜楼上月徘徊，应照离人妆镜台。
玉户帘中卷不去，捣衣砧上拂还来。
此时相望不相闻，愿逐月华流照君。
鸿雁长飞光不度，鱼龙潜跃水成文。
昨夜闲潭梦落花，可怜春半不还家。
江水流春去欲尽，江潭落月复西斜。
斜月沉沉藏海雾，碣石潇湘无限路。
不知乘月几人归，落月摇情满江树。

选自《全唐诗》，中华书局 1960 年版

【经典背诵】

代答闺梦还

关塞年华早，楼台别望违。
试衫著暖气，开镜觅春晖。
燕入窥罗幕，蜂来上画衣。
情催桃李艳，心寄管弦飞。
妆洗朝相待，风花暝不归。
梦魂何处入？寂寂掩重扉。

选自《增订注释全唐诗》，文化艺术出版社 2005 年版

【名家评点】

将春、江、花、月、夜五字炼成一片奇光，真化工手！

——[明]钟　惺：《诗归》

句句翻新，千条一缕，以动古今人心脾，灵愚共感。

——[清]王夫之：《唐诗评选》

此篇是逐解转韵法。凡九解：前二解是起，后二解是收。起则渐渐吐题，收则渐渐结束。中五解是腹。虽其词有连有不连，而意则相生。至于题目五字，环转交错，各自生趣。春字四见，江字十二见，花字只二见，月字十五见，夜字亦只二见。于江则用海、潮、波、流、汀、沙、浦、潭、潇湘、碣石等以为陪，于月则用天、空、霰、霜、云、楼、妆台、帘、砧、鱼、雁、海雾等以为映。于代代无穷乘月、望月之人之内，摘出扁舟游子、楼上离人两种，以描情事。楼上宜月，扁舟在江。此两种人，于春江花月夜，最独关情。故知情文相生，各各呈艳，光怪陆离，不可端倪，真奇制也。

——[清]王尧衢：《唐诗合解》卷三

张若虚《春江花月夜》用《西洲》格调，孤篇横绝，竟为大家。李贺、商隐挹其鲜润；宋词、元诗，尽其支流。

——[清]王闿运：《论唐诗诸家源流》

……在这种诗面前，一切的赞叹是饶舌，几乎是渎亵。它超过了一切的宫体诗有多少路程的距离，读者们自己也知道。我认为用得着一点诠明的倒是下面这几句：

……江畔何年初见月？江月何年初照人？人生代代无穷已，江月年年只相似。不知江月待何人，但见长江送流水。

更迥绝的宇宙意识！一个更深沉，更寥廓，更宁静的境界！在神奇的永恒面前，作者只有错愕，没有憧憬，没有悲伤。从前卢照邻指点出"昔时金阶白玉堂，即今唯见青松在"时，或另一个初唐诗人——寒山子更尖酸地吟着"未必长如此，芙蓉不耐寒"时，那都是站在本体旁边凌视现实。那态度我以为太冷酷，太傲慢，或者如果你愿意，也可以带点狐假虎威的神奇。在相反的方向，刘希夷又一味凝视着"以有涯随无涯"的徒劳，而徒劳地为它哀毁着，那又未免太萎靡，太怯懦了。只张若虚这态度不亢不卑，冲融和易才是最纯正的，"有限"与"无限"，"有情"与"无情"——诗人与"永恒"猝然相遇，一见如故，于是谈开了——"江畔何人初见月？江月何年初照人？……江月年年只相似，不知江月待何人？"对每一问题，他得到的仿佛是一个更神秘的更缄默的微笑，他更迷惘了，然而也满足了。于是他又把自己的秘密倾吐给那缄默的对方：

白云一片去悠悠，青枫浦上不胜愁。

因为他想到她了，那"妆镜台"边的"离人"。他分明听见她的叹喟：

此时相望不相闻，愿逐月华流照君！

他说自己很懊悔，这飘荡的生涯究竟到几时为止！

昨夜闲潭梦落花，可怜春半不还家。江水流春去欲尽，江潭落月复西斜！

他在怅惘中，忽然记起飘荡的也许不止他一人，对此情景，大概旁人，也只得徒唤奈何罢？

斜月沉沉藏海雾，碣石潇湘无限路。不知乘月几人归，落月摇情满江树！

这里一番神秘而又亲切的，如梦境的晤谈，有的是强烈的宇宙意识，被宇宙意识升华过的纯洁的爱情，又由爱情辐射出来的同情心，这是诗中的诗，顶峰上的顶峰。

——闻一多：《宫体诗的自赎》

【延伸阅读】

1. 闻一多：《唐诗杂论》，上海古籍出版社1998年版。
2. 叶嘉莹：《叶嘉莹说初盛唐诗》，中华书局2008年版。
3. 刘希夷：《代悲白头翁》，《全唐诗》，中华书局1960年版。
4. 李　白：《把酒问月》，《全唐诗》，中华书局1960年版。

【思考与拓展】

1. "人生代代无穷已，江月年年望相似。不知江月待何人，但见长江送流水"体现了怎样的情感，你能举出类似的佳句吗？

2. 你如何理解张若虚《春江花月夜》中的感伤情绪？

3. 你怎样评价张若虚《春江花月夜》在中国诗歌史上的地位？

（撰稿：刘　磊）

江 城 子

苏 轼

【作品导读】

苏轼（1037—1101）北宋人，字子瞻，又字和仲，号"东坡居士"，谥号文忠，眉州眉山（今四川眉山）人。父苏洵，弟苏辙都是著名的散文家。他是宋仁宗嘉祐二年（1057年）的进士，官至翰林学士、知制诰、礼部尚书。曾上书力陈王安石新法之弊，后因作诗讽刺新法，罹"乌台诗案"。苏轼是北宋中期的文坛领袖，唐宋八大家之一。其文纵横恣肆，其诗题材广阔，清新豪健，善用夸张、比喻，独具风格。词开豪放一派，与辛弃疾并称"苏辛"，有《东坡全集》、《东坡乐府》。

《江城子》是一首悼亡词。苏轼在宋仁宗至和元年（1054）迎娶了比他小三岁的王弗，婚后，王弗侍翁姑恭谨，与苏轼伉俪情深，据苏轼描述，这位夫人聪明睿智，更有识人之明。可惜天不假年，宋英宗治平二年（1065），王弗病逝于汴京，第二年归葬老家眉州。十年后，苏轼出任密州太守，这年的正月二十，他梦见了爱妻王弗，感怀悲伤之际，写下了这首词。

悼亡词所表达的是对亡人的怀念之情，时间的隔绝会使这种情感愈加蕴藉而绵远，而岁月变迁中的人世沧桑更使它变得浓重、沉郁。《江城子》中所表达的情感正是如此。上阕开篇的"十年生死两茫茫"使人有悚然惊醒之意，更令人有不堪回首之感。作者怀念故人，却又担心今日即便相逢，也不能相识相认。"尘满面，鬓如霜"不仅是容貌的改变，更包含了人生的坎坷经历。二十年前，苏轼新婚燕尔，与父亲、弟弟一起出川赴京；这时他是一个文采飞扬、踌躇满志的青年，期待着依靠自己的才华征服京师；十年前他涉世未深，仕宦未久，但已堪称文坛翘楚；而来到密州之时，他已经在政治动荡、党争倾轧中离开京城，度过了多

年的外放为官的生活。虽然今天我们知道，这只是苏轼一生偃蹇的开始，但对于当日的苏轼来说，这些年的经历已足够他在怀念亡妻的时候生发出许多悲凉的感喟了。

下阕描写了与妻子梦中相逢的情景。"小轩窗，正梳妆"，这种日常生活的景象，也应该是作者对妻子最深刻的记忆。两人重逢，却凝噎无语，只是相对垂泪，无言之中，更包含千言万语。最后一句，"料得年年断肠处，明月夜，短松冈"，使用了唐代孟棨《本事诗》中"欲知断肠处，明月照孤坟"的典故。苏轼在此处遥想远在川中妻子的坟茔，相信在明月之下、松丛之间，他的妻子也同样年复一年地经历着思念的煎熬。

这一篇《江城子》虽然以记梦为题，但更多的还是借梦境来抒发对亡妻的怀念之情。全篇所表达的情感真挚朴素，郁结婉转，感人至深。我们知道，苏轼是一位多情的诗人，对亲人的记挂、怀念在他的诗文创作中是常见的主题。苏轼的另一篇脍炙人口的中秋词《水调歌头·明月几时有》，也正是他在密州怀念弟弟苏辙而创作的。在词文体的发展过程中，苏轼是一位枢纽性的人物。他的笔力矫健，无事不可书，无志不可言，极大地拓展了词境。在苏轼之前，无人曾以词体抒写悼亡之情，而这篇《江城子》一出，遂成为后世广为传诵的名篇。

【经典回顾】

江城子·乙卯正月二十日夜记梦

十年生死两茫茫。不思量，自难忘。千里孤坟，无处话凄凉。纵使相逢应不识，尘满面，鬓如霜。

夜来幽梦忽还乡。小轩窗，正梳妆。相顾无言，惟有泪千行。料得年年断肠处，明月夜，短松冈。

选自《苏轼词编年校注》，中华书局 2002 年版

【经典背诵】

江城子·乙卯正月二十日夜记梦

三月七日，沙湖道中遇雨。雨具先去，同行皆狼狈，余独不觉。已而遂晴，故作此词。

莫听穿林打叶声，何妨吟啸且徐行。竹杖芒鞋轻胜马，谁怕？一蓑烟雨任平生。

料峭春风吹酒醒，微冷，山头斜照却相迎。回首向来萧瑟处，归去，也无风雨也无晴。

——苏 轼《定风波》

选自《唐宋词鉴赏集》，人民文学出版社1983年版

【名家评点】

这首词用白描的手法，语言自然，不加雕琢。"纵使相逢应不识"三句最沉痛。这里既有对死去的妻子的怀念，也有对自己身世遭遇的感慨。苏轼有与其弟子由诗："尤胜相逢不相识，形容变尽语音存"就是翻用这个意思。

《江城子》这个调，全首用平声韵；而三、四、五、七言的句子错综地间用、叠用，音韵谐协而又起伏不平；宜于写平和而又复杂的情感。苏轼选用这个调子写悼亡之作，能够表达旧体诗所难以表达的感情……

晚唐、北宋人的词，几乎篇篇写妇女，而且多半以谐浪游戏笔墨出之。真正把妇女作为一个平等的人来看待、尊重她，而且写出她的品格，这样的词并不多见。苏轼的《贺新郎》"乳燕飞华屋"一首，写出女子高品，"颇欲与少陵（杜甫）佳人一篇互证"（谭献语）。而这篇《江城子》悼亡词，写夫妇真挚情感，也可与杜甫的"今夜鄜州月"五律诗媲美。

——夏承焘：《苏轼的悼亡词》

此足以征是翁坦荡之怀，任天而动。琢句亦瘦逸，能道眼前景。以曲笔直写胸臆，倚声能事尽之矣。

——郑文焯：《手批东坡乐府》

【延伸阅读】

1. 潘 岳：《悼亡诗》，《潘黄门集校注》，中州古籍出版社2002年版。
2. 元 稹：《遣悲怀》三首，中华书局1982年版。
3. 邹同庆、王宗堂：《苏轼词编年校注》，中华书局2002年版。

【思考与拓展】

1. 你还知道哪些著名的悼亡诗或词？试举几例。
2. 简析苏轼《念奴娇·赤壁怀古》一词。

（撰稿：王 珏）

满 江 红

岳 飞

【作品导读】

岳飞（1103—1142），字鹏举，谥武穆，后改谥忠武。他是中国历史上著名的军事家、抗金英雄。《满江红》的作者究竟是不是岳飞，一直有很多争议。但千百年来，这首词中悲壮慷慨的情怀、激荡难平的意气、令人振奋的信心、已经与岳飞的名字融为一体。在乱世的烽烟战火中，更能感受到那种强大的感染力。

第一句"怒发冲冠"，用《史记》中蔺相如"怒发上冲冠"的典故，奠定了全词悲歌慷慨的基调。雨过天霁，凭栏远眺，遥想北地山河，尽皆沦入敌手。一腔悲愤难以平复，唯有仰天长啸，以抒壮怀。

开篇直抒胸臆，令人感奋，接下来却风格一转："三十功名尘与土，八千里路云和月"，十四个字缓缓道出，如同一弹三叹，哀痛尤深。尽管少年从军，战功卓著，素有"殉国死义"（《宋史·岳飞传》）之志，岳飞的戎马生涯却始终是坎坷多艰的。宋高宗偏安一隅，不求匡复；朝中是主和派的秦桧当权；张俊、刘光世等当朝大将，也有"玩寇养尊"、"任数避事"（叶适《水心别集·四屯驻大兵》）之弊。同为主战派的胡铨在《好事近》一词中怒斥："欲驾巾车归去，有豺狼当辙！"在这种环境下，岳飞空有壮志，却复国无门。"莫等闲，白了少年头，空悲切"的慨叹，被清人陈廷焯誉为"千古箴铭"。干戈未定，将军已老，该是何等的悲凉沉痛。

宋钦宗靖康二年（1127），北宋灭亡，徽、钦二帝被掳北上。对于当时士大夫而言，这无疑是椎心泣血之痛。南宋的首任宰相李纲在《苏武令》词中写道："拥精兵十万，横行沙漠，奉迎天表。"洗雪国耻，迎回二帝，收复江山，是忠臣良将与中原百姓共同的愿望。"靖康耻，犹未雪，臣子恨，何时灭！"词到过片，音韵顿挫，铿锵有力，气概凛然。豪情如"驾长

车，踏破贺兰山缺"，意气如"壮志饥餐"、"笑谈渴饮"，无不昭示着收复失地的迫切愿望和强烈的信心，与《宋史·岳飞传》中那句掷地有声的"直抵黄龙府，与诸君痛饮耳！"堪称对照。"待从头、收拾旧山河，朝天阙"，丹心可鉴，垂照青史。尽管国势积弱，阻碍重重，无畏的豪情和必胜的信念依然喷薄而出，凝结为词史上最为辉煌动人的篇章。

【经典回顾】

满江红

怒发冲冠，凭栏处，潇潇雨歇。抬望眼、仰天长啸，壮怀激烈。三十功名尘与土，八千里路云和月。莫等闲、白了少年头，空悲切。

靖康耻，犹未雪；臣子恨，何时灭。驾长车，踏破贺兰山缺。壮志饥餐胡虏肉，笑谈渴饮匈奴血。待从头、收拾旧山河，朝天阙。

选自龙榆生《唐宋名家词选》，上海古籍出版社1980年版

【经典背诵】

小重山

昨夜寒蛩不住鸣。惊回千里梦，已三更。起来独自绕阶行。人悄悄，帘外月胧明。

白首为功名。旧山松竹老，阻归程。欲将心事付瑶琴。知音少，弦断有谁听。

——岳　飞《小重山》
选自《全宋词》，中华书局1999年版

【名家评点】

此首直抒胸臆，忠义奋发，读之足以起顽振懦。起言登高有恨，并略点眼前景色。次言望远伤神，故不禁仰天长啸。"三十"两句，自痛功名未立、神州未复，感慨亦深。"莫等闲"两句，大声疾呼，唤醒普天下之血性男儿，为国雪耻。下片承上，明言国耻未雪，余憾无穷。"驾长车"三句，表明灭敌之决心，气欲凌云，声可裂石。著末，预期结果，亦见孤忠耿耿大义凛然。

——唐圭璋：《唐宋词简释》

岳将军此词，激励着中华民族的爱国心。抗日战争时期，这首词曲低沉但却雄壮的歌音，更使人们领受到它的伟大的感染力量。

上来一句四个字，即用太史公写蔺相如"怒发上冲冠"的奇语，表明这是不共戴天的深仇大恨。此仇此恨，因何愈思愈不可忍？正缘高楼独上，阑干自倚，纵目乾坤，俯仰六合，不禁满怀热血，激荡沸腾。——而此时愁霖乍止，风烟澄净，光景自佳，翻助郁勃之怀，于是仰天长啸，以抒此万斛英雄壮气。着"潇潇雨歇"四字，笔致不肯一拓直下，方见气度渊静，便知有异于狂夫叫嚣之浮词矣。

开头凌云壮志，气盖山河，写来已尽其势。且看它下面如何接得去。倘是庸手，有意耸听，必定搜索剑拔弩张之文辞，以引动浮光掠影之耳目。——而乃于是，却道出"三十功名尘与土，八千里路云和月"十四个字，真个令人迥出意表，怎不为之拍案叫绝！此十四字，微微唱叹，如见将军抚膺自理半生悲绪，九曲刚肠，英雄正是多情人物，可为见证。功名是我所期，岂与尘土同埋；驰驱何足言苦，堪随云月共赏。（此功名即勋业义，因音律而用，宋词屡见。）试看此是何等胸襟，何等识见！……

词到过片，一片壮怀，喷薄倾吐：靖康之耻，实指徽钦被掳，犹不得还；故下联接言臣子抱恨无穷，此是古代君臣观念之必然反映，莫以今日之国家概念解释千年往事。此恨何时得解？功名已委于尘土，三十已过，至此，将军自将上片歇拍处"莫等闲、白了少年头，空悲切"之痛语，说与天下人体会。沉痛之笔，字字掷地有声！

以下出奇语，寄壮怀，英雄忠愤之气概，凛凛犹若神明。盖金人入据中原，止畏岳爷爷，不啻闻风丧胆，故自将军而言，"匈奴"实不足灭，踏破"贺兰"，黄龙直捣，并非夸饰自欺之大言也。"饥餐"、"渴饮"一联，微嫌合掌；然不如此亦不足以畅其情、尽其势。未至有复沓之感者，以其中有真气在。

——周汝昌：《唐宋词鉴赏辞典·满江红》

【延伸阅读】

1. 龙榆生：《唐宋名家词选》，上海古籍出版社 1980 年版。
2. 沈祖棻：《宋词赏析》，北京出版社 2003 年版。
3. 邓广铭：《岳飞传》，生活·读书·新知三联书店 2007 年版。

【思考与拓展】

谈谈岳飞《满江红》和《小重山》中体现出的情感有何差异和共通之处。

（撰稿：刘 磊）

江 湖 上

余光中

【作品导读】

余光中（1928— ），是当代著名诗人、散文家和评论家。祖籍福建省永春县桃城镇洋上村，1928 年生于江苏南京。青年时于四川就学，在南京青年会中学毕业后进入金陵大学修读外文。1946 年考入厦门大学外文系，1947 年入金陵大学外语系（后转入厦门大学），1948 年发表第一首诗作，1949 年随父母迁香港，次年赴台，就读于台湾大学外文系。1952 年毕业。1954 年与覃子豪、钟鼎文等共创"蓝星"诗社，出版诗集《蓝色的羽毛》。1958 年到美国进修，获艾奥瓦大学艺术硕士，毕业后回台任教。后来余光中又分别接受美国国务院和教育部的邀请两度赴美，赴美国多家大学任客座教授。1972 年荣任政治大学西语系教授兼系主任。1974 年任香港中文大学中文系教授。1985 年 9 月离港回台，定居高雄市，任国立中山大学文学院院长，兼外文研究所所长。10 月获《中国时报》新诗推荐奖。1988 年起担任梁实秋文学奖翻译评审一职，对之策划、推动所耗心血非常多。1991 年 10 月于香港参加香港翻译学会主办的翻译研讨会，并接受该会颁赠的荣誉会士名衔。现在台湾居住，近年来积极致力于沟通两岸文学、文化的社会活动。其主要诗作有《乡愁》、《白玉苦瓜》、《等你，在雨中》、《敲打乐》等；诗集有《莲的联想》、《与永恒拔河》、《隔水观音》等；评论集有《掌上雨》、《含英吐华》等。余光中一生从事诗歌、散文的创作及评论、翻译工作（自称为自己写作的"四度空间"），至今驰骋文坛已逾半个世纪，涉猎广泛，被誉为"艺术上的多妻主义者"。

1969 年秋天，余光中应美国教育部的邀请，到科罗拉多州担任客座教授，这是其第三次赴美。此前，摇滚乐已经在美国兴起，诗人注意到了摇滚乐对年轻心灵的震撼，在长诗《敲打乐》中，肯定了摇滚乐是一种青春的艺术。第三次赴美，诗人注意到摇滚乐已经风靡美国，影响全世界。他清楚地认识到当代对于大众最具震撼力的艺术是电影和摇滚乐，不是诗，如果诗人一味孤芳自赏，不能把握时代，现代诗就会失去生命力。在丹佛山上的红石剧场，余光中亲身体验了茱迪·柯林斯的一场盛大的演唱会。茱迪的歌声、现场观众的狂热、摇滚民歌的艺术性深深地影响了诗人，自此，他开始正视民间的音乐、江湖上的诗人。回台后，他努力向文化界介绍摇滚乐艺术。在论《琼斯·拜》一文中肯定了"所谓民歌，不仅是一种歌颂的方式，还是一种信念，一种情操，一种生活态度，最重要的，是江湖上的一股沛然之气，是草野的清新，泥土的稚拙，人性的纯真，而不是枝枝节节，技巧上的小花招"。1975 年夏天，余光中参加了台湾的民歌演唱会，鼓吹中国人唱自己的歌。歌手杨弦将余光中《白玉苦瓜》中的八首诗谱曲演唱，演唱现场十分火爆。接着，《中国现代民歌集》出版，一时之间，民歌在台湾蔚为风潮。此后，现代诗与歌曲和舞蹈的结合形成风气，促进了现代诗与民歌的双向互动。余光中的《江湖上》正是在这样的背景下产生的。他模仿美国摇滚乐歌手鲍勃·迪伦的歌词创作了这首诗。

【经典回顾】

江湖上

一双鞋，能踢几条街？
一双脚，能换几次鞋？
一口气，咽得下几座城？
一辈子，闯几次红灯？
答案啊答案
在茫茫的风里

一双眼，能燃烧到几岁？
一张嘴，吻多少次酒杯？
一头发，能抵抗几把梳子？
一颗心，能年轻几回？
答案啊答案
在茫茫的风里

为什么，信总在云上飞？
为什么，车票在手里？

为什么，噩梦在枕头下？
为什么，抱你的是大衣？
答案啊答案
在茫茫的风里

一片大陆，算不算你的国？
一个岛，算不算你的家？
一眨眼，算不算少年？
一辈子，算不算永远？
答案啊答案
在茫茫的风里

选自《余光中诗歌选辑》，时代文艺出版社 1997 年版

【经典背诵】

乡 愁

小时候
乡愁是一枚小小的邮票
我在这头
母亲在那头

长大后
乡愁是一张窄窄的船票
我在这头
新娘在那头

后来啊
乡愁是一方矮矮的坟墓
我在外头
母亲在里头

而现在
乡愁是一湾浅浅的海峡
我在这头

大陆在那头

选自《二十世纪台湾诗选》，中国社会科学出版社 2003 年版

【名家评点】

记得德国诗人诺瓦利兹曾说过，哲学就是带着淡淡的乡愁寻找家园。现在，再以哲学的眼光来解读余光中的"乡愁"，就不再只是把他的"乡愁"仅仅看作是对故乡的思念，而是一种形而上的追寻，那"故乡"也不只是某种形而下的地理概念，乃是生命的终极意义和永恒归宿，对传统、故乡、童年、爱情、亲情、生命和死亡的眷恋，莫不是"乡愁"的种种。

——陈君华：《〈望乡的牧神——余光中传〉·后记》

种种矛盾集于一身的描述并不足以表现全貌，我们只能说，凡方块字延伸所及，华语汉文流播之处，一提到余光中，总会引起人们敬佩的眼神和会心的微笑，为了他那向星空看齐的生命，为了他那彻夜不熄的桌灯，为了他一篇篇脍炙人口的诗文，为了他一场场锦心绣口的演讲；或者，仅仅为了他在你的《余光中诗选》上那平直方正一丝不苟的签名，虽然他知道这只是一本盗版书……和一切大作家一样，余光中的生命境界也是立体的、多元的，但同时又能保持微妙的平衡。

——徐　学：《中西合璧　诗文双绝》

果真，余光中吐出了晚霞满天，令人神移目眩。不朽，真要加冕在他的白发上吗？当日西口吐长虹的五陵少年，终于要得道登仙了吗？却仍然深宵不寐，为世纪守夜，与永恒拔河。他的头顶似有光环，此生一直飞跃在"奇异的光中"，看来中国真将以他的名字为荣。

——傅孟丽：《茱萸孩子——余光中传》

【延伸阅读】

1. 傅孟丽：《茱萸的孩子——余光中传》，上海远东出版社 2006 年版。
2. 余光中：《白玉苦瓜》，时代文艺出版社 1997 年版。
3. 余光中：《余光中散文精选集》，广西师范大学出版社 2003 年版。

【思考与拓展】

1. 余光中《江湖上》的创作背景是什么？
2. 《民歌》体现了作者怎样的思想感情？
3. 阅读余光中的某一诗歌或散文作品后，分别写一篇读后感。

（撰稿：齐光远）

面朝大海，春暖花开

海　子

【作品导读】

海子(1964—1989)，原名查海生，1979 年 15 岁时考入北京大学法律系，大学期间开始诗歌创作。1983 年自北大毕业后分配至北京中国政法大学哲学教研室工作。1989 年在山海关卧轨自杀。

海子是中国 20 世纪 70 年代新文学史中一位全力冲击文学与生命极限的诗人，在其短暂的七年的创作史上，留下了几万行诗。在他完整的三百首抒情诗中，第一首诗为《亚洲铜》，最后一首诗为《春天，十个海子》。其中，《面朝大海，春暖花开》是他的抒情短诗中的佳作。近年来，由于《面朝大海，春暖花开》入选中学语文教材，在更广泛的阅读群体中奠定了它作为海子代表诗作的地位。该诗写于海子死前的两个月。写完这首诗两个月后，海子自杀了。

海子总是倾注热情写作乡村的自然事物，村庄、河流、麦地、马车、花朵和草木，母亲、妻子和农家的人伦等，这些自然事物以透明的本真性存在，在对自然的体验中，海子接近存在的淳朴真理，那就是神性本身的自然显现。海子大部分诗也有一种明朗和清峻。他的这首被广为传颂的《面朝大海，春暖花开》就表达了诗人对世俗生活的想象，更像是他构想的童话世界。

海子还有大量的长诗和诗剧之类的作品偏向于深奥，形而上的哲思意味浓重，天国、太阳、黑暗、神性、死亡和复活总是它们的关键词。海子这类诗意境开阔，气象万千，怀着强烈的超越俗世的愿望，在天与地、生与死的时空中穿越。像他的《抱着白虎走过海洋》，把母亲和白虎放置在一起，神圣惊惧之美，超越于沧海之上，跨越了故乡、跨越了生与死，也跨越了天和地，仿佛整个自然都惊惧于这样的时刻。

【经典回顾】

面朝大海，春暖花开

从明天起，做一个幸福的人
喂马，劈柴，周游世界
从明天起，关心粮食和蔬菜
我有一所房子，面朝大海，春暖花开

从明天起，和每一个亲人通信
告诉他们我的幸福
那幸福的闪电告诉我的
我将告诉每一个人

给每一条河每一座山取一个温暖的名字
陌生人，我也为你祝福
愿你有一个灿烂的前程
愿你有情人终成眷属
愿你在尘世获得幸福
我只愿面朝大海，春暖花开

选自《面朝大海，春暖花开·海子卷》，长江文艺出版社 2008 年版

【经典背诵】

秋

秋天深了，神的家中鹰在集合
神的故乡鹰在言语
秋天深了，王在写诗
在这个世界上秋天深了
得到的尚未得到
该丧失的早已丧失

答　复

麦地
别人看见你
觉得你温暖，美丽
我则站在你痛苦质问的中心
被你灼伤
我站在太阳痛苦的芒上

麦地
神秘的质问者啊
当我痛苦地站在你的面前
你不能说我一无所有
你不能说我两手空空

选自《面朝大海，春暖花开》，长江文艺出版社 2008 年版

【名家评点】

这首诗打动我的不是激情，也不是一般意义上的美感之类，打动我的是这首诗的平静和朴素，以及在平静和朴素之后像天空一样广阔无垠的爱和幸福。

体验幸福，体验爱，这是一个漫长的过程，是一个需要修炼和学习的过程。但也可以说这是一种素质，一种与生俱来的精神素质。同时还可以说这是一种状态，一种看待世界和自己的态度，一种盈满爱和幸福体验的自由境界。最确切的说法也许是这样的：这是一种源于信任、源于爱、源于生命的完整与健全的放松。体验不到苦难的心灵是肤浅的，体验不到幸福的心灵是猥琐的，体验不到放松的心灵是残缺的。

平静和朴素，从容和慈爱，悲悯和抚慰，这不仅应该成为诗人的瞬间体验，而且应该成为我们每一个人的生命状态，成为我们的眼神和表情，成为我们的手势和声音。

爱与幸福，也许就是生命的最纯粹状态，悲悯与抚慰，是源于爱与幸福的对于世界的态度，而从容与平静，则是爱与幸福所穿的一件休闲服。这种内与外的一致，才是真正的自然与放松。这样的生命，才是博大甚至伟大的生命。

——摩　罗：《体验爱，体验幸福》

诗人是世界之光。

这句话出自哲人卡莱尔之口，虽然是如此的贴切，但在赤裸裸的金钱时代，这句话又是多么的不合时宜。

然而，超人永远是不合时宜的，如梵高，如尼采，如叶赛宁，在世人的眼里，他们要么是天才，要么就是疯子。

海子就是这样一位介于天才与疯子之间的诗人，他的诗向我们昭示着一个温暖而美丽的世界。

正如诗人苇岸所说：海子含着泥土，来自大地的深处。他是民间的儿子，具有和谐的自然启示的诗人。

——余徐刚：《海子传》序

【延伸阅读】

1. 崔卫平：《不死的海子》，中国文联出版社 1999 年版。

2. 余徐刚：《海子传：诗歌英雄》，江苏文艺出版社 2004 年版。

3. 天涯在线书库：海子诗集，http://www.tianyabook.com/haizi/.

【思考与拓展】

1. 赏析《面朝大海，春暖花开》的语言与风格特点。

2. 因一连串的诗人死亡事件（海子、骆一禾、戈麦、顾城以及后来徐迟、昌耀的自杀），"诗人之死"在 20 世纪 90 年代成为被广泛谈论的话题。试思考"诗人之死"现象的文化象征意义。

（撰稿：彭　静）

回　答

北　岛

【作品导读】

　　北岛(1949—　　),原名赵振开,曾用笔名石默等。祖籍浙江省湖州市,1949年生于北京。1969年"文革"中毕业后,曾到建筑公司当工人。1980年调至《中国文学》杂志社工作。《今天》(1978—1980)的创办者之一。和舒婷、顾城同样被划为"朦胧诗"的代表诗人之一,在20世纪80年代初期曾产生过重大影响。80年代中期之后出国,90年代曾获诺贝尔文学奖提名。现旅居美国。

　　北岛是在1970年开始写诗的,同时也开始写小说。1973年,他开始与"白洋淀诗群"交往,与诗人艾青也有过一段接触。在思想上对北岛影响最大的是尼采和前苏联诗人叶甫图申科。北岛是一位政治意图很强的抒情诗人。这种风格的形成,除叶甫图申科的影响之外,友人遇罗克和妹妹的死以及诗人本质的孤傲、冷峻也是重要原因。这使其在当时写出一批具有广泛影响的诗篇,比如《回答》、《宣告》、《结局或开始》、《一切》、《履历》等。其作品主要收录在《五人诗选》、《朦胧诗选》等选集之中。2003年,南海出版公司曾出版《北岛诗歌集》,系目前国内最完整的诗人作品集。此外,诗人还有散文集《玫瑰之书》、《失败之书》等。

【经典回顾】

回　答

卑鄙是卑鄙者的通行证,
高尚是高尚者的墓志铭。
看吧,在镀金的天空中,
飘满了死者弯曲的倒影。

冰川纪已过去了，
为什么到处都是冰凌？
好望角发现了，
为什么死海里千帆相竞？

我来到这个世界上，
只带着纸、绳索和身影。
为了在审判之前，
宣读那些被判决的声音：

告诉你吧，世界，
我——不——相——信！
如果你脚下有一千名挑战者，
那就把我算作第一千零一名。

我不相信天是蓝的；
我不相信雷的回声；
我不相信梦是假的；
我不相信死无报应。

如果海洋注定要决堤，
就让所有苦水都注入我心中；
如果陆地注定要上升，
就让人类重新选择生存的峰顶。

新的转机和闪闪的星斗，
正在缀满没有遮拦的天空。
那是五千年的象形文字，
那是未来人们凝视的眼睛。

选自《北岛诗歌集》，南海出版社 2003 年版

【经典背诵】

日 子

用抽屉锁住自己的秘密
在喜爱的书上留下批语
信投进邮箱,默默地站一会儿
风中打量着行人,毫无顾忌
留意着霓虹灯闪烁的橱窗
电话间里投进一枚硬币
向桥下钓鱼的老头要支香烟
河上的轮船拉响了空旷的汽笛
在剧场门口幽暗的穿衣镜前
透过烟雾凝视着自己
当窗帘隔绝了星海的喧嚣
灯下翻开褪色的照片和字迹

选自《五人诗选》,作家出版社 1986 年版

【名家评点】

在朦胧诗论争中,他也是最具争议的一位。20 世纪七八十年代之交的作品,最主要的是表达一种怀疑、否定的精神和在理想世界的争取中,对虚幻的期许,对缺乏人性内容的苟且生活的拒绝。《回答》这首影响很大的诗,普遍认为写于 1976 年春天,与当时发生的"天安门事件"有关。在《回答》连同《宣告》、《结局或开始》等诗中,诗的叙说者,在悲剧性的抗争道路上,表现了"觉醒者"的内心紧张冲突,历史"转折"意识,和类乎"反抗绝望"的精神态度,表现了在批判、否定中寻找个体和民族"再生"之路的激情。

——洪子诚、刘登翰:《中国当代新诗史》

北岛是一位擅长用较强烈的情绪来暗示自己历史处境的抒情诗人。

——程光炜:《中国当代诗歌史》

【延伸阅读】

1. 北岛、舒婷、顾城、江河、杨炼：《五人诗选》，作家出版社 1986 年版。

2. 阎月君等编：《朦胧诗选》，春风文艺出版社 1986 年版。

3. 洪子诚、程光炜编选：《朦胧诗新编》，长江文艺出版社 2004 年版。

4. 北　岛：《北岛诗歌集》，南海出版社 2003 年版。

【思考与拓展】

1. 《回答》寄寓了诗人怎样的思想感情？

2. 阅读《回答》、《日子》等作品，了解诗人的创作手法。

（撰稿：张立群）

致西伯利亚的囚徒

普希金

【作品导读】

普希金（1799—1837），俄国伟大的诗人、小说家。1799 年 6 月 6 日他出生于莫斯科一个家道中落的贵族地主家庭，童年时代，由法国家庭教师管教，接受了贵族教育，8 岁时已可以用法语写诗。家中藏书丰富，结交文学名流，他的农奴出身的保姆常常给他讲述俄罗斯的民间故事和传说，使得他从小就领略了丰富的俄罗斯语言，对民间创作发生浓厚兴趣。普希金创立了俄罗斯民族文学和文学语言，在诗歌、小说、戏剧乃至童话等文学各个领域都给俄罗斯文学提供了典范，成为 19 世纪俄国浪漫主义文学的主要代表，同时也是现实主义文学的奠基人，被誉为"俄国文学之父"、"俄国诗歌的太阳"，还被高尔基誉为"一切开端的开端"。

普希金在彼得堡外交部供职期间，深深地被十二月党人及其民主自由思想所感染，并积极参与了文学团体"绿灯社"，创作了很多反对农奴制、讴歌自由的诗歌，如《自由颂》、《致恰达耶夫》、《乡村》等。普希金的这些作品引起了沙皇政府的不安，于 1920 年将他外派到俄国南部任职。在此期间，普希金与十二月党人的交往更加频繁，并参加了一些十二月党人的秘密会议。1924—1925 年，普希金被幽禁在普斯科夫省的他父母的领地米哈伊洛夫斯克村，在这里他创作了近百首诗歌，他搜集民歌、故事，钻研俄罗斯历史，思想更加成熟，创作上的现实主义倾向也愈发明显。在此期间，彼得堡爆发了贵族革命家——十二月党人的起义，反对沙皇的暴政。这次起义不幸为沙皇当局镇压，主要领袖被处以绞刑，其他人被流放到西伯利亚去，在赤塔一带的矿坑里做苦役。十二月党人的起义虽然失败了，但对俄国的革命运动却产生了巨大的影响。这正如列宁所说的："贵族时期最出色的活动家是十二月党人"，"他们的事业没有落空"，"贵族中的优秀的人物，却促进了人民的觉醒"。

十二月党人起义失败后，沙皇尼古拉一世赦免了普希金，将他召回到莫斯科。普希金虽然没有参加十二月党人的组织，但他同十二月党人有着深厚的友谊，而且对他们的革命事业深表同情。他曾对新沙皇抱有幻想，希望尼古拉一世能赦免被流放在西伯利亚的十二月党人，但幻想很快破灭。促使普希金写这首诗的直接动力则是许多十二月党人的妻子要去西伯利亚和他们的丈夫一起服劳役的英雄行为。普希金在 1827 年初写成的诗，委托十二月党人穆拉维约夫的妻子带给流放在西伯利亚服劳役的十二月党人。十二月党人奥陀耶夫斯基以十二月党人的名义作诗回赠了普希金，感谢他的鼓励和安慰，并表明坚持理想、坚持真理的决心。其中"看那，星星之火定将燎原"一句，曾被列宁用做《火星报》的题词，成为流传千古的不朽名句。

在诗中普希金高度评价了十二月党人理想的事业，鼓励他们要勇敢坚定，乐观奋斗，保持着坚韧不拔的精神，反对专制统治的斗争必将会取得胜利。这首诗表达了当时进步青年的思想愿望，点燃了他们灵魂深处的激情，在十二月党人中间引起了巨大的反响，大大振奋了他们的革命精神，正如俄国著名理论家赫尔岑所说："在沙皇尼古拉黑暗统治的年代里，只有普希金的响亮和辽阔的歌声，在奴役和苦难的山谷里震荡着；这个歌声继承了过去的时代，用勇敢的声音充满了今天的日子，并且还把它的声音送向那遥远的未来。"

这首诗第一段热情鼓励了十二月党人在极端困苦的西伯利亚矿坑里坚持革命斗争，给革命的人民树立起"坚韧不拔的精神"，也相信他们的"崇高理想一定会梦想成真"，取得最后的胜利。第二段表示十二月党人的革命斗争虽然失败，但他们的革命行动绝不是孤立的，这种革命斗争得到了广大革命群众的热烈支持与鼓舞。普希金用自由的歌声表达他对受苦役的革命志士的支持，鼓励他们树立必获全胜的信念。最后两段诗人坚信革命者最终将冲破牢狱，同志们将把斗争的武器送到他们手中，并肩战斗迎来国家的彻底解放，表达了诗人对俄国潜在革命力量的认识和信心。

这首诗的政治意义是深远的。一百五十多年来它还在激励着全世界被压迫被奴役的人们，号召全世界的革命者要像十二月党人那样在最艰苦的环境中，始终保持着高尚的革命志向，在黑暗中要看到光明，看到希望。

【经典回顾】

致西伯利亚的囚徒

在西伯利亚的矿井深处，
请高傲地保持坚韧不拔的精神，
你们辛酸的汗水不会白流，
你们的崇高理想一定会梦想成真。

实现希望必然要历尽磨难，希望
——就是在阴暗的地下囚禁，
也会使你们神勇勃发，乐观奋斗
那渴望已久的时刻必定会来临。

爱情和友谊必将冲破
阴暗的牢门来到你们的身边，
就像我这自由的歌声
会冲进你们服苦役的洞穴一般。

沉重的枷锁必定会被砸碎，
监牢将崩塌，变成一片瓦砾，
自由将在出口处热烈地和你们握手，
弟兄们必将把刀剑送到你们手里。

选自《普希金诗集》，北京出版社 1987 年版

【经典背诵】

假如生活欺骗了你

假如生活欺骗了你，
不要忧郁，也不要愤慨！
不顺心时暂且克制自己，
相信吧，快乐之日就会到来。

我们的心儿憧憬着未来，

现今总是令人悲哀：

一切都是暂时的，转瞬即逝，

而那逝去的将变得可爱。

选自《普希金诗选》，译林出版社 2006 年版

【名家评点】

只有从普希金起，才开始了俄罗斯文学。因为在他的诗歌里面跳动着俄罗斯生活的脉搏。

在普希金的任何一种感情中，都常常有着某种特别高尚、柔和、温存、芳香和美的东西。阅读他的作品可以把自己教育成为一个好人，特别是青年男女阅读他的作品更有好处。

——别林斯基：《论普希金的抒情诗》

这首诗的内容并不复杂，画面又比较单一。诗人只通过"西伯利亚矿坑的深处"这一画面，展示了革命失败后的俄国是一座人间地狱，描绘了西伯利亚囚徒的艰苦境遇，歌颂了十二月党人的政治理想，表达了他们的必胜信心。全诗共分四节，诗人的感情，不仅在第一节里有一个回旋，而且是步步深入。从"悲壮的劳动和思想的崇高志向"不会"徒然消亡"，写到"枷锁会掉下"，"牢狱会覆亡"，激越的情感，有节奏地逐步高昂。

普希金的这首诗，加深了俄罗斯人民对沙皇暴政和农奴制度的仇恨，坚定了对革命事业的胜利信心。今天它还在鼓励人民为自由和解放而斗争。

——黎皓智：《投向沙皇专制的利剑》

这首诗中诗人既正视现实，想到矿坑底下朋友所蒙受的苦难，又充满浪漫主义激情，表现出坚定的信念。诗人以嘹亮的歌声歌唱十二月党人为之奋斗的神圣事业，他向他们表示敬意。普希金深信他们悲惨的劳动不会消亡，他们思想的崇高意向决不会落空，自由和光明必定会战胜奴役和黑暗。

——徐稚芳：《歌颂自由的伟大诗人》

普希金的这些争取自由、反抗沙皇暴政、渴望献身祖国、讴歌十二月党人的充满革命激情的诗歌，是俄罗斯人民的回声和时代的战斗的号角，很快就传遍了全国，在整个俄国解放运动中，发挥了无可估量的作用。正如赫尔岑所说："他的响亮和辽阔的声音，在奴役和苦难的山谷里鸣响。这歌声继承了过去的时代，用勇敢的声音充满了今天的日子，并且还把它的声音送到那遥远的未来。"

普希金热爱生活，相信光明必将代替黑暗，自由必将战胜专制暴政，所以他的诗，总的基调是乐观的，对生活充满信心的。但是，由于现实的黑暗和反动势力的猖獗，生活中到处都充满着悲剧和不幸。真善美的被摧残，人

民的苦难，祖国的命运……作为一个生性敏感的、热爱生活的诗人，所有这一切不能不引起他的忧郁、悲愤、苦闷和沉思。所以，他的抒情诗又带有忧郁的色泽。这就形成了一种忧郁、深沉而乐观的独特的艺术风格。这乍看起来似乎是矛盾的，说不通的。其实，并不矛盾。因为忧郁，正是深沉的表现；而深沉，则使乐观具有坚实的基础，不是一种轻浮盲目的廉价的乐观。古往今来不少伟大杰出的诗人，都或多或少具有这种特点，只不过是普希金表现得更为突出，更为鲜明罢了。这正是他不同于其他诗人，高出于其他诗人的地方，也正是他的抒情诗强烈感人的艺术魅力所在。普希金抒情诗中的忧郁，有如欢快曲子中的低音一样，是过渡到高音不可缺少的部分，犹如有了低音和高音，曲子才具有和谐悦耳的音响，才成为优美动听的音乐一样，有了忧郁，普希金的诗歌才显得深沉，他的乐观精神才具有坚实的基础，才成为感人肺腑的诗篇。

——左毓祯：《永久的魅力》

【延伸阅读】

1. 张铁夫：《普希金与中国》，岳麓书社 2000 年版。

2.[俄]伊·伊·普欣：《回忆普希金》，《国外文学》1987 年第 3 期。

3.[俄]普希金：《普希金诗选》，高莽等译，人民文学出版社 2003 年版

【思考与拓展】

1. 结合这首诗，谈谈你对普希金政治抒情诗特色的理解。

2. 如何评价普希金在俄罗斯文学中的地位？

（撰稿：汪银峰）

西 风 颂

雪 莱

【作品导读】

　　波西·比希·雪莱（1792—1822）是英国积极浪漫主义诗人。他出身于古老的贵族家庭，从小入贵族学校学习，但在很年轻的时候，他就对教会控制的蒙昧主义教育不满，并怀有强烈的自由渴望。1810年入牛津大学学习，开始对自然科学和哲学发生极大的兴趣，广泛阅读了启蒙作家的作品和唯物主义的哲学著作。1811年，雪莱因发表了第一篇论文《无神论的必然性》而被学校开除。这件事情使他顽固的父亲极为震怒，断绝了他的经济来源，青年的雪莱从此自谋生活。

　　1812年，雪莱带着自己写的小册子《告爱尔兰人民书》前往爱尔兰，目的是鼓动当地人民起来反对英国的统治和奴役，结果没有成功。回到英国后，雪莱决定从事写作，以诗歌为武器继续同反动派进行斗争。1813年，他完成了第一首著名的长诗《麦布女王》。长诗反映了作者对现实的态度和他基本的政治、哲学、美学观点。在诗中，诗人不仅批判了封建的专横，谴责了资本主义的种种剥削形式，而且还提出了通过宣传教育以建立美好的自由社会的幻想。这首长诗的出版以及1811—1813年所发表的政论，引起了英国统治阶级对诗人的极端仇恨。他们以种种借口，造谣中伤，迫使雪莱不得不于1818年永远离开了英国前往意大利。1818年到1822年，是雪莱创作最旺盛的时期。1819年，雪莱完成了抒情诗剧《解放了的普罗米修斯》，借古代希腊神话故事，诗人生动地表达了人民会最终战胜专制压迫的信心。1819年英国反动统治者残杀曼彻斯特工人群众的"彼得卢事件"，对雪莱革命思想的发展具有重大作用。在这一时期，他创作了一系列优秀的、充满战斗号召力的诗篇，如《给英国人民的歌》、《1819年的英国》、《"虐政"的假面游行》等，号召被压迫、被剥削者为争取自由而起来斗争。

　　雪莱的抒情短诗在他的创作中占有重要的地位。其中，《西风颂》《云雀》等都是脍炙人口的名篇。雪莱的文学观点，在《诗辩》中表现得最为鲜明，雪莱强调艺术的社会意义。他认为诗人首先应该是战士；诗人也是社会的立法者、创造者，是生活的导师；诗人的使命就在于唤起人们去改造社会。

　　1822 年 7 月 8 日，雪莱于渡海途中遭遇狂风，不幸溺死。对于中国读者而言，其主要作品曾结集为《雪莱抒情诗选》，它由我国已故现代著名诗人穆旦（查良铮）于 1958 年翻译完成，并于同年 10 月由人民文学出版社出版。后收入《穆旦译文集》第 4 卷（人民文学出版社 2005 年版）。

【经典回顾】

西风颂（又译：西风歌）

哦，狂暴的西风，秋之生命的呼吸！
你无形，但枯死的落叶被你横扫，
有如鬼魅碰上了巫师，纷纷逃避：

黄的，黑的，灰的，红得像患肺痨，
呵，重染疫疠的一群：西风呵，是你
以车驾把有翼的种子催送到

黑暗的冬床上，它们就躺在那里，
像是墓中的死尸，冰冷，深藏，低贱，
直等到春天，你碧空的姊妹吹起

她的喇叭，在沉睡的大地上响遍，
（唤出嫩芽，像羊群一样，觅食空中）
将色和香充满了山峰和平原：

不羁的精灵呵，你无处不运行；
破坏者兼保护者：听吧，你且聆听！

没入你的急流，当高空一片混乱，
流云像大地的枯叶一样被撕扯
脱离天空和海洋的纠缠的枝干，

成为雨和电的使者：它们飘落
在你的磅礴之气的蔚蓝的波面，
有如狂女的飘扬的头发在闪烁，

从天穹最遥远而模糊的边沿
直抵九霄的中天，到处都在摇曳
欲来雷雨的鬈发。对濒死的一年

你唱出了葬歌，而这密集的黑夜
将成为它广大墓陵的一座圆顶，
里面正有你的万钧之力在凝结；

那是你的浑然之气，从它会迸涌
黑色的雨、冰雹和火焰：哦，你听！

是你，你将蓝色的地中海唤醒，
而它曾经昏睡了一整个夏天，
被澄澈水流的回旋催眠入梦，

就在巴亚海湾的一个浮石岛边，
它梦见了古老的宫殿和楼阁
在水天映辉的波影里抖颤，

而且都生满青苔，开满花朵，
那芬芳真迷人欲醉！呵，为了给你
让一条路，大西洋的汹涌的浪波

把自己向两边劈开，而深在渊底
那海洋中的花草和泥污的树林
虽然枝叶扶疏，却没有精力；

听到你的声音，它们已吓得发青：
一边颤栗，一边自动萎缩：哦，你听！

唉，假如我是一片枯叶被你浮起，
假如我是能和你飞跑的云雾，
是一个波浪，和你的威力同喘息，

假如我分有你的脉搏，仅仅不如
你那么自由，哦，无法约束的生命！
假如我能像在少年时，凌风而舞

便成了你的伴侣，悠游于太空
（因为呵，那时候，要想追你上云霄，
似乎并非梦幻），我就不致像如今

这样焦躁地要和你争相祈祷。
哦，举起我吧，当我是水波、树叶、浮云！
我跌在生活底荆棘上，我流血了！

这被岁月的重轭所制服的生命
原是和你一样的：骄傲、轻捷而不驯。

把我当作你的竖琴吧，有如森林：
尽管我的叶落了，那有什么关系！
你巨大的合奏所振起的乐音

将染有树林和我的深邃的秋意：
虽忧伤而甜蜜。呵，但愿你给予我
狂暴的精神！奋勇者呵，让我们合一！

请把我枯死的思想向世界吹落，
让它像枯叶一样促成新的生命！
哦，请听从这一篇符咒似的诗歌，

就把我的话语，像是灰烬和火星
从还未熄灭的炉火向人间播散！
让预言的喇叭通过我的嘴唇

把昏睡的大地唤醒吧!

要是冬天已经来了,

西风呵,春日怎能遥远?

选自《雪莱抒情诗选》,人民文学出版社 2005 年版

【经典背诵】

爱底哲学

泉水总是向河水汇流,

　河水又汇入海中,

天宇的轻风永远融有

　一种甜蜜的感情;

世上哪有什么孤零零?

万物由于自然律

都必融会于一种精神。

　何以你我却独异?

你看高山在吻着碧空,

　波浪也相互拥抱;

谁曾见花儿彼此不容:

　姊妹把弟兄轻蔑?

阳光紧紧地拥抱大地,

　月光在吻着海波:

但这些接吻又有何益,

　要是你不肯吻我?

选自《西方爱情诗选》,漓江出版社 1981 年版

【名家评点】

雪莱,天才的预言家雪莱……

——恩格斯:《英国工人阶级状况》

"他是一个真正的革命家",是一个"社会主义的急先锋"……

——马克思:《马克思恩格斯论浪漫主义》

在抒情诗的领域里,雪莱一直被公认是英国最伟大的抒情诗人之一。

——穆 旦:《〈雪莱抒情诗选〉译者序》

【延伸阅读】

穆　旦:《雪莱抒情诗选》,《穆旦译文集》第 4 卷,人民文学出版社
2005 年版。

【思考与拓展】

1.《西风颂》寄寓了诗人怎样的思想感情?
2. 阅读雪莱《给云雀》,了解诗人的写作手法。

（撰稿:张立群）

当你老了

叶 芝

【作品导读】

　　威廉·巴特勒·叶芝（1865～1939），爱尔兰诗人、剧作家。叶芝是"爱尔兰文艺复兴运动"的领袖，艾比剧院（Abbey Theatre）的创建者之一。1923 年获得诺贝尔文学奖。生于都柏林画师家庭。曾在都柏林大都会美术学院学习绘画，1887 年开始专门从事诗歌创作，被艾略特誉为"当代最伟大的诗人"。叶芝对戏剧有浓厚的兴趣，先后写过 26 部剧本。1939 年 1 月 28 日，在法国南部罗克布鲁纳逝世。

　　1889 年 1 月 30 日，23 岁的叶芝遇见了女演员毛德·冈，她时年 22 岁，是一位驻爱尔兰英军上校的女儿。毛德·冈美貌非凡，苗条动人，她同情爱尔兰人民，放弃了都柏林上流社会的社交生活，投身到争取爱尔兰民族独立的运动中去，并且成为领导人之一。叶芝对毛德·冈一见钟情，他这样描写第一次见到毛德·冈的情形："她伫立窗畔，身旁盛开着一大团苹果花；她光彩夺目，仿佛自身就是洒满了阳光的花瓣。"叶芝深深地爱着她，却又因为她的高贵形象而感到无望。1891年 7 月，叶芝误解了她在给自己的一封信中表达的内容，以为她对自己作了爱情的暗示，于是，他立即兴冲冲地跑去向毛德·冈求婚，但她拒绝了。此后毛德·冈始终拒绝叶芝的追求。1903 年，毛德·冈嫁给了爱尔兰军官麦克布莱德少校，用叶芝的话说，他是一个"酒鬼"和"自负粗鄙之人"。这场婚姻非常糟糕和不幸，可毛德·冈却十分固执，即使在婚姻完全失意时，依然拒绝叶芝的追求。尽管如此，叶芝对她的爱慕始终不渝。在数十年中，叶芝对毛德·冈爱情无望的痛苦和不幸不断化为激发叶芝的创作灵感，促使他写下很多对毛德·冈爱情的诗歌来，时而希望，时而绝望，时而爱怜，时而怨恨，更多的时候是爱与恨的复杂纠缠。

　　除了《当你老了》之外，《他希望得到天堂中的锦绣》、《白鸟》、

《和解》、《反对无价值的称赞》等也都是叶芝为毛德·冈写下的名篇。

【经典回顾】

当你老了

当你老了，头白了，睡思昏沉，
炉火旁打盹，请取下这部诗歌，
慢慢读，回想你过去眼神的柔和，
回想它们昔日浓重的阴影；
多少人爱你青春欢畅的时辰，
爱慕你的美丽，假意或者真心，
只有一个人爱你那朝圣者的灵魂，
爱你衰老了的脸上痛苦的皱纹；
垂下头来，在红光闪耀的炉子旁，
凄然地轻轻诉说那爱情的消逝，
在头顶的山上它缓缓踱着步子，
在一群星星中间隐藏着脸庞。

选自《叶芝抒情诗选》，太白文艺出版社 1997 年版

【经典背诵】

白　鸟

亲爱的,但愿我们是浪尖上一双白鸟!
流星尚未陨逝,我们已厌倦了它的闪耀;
天边低悬,晨光里那颗蓝星的幽光
唤醒了你我心中,亲爱的,一缕不死的忧伤。

露湿的百合、玫瑰,睡梦里逸出一丝困倦;
呵,亲爱的,可别梦那流星的耀闪,
也别梦那蓝星的幽光在露滴中低徊;
但愿我们化作浪尖上的白鸟:我和你!

我心头萦绕着无数岛屿和丹南湖滨,

在那里时光会遗忘我们，悲哀不再来临；

转瞬就会远离玫瑰、百合和星光的侵蚀，

只要我们是双白鸟，亲爱的，出没在浪花里！

选自《叶芝抒情诗全集》，中国工人出版社 1994 年版

【名家评点】

这首诗写得情致委婉，深切感人。诗中没有温软的情话，也没有激烈的誓言。诗人冷静而从容地向情人诉说着他的爱……不过更感到悲哀的也许不是诗人，而是这位情人，诗人因了那爱的坚实和专一可能会稍显平静，而她却只能在一丝淡淡的哀愁中追忆那逝去的爱情。

——刘象愚：《中外现代抒情名诗鉴赏辞典 》

这首诗写于 1893 年，当时诗人 28 岁，风华正茂，而诗人却把时间推移到几十年后，想象垂暮之年时双方的情景。这一构思可能受到十六世纪法国诗人龙萨的名诗《待你到垂暮之年》的启发，但主要为表现诗人那种至死不渝的忠贞，向毛德·冈作出又一次爱情表白……自然，全诗的情调不免感伤低沉。尤其是最后一节，这是诗人一种悲剧性的预感，流露出爱情消逝的凄凉。

——许自强：《世界名诗鉴赏金库 》

【延伸阅读】

1. [爱尔兰]叶　芝：《叶芝抒情诗全集》，傅浩译，中国工人出版社 1994 年版。

2. 李赋宁：《欧洲文学史》第 3 卷，商务印书馆 2003 年版。

【思考与拓展】

1. 试分析叶芝《当你老了》一诗的艺术特征。

2. 请将本诗与龙萨的《待你到垂暮之年》加以比较，谈谈两诗的异同。

（撰稿：李树军）

我愿意是急流

裴多菲

【作品导读】

裴多菲·山陀尔(1823—1849)，匈牙利爱国诗人和英雄，也是匈牙利民族文学的奠基人，资产阶级革命民主主义者。1823年1月1日生于奥匈帝国统治下的匈牙利的一个小城，父亲是一名贫苦的斯拉夫族屠户，母亲是一名马扎尔族农奴。按当时的法律，他的家庭处在社会最底层。诗人少年时期过着流浪生活，做过演员，当过兵。1842年开始发表诗歌《酒徒》，他认为"只有人民的诗，才是真正的诗"。早期作品中有《谷子成熟了》、《我走进厨房》、《傍晚》等50多首诗，其中许多被李斯特等作曲家谱曲传唱，成为匈牙利的民歌。1844年，裴多菲来到首都布达佩斯，出版了第一本作品集《诗集》，奠定了他在匈牙利文学中的地位，并受到德国诗人海涅的高度评价。

裴多菲在佩斯参加并领导了激进青年组织"青年匈牙利"，从事革命活动，用革命诗篇号召匈牙利人民反对奥地利的民族压迫。1846年底，他出版了诗歌全集，并在自序中写下著名箴言诗《自由与爱情》，"生命诚可贵，爱情价更高；若为自由故，二者皆可抛！"1848年3月15日，裴多菲领导有学生参加的无产阶级和小资产阶级的反抗奥地利的市民起义，向起义者朗诵政治诗《民族之歌》，激励人们为争取民族自由和独立而斗争，被誉为"匈牙利自由的第一个吼声"。1849年7月31日裴多菲在瑟什堡战役中失踪，多数学者认为他在战役中牺牲，年仅26岁。鲁迅先生非常喜欢裴多菲的作品，并对他的作品进行了介绍和翻译，称赞他是"伟大的抒情诗人，匈牙利的爱国者"。裴多菲的文学贡献主要是在诗歌创作方面，尤其是在抒情诗方面，他一生除创作大量革命诗歌外，还写有多种政论、戏剧、小说和散文，对匈牙利文学具有重大影响。

1849年秋天，裴多菲在一次舞会上认识了一位伯爵的女儿森德莱·尤丽亚，并深深地爱上了她。裴多菲热烈地追求着尤丽亚，起初遭到尤丽亚父亲

的反对，但最终他们走到了一起。裴多菲给尤丽亚写了100余首情诗，表现了他对爱情的忠贞和对自由的向往。《我愿意是急流》是其情诗中著名的诗歌，《我愿意是树》、《谷子成熟了》也是裴多菲写给尤丽亚的著名情诗，可对比阅读。

【经典回顾】

我愿意是急流

我愿是一条急流，
是山间的小河，
穿过崎岖的道路，
从山岩中间流过。
只要我爱的人，
是一条小鱼，
在我的浪花里，
愉快的游来游去。

我愿是一片荒林，
坐落在河流两岸，
我高声呼叫着，
同暴风雨作战。
只要我爱的人，
是一只小鸟，
停在枝头上鸣叫，
在我的怀里作巢。

我愿是城堡里的废墟，
耸立在高山之间，
即使被轻易毁灭。
只要我爱的人，
是一根常青藤。
绿色枝条恰似臂膀，
沿着我的前额，
攀援而上。

......

在明镜似的水波上，
我划着那温柔的幻想的船，
向着开花的山谷前行，
从未来那船坞里，
嘹亮的歌迎着我……
你歌唱着希望，
你是最可爱的夜莺！

选自《裴多菲诗选》，上海译文出版社1982年版

【经典背诵】

我愿意是树

我愿意是树，如果你是树上的花；
我愿意是花，如果你是露水；
我愿意是露水，如果你是阳光……
这样我们就能够结合在一起。

并且，姑娘，假如你是天空，
我愿意变成天上的星星；
然而，姑娘，如果你是地狱，
为了在一起，我愿永坠地狱之中。

选自《西方爱情诗选》，漓江出版社1981年版

【名家评点】

　　《我愿意是急流》是又一首情诗，采用博喻手法，诗人以激流、荒林、草屋、云朵自比，而以小鱼、小鸟、常春藤、炉火、夕阳比喻爱人，冷落的形象和欢快的形象相对照，具有浓郁的民歌风格。

——郑克鲁：《外国文学作品选》

　　这些比喻和对比总的含义是一致的，即不管自己的命运多么坎坷、险恶，只要同'爱人'在一起，就能化险为夷，幸福无比，从而歌颂了爱情的强大威力。

这首诗通篇采用了博喻的手法，即用一连串丰富多彩的比喻，来表达同一中心意思。……诗人在这里把每一个比喻却加以展开，并同对比结合运用，从而包含了更丰富的寓意，具有更浓郁的民歌风格。

——梁丽荣：《世界名诗鉴赏金库》

【延伸阅读】

1. ［匈牙利］裴多菲：《裴多菲诗选》，兴万生译，上海译文出版社1982年版。

2. ［匈牙利］裴多菲：《裴多菲诗选》，山东大学出版社1999年版。

3. 李赋宁：《欧洲文学史》第2卷，商务印书馆2003年版。

【思考与拓展】

《我愿意是树》也是裴多菲的著名情诗，对比一下，看看它们有什么不同？

我愿意是树

我愿意是树，假如你是树上的花；

我愿意是花，假如你是露水；

我愿意是露水，假如你是阳光；

这样，我们就能够结合在一起。

姑娘啊，假如你是天堂，

我愿意是那天上星；而且

姑娘啊，假如你是地狱，

为了在一起，我愿永坠地狱之中！

（撰稿：李树军）

从诵读到写作

诗歌是一种以高度凝练且富有节奏感和韵律美的语言，集中地反映社会生活、表达作者思想感情的文学体裁。它一般以分行排列的形式区别于其他文学样式，以节奏和韵律成就一种诵读之美，以虚实相生的手法表达丰富而炽烈的情感。

诗歌是人类文明进程中出现最早的文学样式。起初，诗与歌是分离的，不配乐的韵文是"诗"，配乐的韵文叫做"歌"。后来人们把诗与歌并列，称为"诗歌"，而现在诗歌已经成为诗的代名词了。

综合起来，诗歌具有以下几个基本特征：第一，高度集中地反映生活；第二，抒情性较强；第三，具有深度的想象空间；第四，语言有节奏和韵律。这是根据何其芳先生的定义所做的整理。当代学界则认为诗歌是内视点文学，这是它区别于外视点文学诸如小说、散文等其他文体的基本特征。

根据不同的分类标准，诗歌可以分成多种类别。根据诗歌的内容和表达方式可分为叙事诗和抒情诗；根据语言的组合规律和结构形式分为格律诗、自由诗和散文诗等。

诗歌鉴赏的过程主要是通过解读诗歌意象，实现对诗人的情感和空间营造的审美再体验过程。诗歌，特别是中国古典诗歌，与音乐有着极为密切的关系。因此，诗歌易于诵读，也适于诵读。诵读诗歌有助于更深层次地体会诗歌的意境以及诗歌所特有的音韵美。与其他文学体裁相比，诗歌不仅可以给读者带来阅读文字的视觉快感，还可以通过诵读将其富有节奏和韵律的语言转化为类似音乐的声音符号，满足读者听觉上的审美需求，诵读者本身更可以体验二次创作的快乐。一般性的阅读只是一种被动的、消极的接受过程，而诵读诗歌作品是一种创造性的知觉活动，它要求诵读者调动一切经验、情感、思想对诗歌文本进行深刻解析，对诗人留下的应补而未补的空间展开丰富的想象，用语声准确地表现诗歌作品，实现诗与声的完美统一。采用诵读方式鉴赏诗歌还可以有效刺激审美主体的创作冲动，激发诗情与灵感，进而催化新作品与新诗人的诞生。

对于诗歌这种文学体裁，从鉴赏到写作，应该把握的要素有以下三个方面：

一、诗歌之象

这里所说的"象"指的是诗人赖以表达自己思想感情的媒介物，也就是诗歌描写的对象物。诗歌的"象"包括物象、意象和意境。

在欣赏诗歌的时候，接受主体首先认知的是诗歌的物象。一切事物，有形的或无形的都有可能成为诗歌描写的对象，比如藤萝、树木、禽鸟、桥梁、河流、房屋等，这些散在的物象在进入诗人的审美观照之前可能是完全无关联的，但当其一旦进入诗人的审美进程，便有可能成为意象。当诗人给这些客观的物象注入了主观的情感时，物象便成了意象，也就有了"枯藤老树昏鸦"和"小桥流水人家"的意境。

意象是被赋予了情感的为诗人所用的物象，意象与物象一样具有材料意义。物象是有限的，意象是无穷的，就像月亮只有一个，而有人见到的是故乡，有人见到的是爱人。诗歌要创造意境，当然离不开意象。各种意象结合于诗歌，并外化为语言，共同创造一个意象空间，这便是意境。诗是引导别人入意进境的表达艺术，好诗会留给读者深层的想象空间，是象内诱发象外的契合与造化。王国维说"一切景语，皆情语也"。

二、诗歌之情

情感是诗歌的灵魂和生命。自古以来，诗为情之产物。情理、情结、情绪、情致、情采……总之，一切令人为之动情的事物，都可以通过诗的方式得以巧致地表达。无论是咏物的、叙事的、写思想的、述哲理的，或爱或恨，或悯或讽都是某种情感的宣泄与喷发，都离不了情的干系。诗人常动情于这个世界，故其可以陷入诗的迷醉。

众所周知，无情不成诗，矫情也不是诗，或不是好诗。诗究竟要表达或最好表达怎样的情呢？

首先，诗歌所要表现的情感一定要真实，这与其他文学体裁对情感的要求并无二致。诗歌要表达的必须是作者真实的情感体验，是真正让作者诗心感动的东西。比如，汶川地震让我们损失了许许多多物质层面的东西，同时，我们也收获了更多的精神层面的东西，这之中也包括诗歌创作的高涨。是什么让低迷已久的诗坛突然迸发出激情与灵性，当然是情，是人们被挤压在物质生活下面久违了的真情。

其次，诗歌表现的应该是独立于大众情感之上而又能够引起大众共鸣的情感。对于同样的物象，诗人所得到的情感体验一定是独特的，不同于一般大众的，这种情感表达出来才可以有足够的魅力引领读者到你的世界、你的领地。同时，在生活中要善于发现体验独特的情感，你感觉到了别人没有感觉到的情绪，在你笔力通畅之时，这便是你的诗。值得注意的是，要把握好度，不能让你的情感独特到艰涩，那样你很难引起大众的共鸣。

三、诗歌之法

诗歌是自由的，诗法也是自由的。虽然很多学者致力于研究诗法，然而实际上，现当代新诗的创作没有什么严格意义上的诗法。但文学创作总归是要有一些规矩的，遵循了这些规矩，或许会让你的诗不流于泛泛，成为或接近于好诗，被大家认可。

首先，诗的语言应该力求简约凝练、含蓄写意、富于音乐美。语言的简约是中国古典诗词的要义。现当代诗歌写作虽然打破了古典诗词格律的限制，但语言的简约一直是诗人共同追求的诗美元素。词语的堆砌和过多的铺陈只会破坏诗的意境，甚至冲淡主题。诗歌语言的含蓄写意是与意象的概念联系在一起的。新月派追求"三美"——绘画美、建筑美和音乐美。诗歌的绘画美绝不是看不清笔触的古典油画，而是在似与非似之间写意。诗语要完全服务于意象空间的营造，必要时还要有跳跃性，把更大的空间留给读者。音乐美就不言而喻了。"五四"以来的新诗虽不讲格律、平仄，但大部分是押韵的，也有不押韵的，但内部的韵致总还是有的，诗歌失去了韵律，也就不成其为诗了。

其次，诗歌要讲究技巧和修辞手法。诗歌的表现手法很多，从《诗经》的赋、比、兴到后来的比拟、夸张、借代直至复沓、重叠、跳跃，总的来说，都是为表现主题服务的。如果说语言是诗歌的外衣，那么手法和技巧则是对于服饰的选择和巧妙搭配。但应明确一点，即手法和技巧固然可以促优作品，但它终究是取决于或次之于题材和诗歌本身的。因此，在进行诗歌创作之时，往往是抓取题材和进入题材的灵感在先，通过审视和洞察，获取脱俗的发现或偶得，而手法和技巧往往是题材的自性和物象本身就涵养了一半，诗人要做的只是顺水推舟，作品即可浑然天成。

借用巴金先生的话"文学的最高境界是无技巧"，诗歌尤其如此。

【经典回顾】

雪花的快乐

徐志摩

（一）

假如我是一朵雪花，
翩翩的在半空里潇洒，
我一定认清我的方向——
飞 ，飞 ，飞——
这地面上有我的方向。

（二）

不去那冷寞的幽谷，
不去那凄清的山麓，
也不上荒街去惆怅——
飞，飞，飞——
你看，我有我的方向！

（三）

在半空里娟娟的飞舞，
认明了那清幽的住处，
等着她来花园里探望——
飞，飞，飞——
啊，她身上有朱砂梅的清香！

（四）

那时我凭借我的身轻，
凝凝的，沾住了她的衣襟，
贴近她柔波似的心胸——
消溶，消溶，消溶——
溶入了她柔波似的心胸！

十二月三十日雪夜

选自《徐志摩诗文》，四川文艺出版社 2007 年版

【思考与拓展】

1. 全诗借雪花之"象"表达了一种怎样的"意"？

2. 如果前三节九个"飞"强调的是一种自由的快乐，那么最后一节的"消溶"表达了诗人怎样的希望和精神？面对这样一种归宿，诗人是一种什么态度？与标题是否矛盾？

3. 全诗都在表现雪花的快乐，而开篇第一个词却用了"假如"二字，这传达了诗人怎样一种心绪？如果去掉"假如"全诗的气氛会有何种变化？

4. 试以一种自然现象为题，写一首小诗。

（撰稿：李媚乐）

小 说

三国演义

罗贯中

【作品导读】

罗贯中（1330—1400），元末明初小说家，太原人。他根据历史记载和民间故事，把魏、蜀、吴三国的兴亡，写成长篇历史小说《三国演义》。它是我国最早的一部长篇章回体历史小说，描写了三国时期的历史故事，集中表现了统治者之间政治和军事斗争。书中塑造了一批脍炙人口的典型人物，如足智多谋的诸葛亮、勇猛粗犷的张飞、机智好胜的周瑜等。内容虽然不尽符合历史事实，但作为文学作品则十分生动引人。《三国演义》是中国古典小说的杰作，流传极广。该书最早的版本是明嘉靖元年刊印的《三国志通俗演义》，分二十四卷，二百四十则，每则一个七言标题。此后新的刊本迭出，卷数、回目、引用诗词等均有改动。清康熙时，毛纶、毛宗岗父子对《三国志通俗演义》进行了修订，遂成为最通行的本子。

《三国演义》全称《三国志通俗演义》，是我国古代历史演义小说的代表作。作品写的是汉末到晋初这一历史时期魏、蜀、吴三个封建统治集团间政治、军事、外交等各方面的复杂斗争。通过这些描写，揭露了社会的黑暗与腐朽，谴责了统治阶级的残暴与奸诈，反映了人民在动乱时代的苦难和明君仁政的愿望。小说也反映了作者对农民起义的偏见以及因果报应和宿命论等思想。战争描写是《三国演义》突出的艺术成就。这部小说通过惊心动魄的军事、政治斗争，运用夸张、对比、烘托、渲染等艺术手法，成功地塑造了鲜明、生动的人物形象。《三国演义》结构宏伟而又严密精巧，语言简洁、明快、生动。

《三国演义》第 43 回是"诸葛亮舌战群儒，鲁子敬力排众议"，说的是：曹操率领精兵百万南下，其目的是在一举消灭刘表、刘备、孙权等割据势力，直至统一全国。此时，荆州刘表新亡，其继承人幼子刘琮望风而降，暂依刘表的刘备在诸葛亮的辅佐之下，虽然用计策火烧博望、火烧新野，小胜了两阵，但是最终还是因为自身兵弱将寡而难以抵抗强敌，迫不得已丢弃新野，走樊城，最后到江夏和刘琦（刘表的长子）会合。此段说的正是曹操大兵压境的情境下，危急关头，诸葛亮自请出使东吴，主要的目的就是促使孙刘达成联盟，以便共同抵抗曹操。于是，一场在今天看来依然谓为经典外交场面的"诸葛亮舌战群儒"展开了。这样一次成功的外交活动，其带来的直接效果就是"联吴抗曹"统一战线的形成。

这里提到的"诸葛亮舌战群儒"，一直被视为"三寸不烂之舌，强于百万雄师"的有力证据。从整个"舌战群儒"的过程来看，诸葛亮的口才、学识以及极为敏捷的思维和胆识，被作者放置在与"群儒"的论辩氛围内。可以这样说，《三国演义》的作者之所以安排这样一个场景，主要是为了"尊刘抑孙"，以此来进一步突现出"当世奇才"诸葛亮的高大形象。从作品中反映的现实来说，诸葛亮当时与东吴诸多文人名儒进行的这场面对面的激烈辩论，经过作者罗贯中的精心描写，诸葛亮的个人机智和政治、军事、文化才能得到了完美呈现。

【经典回顾】

张昭先以言挑之曰："昭乃江东微末之士，久闻先生高卧隆中，自比管、乐。此语果有之乎？"孔明曰："此亮平生小可之比也。"昭曰："近闻刘豫州三顾先生于草庐之中，幸得先生，以为如鱼得水，思欲席卷荆襄。今一旦以属曹操，未审是何主见？"孔明自思张昭乃孙权手下第一个谋士，若不先难倒他，如何说得孙权，遂答曰："吾观取汉上之地，易如反掌。我主刘豫州躬行仁义，不忍夺同宗之基业，故力辞之。刘琮孺子，听信佞言，暗自投降，致使曹操得以猖獗。今我主屯兵江夏，别有良图，非等闲可知也。"昭曰："若此，是先生言行相违也。先生自比管、乐，管仲相桓公，霸诸侯，一匡天下；乐毅扶持微弱之燕，下齐七十余城：此二人者，真济世之才也。先生在草庐之中，但笑傲风月，抱膝危坐。今既从事刘豫州，当为生灵兴利除害，剿灭乱贼。且刘豫州未得先生之前，尚且纵横寰宇，割据城池；今得先生，人皆仰望。虽三尺童蒙，亦谓彪虎生翼，将见汉室复兴，曹氏即灭矣。朝廷旧臣，山林隐士，无不拭目而待：以为拂高天之云翳，仰日月之光辉，拯民于水火之中，措天下于衽席之上，在此时也。何先生自归豫州，曹兵一出，弃甲抛戈，望风而窜；上不能报刘表以安庶民，下不能辅孤子而据疆土；乃弃新野，走樊城，败当阳，奔夏口，无容身之地：是豫州既得先生之后，反不如其初也。管仲、乐毅，果如是乎？愚直之言，幸勿见怪！"孔明听罢，哑然而笑曰："鹏飞万里，其志岂群鸟能识哉？譬如人染沉疴，当先用糜粥以饮之，和药以服之；待其腑脏调和，形体渐安，然后用肉食以补之，猛药以治之：则病根尽去，人得全生也。若不待气脉和缓，便投以猛药厚味，欲求安保，诚为难矣。吾主刘豫州，向日军败于汝南，寄迹刘表，兵不满千，将止关、张、赵云而已：此正如病势尪羸已极之时也。新野山僻小县，人民稀少，粮食鲜薄，豫州不过暂借以容身，岂真将坐守于此耶？夫以甲兵不完，城郭不固，军不经练，粮不继日，然而博望烧屯，白河用水，使夏侯惇、曹仁辈心惊胆裂：窃谓管仲、乐毅之用兵，未必过此。至于刘琮降操，豫州实出不知；且又不忍乘乱夺同宗之基业，此真大仁大义也。当阳之败，豫州见有数十万赴义之民，扶老携幼相随，不忍弃之，日行十里，不思进取江陵，甘与同败，此亦大仁大义也。寡不敌众，胜负乃其常事。昔高皇数败于项羽，而垓下一战成功，此非韩信之良谋乎？夫信久事高皇，未尝累胜。盖国家大计，社稷安危，是有主谋。非比夸辩之徒，虚誉欺人：坐议立谈，无人可及；临机应变，百无一能。诚为天下笑耳！"这一篇言语，说得张昭并无一言回答。

选自《三国演义》，岳麓书社 2006 年版

【名家评点】

取之以仁义，守之以仁义者，周也；取之以诈力，收之以诈力，秦也；以秦之所以取取之，以周所以守守之者，汉也。仁义诈力，杂用以取天下者，此孔明之所以失也。曹操因衰乘危，得逞其奸。孔明耻之，欲信大义于天下。当此时，曹公威震四海，东据许兖，南收荆豫，孔明之所以恃以胜之者，独以区区之忠信，有以激天下心耳！

——苏东坡：《诸葛亮论》

诸葛亮之为相国也，抚百姓，示规仪，约官职，从权制，开诚心，布公道。尽忠益时者虽仇必赏；犯法怠慢者，虽亲必罚；服罪输情者，虽重必释；游词巧饰者，虽轻必戮。善无微而不赏，恶无纤而不贬。庶事精练，物理其本，循名责实，虚伪不齿。终于城邦之内，咸畏而爱之，刑政虽峻而无怨者，以其用心平而劝戒明也。可谓识治之良才，管、萧之亚匹也。然连年动众，未能成功，盖其应变将略，非其所长欤？

——陈 寿：《三国志·诸葛亮传》

夫孔明包文武之德，刘玄德以知人之明，屡造其庐，咨以济世。奇策泉涌，智谋纵横，遂东说孙权，北抗大魏，以乘胜之师，翼佐取蜀。及玄德临终，禅登大位，在抚攘之即，立童蒙之主，设官分职，班叙众才，文以宁

内，武以折冲，然后布其恩泽于中国之民。其行军也，路不拾遗，毫毛不犯，勋业垂济不陨。观其遗文，谋谟宏远，雅规恢廓，已有功则让天下，下有阙则躬自咎。见善则迁，纳谏则改，故声烈震于遐迩也。孟子曰：闻伯夷之风，贪夫廉。余以为睹孔明之忠，奸臣立节矣。殆将与伊、吕争俦，岂徒乐毅为伍哉！

——张　辅：《乐葛优劣论》

此回文字曲处，妙在孔明一至东吴，鲁肃不即引见孙权，且歇馆驿，此一曲也；又妙在孙权不即请见，必待明日，此再曲也；及至明日，又不即见孙权，先见众谋士，此三曲也；及见众谋士，又彼此角辩，议论龃龉，四曲也；孔明言语既触众谋士，又忤孙权，此五曲也；迨孙权作色而起，拂衣而入，读者至此几疑玄德之与孙权终不相合，孔明之至东吴竟成虚往也者：然后下文峰回路转，词洽情投。将欲通之，忽若阻之；将欲近之，忽若远之。令人惊疑不定，真是文章妙境。

孙权既听鲁肃之说，定吾身之谋；又闻孔明之言，识彼军之势：此时破曹之计决矣。乃复踌躇不断，寝食俱瘵者，何哉？盖非此一折，则后文周瑜之略不显，而孔明激周瑜之智不奇。不必孙权之果出于此，而作者特欲为后文取势耳。观此可悟文章之法。

——毛宗岗：《诸葛亮舌战群儒》

【延伸阅读】

1. 孙昌熙：《怎样阅读〈三国演义〉》，山东人民出版社1957年版。
2. 赵齐平：《谈谈〈三国演义〉》，人民出版社1973年版。
3. 沈伯俊：《三国漫话》，四川人民出版社2000年版。
4. 陈翔华：《诸葛亮形象史研究》，浙江古籍出版社1990年版。
5. 周兆新：《三国演义考评》，北京大学出版社1990年版。

【思考与拓展】

1. 诸葛亮"舌战群儒"的论辩艺术，可以概括为"先守后攻、语带双机、各个击破、语势磅礴"，请结合文中相关部分内容仔细体味诸葛亮娴熟的论辩技巧。

2. 请结合《三国演义》中诸葛亮"舌战群儒"和"劝说孙权"策略选择，思考在日常生活人际交往活动（尤其是口语交际）中应该注意的问题。

3. 请为班级辩论队写一篇辩论稿，注意语言和辩论策略的运用。

（撰稿：魏宝涛）

红 楼 梦

曹雪芹

【作品导读】

曹雪芹（约 1716—1764），名霑，字梦阮，号雪芹、芹圃、芹溪。祖先原是汉人，但很早就成了正白旗内务府的"包衣"，入了满籍。曾祖曹玺、祖父曹寅、父辈曹頫、曹頔，祖孙三代四人，相继连任江宁织造达六十年之久，并为皇帝耳目，负有探听江南一带社会动向、随时奏本的政治使命。曹寅的母亲曾是康熙的乳母，祖父曹寅做过康熙的"侍读"，两个女儿都被选入宫中为妃。所以，曹家与清朝皇室有特殊关系。

曹雪芹少年时代，过着"锦衣纨绔"、"饫甘餍肥"的奢华生活。到雍正初年，因受到朝廷内部政治斗争的牵连，其父免职，产业被抄，举家迁居北京。从此家道衰落，生活日趋艰困。晚年移居北京西郊，过着"举家食粥酒常赊"的日子，贫病而卒，时年不到 50 岁。

曹雪芹素性放达，嗜酒健谈，能诗善画，具有深厚的文化修养和卓越的艺术才能。家族的盛衰变迁，使他深深地感受到封建贵族阶级的腐朽残酷和内部的倾轧离斩，遂以毕生精力创作《石头记》（即《红楼梦》），"披阅十载，增删五次"，但终因贫病早卒，只留下前八十回的定稿，未能完成全书。

《红楼梦》的版本有两大系统。一为"脂本"系统，这是流行于约乾隆十九年（1754）到五十六年（1791）间的八十回抄本，附有"脂砚斋"（作者的一位隐名的亲友）等的评语，故名。现存这一系统的本子有十几种。另一为"程本"系统，全书一百二十回，由程伟元于乾隆五十六年（1791）初次以活字排印（简称"程甲本"），又于次年重经修订再次以活字排印（简称"程乙本"），以后的各种一百二十回本大抵以以上二本为底本。这种本子的后四十回，一般认为是高鹗续写的。高鹗（约 1738—1815），字兰墅，别署

"红楼外史"，汉军镶黄旗人，乾隆六十年（1795）进士，官至翰林院侍读。后四十回的艺术水平较前八十回有相当的差距，但比起其他名目繁多的红楼续书仍高出许多。它终究给《红楼梦》这部"千古奇书"以一种差强人意的完整形态，满足了一般读者的要求。因此，这一系统的本子也就成为《红楼梦》的流行版本。

《红楼梦》正如书名所提示的，是写了一场由女性的光彩所映照着的人生幻梦；又正如作者以"悼红轩"为书室名所提示的，是写对由女性所代表的美的毁灭的哀悼。但是，《红楼梦》却不能简单地视为言情小说。女性的美好、爱情的可贵，正是作为以男性为代表的社会统治力量和正统价值观的对立面而存在的；所谓"美的毁灭"，也不仅是难以预料的命运变化所致，而更多的是由于后者对前者的吞噬。在描写爱情故事的同时，作者反映了广大的社会生活面和深入的人生体验，表现了不同人生价值观的冲突，从而赋予这部小说以深刻的社会意义。

《红楼梦》的全部故事情节是在贾府的衰败史上展开的。虽然作者对这种衰败作出类似虚无主义的解释，所谓"乱烘烘你方唱罢我登场，反认他乡是故乡。甚荒唐，到头来都是为他人作嫁衣裳"！所谓"好一似食尽鸟投林，落了片白茫茫大地真干净！"但作为天才的艺术家，作者并不以这种解释为满足，而是以对于生活本身极细致的观察，以前所未有的真实性，描绘出一个贵族家庭的末世景象。

贾宝玉是《红楼梦》中的核心人物。这一人物形象无疑有作者早年生活的影子，但也渗透了他在后来的经历中对社会与人生的思考。在贾宝玉身上，集中体现了小说的核心主题：新的人生追求与传统价值观的冲突，以及这种追求不可能实现的痛苦。他和林黛玉的爱情是所谓"木石前盟"，即"石头"的化身曾在仙界天天为一棵仙草浇水，仙草遂化为绛珠仙子，与"石头"同下人间，愿以毕生之泪还报其恩情所表达出来的象征关系。在现实关系中，他们的爱情因长年的耳鬓厮磨而自然形成，又因彼此知己而日益加深。宝玉曾对史湘云和袭人说："林姑娘从来说过这些混账话（指"仕途经济"）不曾？若他说过这些混账话，我早和他生分了！"但这种爱情注定不能够实现为两性的结合，因为在象征的关系上，已经规定了他们的爱情只是生命的美感和无意义人生的"意义"。所以，在故事情节的发展中，"木石前盟"被世俗化的"金玉良缘"所取代，而最终导致宝玉的出家。——这种诗化的爱情带有先天的脆弱性。

本篇节选自《红楼梦》第二十三回，宝玉和黛玉共读《西厢记》，是《红楼梦》中极富美感的一幕，同时也最集中地展示了宝黛二人具有强烈叛逆性的精神世界。《西厢记》中对于爱情的动人讴歌，像一股清澈的泉水滋润着宝黛在重重封建压力下变得日益干涸的心灵。同时，张生和莺莺大胆突破封建礼教的藩篱，勇敢追求爱情的故事，也给了宝黛巨大的精神鼓舞。这段文字先从宝玉花下读西厢这样一个极其美好的画面写起，接着黛玉出现，插入二人关于葬花的讨论，再转入宝黛共读西厢的动人描写，然后突起波澜，让二人以一种独特的方式交流读书的心得。文字纯净而优美，具有极强的艺术感染力。

【经典回顾】

那一日正当三月中浣，早饭后，宝玉携了一套《会真记》，走到沁芳闸桥边桃花底下一块石上坐着，展开《会真记》，从头细玩。正看到"落红成阵"，只见一阵风过，把树头上桃花吹下一大半来，落的满身满书满地皆是。宝玉要抖将下来，恐怕脚步践踏了，只得兜了那花瓣，来至池边，抖在池内。那花瓣浮在水面，飘飘荡荡，竟流出沁芳闸去了。回来只见地下还有许多。

宝玉正踟蹰间，只听背后有人说道："你在这里做什么？"宝玉一回头，却是林黛玉来了，肩上担着花锄，锄上挂着花囊，手内拿着花帚。宝玉笑道："好，好，来把这个花扫起来，撂在那水里。我才撂了好些在那里呢。"林黛玉道："撂在水里不好。你看这里的水干净，只一流出去，有人家的地方脏的臭的混倒，仍旧把花遭塌了。那畸角上我有一个花冢，如今把他扫了，装在这绢袋里，拿土埋上，日久不过随土化了，岂不干净。"

宝玉听了喜不自禁，笑道："待我放下书，帮你来收拾。"黛玉道："什么书？"宝玉见问，慌的藏之不迭，便说道："不过是《中庸》《大学》。"黛玉笑道："你又在我跟前弄鬼。趁早儿给我瞧，好多着呢。"宝玉道："好妹妹，若论你，我是不怕的。你看了，好歹别告诉别人去。真真这是好书！你要看了，连饭也不想吃呢。"一面说，一面递了过去。林黛玉把花具且都放下，接书来瞧，从头看去，越看越爱看，不到一顿饭工夫，将十六出俱已看完，自觉词藻警人，余香满口。虽看完了书，却只管出神，心内还默默记诵。

宝玉笑道："妹妹，你说好不好？"林黛玉笑道："果然有趣。"宝玉笑道："我就是个'多愁多病身'，你就是那'倾国倾城貌'。"林黛玉听了，不觉带腮连耳通红，登时直竖起两道似蹙非蹙的眉，瞪了两只似睁非睁的眼，微腮带怒，薄面含嗔，指宝玉道："你这该死的胡说！好好的把这淫词艳曲弄了来，还学了这些混话来欺负我。我告诉舅舅、舅母去。"说到"欺负"两个字上，早又把眼睛圈儿红了，转身就走。宝玉着了急，向前拦住说道："好妹妹，千万饶我这一遭，原是我说错了。若有心欺负你，明儿我掉在池子里，教个癞头鼋吞了去，变个大忘八，等你明儿做了'一品夫人'病老归西的时候，我往你坟上替你驮一辈子的碑去。"说的林黛玉嗤的一声笑了，揉着眼睛，一面笑道："一般也唬的这个调儿，还只管胡说。'呸，原来是苗而不秀，是个银样镴枪头。'"宝玉听了，笑道："你这个呢？我也告诉去。"林黛玉笑道："你说你会过目成诵，难道我就不能一目十行么？"

宝玉一面收书，一面笑道："正经快把花埋了罢，别提那个了。"二人便收拾落花，正才掩埋妥协，只见袭人走来，说道："那里没找到，摸在这里来。那边大老爷身上不好，姑娘们都过去请安，老太太叫打发你去呢。快回去换衣裳去罢。"宝玉听了，忙拿了书，别了黛玉，同袭人回房换衣不提。

选自《红楼梦》，人民文学出版社 1996 年版

【经典背诵】

葬花吟

花谢花飞飞满天，红消香断有谁怜？
游丝软系飘春榭，落絮轻沾扑绣帘。
闺中女儿惜春暮，愁绪满怀无释处。
手把花锄出绣闺，忍踏落花来复去。
柳丝榆荚自芳菲，不管桃飘与李飞。
桃李明年能再发，明年闺中知是谁？
三月香巢已垒成，梁间燕子太无情！
明年花发虽可啄，却不道人去梁空巢也倾。
一年三百六十日，风刀霜剑严相逼。
明媚鲜妍能几时，一朝飘泊难寻觅。
花开易见落难寻，阶前闷杀葬花人。
独倚花锄泪暗洒，洒上空枝见血痕。
杜鹃无语正黄昏，荷锄归去掩重门。
青灯照壁人初睡，冷雨敲窗被未温。
怪侬底事倍伤神，半为怜春半恼春。
怜春忽至恼忽去，至又无言去不闻。
昨宵庭外悲歌发，知是花魂与鸟魂？
花魂鸟魂总难留，鸟自无言花自羞。
愿侬胁下生双翼，随花飞到天尽头。
天尽头，何处有香丘？
未若锦囊收艳骨，一抔净土掩风流。

质本洁来还洁去，强于污淖陷渠沟。

尔今死去侬收葬，未卜侬身何日丧？

侬今葬花人笑痴，他年葬侬知是谁？

试看春残花渐落，便是红颜老死时。

一朝春尽红颜老，花落人亡两不知！

选自《红楼梦》，人民出版社1996年版

【名家评点】

宝玉之于黛玉信誓旦旦，而不能言之于最爱之祖母，则普通之道德使然，况黛玉一女子哉！由此种种原因，而金玉以之合，木石以之离，又岂有蛇蝎之人物、非常之变故行于其间哉？不过通常之道德、通常之人情、通常之境遇为之而已。由此观之，《红楼梦》者，可谓悲剧中之悲剧也。

——王国维：《红楼梦评论》

至于说到《红楼梦》的价值，可是在中国底小说中实在是不可多得的。其要点在于敢于如实描写，并无讳饰，和从前的小说叙好人完全是好，坏人完全是坏的，大不相同，所以其中所叙的人物，都是真的人物。总之自有《红楼梦》出来以后，传统的思想和写法都打破了。——它那文章的旖旎和缠绵，倒是还在其次的事。

——鲁　迅：《中国小说史略》

《红楼梦》底不落窠臼，和得罪读者是二而一的；因为窠臼是习俗所乐道的，你既打破他，读者自然地就不乐意了。譬如社会上都喜欢大小团圆，于是千篇一律的发为文章，这就是窠臼；你偏要描写一段严重的悲剧，弄到不欢而散，就是打破窠臼，也就是开罪读者。所以《红楼梦》在我们文艺界中很有革命的精神。他所以能有这样的精神，却不定是有意与社会挑战，是由于凭依事实，出于势之不得不然。因为窠臼并非事实所有，事实是千变万化，那里有一个固定的形式呢？既要落入窠臼，就必须要颠倒事实；但他却非要按迹寻踪实录其事不可，那么得罪人又何可免的。我以为《红楼梦》作者底第一大本领，只是肯说老实话，只是做一面公平的镜子。这个看去如何容易，却实在是真真的难能。看去如何平淡，《红楼梦》却成为我们中国过去文艺界中第一部奇书。

——俞平伯：《〈红楼梦〉底风格》

两个小伴侣不觉已变成了少年。他们年龄、身体和智慧都在发育，尤其是贾宝玉不再满足于童年式的相处，他要求更深入的感情关系。于是《西厢记》《牡丹亭》这类的传奇故事启发了他们，那林黛玉竟会把一部《西厢记》一气读完，"只管出神，默默记诵"，她只觉得"词句警人，余香满口"。不过，越当爱情需要发展的时候，才会意识到封建礼教束缚的严紧，因此使这姑娘表现出爱悦的反面，她说："把这淫词艳曲弄了来，还学了这些混话来欺负我!"宝黛之间开始了内心与形迹两方面相矛盾的痛苦了。

——王昆仑：《林黛玉的恋爱悲剧》

雪芹自言："大旨谈情"，那情是什么？就是人的心田心地，为人忘己的诚心痴意。孔子讲"仁"，归属于社会伦理、人际关系；雪芹讲"情"，转化为诗情画意、文学艺术的审美性修养，即人的精神世界、文化素养、品格气味的高度造诣。

所以，在雪芹笔下，不再叫做什么仁义道德——那总带着"头巾气"，不合乎"红楼文体"。所以，他笔端一变——叫做"千红一窟（哭）"、"万艳同杯（悲）"。

先生请想：这与千红万艳而同悲一哭的情，还不就是天地间万物所能具有的最广大、最崇高的"仁"吗？雪芹比孔子提得高多了，深多了——也沉痛激动多了! 读《红楼》，倘不能体认此点，必然沉迷在那种哥妹、姐弟的所谓"爱情悲剧"、"争嫁夺命"的庸俗闹剧中而永难度脱。

——周汝昌：《红楼别样红》

【延伸阅读】

1.俞平伯：《俞平伯说红楼梦》，上海古籍出版社 1998 年版。

2.王昆仑：《红楼梦人物论》，团结出版社 2004 年版。

3.周汝昌：《红楼夺目红》，作家出版社 2003 年版。

4.高 阳：《红楼一家言》，生活·读书·新知三联书店 2001 年版。

【思考与拓展】

1.黛玉本是喜欢《西厢记》的，却为何在宝玉将她比作莺莺时反而恼了？

2.这一段尺水兴波，一波三折，跌宕起伏，饶有情趣，试分析人物内心意识和潜意识错综交织的复杂心态。

3.记诵林黛玉《葬花吟》，试分析"葬花"这一意象和林黛玉命运的关联。

（撰稿：马岂停）

铸 剑

鲁 迅

【作品导读】

鲁迅(1881—1936)，原名周樟寿，字豫山，后改名为周树人，字豫才。38岁，始用"鲁迅"为笔名。1881年生于浙江省绍兴府会稽县，是中国近代杰出的文学家、思想家和革命家。鲁迅的精神被称为中华民族魂，并成为中国现代文学的奠基人之一。鲁迅出生于没落的士大夫家庭。1898年求学于南京，先入江南水师学堂，后考入江南陆师学堂附设的矿务铁路学堂，开始接触新学，也接触了西方资产阶级的"科学"和"民主"。1902年留学日本，入弘文学院，1904年毕业后，又入仙台医学专门学校。1906年弃医从文，希望以文艺改造国民精神，一生中写了小说、散文、杂文共百余篇。

短篇小说《铸剑》原名《眉间尺》，1927年始发于《莽原》周刊上，后于1932年选入《自选集》，并改名《铸剑》，后收入小说集《故事新编》。《故事新编》多取材于中国古代神话、传说和历史事实，但他并没有拘泥于原有的故事，而是加进了鲁迅自己的理解和想象，有些还采取了古今交融的写作手法，使古代人和现代人发生直接的对话。其目的是使读者能够通过对现实人物的感受和理解，还古代人物一个鲜活真实的面貌，也通过对古代人物的感受和理解，更深入地感受和了解某些现实人物的真实面目。通过《故事新编》中的小说，鲁迅实际重构了中国的文化史，揭示了中华民族存在和发展的根据，也重塑了那些被中国封建文人圣化了的历史人物的形象。

《铸剑》深切感人，毫无油滑之处，是鲁迅历史小说的代表作。创作产生于疾风暴雨的革命年代，革命与反革命的斗争异常激烈。一方面，在中国共产党领导下，工农革命如火如荼，北伐革命战争节节胜利，革命风暴即将席卷全国；另一方面，以蒋介石为首的国民党反动派和帝国主义勾结，全力准备叛变革命，阴谋扼杀革命力量，中国革命危机四伏。鲁迅亲身经历了

"女师大风潮"和"三一八"惨案，亲眼看到了反动派的凶残和狠毒，鲁迅先后写出并且发表《无花的蔷薇之二》、《"死地"》、《可惨与可笑》、《空谈》、《纪念刘和珍君》等文章，抨击了封建军阀的暴虐凶残和"正人君子"们的阴险卑劣，总结了革命斗争的经验教训。鲁迅多次强烈表示："血债必须用同物偿还"，"血不但不掩于墨写的谎语，……威力也压它不住"。"'请愿'的事，从此可以停止了"，要进行"别种方法的战斗"，要讲究"最新的战术"，必须"永远进击"。1926年鲁迅受到军阀的迫害，被迫离开战斗了十四年的地方，去厦门教书。他当时感到"有无量的悲哀，苦恼，零落，死灭，……想要写，但是不能写，无从写。"在这种绝顶的苦闷之中，他翻着古书，无限感慨。《铸剑》就是在这样的时代背景下写出来的名篇，通过眉间尺、宴之敖者的反暴复仇斗争，深刻地表现了被压迫人民起来反抗反动统治者，必须依靠"火与剑"，讲究战略战术，向敌人进行殊死的斗争，以牙还牙，以剑还剑，这就是《铸剑》的主题。

《铸剑》取材于我国古代民间传说，出自志怪小说《列异传》，原文不过二三百字。鲁迅在原有材料基础上，运用丰富的艺术想象，精心刻画，铺陈成篇，成功地塑造了两个复仇者的形象。

【经典回顾】

游山并不能使国王觉得有趣；加上了路上将有刺客的密报，更使他扫兴而还。那夜他很生气，说是连第九个妃子的头发，也没有昨天那样的黑得好看了。幸而她撒娇坐在他的御膝上，特别扭了七十多回，这才使龙眉之间的皱纹渐渐地舒展。

午后，国王一起身，就又有些不高兴，待到用过午膳，简直现出怒容来。

"唉唉！无聊！"他打一个大呵欠之后，高声说。

上自王后，下至弄臣，看见这情形，都不觉手足无措。白须老臣的讲道，矮胖侏儒的打诨，王是早已听厌了的；近来便是走索，缘竿，抛丸，倒立，吞刀，吐火等等奇妙的把戏，也都看得毫无意味。他常常要发怒；一发怒，便按着青剑，总想寻点小错处，杀掉几个人。

偷空在宫外闲游的两个小宦官，刚刚回来，一看见宫里面大家的愁苦的情形，便知道又是照例的祸事临头了，一个吓得面如土色；一个却像是大有把握一般，不慌不忙，跑到国王的面前，俯伏着，说道：

"奴才刚才访得一个异人，很有异术，可以给大王解闷，因此特来奏闻。"

"什么?!"王说。他的话是一向很短的。

　　"那是一个黑瘦的，乞丐似的男子。穿一身青衣，背着一个圆圆的青包裹；嘴里唱着胡诌的歌。人问他。他说善于玩把戏，空前绝后，举世无双，人们从来就没有看见过；一见之后，便即解烦释闷，天下太平。但大家要他玩，他却又不肯。说是第一须有一条金龙，第二须有一个金鼎。……"

　　"金龙？我是的。金鼎？我有。"

　　"奴才也正是这样想。……"

　　"传进来！"

　　话声未绝，四个武士便跟着那小宦官疾趋而出。上自王后，下至弄臣，个个喜形于色。他们都愿意这把戏玩得解愁释闷，天下太平；即使玩不成，这回也有了那乞丐似的黑瘦男子来受祸，他们只要能挨到传了进来的时候就好了。

　　并不要许多工夫，就望见六个人向金阶趋进。先头是宦官，后面是四个武士，中间夹着一个黑色人。待到近来时，那人的衣服却是青的，须眉头发都黑；瘦得颧骨，眼圈骨，眉棱骨都高高地突出来。他恭敬地跪着俯伏下去时，果然看见背上有一个圆圆的小包袱，青色布，上面还画上一些暗红色的花纹。

　　"奏来！"王暴躁地说。他见他家伙简单，以为他未必会玩什么好把戏。

　　"臣名叫宴之敖者；生长汶汶乡。少无职业；晚遇明师，教臣把戏，是一个孩子的头。这把戏一个人玩不起来，必须在金龙之前，摆一个金鼎，注满清水，用兽炭煎熬。于是放下孩子的头去，一到水沸，这头便随波上下，跳舞百端，且发妙音，欢喜歌唱。这歌舞为一人所见，便解愁释闷，为万民所见，便天下太平。"

　　"玩来！"王大声命令说。

　　并不要许多工夫，一个煮牛的大金鼎便摆在殿外，注满水，下面堆了兽炭，点起火来。那黑色人站在旁边，见炭火一红，便解下包袱，打开，两手捧出孩子的头来，高高举起。

　　那头是秀眉长眼，皓齿红唇；脸带笑容；头发蓬松，正如青烟一阵。黑色人捧着向四面转了一圈，便伸手擎到鼎上，动着嘴唇说了几句不知什么话，随即将手一松，只听得扑通一声，坠入水中去了。水花同时溅起，足有五尺多高，此后是一切平静。

　　许多工夫，还无动静。国王首先暴躁起来，接着是王后和妃子，大臣、宦官们也都有些焦急，矮胖的侏儒们则已经开始冷笑了。王一见他们的冷笑，便觉自己受愚，回顾武士，想命令他们就将那欺君的莠民掷入牛鼎里去煮杀。但同时就听得水沸声；炭火也正旺，映着那黑色人变成红黑，如铁的烧到微红。王刚又回过脸来，他也已经伸起两手向天，眼光向着无物，舞蹈着，忽地发出尖厉的声音唱起歌来：

> 哈哈爱兮爱乎爱乎！
>
> 爱兮血兮兮谁乎独无。
>
> 民萌冥行兮一夫壶卢。
>
> 彼用百头颅，千头颅兮用万头颅！
>
> 我用一头颅兮而无万夫。
>
> 爱一头颅兮血乎呜呼！
>
> 血乎呜呼兮呜呼阿呼，
>
> 阿呼呜呼兮呜呼呜呼！

随着歌声，水就从鼎口涌起，上尖下广，像一座小山，但自水尖至鼎底，不住地回旋运动。那头即随水上上下下，转着圈子，一面又滴溜溜自己翻筋斗，人们还可以隐约看见他玩得高兴的笑容。过了些时，突然变了逆水的游泳，打旋子夹着穿梭，激得水花向四面飞溅，满庭洒下一阵热雨来。一个侏儒忽然叫了一声，用手摸着自己的鼻子。他不幸被热水烫了一下，又不耐痛，终于免不得出声叫苦了。

黑色人的歌声才停，那头也就在水中央停住，面向王殿，颜色转成端庄。这样的有十余瞬息之久，才慢慢地上下抖动；从抖动加速而为起伏的游泳，但不很快，态度很雍容。绕着水边一高一低地游了三匝，忽然睁大眼睛，漆黑的眼珠显得格外精彩，同时也开口唱起歌来：

> 王泽流兮浩洋洋；
>
> 克服怨敌，怨敌克服兮，赫兮强！
>
> 宇宙有穷止兮万寿无疆。
>
> 幸我来也兮青其光！
>
> 青其光兮永不相忘。
>
> 异处异处兮堂哉皇！
>
> 堂哉皇哉兮嗳嗳唷，
>
> 嗟来归来，嗟来陪来兮青其光！

头忽然升到水的尖端停住；翻了几个筋斗之后，上下升降起来，眼珠向着左右瞥视，十分秀媚，嘴里仍然唱着歌：

> 阿呼呜呼兮呜呼呜呼，
>
> 爱乎呜呼兮呜呼阿呼！
>
> 血一头颅兮爱乎呜呼。
>
> 我用一头颅兮而无万夫！
>
> 彼用百头颅，千头颅……

唱到这里，是沉下去的时候，但不再浮上来了；歌词也不能辨别。涌起的水，也随着歌声的微弱，渐渐低落，像退潮一般，终至到鼎口以下，在远处什么也看不见。

"怎了？"等了一会，王不耐烦地问。

"大王，"那黑色人半跪着说。"他正在鼎底里作最神奇的团圆舞，不临近是看不见的。臣也没有法术使他上来，因为作团圆舞必须在鼎底里。"

王站起身，跨下金阶，冒着炎热立在鼎边，探头去看。只见水平如镜，那头仰面躺在水中间，两眼正看着他的脸。待到王的眼光射到他脸上时，他便嫣然一笑。这一笑使王觉得似曾相识，却又一时记不起是谁来。刚在惊疑，黑色人已经擎出了背着的青色的剑，只一挥，闪电般从后项窝直劈下去，扑通一声，王的头就落在鼎里了。

仇人相见，本来格外眼明，况且是相逢狭路。王头刚到水面，眉间尺的头便迎上来，狠命在他耳轮上咬了一口。鼎水即刻沸涌，澎湃有声；两头即在水中死战。约有二十回合，王头受了五个伤，眉间尺的头上却有七处。王又狡猾，总是设法绕到他的敌人的后面去。眉间尺偶一疏忽，终于被他咬住了后项窝，无法转身。这一回王的头可是咬定不放了，他只是连连蚕食进去；连鼎外面也仿佛听到孩子的失声叫痛的声音。

上自王后，下至弄臣，骇得凝结的神色也应声活动起来，似乎感到暗无天日的悲哀，皮肤上都一粒一粒地起粟；然而又夹着秘密的欢喜，瞪了眼，像是等候着什么似的。

黑色人也仿佛有些惊慌，但是面不改色。他从从容容地伸开那捏着看不见的青剑的臂膊，如一段枯枝；伸长颈子，如在细看鼎底。臂膊忽然一弯，青剑便蓦地从他后面劈下，剑到头落，坠入鼎中，怦的一声，雪白的水花向着空中同时四射。

他的头一入水，即刻直奔王头，一口咬住了王的鼻子，几乎要咬下来。王忍不住叫一声"阿唷"，将嘴一张，眉间尺的头就乘机挣脱了，一转脸倒将王的下巴下死劲咬住。他们不但都不放，还用全力上下一撕，撕得王头再也合不上嘴。于是他们就如饿鸡啄米一般，一顿乱咬，咬得王头眼歪鼻塌，满脸鳞伤。先前还会在鼎里面四处乱滚，后来只能躺着呻吟，到底是一声不响，只有出气，没有进气了。

黑色人和眉间尺的头也慢慢地住了嘴，离开王头，沿鼎壁游了一匝，看他可是装死还是真死。待到知道了王头确已断气，便四目相视，微微一笑，随即合上眼睛，仰面向天，沉到水底里去了。

选自《故事新编》，上海文化生活出版社 1936 年版

【名家评点】

潜心于鲁迅的作品，会有一种孤独的气息宛如一团淡淡的黑雾，掩面袭来。我们能够发现，鲁迅在娴熟地运用色彩技巧去达到他的艺术表现目的之时，最喜欢、也最擅长使用的颜色，是黑色。我们还能够发现，与黑色同时出现的，往往是孤独的情调或形象，如同冬夜，天愈黑，冷愈甚，二者相依相生一般。这种现象表现得最为明显、最为典型的作品莫过于鲁迅的两篇小说：《孤独者》和《铸剑》。在这两篇分别以孤独和复仇为主题的作品中，黑色的基调笼罩了全篇，集中地表现出鲁迅在创作上的思维特点。

黑色，从原始的意义上来讲，它使人想到黑夜，想到寒冷，使人感到忧郁，感到孤独。由此黑色常常用作不祥和死亡的象征，在许多民族中成为禁忌的颜色之一，并进而产生令人庄严、令人肃穆的美学功能。那股黑色的潜流正是以这样的势能在鲁迅的这两篇小说中隐伏着，由静到动，给人以沉闷和悲凉。鲁迅对美术做过很深的研究，具有很高的美术修养。他像一个高明的画家，对色彩的遣用处处注意到与全篇的艺术氛围浑然一体。

——孔庆东：《黑色的孤独与复仇》

鲁迅从感情上无疑是倾心于复仇的：在他看来，复仇者尽管失败，但其生命的自我牺牲要比苟活者的偷生有价值得多。但即使如此，鲁迅仍然用了犀利的怀疑的眼光，将复仇面对无物之阵必然的失败、无效、无意义揭示给人们看：任何时候他都要正视真相，绝不自欺欺人。

——钱理群：《试论鲁迅小说中的"复仇"主题》

在我们传统中国的人伦价值观中，历来以"和"为贵，以"温柔敦厚"性情为上。讲"礼"，讲"哀而不伤，怨而不怒"，用鲁迅一针见血的归纳说来，就是"即是敌手用了卑劣的流言和阴谋，也应该正襟危坐，毫无愤怒，默默的吃苦。"这一建立在自我压抑、自我剥夺基础上的虚假的"和谐"倒实在是以扭曲变态的方式强化了某些人自身的本能欲望，与之同时也通过对无数顺民的愚化最终构成了封建的不平等的伦常秩序，后者又作用、强化着前者，恶性循环，无始无终。审美是一种无破坏性的情绪释放，只是在我们传统的文学艺术中，能公开标举复仇精神，释放我们幽闭情绪的作品真可谓凤毛麟角了。恐怕真是这样，探索现代中国新的人生理想的鲁迅才格外重看了这一老掉了牙的志怪故事，紧紧抓住从中获得的创作激情，敷衍成篇。20世纪这位思想巨匠的人生观就在那么一个远古的时代反射出了奇光异彩。

就《铸剑》的整体风格而言，鲁迅也力避小说沾染上了古典传奇的味道。在一篇700字上下的志怪小说的基础上完成万余字的再创作，几乎原作中的每一句话都得扩充为一个具体的情节。但有一个在原作中相当重要的情节却被鲁迅砍去了。这就是"王梦见一儿眉间广尺，言欲报仇。"因为这

"梦"非常显著地表现了古典传奇的风格，以超自然的神秘的因果律结构故事，把读者带入似真似幻的超脱于实际情绪的境界，由此形成了中国古典文艺的"闲适"趣味。

——李　怡：《铸剑》与鲁迅的复仇精神

《铸剑》中的宴之敖者，是鲁迅用浪漫主义方法创造理想人物的突出代表。这一形象，集中地表现出我国古代人民以暴力反抗残暴邪恶的复仇精神，反映了中华民族坚韧勇敢、富有斗争精神和牺牲精神的伟大传统，也灌注着鲁迅在"五卅"、"三一八"惨案后那种"抽刃而起"、"肉搏强敌"、"以血还血"、"报仇雪恨"的斗争精神和强烈愿望。宴之敖者的刚毅壮美的形象，是作者所塑造的理想化的典型人物，他比原传说中的"客"的形象有极大的丰富和发展，并且同古代侠士的形象也有显著的不同，他更富有理想英雄地光彩。这一形象的成功塑造，充分显示出鲁迅驾驭浪漫主义传作方法的才能。

——冯光廉：《鲁迅小说研究》

这篇作品的主题思想是揭露封建统治阶级贪婪残暴的罪行和荒淫无耻的嘴脸，号召人民起来打到他们；歌颂了眉间尺、黑色人等的毫不妥协、退让，英勇不屈的反暴复仇精神，要求人民向他们学习；同时也尖锐地批判了"闲人们"的愚昧麻木和庸俗无聊，隐约地对他们寄寓着希望。……《铸剑》，既是一曲悲壮的反暴复仇之歌，也是一曲绝妙的反暴复仇之歌。

——段国超：《反暴复仇之歌》

【延伸阅读】

1. 钱理群：《试论鲁迅小说中的"复仇"主题》，《鲁迅研究月刊》1995 年第 10 期。

2. 孔庆东：《黑色的孤独与复仇——鲁迅〈孤独者〉和〈铸剑〉艺术表现之比较》，《鲁迅研究月刊》，1988 年第 8 期

3. 〔日〕丸尾常喜：《复仇与埋葬——关于鲁迅的〈铸剑〉》，《中国现代文学研究丛刊》，1995 年第 3 期。

4. 张仲浦、王荣初：《故事新编》论析，浙江文艺出版社 1983 年版。

5. 山东省鲁迅研究会编：《〈故事新编〉新探》，山东文艺出版社 1984 年版。

【思考与拓展】

1.《铸剑》中小说人物眉间尺、宴之敖者的性格到底寓意着什么？

2. 联系当时的历史背景，理解宴之敖者下面的这句话："你不要再提这些受了污辱的名称。""仗义，同情，那些东西，先前曾经干净过，现在却都成了放鬼债的资本。我的心里没有你所谓的那些。我只不过要给你报仇！"

（撰稿：汪银峰）

围 城

钱锺书

【作品导读】

钱锺书（1910—1998），江苏无锡人，字默存，号槐聚，笔名中书君。现代文学研究家、作家、文学史家、古典文学研究家。钱锺书先生长期致力于中国和西方文学的研究。主张用比较文学、心理学、单位观念史学、风格学、哲理意义学等多学科的方法，从多种角度理解和评价文学作品。钱锺书先生著有散文集《写在人生边上》，短篇小说集《人·兽·鬼》，长篇小说《围城》，选本《宋诗选注》，文论集《七缀集》、《谈艺录》及《管锥编》（五卷）等。其中《管锥编》曾获首届国家图书奖。

《围城》写作于1946年2月至1947年1月，先在《文艺复兴》杂志上连载，1947年由上海晨光出版公司出版单行本。新中国成立之后，钱锺书一直拒绝重印《围城》，国内的现代文学史著作也从不提及钱锺书及其文学创作。但国外汉学界却极力推崇《围城》，称之为"中国现代文学中最有趣和最用心经营的小说，可能亦是最伟大的一部"。

《围城》是一部采用西方"流浪汉"小说模式的作品。"流浪汉"小说以主人公的"冒险"经历为主线，其他的人物和情节随着主人公的经历而展开。《围城》的浅层主线是主人公方鸿渐的恋爱婚姻史，但《围城》并不仅仅是一部爱情小说，其内容是多方面的，主题和象征意蕴是多层次的。

首先是作品对当时生活层面的描写。《围城》的描写对象是知识分子。"五四"以来新小说写知识分子的很多，但《围城》对知识分子的刻画不同于一般新小说。在"五四"时期，知识者多是理想化的形象，如巴金《家》中的觉民、觉慧，他们怀着对新生的追求，在人道主义的旗帜下高唱着个性解放的赞歌；20世纪30年代革命文学中的知识分子更是激昂的"斗士"，尽管政治化使这些"斗士"们的个性显得空泛；到20世纪40年代特别是抗战之后，知识分子题材小说中的理想主义色彩淡化了，作家开始冷静地回顾他们走过的道路，作品普遍弥漫着一种沉重的历史感。《围城》正是20世纪40年代这种小说创作风气中形成的凝重深刻的一部。《围城》中的知识分子不再是理性主义者，他们有的站在时代大潮之外，过着空虚、苦闷的生活，有的甚至与教育界、知识界的腐败同流合污。主人公方鸿渐更是一个复杂的"多余人"形象。《围城》通过对当时知识分子众生相的形象描画，反映了特定时期知识分子的生活和心态，乃至更广大的中国城乡的世相世态，具有认识历史的价值。

其次是作品的更深层次的文化反省层面。作品试图对中国文化传统进行反思。作品没有停留在对生活层面的泛泛描摹，而是更深入地去反省知识分子身上所体现出来的民族传统文化的得失，或者说，通过知识分子这一特殊的群体，从文化层面去把握民族的精神危机。可贵的是，作者之着眼于对传统文化的批判，并没有通过旧式知识分子形象的刻画去完成这种反思、批判，而是从"最新式"的文人，也就是主要通过对一批留学生或"高级"知识分子形象的塑造去实现这种反省和批判，这才是作品的深刻性所在。在《阿Q正传》之后，像《围城》这样有深刻文化反省意识的长篇小说并不多见。

最后是作品的哲理思索层面。从题旨入手反复琢磨作者的立意，就会发现小说为什么要以《围城》为题，就会进入小说最深层的意蕴——对人生、对现代人命运的哲理思索。"人生如围城，城外的人想冲进去，城里的人想冲出来"，钱锺书先生深切道出了人生在世的无奈和痛苦。对婚姻也罢，事业也罢，人生的愿望大都如此。在经历了事业、爱情的一系列挫折后，主人公方鸿渐终于对"围城"之说有了感悟："我还记得那一次褚慎明还是苏小姐讲的什么'围城'。我近来对人生万事，都有这个感想，譬如我当初希望到三闾大学去，所以接到了聘书，近来愈想愈乏味，这时候自恨没有勇气原船退回上海。我经过这一次，不知道何年何月会结婚，不过你真娶了苏小姐，滋味也不过尔尔。狗为着追求水里肉骨头的影子，丧失了到嘴的肉骨头！跟爱人如愿以偿结了婚，恐怕那时肉骨头下肚，倒要对水怅惜这不可再见的影子了。"作品虽然是写实的，却充满了象征意味，它象征性地暗示读者："城"外的人总想冲进去，"城"里的人又总想逃出去，冲进逃出、永无止境。因此，人生的苦恼不在于"城"本身，不在于是冲进了还是逃出了，而在于人性的不满足、人的行动的不自觉：他完全处于一种盲目状态，几乎是受着某种本能的支配，永远冲进冲出，然而一切都是"无用功"；人生的理想或者得不到，或者得到了终非你所要。这也是作者"悲剧之悲剧"的人生哲学观的体现。

《围城》塑造了鲜明生动的人物形象。作品中的人物都是现实生活中血肉丰满、个性突出的普通人，没有脸谱化的完美的、理想的人物或十恶不赦的"大罪人"。方鸿渐的父亲保持着中国旧知识分子的清高、正派乃至迂腐不化，但作家却没有让他成为脸谱化的"旧文人"，小说中写到他受现代金钱社会的侵蚀而表现出的功利和拜金心态，这在对待方鸿渐婚事上体现得尤为突出；赵梓楣野心勃勃、一心要出人头地，但他也绝非标准的"野心家"，仍保持着本性的纯真正直；唐晓芙是个富有青春魅力的少女，总体上说没有沾染表姐苏文纨故作高雅、实则拜金而庸俗、待人冷漠、在爱情中玩弄男人的恶习，然而这少女也心机颇深，且带着大都市少女特有的自我为中心和傲慢的特点；孙柔嘉一方面是个受人排挤、楚楚可怜、令人同情的弱者，另一方面，在更懦弱的方鸿渐面前却表现得挑剔、蛮横、置他人尊严于不顾……这些人物，在那个时代的知识分子中都相当富有典型性和真实感。主人公方鸿渐更是一个丰富复杂的形象。他是一个徘徊在世俗与理想之间的矛盾的"多余人"。他自由洒脱、正直纯良，因此不能在现实的竞争中胜出，也就不能成为强者。他又因循苟且、不能脱俗，因此也不能在理想的追求中超越而成为文化英雄，他注定了失败。

《围城》在表现手法上也具有独特的艺术魅力。第一，它采用讽刺手法，机智辛辣地对中国文化孽生的知识分子群体的心态和情态进行揭露，被誉为"新《儒林外史》"；第二，有深入、细腻的心理描写；第三，也是《围城》的标志性特征，是文学语言的丰富多钱锺书钟书的语言机智风趣，妙语连珠，多用巧妙的比喻和反语；而且，由于学识渊博、熟悉古今中外的文化的典籍，在行文中遣词造句和设喻取譬，都融进了文学、哲学、历史、宗教、法律等学科的知识，化严肃为诙谐，理趣横生，更增加了语言的丰富性和表现力。

[经典回顾]

阴历新年来了。上海的寓公们为国家担惊受恐够了，现在国家并没有亡，不必做未亡人，所以又照常热闹起来。一天，周太太跟鸿渐说，有人替他做媒，就是有一次鸿渐跟周经理出去应酬，同席一位姓张的女儿。据周太太说，张家把他八字要去了，请算命人排过，跟他们小姐的命"天作之合，大吉大利"。鸿渐笑说："在上海这种开通地方，还请算命人来支配婚姻么？"周太太说，命是不可不信的，张先生请他去吃便晚饭，无妨认识那位小姐。鸿渐有点儿战前读书人的标劲，记得那张的在美国人洋会里做买办，不愿跟这种俗物往来，但转念一想，自己从出洋到现在，还不是用的市侩的钱？反正去一次无妨，结婚与否，全看自己中意不中意那女孩子，旁人勉强不来，答应去吃晚饭。这位张先生是浙江沿海人，名叫吉民，但他喜欢人唤他 Jimmy。他在美国人花旗洋行里做了二十多年的事，从"写字"（小书记）升到买办，手里着实有钱。只生一个女儿，不惜工本地栽培，教会学校里所能传授熏陶的洋本领、洋习气，美容院理发铺所能帛造的洋时髦、洋姿态，无不应有尽有。这女儿刚十八岁，中学尚未毕业，可是张先生夫妇保有他们家乡的传统思想，以为女孩子到二十岁就老了，过二十没嫁掉，只能进古物陈列所供人凭吊了。张太太择婿很严，说亲的虽多，都没成功。有一个富商的儿子，也是留学生，张太太颇为赏识，婚姻大有希望，但一顿饭后这事再不提起。吃饭时大家谈到那几天因战事关系，租界封锁，蔬菜来源困难，张太太便对那富商儿子说："府上人多，每天伙食账不会小罢?"那人说自己不清楚，想来是多少钱一天。张太太说："那么府上的厨子一定又老实，又能干！像我们人数不到府上一半，每天厨房开销也要那个数目呢!"那人听着得意，张太太等他饭毕走了，便说："这种人家排场太小了！只吃那么多钱一天的菜！我女儿舒服惯的，过去吃不来苦!"婚事从此作罢。夫妇俩磋商几次，觉得宝贝女儿嫁到人家去，总不放心，不如招一个女婿到自己家里来。那天张先生跟鸿渐同席，回家说起，认为颇合资格："家世头衔都不错，并且现在没真做到女婿已住在挂名丈人家里，将来招赘入门，易如反掌。更妙是方家经这番战事，摆不起乡绅人家臭架子，这女婿可以服服帖帖地养在张府上。结果张太太要鸿渐来家相他一下。

方鸿渐因为张先生请他早到谈谈，下午银行办公室完毕就去。马路上经过一家外国皮货铺子看见獭绒西装外套，新年廉价，只卖四百元。鸿渐常想有这样一件外套，留学时不敢买。譬如在伦敦，男人穿皮外套而没有私人汽车，假使不像放印子钱的犹太人或打拳的黑人，人家就疑心是马戏班的演员，再不然就是开窑子的乌龟；只有在维也纳，穿皮外套是常事，并且有现成的皮里子卖给旅客衬在外套里。他回国后，看穿的人很多，现在更给那店里的陈列撩得心动。可是盘算一下，只好叹口气。银行里薪水一百块钱已算不薄，零用尽够，丈人家供吃供住，一个钱不必贴，怎好向周经理要钱买奢侈品？回国所余六十多镑，这次孝敬父亲四十镑添买些家具，剩下不过所合四百余元。东凑西挪，一股脑儿花在这件外套上面，不大合算。国难时期，万事节约，何况天气不久回暖，就省了罢。到了张家，张先生热闹地欢迎道："Hello! Doctor 方，好久不见!"张先生跟外国人来往惯了，说话有个特征——也许在洋行、青年会、扶轮社等圈子里，这并没有什么奇特——喜欢中国话里夹无谓的英文字。他并无中文难达的新意，需要借英文来讲；所以他说话里嵌的英文字，还比不得嘴里嵌的金牙，因为金牙不仅妆点，尚可使用，只好比牙缝里嵌的肉屑，表示饭菜吃得好，此外全无用处。他仿美国人读音，维妙维肖，也许鼻音学得太过火了，不像美国人，而像伤风塞鼻子的中国人。他说"verywell"二字，声音活像小洋狗在咕噜——"vurrywul"。

可惜罗马人无此耳福，否则决不单说 R 是鼻音的狗字母。当时张先生跟鸿渐拉手，问他是不是天天"godowntown"。鸿渐寒暄已毕，瞧玻璃橱里都是碗、瓶、碟子，便说："张先生喜欢收藏磁器？"

"Sure! havealooksee!"张先生打开橱门，请鸿渐赏鉴。鸿渐拿了几件，看都是"成化"、"宣德"、"康熙"，也不识真假，只好说："这东西很值钱罢？"

"Sure! 值不少钱呢，Plentyofdough。并且这东西不比书画。买书画买了假的，一文不值，只等于 wastepaper。磁器假的，至少还可以盛饭。我有时请外国 friends 吃饭，就用那个康熙窑'油底蓝五彩'大盘做 saladdish，他们都觉得古色古香，菜的味道也有点 old-time。"

方鸿渐道："张先生眼光一定好，不会买假东西。"

张先生大笑道："我不懂什么年代花纹，事情忙，也没工夫翻书研究。可是我有 hunch；看见一件东西，忽然 whatd'youcall 灵机一动，买来准 O.K.。他们古董掮客都佩服我，我常对他们说：'不用拿假货来 fool 我。Oyeah，我姓张的不是 sucker，休想骗我！'"关上橱门，又说："咦，headache——"便揿电铃叫佣人。

鸿渐不懂，忙问道："张先生不舒服，是不是？"

张先生惊奇地望着鸿渐道："谁不舒服？你？我？我很好呀！"

鸿渐道："张先生不是说'头痛'么？"

张先生呵呵大笑，一面吩咐进来的女佣说："快去跟太太小姐说，客人来了，请她们出来。makeitsnappy！"说时右手大拇指从中指弹在食指上"啪"的一响。他回过来对鸿渐笑道："headache 是美国话指'太太'而说，不是'头痛'！你没到 States 去过罢！"

方鸿渐正自惭寡陋，张太太张小姐出来了，张先生为鸿渐介绍。张太太是位四十多岁的胖女人，外国名字是小巧玲珑的 Tessie，张小姐是十八岁的高大女孩子，着色鲜明，穿衣紧俏，身材将来准会跟她老太爷那洋行的资本一样雄厚。鸿渐没听清她名字，声音好像"我你他"，想来不是 Anita，就是 Juanita，她父母只缩短叫她 Nita。张太太上海话比丈夫讲得好，可是时时流露本乡土音，仿佛罩褂太小，遮不了里面的袍子。张太太信佛，自说天天念十遍"白衣观世音咒"，求菩萨保佑中国军队打胜；又说这观音咒灵验得很，上海打仗最紧急时，张先生到外滩行里去办公，自己在家里念，果然张先生从没遭到流弹。鸿渐暗想享受了最新的西洋科学设备，而竟抱这种信仰，坐在热水管烘暖的客堂里念佛，可见"西学为用，中学为体"并非难事。他和张小姐没有多少可谈，只好问她爱看什么电影。跟着两个客人来了，都是张先生的结义弟兄。一个叫陈士屏，是欧美烟草公司的高等职员，大家唤他 Z.B.，仿佛德文里"有例为证"的缩写。一个叫丁讷生，外国名字倒不是诗人 Tennyson 而是海军大将 Nelson，也在什么英国轮船公司做事。张太太说，人数凑得起一桌麻将，何妨打八圈牌再吃晚饭。方鸿渐赌术极幼稚，身边带钱又不多，不愿参加，宁可陪张小姐闲谈。经不起张太太再三怂恿，只好入局。没料到四圈之后，自己独赢一百余元，心中一动，想假如这手运继续不变，那獭绒大衣便有指望了。这时候，他全忘了在船上跟孙先生讲的法国迷信，只要赢钱。八圈打毕，方鸿渐赢了近三百块钱。同局的三位，张太太、"有例为证"和"海军大将"一个子儿不付，一字不提，都站起来准备吃饭。鸿渐唤醒一句道："我今天运气太好了！从来没赢过这许多钱。"

张太太如梦初醒道："咱们真糊涂了！还没跟方先生清账呢。陈先生、丁先生，让我一个人来付他，咱们回头再算得了。"便打开钱袋把钞票一五一十点交给鸿渐。吃的是西菜。"海军大将"信基督教，坐下以前，还向天花板眨白眼，感谢上帝赏饭。方鸿渐因为赢了钱，有说有笑。饭后散坐抽烟喝咖啡，他瞧见沙发旁一个小书架，猜来都是张小姐的读物。一大堆《西风》、原文《读者文摘》之外，有原文小字白文《莎士比亚全集》、《新旧约全书》、《家庭布置学》、翻版的《居里夫人传》、《照相自修法》、《我国与我民》等不朽大著以及电影小说十几种，里面不用说有《乱世佳人》。一本小蓝书，背上金字标题道：《怎样去获得丈夫而且守住他》（Howto-gainaHusbandandkeephim）。鸿渐忍不住抽出一翻，只见一节道："对男人该温柔甜蜜，才能在他心的深处留下好印象。女孩子们，别忘了脸上常带光明的笑容。"看到这里，这笑容从书上移到鸿渐脸上了。再看书面作者是个女人，不知出嫁没有，该写明"某某夫人"，这书便见得切身阅历之谈，想着笑容更廓大了。抬头忽见张小姐注意自己，忙把书放好，收敛笑容。"有例为证"要张小姐弹钢琴，大家同声附和。张小姐弹完，鸿渐要补救这令她误解的笑容，抢先第一个称"好"，求她再弹一曲。他又坐一会，才告辞出门。洋车到半路，他想起那书名，不禁失笑。丈夫是女人的职业，没有丈夫就等于失业，所以该牢牢捧住这饭碗。哼！我偏不愿意女人读了那本书当我是饭碗，我宁可他们瞧不起我，骂我饭桶。"我你他"小姐，咱们没有"举碗齐眉"的缘分，希望另有好运气的人来爱上您。想到这里，鸿渐顿足大笑，把天空月当作张小姐，向她挥手作别。洋车夫疑心他醉了，回头叫他别动，车不好拉。

客人全散了，张太太道："这姓方的不合式，气量太小，把钱看得太重，给我一试就露出本相。他那时候好像怕我们赖账不还的，可笑不可笑？"

张先生道："德国货总比不上美国货呀。什么博士！还算在英国留过学，我说的英文，他好多听不懂。欧战以后，德国落伍了。汽车、飞机、打字机、照相机，哪一件不是美国花样顶新！我不爱欧洲留学生。"

张太太道："Nita，看这姓方的怎么样？"

张小姐不能饶恕方鸿渐看书时的微笑，干脆说："这人讨厌！你看他吃相多坏！全不像在外国住过的。他喝汤的时候，把面包去蘸！他吃铁排鸡，不用刀叉，把手拈了鸡腿起来咬！我全看在眼睛里。吓！这算什么礼貌？我们学校里教社交礼节的MissPrym瞧见了准会骂他猪猡相piggywiggy！"

当时张家这婚事一场没结果，周太太颇为扫兴。可是方鸿渐小时是看《三国演义》、《水浒》、《西游记》那些不合教育原理的儿童读物的；他生得太早，还没福气捧读《白雪公主》、《木偶奇遇记》这一类好书。他记得《三国演义》里的名言："妻子如衣服，"当然衣服也就等于妻子；他现在新添了皮外套，损失个把老婆才不放心上呢。

选自《围城》，人民文学出版社2003年版

【名家评点】

这部小说已经蕴含着类似西方现代主义文学中普遍出现的那种人生感受或宇宙意识，那种莫名的失望感与孤独感，真有点看破红尘的味道。在40年代的中国文坛上出现这样的作品，恐怕也可以说是透露着战后社会心态的一个侧面，这种有超越感的命题，在同时期西方现代主义文学中被表现得突出而充分，但在中国文学中却凤毛麟角。四五十年代的中国读者几乎忽略了《围城》的"哲理层面"的意蕴，人们那时毕业竟热衷于执著现实的作品。直到当今，我们才越来越体会到《围城》特有的艺术魅力。这魅力不光在妙喻珠联的语言运用，甚至也不过在对世态世相谐谑深刻的勾画，主要是在其多层意蕴的象征结构以及对人生社会的玄想深思。《围城》是一个既现实又奥妙的艺术王国，只要进入这片疆域，无论接触到哪一层意蕴，总会有所得益，深者得深，浅者得其浅。

——温儒敏：《钱锺书研究集刊》

【延伸阅读】

1.《钱锺书研究集刊》第一辑：上海三联书店1999年版。

2.田蕙兰等选编：《钱锺书 杨绛 研究资料集》，华中师范大学出版社1997年版。

【思考与拓展】

1.分析小说主人公方鸿渐的人物性格。

2.简述《围城》的语言特色。

3.简要概述《围城》的三重意蕴。

（撰稿：刘艳玲）

色·戒

张爱玲

【作品导读】

张爱玲（1921-1995），出生在一个没落的贵族家庭，是李鸿章的曾外孙女，祖父张佩纶是进士，曾任督察院左副部御史。父亲张廷重是个蓄妓吸毒的纨绔子弟，母亲却是个思想开放的新女性，两个人矛盾很深，终致离婚。这种大家族的生活，特别是那种中西文化的混合杂交，那种没落、破碎的家庭氛围，对张爱玲具有决定性的影响。张爱玲于 1943 年发表成名作《沉香屑：第一炉香》、《沉香屑：第二炉香》，立刻在上海文坛产生巨大的影响。紧接着，她又陆续发表《金锁记》、《倾城之恋》、《琉璃瓦》、《封锁》等作品。1944 年小说集《传奇》出版，1945 年出版散文集《流言》。1952 年张爱玲去香港，供职于美国新闻署的香港办事机构。期间曾创作《秧歌》、《赤地之恋》等作品，早年的才气已枯萎凋谢，这些作品连她自己也不甚看好。

张爱玲早年曾与汪伪政府宣传部常务副部长、法制局长胡兰成有过一段婚姻；定居美国后又与美国左派作家赖雅结合，赖雅死后，张爱玲晚年一直独居。1995 年中秋夜卒于美国洛杉矶公寓，身边无一亲友，数日后才被报差发现。

《色·戒》的创作源于 1939 年 12 月 22 日《申报》上刊载的一则关于一起刺杀未遂案的短消息：中统特务郑苹如以色诱汪伪政权特务首脑丁默邨，伺机刺杀，未果被逮，后被杀害，时年 23 岁。这就是当年曾轰动上海滩的"郑苹如刺丁案"。目前大多认为，郑苹如就是《色·戒》中王佳芝的原型，而丁默邨就是易先生的原型。

小说创作于 20 世纪 50 年代初，到了 70 年代末才被作者收入《惘然集》正式出版。关于《色·戒》，张爱玲曾写道："……甘心一遍遍改写这么多年，甚至于想起来只想到最初获得材料的惊喜，与改写的历程，一点都不觉得这其间三十年的时间过去了。爱就是不问值不值得。这也就是'此情可待成追忆，只是当时已惘然。'了。因此结集时题名《惘然记》。"在这期间，作者凭着一股题材带给她的"震动"，不停地加以修饰润色，以求用最完美的形式和角度叙述，最终向读者呈奉了一部艺术佳作。

【经典回顾】

　　事实是，每次跟老易在一起都像洗了个热水澡，把积郁都冲掉了，因为一切都有了个目的。

　　这咖啡馆门口想必有人望风，看见他在汽车里，就会去通知一切提前。刚才来的时候倒没看见有人在附近逗留。横街对面的平安戏院最理想了，廊柱下的阴影中有掩蔽，戏院门口等人又名正言顺，不过门前的场地太空旷，距离太远，看不清楚汽车里的人。

　　有个送货的单车，停在隔壁外国人开的皮货店门口，仿佛车坏了，在检视修理。剃小平头，约有三十来岁，低着头，看不清楚，但显然不是熟人。她觉得不会是接应的车子。有些话他们不告诉她她也不问，但是听上去还是他们原班人马。——有那个吴帮忙，也说不定搞得到汽车。那辆出差汽车要是还停在那里，也许就是接应的，司机那就是黄磊了。她刚才来的时候车子背对着她，看不见司机。

　　吴大概还是不大信任他们，怕他们太嫩，会出乱子连累人。他不见得一个人单枪匹马在上海，但是始终就是他一个人跟邝裕民联络。

　　许了吸收他们进组织。大概这次算是个考验。

　　"他们都是差不多枪口贴在人身上开枪的，哪像电影里隔得老远瞄准。"邝裕民有一次笑着告诉她。

　　大概也是叫她安心的话，不会乱枪之下殃及池鱼，不打死也成了残废，还不如死了。

　　这时候到临头，又是一种滋味。

　　上场慌，一上去就好了。

　　等最难熬。男人还可以抽烟。虚飘飘空捞捞的，简直不知道身在何所。她打开手提袋，取出一瓶香水，玻璃瓶塞连着一根小玻璃棍子，蘸了香水在耳垂背后一抹。微凉有棱，一片空茫中只有这点接触。再抹那边耳朵底下，半晌才闻见短短一缕栀子花香。

　　脱下大衣，肘弯里面也搭了香水，还没来得及再穿上，隔着橱窗里的白色三层结婚蛋糕木制模型，已见一辆汽车开过来，一望而知是他的车，背后没驮着那不雅观的烧木炭的板箱。

　　她捡起大衣手提袋，挽在臂上走出去。司机已经下车代开车门。易先生坐在靠里那边。

"来晚了，来晚了！"他哈着腰喃喃说着，作为道歉。

她只看了他一眼。上了车，司机回到前座，他告诉他"福开森路"。那是他们上次去的公寓。

"先到这儿有爿店，"她低声向他说，"我耳环上掉了颗小钻，要拿去修。就在这儿，不然刚才走走过去就是了，又怕你来了找不到人，坐那儿傻等，等这半天。"

他笑道："对不起对不起，今天真来晚了——已经出来了，又来了两个人，又不能不见。"说着便探身向司机道："先回到刚才那儿。"早开过了一条街。

她噘着嘴喃喃说道："见一面这么麻烦，住你们那儿又一句话都不能说——我回香港去了，托你买张好点的船票总行？"

"要回去了？想小麦了？"

"什么小麦大麦，还要提这个人——气都气死了！"

她说过她是报复丈夫玩舞女。

一坐定下来，他就抱着胳膊，一只肘弯正抵在她乳房最肥满的南半球外缘。这是他的惯技，表面上端坐，暗中却在蚀骨销魂，一阵阵麻上来。

她一扭身伏在车窗上往外看，免得又开过了。车到下一个十字路口方才大转弯折回。又一个Ｕ形大转弯，从义利饼干行过街到平安戏院，全市唯一的一个清洁的二轮电影院，灰红暗黄二色砖砌的门面，有一种针织粗呢的温暖感，整个建筑圆圆的朝里凹，成为一钩新月切过路角，门前十分宽敞。对面就是刚才那家凯司令咖啡馆，然后西伯利亚皮货店，绿屋夫人时装店，并排两家四个大橱窗，华贵的木制模特儿在霓虹灯后摆出各种姿态。隔壁一家小店一比更不起眼，橱窗里空无一物，招牌上虽有英文"珠宝商"字样，也看不出是珠宝店。

他转告司机停下，下了车跟在她后面进去。她穿着高跟鞋比他高半个头。不然也就不穿这么高的跟了，他显然并不介意。她发现大个子往往喜欢娇小玲珑的女人，倒是矮小的男人喜欢女人高些，也许是一种补偿的心理。知道他在看，更软洋洋地凹着腰。腰细，婉若游龙游进玻璃门。

一个穿西装的印度店员上前招呼。店堂虽小，倒也高爽敞亮，只是雪洞似的光塌塌一无所有，靠里设着唯一的一只短短一只玻璃柜台，陈列着一些"诞辰石"——按照生日月份，戴了运气好的，黄石英之类的"半宝石"，红蓝宝石都是宝石粉制的。

她在手提袋里取出一只梨形红宝石耳坠子，上面碎钻拼成的叶子丢了一粒钻。

"可以配，"那印度人看了说。

她问了多少钱，几时有，易先生便道："问他有没有好点的戒指。"他是留日的，英文不肯说，总是端着官架子等人翻译。

她顿了顿方道："干什么？"

他笑道："我们不是要买个戒指做纪念吗？就是钻戒好不好？要好点的。"

她又顿了顿，拿他无可奈何似的笑了。"有没有钻戒？"她轻声问。

那印度人一扬脸，朝上发声喊，叽里哇啦想是印度话，倒吓了他们一跳，随即引路上楼。

隔断店堂后身的板壁漆奶油色，靠边有个门，门口就是黑洞洞的小楼梯。办公室在两层楼之间的一个阁楼上，是个浅浅的阳台，俯瞰店堂，便于监督。一进门左首墙上挂着长短不齐两只镜子，镜面画着五彩花鸟，金字题款："鹏程万里巴达先生开业志喜陈茂坤敬贺"，都是人送的。还有一只横额式大镜，上画彩凤牡丹。阁楼屋顶坡斜，板壁上没处挂，倚在墙根。

前面沿着乌木栏杆放着张书桌，桌上有电话，点着台灯。

旁边有只茶几搁打字机，罩着旧漆布套子。一个矮胖的印度人从圈椅上站起来招呼，代挪椅子；一张苍黑的大脸，狮子鼻。

"你们要看钻戒。坐下，坐下。"他慢吞吞腆着肚子走向屋隅，俯身去开一只古旧的绿毯面小矮保险箱。

这哪像个珠宝店的气派？易先生面不改色，佳芝倒真有点不好意思。听说现在有些店不过是个幌子，就靠囤积或是做黑市金钞。吴选中这爿店总是为了地段，离凯司令又近。刚才上楼的时候她倒是想着，下去的时候真是瓮中捉鳖——他又绅士派，在楼梯上走在她前面，一踏进店堂，旁边就是柜台。柜台前的两个顾客正好拦住去路。不过两个男人选购廉价宝石袖扣领针，与送女朋友的小礼物，不能斟酌过久，不像女人蘑菇。要扣准时间，不能进来得太早，也不能在外面徘徊——他的司机坐在车子里，会起疑。要一进来就进来，顶多在皮货店看看橱窗，在车子背后好两丈处，隔了一家门面。

她坐在书桌边，忍不住回过头去望了望楼下，只看得见橱窗，玻璃架都空着，窗明几净，连霓虹光管都没装，窗外人行道边停着汽车，看得见车身下缘。

她坐在书桌边，忍不住回过头去望了望楼下，只看得见橱窗，玻璃架都空着，窗明几净，连霓虹光管都没装，窗外人行道边停着汽车，看得见车身下缘。

两个男人一块来买东西，也许有点触目，不但可能引起司机的注意，甚至于他在阁楼上看见了也犯疑心，俄延着不下来。略一僵持就不对了。想必他们不会进来，还是在门口拦截。那就更难扣准时间了，又不能跑过来，跑步声马上会唤起司机的注意。——只带一个司机，可能兼任保镖。

也许两个人分布两边，一个带着赖秀金在贴隔壁绿屋夫人门前看橱窗。女孩子看中了买不起的时装，那是随便站多久都行。男朋友等得不耐烦，尽可以背对着橱窗东张西望。

这些她也都模糊地想到过，明知不关她事，不要她管。这时候因为不知道下一步怎样，在这小楼上难免觉得是高坐在火药桶上，马上就要给炸飞了，两条腿都有点虚软。

那店员已经下去了。

东家伙计一黑一白，不像父子。白脸的一脸兜腮青胡子楂，厚眼睑睡沉沉半合着，个子也不高，却十分壮硕，看来是个两用的店伙兼警卫。柜台位置这么后，橱窗又空空如也，想必是白天也怕抢——晚上有铁条拉门。那也还有点值钱的东西？就怕不过是黄金美钞银洋。

却见那店主取出一只尺来长的黑丝绒板，一端略小些，上面一个个缝眼嵌满钻戒。她伏在桌上看，易先生在她旁边也凑近了些来看。

那店主见他二人毫无反应，也没摘下一只来看看，便又送回保险箱道："我还有这只。"这只装在深蓝丝绒小盒子里，是粉红钻石，有豌豆大。

不是说粉红钻也是有价无市？她怔了怔，不禁如释重负。

看不出这爿店，总算替她争回了面子，不然把他带到这么个破地方来——敲竹杠又不在行，小广东到上海，成了"大乡里"。其实马上枪声一响，眼前这一切都粉碎了，还有什么面子不面子？明知如此，心里不信，因为全神在抗拒着，第一是不敢朝这上面去想，深恐神色有异，被他看出来。

她拿起那只戒指，他只就她手中看了看，轻声笑道："嗳，这只好像好点。"

她脑后有点寒飕飕的，楼下两边橱窗，中嵌玻璃门，一片晶澈，在她背后展开，就像有两层楼高的落地大窗，随时都可以爆破。一方面这小店睡沉沉的，只隐隐听见市声——战时街上不大有汽车，难得撤声喇叭。那沉酣的空气温暖的重压，像棉被捂在脸上。有半个她在熟睡，身在梦中，知道马上就要出事了，又恍惚知道不过是个梦。

她把戒指就着台灯的光翻来覆去细看。在这幽暗的阳台上，背后明亮的橱窗与玻璃门是银幕，在放映一张黑白动作片，她不忍看一个流血场面，或是间谍受刑讯，更触目惊心，她小时候也就怕看，会在楼座前排掉过身来背对着楼下。

"六克拉。戴上试试。"那店主说。

他这安逸的小鹰巢值得留恋。墙根斜倚着的大镜子照着她的脚，踏在牡丹花丛中。是天方夜谭里的市场，才会无意中发现奇珍异宝。她把那粉红钻戒戴在手上侧过来侧过去地看，与她玫瑰红的指甲油一比，其实不过微红，也不太大，但是光头极足，亮闪闪的，异星一样，红得有种神秘感。可惜不过是舞台上的小道具，而且只用这么一会工夫，使人感到惆怅。

"这只怎么样？"易先生又说。

"你看呢？"

"我外行。你喜欢就是了。"

"六克拉。不知道有没有毛病，我是看不出来。"

他们只管自己细声谈笑。她是内地学校出身，虽然广州开商埠最早，并不像香港的书院注重英文。她不得不说英语的时候总是声音极低。这印度老板见言语不大通，把生意经都免了。三言两语讲妥价钱，十一根大条子，明天送来，分量不足照补，多了找还。

只有一千零一夜里才有这样的事。用金子，也是天方夜谭里的事。

太快了她又有点担心。他们大概想不到出来得这么快。她从舞台经验上知道，就是台词占的时间最多。

"要他开个单子吧？"她说。想必明天总是预备派人来，送条子领货。

店主已经在开单据。戒指也脱下来还了他。

不免感到成交后的轻松，两人并坐着，都往后靠了靠。这一刹那间仿佛只有他们俩在一起。

她轻声笑道："现在都是条子。连定钱都不要。"

"还好不要，我出来从来不带钱。"

她跟他们混了这些时，也知道总是副官付账，特权阶级从来不自己口袋里掏钱的。今天出来当然没带副官，为了保密。

英文有这话："权势是一种春药。"对不对她不知道。她是最完全被动的。

又有这句谚语："到男人心里去的路通过胃。"是说男人好吃，碰上会做菜款待他们的女人，容易上钩。于是就有人说："到女人心里的路通过阴道。"据说是民国初年精通英文的那位名学者说的，名字她叫不出，就晓得他替中国人多妻辩护的那句名言："只有一只茶壶几只茶杯，哪有一只茶壶一只茶杯的？"

至于什么女人的心，她就不信名学者说得出那样下作的话。她也不相信那话。除非是说老了倒贴的风尘女人，或是风流寡妇。像她自己，不是本来讨厌梁闰生，只有更讨厌他？

当然那也许不同。梁闰生一直讨人嫌惯了，没自信心，而且一向见了她自惭形秽，有点怕她。

那，难道她有点爱上了老易？她不信，但是也无法斩钉截铁地说不是，因为没恋爱过，不知道怎么样就算是爱上了。

从十五六岁起她就只顾忙着抵挡各方面来的攻势，这样的女孩子不大容易坠入爱河，抵抗力太强了。有一阵子她以为她可能会喜欢邝裕民，结果后来恨他，恨他跟那些别人一样。

跟老易在一起那两次总是那么提心吊胆，要处处留神，哪还去问自己觉得怎样。回到他家里，又是风声鹤唳，一夕数惊。他们睡得晚，好容易回到自己房间里，就只够忙着吃颗安眠药，好好地睡一觉了。邝裕民给了她一小瓶，叫她最好不要吃，万一上午有什么事发生，需要脑子清醒点。但是不吃就睡不着，她是从来不闹失眠症的人。

只有现在，紧张得拉长到永恒的这一刹那间，这室内小阳台上一灯荧然，映衬着楼下门窗上一片白色的天光。有这印度人在旁边，只有更觉得是他们俩在灯下单独相对，又密切又拘束，还从来没有过。但是就连此刻她也再也不会想到她爱不爱他，而是——

他不再看她，脸上的微笑有点悲哀。本来以为想不到中年以后还有这样的奇遇。当然也是权势的魔力。那倒还犹可，他的权力与他本人多少是分不开的。对女人，礼也是非送不可的，不过送早了就像是看不起她。明知是这么回事，不让他自我陶醉一下，不免怅然。

陪欢场女子买东西，他是老手了，只一旁随侍，总使人不注意他。此刻的微笑也丝毫不带讽刺性，不过有点悲哀。他的侧影迎着台灯，目光下视，睫毛像米色的蛾翅，歇落在瘦瘦的面颊上，在她看来是一种温柔怜惜的神气。

这个人是真爱我的，她突然想，心下轰然一声，若有所失。

太晚了。

店主把单据递给他，他往身上一揣。

"快走，"她低声说。

他脸上一呆，但是立刻明白了，跳起来夺门而出，门口虽然没人，需要一把抓住门框，因为一踏出去马上要抓住楼梯扶手，楼梯既窄又黑赳赳的。她听见他连蹿带跑，三脚两步下去，梯级上不规则的咕咚喊嚓声。

太晚了。她知道太晚了。

店主怔住了。他也知道他们形迹可疑，只好坐着不动，只别过身去看楼下。漆布砖上哒哒哒一阵皮鞋声，他已经冲入视线内，一推门，炮弹似地直射出去。店员紧跟在后面出现，她正担心这保镖身坯的印度人会拉拉扯扯，问是怎么回事，耽搁几秒钟也会误事，但是大概看在那官方汽车份上，并没拦阻，只站在门口观望，剪影虎背熊腰堵住了门。只听见汽车吱的一声尖叫，仿佛直竖起来，砰！关上车门——还是枪击？——横冲直撞开走了。

放枪似乎不会只放一枪。

她定了定神。没听见枪声。

一松了口气，她浑身疲软像生了场大病一样，支撑着拿起大衣手提袋站起来，点点头笑道："明天。"又低声喃喃说道："他忘了有点事，赶时间，先走了。"

店主倒已经扣上独目显微镜，旋准了度数，看过这只戒指没掉包，方才微笑起身相送。

选自《色·戒》，台湾《中国时报·人间副刊》1979 年版

【名家评点】

张爱玲应该是今日中国最优秀最重要的作家。仅以短篇小说而论，堪与英美现代女文豪蔓殊菲尔、安泡特、韦尔蒂、麦克勒斯之流相比，某些地方她恐怕还要高明一筹。《秧歌》在中国现代小说史上已经是本不朽之作。

张爱玲是当代最重要的作家，也是"五四"以来最优秀的作家。别的作家……在文字上，在意象的运用上，在人生观察透彻和深刻方面，实在都不能同张爱玲相比；至少在美国，张爱玲即将名列李白、杜甫、吴承恩、曹雪芹之俦，成为一位必读作家。

——夏志清：《中国现代小说史》

我认为她代表了上海的文明——也许竟是上海百年租界文明的最后表现。她的小说，表现出几重新旧矛盾的结晶；她是这个没落的"上海世界"的最好和最后的代言人。

——唐文标：《张爱玲研究》

【延伸阅读】

1. 张爱玲：《张爱玲典藏全集》，哈尔滨出版社 2005 年版。
2. 胡兰成：《民国女子》，《今生今世》，台北远行出版社 1976 年版。
3. 夏志清：《中国现代小说史》，香港友联出版社 1979 年版。

【思考与拓展】

1. 分析小说主人公王佳芝人物形象。
2. 小说通过哪些手法刻画人物性格？
3. 小说有何语言特色？

（撰稿：刘　巍）

射雕英雄传

金 庸

【作品导读】

　　金庸（1924— ），原名查良镛，1924 年 2 月出生于浙江省海宁县。大学时主修英文和国际法。曾在上海《大公报》、香港《大公报》及《新晚报》任记者、翻译、编辑。1959 年创办香港《明报》，任主编兼社长历 35 年，期间创办《明报月刊》、《明报周刊》、新加坡《新明日报》及马来西亚《新明日报》等。20 世纪 80 年代至今，金庸所获荣衔甚多，被香港大学、北京大学、南开大学、苏州大学等多所高校聘任为名誉教授，曾任浙江大学人文学院院长，并当选英国剑桥大学、澳洲墨尔本大学和新加坡东亚研究所荣誉院士。

　　金庸阅历丰富，知识渊博，文思敏捷，眼光独到。他续承古典武侠小说的精华，开创了形式独特、情节曲折、描写细腻且深具人性和豪情侠义的新派武侠小说先河。金庸著有《书剑恩仇录》、《碧血剑》、《射雕英雄传》、《神雕侠侣》、《雪山飞狐》、《倚天屠龙记》、《天龙八部》、《笑傲江湖》、《鹿鼎记》等 15 部脍炙人口的武侠小说，并且都被改编成影视剧，其中若干作品已被译成英文、泰文、越文、法文、马来文、韩文等在海外流传，其作品销量长期高居华人社会榜首。

　　《射雕英雄传》最初连载于 1957—1959 年的《香港商报》，是金庸武侠小说创作的代表作品，也是金庸拥有读者最多的作品。小说在宋金元易代、武林争霸的宏大叙事背景之下，讲述了全真教派丘处机为保全忠良义士遗孤郭靖、杨康而与江南七怪打赌传艺，就此引发了一连串可歌可泣的故事。少年郭靖历经劫难，最终跻身武林之巅，成为爱国为民的英雄。这部小说历史背景突出，气势宏伟，具有鲜明的"英雄史诗"风格。在人物创造与情节安排上，它打破了传统武侠小说将人物作为情节附庸的模式，坚持以创造个性化的人物形象为中心，坚持人物统摄故事，按照人物性格的发展需要及其内在可能性、必然性来设置情节，从而使这部说达到了"事虽奇人却真"的妙境。

《射雕英雄传》自出版后，再版数十次，传阅无数，深受华人大众的喜爱。2005 年被列为香港公共图书馆"书王"——共被借阅 9777 次，成为 990 万本藏书中外借次数最高的书籍。《射雕英雄传》是"射雕三部曲"之一，后两部为《神雕侠侣》与《倚天屠龙记》。金庸通过让不同时期创作的小说在情节上发生关联性以增强作品的历史真实感，并引发读者产生欲罢不能的阅读欲望。

【经典回顾】

张家口是南北通道，塞外皮毛集散之地，人烟稠密，市肆繁盛。郭靖手牵红马，东张西望，他从未到过这般大城市，但见事事透着新鲜，来到一家大酒店之前，腹中饥饿，便把马系在门前马桩之上，进店入座，要了一盘牛肉，两斤面饼，大口吃了起来。他胃口奇佳，依着蒙古人的习俗，抓起牛肉面饼一把把往口中塞去。

正自吃得痛快，忽听店门口吵嚷起来。他挂念红马，忙抢步出去，只见那红马好端端地在吃草料。两名店伙却在大声呵斥一个衣衫褴褛、身材瘦削的少年。那少年约莫十五六岁年纪，头上歪戴着一顶黑黝黝的破皮帽，脸上手上全是黑煤，早已瞧不出本来面目，手里拿着一个馒头，嘻嘻而笑，露出两排晶晶发亮的雪白细牙，却与他全身极不相称，眼珠漆黑，甚是灵动。

一个店伙叫道："干么呀？还不给我走？"那少年道："好，走就走。"刚转过身去，另一个店伙叫道："把馒头放下。"那少年依言将馒头放下，但白白的馒头上已留下几个污黑的手印，再也发卖不得。一个伙计大怒，出拳打去，那少年矮身躲过。郭靖见他可怜，知他饿得急了，忙抢上去拦住，道："别动粗，算在我账上。"捡起馒头，递给少年。那少年接过馒头，道："这馒头做得不好。可怜东西，给你吃罢！"丢给门口一只赖皮小狗。小狗扑上去大嚼起来。一个店伙叹道："可惜，可惜，上白的肉馒头喂狗。"郭靖也是一愣，只道那少年腹中饥饿，这才抢了店家的馒头，哪知他却丢给狗子吃了。郭靖回座又吃。

那少年跟了进来，侧着头望他。郭靖给他瞧得有些不好意思，招呼道："你也来吃，好吗？"那少年笑道："好，我一个人闷得无聊，正想找伴儿。"说的是一口江南口音。郭靖之母是浙江临安人，江南六怪都是嘉兴左近人氏，他从小听惯了江南口音，听那少年说的正是自己乡音，很感喜悦。那少年走到桌边坐下，郭靖吩咐店小二再拿饭菜。

店小二见了少年这副肮脏穷样，老大不乐意，叫了半天，才懒洋洋地拿了碗碟过来。那少年发作道："你道我穷，不配吃你店里的饭菜吗？只怕你拿最上等的酒菜来，还不合我的胃口呢。"店小二冷冷地道："是么？你老人家点得出，咱们总是做得出，就只怕吃了没人回钞。"那少年向郭靖道："任我吃多少，你都做东吗？"郭靖道："当然，当然。"转头向店小二道："快切一斤牛肉，半斤羊肝来。"他只道牛肉羊肝便是天下最好的美味，又问少年："喝酒不喝？"那少年道："别忙吃肉，咱们先吃果子。喂伙计，先来四干果、四鲜果、两咸酸、四蜜饯。"店小二吓了一跳，不意他口出大言，冷笑道："大爷要些甚么果子蜜饯？"那少年道："这种穷地方小酒店，好东西谅你也弄不出来，就这样吧，干果四样是荔枝、桂圆、蒸枣、银杏。鲜果你拣时新的。咸酸要砌香樱桃和姜丝梅儿，不知这儿买不买到？蜜饯吗？就是玫瑰金橘、香药葡萄、糖霜桃条、梨肉好郎君。"店小二听他说得十分在行，不由得收起小觑之心。

那少年又道："下酒菜这里没有新鲜鱼虾，嗯，就来八个马马虎虎的酒菜吧。"店小二问道："爷们爱吃甚么？"少年道："唉，不说清楚定是不成。八个酒菜是花炊鹌子、炒鸭掌、鸡舌羹、鹿肚酿江瑶、鸳鸯煎牛筋、菊花兔丝、爆獐腿、姜醋金银蹄子。我只拣你们这儿做得出的来点，名贵点儿的菜肴嘛，咱们也就免了。"店小二听得张大了口合不拢来，等他说完，道："这八样菜价钱可不小哪，单是鸭掌和鸡舌羹，就得用几十只鸡鸭。"少年向郭靖一指道："这位大爷做东，你道他吃不起吗？"店小二见郭靖身上一件黑貂甚是珍贵，心想就算你会不出钞，把这件黑貂皮剥下来抵数也尽够了，当下答应了，再问："够用了吗？"少年道："再配十二样下饭的菜，八样点心，也就差不多了。"店小二不敢再问菜名，只怕他点出来采办不到，当下吩咐厨下拣最上等的选配，又问少年："爷们用甚么酒？小店有十年陈的三白汾酒，先打两角好不好？"少年道："好吧，将就对付着喝喝！"不一会，果子蜜饯等物逐一送上桌来，郭靖每样一尝，件件都是从未吃过的美味。那少年高谈阔论，说的都是南方的风物人情，郭靖听他谈吐隽雅，见识渊博，不禁大为倾倒。

选自《射雕英雄传》，广州出版社 2008 年版

【名家评点】

以通俗文学所要求的可读性与趣味性而言，《射雕英雄传》除若干情节未能自圆其说外，无疑具备了一切成功的条件——其故事之曲折离奇、人物之多种多样、武功之出神入化乃至写情之真挚自然，均为同辈作家所不及；即或偶有败笔，亦瑕不掩瑜。在这部罕见的巨著中，金庸将历史、武侠、冒险、传奇、兵法、战阵与中国固有忠孝节义观念共冶于一炉；信笔挥洒，已至随心所欲的地步。全书浩然正气，跃然纸上！民族大义融贯了每一

章节。

——叶洪生:《中国武侠小说史论五十年》

《射雕英雄传》是金庸作品中被普遍接受的一部,最多人提及的一部。自《射雕》之后,再也无人怀疑金庸的小说巨匠的地位。这是一部结构完整得天衣无缝的小说,是金庸成熟的象征。

《射雕》最成功之处,是在人物的创造。《射雕》的故事,甚至可以说是平铺直叙的,所有精彩的部分,全来自所创造出来的、活灵活现、无时无刻不在读者眼前跳跃的人物。金庸写人物,成功始自《射雕》,而在《射雕》之后,更趋成熟。

《射雕》在金庸的作品中,是比较"浅"的一部作品,流传最广,最易为读者接受,也在于这一点。

《射雕》中"东邪西毒南帝北丐中神通",有传统武侠小说的影子,但也成了无数武侠小说竞相仿效的写法。《射雕》可以说是一部武侠小说的典范,在武侠小说史上,占有重要地位。

——倪 匡:《倪匡看金庸》

【延伸阅读】

1. 金 庸:《金庸作品集》,广州出版社 2008 年版。

2. 孔庆东:《孔庆东文集——金庸评传》,重庆出版社 2008 年版。

3. 傅国涌:《金庸传——中国现代作家传记丛书》,北京十月文艺出版社 2004 年版。

【思考与拓展】

1. 阅读经典回顾"黄蓉出场"部分,试分析黄蓉形象及人物性格。

2. 试述金庸小说的叙事艺术。

3. 试述金庸及其作品对影视文化产业的贡献。

4. 以"金庸小说与武侠文化"为题,在课堂开展一次小型研讨会。

(撰稿:迟 强)

动物凶猛

王 朔

【作品导读】

王朔（1958— ）北京人，1976 年中学毕业后在海军北海舰队服役，退伍后到北京医药公司工作，1978 年开始从事文学创作。王朔先后发表了《空中小姐》、《浮出海面》、《一半是火焰一半是海水》、《顽主》、《千万别把我当人》、《橡皮人》、《玩的就是心跳》、《我是你爸爸》、《看上去很美》等中长篇小说，广受读者欢迎。出版有四卷本的《王朔文集》和《王朔自选集》等。王朔在影视业领域也表现出色，曾先后主持策划创作了数百集电视剧，其中以《渴望》和《编辑部的故事》最为成功。

《动物凶猛》最早发表于 1991 年《收获》第 6 期。小说讲述的是上个世纪的十年动乱期间，一群生活在北京部队大院的孩子们的青春故事。小说采用第一人称的叙述手法，以追忆和自我剖析的方式，将一个少年在其成长阶段的经历和心理表现得毫无遮拦。小说最重要的叙事动力源自于叙述者重拾逝去时光的情绪冲动，叙述者公开这段情感记忆的虚构性质，是要以此来袒露出往事中照亮自己生命历程的阳光。

这部小说后被姜文改编拍成电影《阳光灿烂的日子》，也获得了极大的成功。

对王朔而言，这部小说具有十分独特的意义，"我的作品中令我自己最激动的是《动物凶猛》"。他却后悔过早发表，因为"刚刚找到一种新的叙事语调可以讲述我的全部故事，一不留神使在一个中篇里了。"

【经典回顾】

我几乎天天都到米兰家和她相会。我把她总是挂以脸上的微笑视作深得她欢心的信号，因而格外喋喋不休、眉飞色舞。我们谈苏俄文学、谈流行的外国歌二百首。为了显示我的不凡，我还经常吹嘘自己和我的那伙狐朋狗友干的荒唐事。我把别人干的很多事都安在自己头上，经过夸大和渲染娓娓道出，以博得她解颐一笑。我唯一感到遗憾的是，我已经是那么和我年龄不相称的胆大妄为的强盗，她竟从不以惊愕来为我喝彩。要知道这些事在十年后也曾令所有的正派人震悚。

那段时间，是我一生中纵情大笑次数最多的时候，我这张脸上的一些皱纹就是那时候笑出来的。

有时候，我们也会相对无话，她很少谈自己，而我又像一个没经验的年轻教师一堂课的内容十分钟便一股脑打机枪似的说光了。她便凝视我，用那种锥子般锐利和幽潭般深邃的目光直盯着我的双眼看过去，常常看得我话到了嘴边又融解了，傻笑着不知所措。我也试图用同样的目光回敬她，那时我们的对视便成了一种意志的较量，十有八九是我被看毛了，垂下眼睛。直到如今，我颇擅风情也具备了相当的控制能力，但仍不能习惯受到凝视。过于专注的凝视常使我对自己产生怀疑，那里面总包含着过于复杂的情感。即便是毫无用心的极清澈的一眼，也会使受注视者不安乃至自省，这就破坏了默契。我认为这属于一种冒犯。

她很满意自己眼睛的威力，这在她似乎是一种对自己魅力的磨砺，同时也不妨说她用自己的视线贬低了我。

我就那么可怜巴巴地坐着，不敢说话也不敢正眼瞧她，期待着她以温馨的一笑解脱我的窘境。有时她会这样，更多的时候她的目光会转为沉思，沉溺在个人的遐想中久久出神。这时我就会感到受了遗弃，感到自己的多余。如果我多少成熟一些，我会知趣地走开，可是我是如此珍视和她相处的每分每秒，根本就没想过主动离去。

为了使我有更充分的理由出入她家，我甚至抛弃对成年人的偏见，去讨好她的父母。我认真地做出副乖巧的嘴脸，表现一些天真的羞涩的腼腆。我尽力显得自己比实际年龄还要小，以博取怜爱和慈颜。至今我也不知道我做得是否成功，那对夫妇始终对我很客气但决不亲近，也许当时他们就看穿了我，一个少年的矫情总是很难做得尽善尽美。

夏天的中午使人慵倦欲睡。有时她同我说着说着就没声了，躺在床上睡着了，手里的扇子盖在脸上或掉在床下。我就坐在桌前听看窗外的蝉鸣随便翻她书架上的书看，尽力不去看她因为睡眠无意裸露出的身体。

那时，我真的把自己想成是她弟弟，和她同居一室，我向往那种纯洁、亲密无间的天然关系，我幻想种种嬉戏、撒娇和彼此依恋、关怀的场面。

我对这个家庭的迷恋到了无以复加的地步。

选自《王朔自选集》，云南人民出版社 2004 年版

【名家评点】

王朔发表于 90 年代初的中篇小说《动物凶猛》，在他本人的创作史上占有非常特殊的地位。他在这部作品中唯一一次不加掩饰地展示出个体经历中曾经有过的"阳光灿烂的日子"——他的自我珍爱的纯洁的青春记忆：激情涌动的少年梦想与纯真烂漫的初恋情怀，并且追忆与自我剖析的叙事方式为这些内容带来了浓郁迷人的个人化色彩。

……

这篇小说中有着超越通俗读物的审美趣味之上的个人性的内容，这才会使得它能够为当代文学世界提供出创造性的新视界和新感受。

……

所有曾经在王朔其他作品中出现过的情节因素，在《动物凶猛》中都大大减弱了构筑情节的功能作用，更多地显现为互无直接关联的经验印象，它们出现在作品里的主要功能不是为了讲一个大众爱听的故事，而是依照叙述者回应内心情感的思绪活动而融和成为一个整体，塑造出了一个记忆里面鲜活纯朴的青春世界。

……

这种失而不能复得的情感方式，显然是王朔所最为留恋的事物：在那样一个无秩序无束缚的时代里，尽情地凭借自己那最初萌动的欲望冲动来创造出仅仅属于自己的独一无二的想象空间。那是人一生中最为坦荡的情感，是无知而单纯的，是粗野而强大的，他对这情感以及生成这情感的欲望冲动是那样钟爱，以至于不惜在叙事中做得夸张，甚至自相矛盾。他顾不得这些细节，因为最要紧的是这情感可以得到纯粹而绝对的表现。所以米兰第一次出现在叙述者视野中的那张照片是如此美丽，她的笑容真正地灿若阳光，显得超凡脱俗，仿佛可以穿透一切时间的壁垒，永远地激发起无可名状的爱的迷醉。

——陈思和：《中国当代文学史》

"大院"的孩子们，在"文革"后各有各的命运，但"军队大院"这个背景毕竟构成了他们的一种社会优势，一般来说，他们去"上山下乡"插队为农或到兵团"屯垦戍边"的都不多，他们往往是被父母送到部队里去当兵，而复转时又往往伴随着父母的境况大大好转，很快得到"安置"，因此他们没有在"遥远的清平湾"一类地方"蹉跎岁月"的悲壮咏叹，在同龄人中，他们是较为幸运和快活的一群，他们心灵上的苦闷，不是来自生活上的重压感，而是超级无聊，这使他们一旦弄起文艺，便往往不朝沉郁凝重上靠，而精于调侃，敢把一切严肃乃至崇高的事物统统化为笑谈，并且极乐于自嘲乃至自轻自贱，并且他们没有不安全感，自我才华得以横溢，他人笑骂全不萦怀。我们现在往文艺界圈子里环顾一下，便很容易发现一些"当年的马小军"，并且他们的作品中，总不免甚或是刻意地流露出一股子"大院"味儿来，这味儿，闹不好，一般的读者观众会觉得是馊的，弄好了，却会有一种"老莫"大餐的味道，可能仍有人不嗜这个，但其自成一种风格流派，当不可轻觑。

……

对王朔、姜文这些从"大院"里出来的"孩子"，我们不仅是"只能面对"，我们还必须与他们共处，他们的创作活动构成着一种强势的文化流派，引出了有时候是很强烈的呼应或反感。我个人清醒地意识到，我过去、现在乃至将来都不属于这个流派，但我对他们颇愿友好，他们对社会并无颠覆性，他们只是在解构一些"文革"中"第一世界"的残留物，那多半是确应拆除的，而他们的调侃式结构，往往比急赤白咧地抨击更奏效，也更富艺术情趣；他们对与他们出自不同"院落"的不同流派也没有侵略性，因为他们很自信，似乎并不担心"失落"，因而，相对于别人对他们的频频批评乃至攻击，他们很少回应，只是忙着做自己喜欢的事，我认为这也是一个优点。在这转型期多元文化的相激相荡中，他们是极富弹性的一元，将在中华新文化的多元整合中，与那些很有道理地厌弃他们的相异元们，各自作出其无可替代的贡献。有人也许会说，我对他们太偏袒了，可是，这些从"大院"里长大出来的孩子们，羽翼早已丰满，并已通过他们的作品构成了一种触目惊心的文化现象，难道还会需要我这种人来偏袒他们吗？

——刘心武：《"大院"里的孩子们》

【延伸阅读】

1. 王 朔：《王朔自选集》，云南人民出版社 2004 年版。
2. 葛红兵、朱立东：《王朔研究资料》，天津人民出版社 2005 年版。
3. 贾 蔓：《中国现当代精品小说研究》，四川大学出版社 2008 年版。

【思考与拓展】

1. 试评价王朔小说及所谓的"痞子文学"。
2. 尝试解读王朔小说中的反讽艺术与叛逆精神。
3. 试述王朔对中国影视剧创作的贡献。

（撰稿：迟 强）

活　着

余　华

【作品导读】

余华(1960—　)，中国当代著名小说家。1983年开始发表作品，主要作品有长篇小说《在细雨中呼喊》、《活着》、《许三观卖血记》、《兄弟》等，其多部作品已被翻译成英、法、德、意等语言在国外出版，并多次获奖。余华在相当长的时间里充当了先锋作家的角色，他也是中国当代少数几个为文学带了真正变化的作家之一。他对人和世界本身的独特理解，为我们敞开了一个崭新的视野。

他的长篇小说《活着》记录了主人公福贵所经历的苦难，面对亲人一个个的死亡，直至最后只剩下自己一人，这里面的惨烈被福贵消解于自己的忍耐之中。或者说，是余华为福贵找到了缓解苦难的有效途径——忍耐。最终，福贵达到了与孤单的生活相依为命的地步。对此，作者余华是这样说的：

《活着》讲述了一个人和他命运之间的友情，这是最为感人的友情，他们互相感激，同时也互相仇恨，他们谁也无法抛弃对方，同时谁也没有理由抱怨对方；《活着》讲述人如何去承受巨大的苦难，就像千钧一发，让一根头发去承受三万斤的重量，它没有断；《活着》讲述了眼泪的丰富和宽广；讲述了绝望的不存在；讲述了人是为了活着本身而活着，而不是为了活着之外的任何事物而活着。

1998年6月8日，在余华赴意大利领取格林扎纳·卡佛文学奖的前一天，他接受了《中国图书商报·书评周刊》记者的访问。在这个访问里，余华重谈了他的获奖作品《活着》，说"活着是生命的唯一要求"。

【经典回顾】

我遇到那位名叫福贵的老人时，是夏天刚刚来到的季节。

那天午后，我走到了一棵有着茂盛树叶的树下，田里的棉花已被收起，

几个包着头巾的女人正将棉秆拔出来，她们不时抖动着屁股摔去根须上的泥巴。我摘下草帽，从身后取过毛巾擦起脸上的汗水，身旁是一口在阳光下泛黄的池塘，我就靠着树干面对池塘坐了下来，紧接着我感到自己要睡觉了，就在青草上躺下来，把草帽盖住脸，枕着背包在树荫里闭上了眼睛。

这位比现在年轻十岁的我，躺在树叶和草丛中间，睡了两个小时。其间有几只蚂蚁爬到了我的腿上，我沉睡中的手指依然准确地将它们弹走。后来仿佛是来到了水边，一位老人撑着竹筏在远处响亮地吆喝。我从睡梦里挣脱而出，吆喝声在现实里清晰地传来，我起身后，看到近旁田里一个老人正在开导一头老牛。

犁田的老牛或许已经深感疲倦，它低头伫立在那里，后面赤裸着脊背扶犁的老人，对老牛的消极态度似乎不满，我听到他嗓音响亮地对牛说道："做牛耕田，做狗看家，做和尚化缘，做鸡报晓，做女人织布，哪只牛不耕田？这可是自古就有的道理，走呀，走呀。"

疲倦的老牛听到老人的吆喝后，仿佛知错般地抬起了头，拉着犁往前走去。

我看到老人的脊背和牛背一样黝黑，两个进入垂暮的生命将那块古板的田地耕得哗哗翻动，犹如水面上掀起的波浪。

随后，我听到老人粗哑却令人感动的嗓音，他唱起了旧日的歌谣，先是口依呀啦呀唱出长长的引子，接着出现两句歌词——皇帝招我做女婿，路远迢迢我不去。

因为路途遥远，不愿去做皇帝的女婿。老人的自鸣得意让我失声而笑。可能是牛放慢了脚步，老人又吆喝起来：

"二喜，有庆不要偷懒；家珍，凤霞耕得好；苦根也行啊。"

一头牛竟会有这么多名字？我好奇地走到田边，问走近的老人：

"这牛有多少名字？"

老人扶住犁站下来，他将我上下打量一番后问：

"你是城里人吧？"

"是的。"我点点头。

老人得意起来，"我一眼就看出来了。"

我说："这牛究竟有多少名字？"

老人回答："这牛叫福贵，就一个名字。"

"可你刚才叫了几个名字。"

"噢——"老人高兴地笑起来，他神秘地向我招招手，当我凑过去时，他欲说又止，他

看到牛正抬着头，就训斥它：

"你别偷听，把头低下。"

牛果然低下了头，这时老人悄声对我说：

"我怕它知道只有自己在耕田，就多叫出几个名字去骗它，它听到还有别的牛也在耕田，就不会不高兴，耕田也就起劲啦。"

老人黝黑的脸在阳光里笑得十分生动，脸上的皱纹欢乐地游动着，里面镶满了泥土，就如布满田间的小道。

这位老人后来和我一起坐在了那棵茂盛的树下，在那个充满阳光的下午，他向我讲述了自己。

选自《活着》，上海文艺出版社 2004 年版

【名家评点】

余华在 90 年代是一个重要的作家，他的重要性在于：他从 80 年代的极端"先锋"写作，转向了新的叙事空间——民间的立场，知识分子把自身隐蔽到民众中间，用"讲述一个老百姓的故事"的认知世界的态度，来表现原先难以表述的对时代真相的认识，写出了《活着》、《许三观卖血记》等作品。这种民间立场的出现是否减弱了知识分子批判立场的深刻性呢？余华的创作证明这种转换并没有削弱知识分子的精神，只是表达得更加含蓄和宽阔。我们不妨分析一下他的《活着》，如果从故事的层面上看，小说中一家八口死了七口，除了主人公的父母死于败家子的不肖之外，其余的五口都与五六十年代农村的苦难现实有关，如果在这个层面上反复渲染人的死亡，对现实生活的介入肯定会突出，但在艺术上却会令人产生重复和厌倦之感。余华现在故意绕过现实的层面，突出了故事的叙事因素：从一个作家下乡采风写起，写到一老农与一老牛的对话，慢慢地引出了人类生生死死的无穷悲剧……，读者仿佛从老人的叙事里听着一首漫长的民歌，唱着人生的艰难和命运的无常，一个个年轻力壮的身体，善良美好的心灵，本该幸福活着的生命都被命运之神无情地扼杀了，而本来最不该活的福贵和那头老牛，却像化石一样活着，做着这个不义世界的见证。当作家把福贵的故事抽象到人的生存意义上去渲染无常主题，那一遍遍死亡的重复象征了人对终极命运的一步步靠拢的艰难历程，展示出悲怆的魅力。这个故事的叙事含有强烈的民间色彩，它超越了具体时空，把一个时代的反省上升到人类抽象命运的普遍意义上，民间性就具有这样的魅力，即使在以后若干个世纪中，人们读着这个作品仍然会感受到它的现实意义。

——陈思和等：《余华：由"先锋"写作转向民间之后》

90 年代开始，余华的写作出现了变化。……，在此以前的中短篇中，时间和空间是封闭、抽象化，缺乏延展性的，排斥"日常经验"的。90 年代的

几部长篇（《活着》《许三观卖血记》），日常经验（"实在的经验"）不再被置于与他所追求的"本质的真实"相对立的地位上。叙述当然还是冷静，朴素，有控制力的，但也有心境放松之后的余裕，来把握叙述上的节奏等问题。更重要的是，可以觉察到那种含而不露的幽默和温情。透过现实的混乱、险恶、丑陋，从卑微的普通人的类乎灾难的经历，和他们的内心中，发现那种值得继续生活的简单而完整的理由，是这些作品的重心。

——洪子诚：《中国当代文学史》

【延伸阅读】

1. 余 华：《余华精选集》，北京燕山出版社 2006 年版。

2. 吴义勤主编：《余华研究资料》，山东文艺出版社 2006 年版。

3. 洪治纲：《余华评传——中国当代作家评传丛书第一辑》，郑州大学出版社 2005 年版。

【思考与拓展】

1. 就余华的《活着》，谈中国当代小说悲剧观变化。

2. 阅读余华相关作品，分析余华创作风格的转变。

（撰稿：彭 静）

九 三 年

雨 果

【作品导读】

维克多·雨果（1802—1885）是法国浪漫主义的代表人物，19世纪前期积极浪漫主义文学运动的领袖，法国文学史上卓越的资产阶级民主作家。雨果出生于法国东部紧挨瑞士的杜省贝桑松，他的父亲是拿破仑手下的一位将军，雨果几乎经历了19世纪法国的一切重大事变，一生写过多部诗歌、小说、剧本、散文、文艺评论及政论文章，几乎涉及文学所有领域。评论家认为，他的创作思想和现代思想最为接近，他死后法国举国致哀，被安葬在聚集法国名人纪念牌的"先贤祠"。

雨果的代表作有：1827年发表的韵文剧本《克伦威尔》，其"序言"被认为是法国浪漫主义戏剧运动的宣言，是雨果极为重要的文艺论著；1830年发表剧本《爱尔那尼》（又译为《爱格尼》），其首演被看做是法国浪漫主义对古典主义彻底胜利的标志；1831年发表的小说《巴黎圣母院》，是浪漫主义小说的代表；1869年发表的小说《笑面人》标志着作者向现实主义迈出了一大步；从1828年起构思，到1845年动笔创作，直至1861年才终于写完的《悲惨世界》，它是最能反映雨果文学手法、思想观念的文学巨著。

《九三年》是雨果晚年的重要作品，也是他最后一部小说。这篇小说写于1872年12月至1873年6月，1874年出版。九三年指的是法国大革命时期1793年这个充满暴风骤雨的年头。这一年的斗争为资产阶级革命的彻底胜利奠定了基础。雨果的长篇小说以这个著名的年头为题，清楚地标示出了其中惊心动魄的阶级斗争内容。巨大的历史题材与作者对非常历史事件深沉复杂的思考，是这部小说的特点。小说通过对两个对立人物革命派郭万和保皇派郎特纳克侯爵善恶对比的描写，也体现出了作者慈悲为怀、对纯洁良心的信仰。《九三年》在雨果的作品中一直具有重要的地位。

雨果在写作之前阅读了他能够搜集到的所有材料，做了充分的准备工作。关于大革命时期布列塔尼地区的叛乱，他看了皮伊才伯爵的《回忆录》（1803—1807），杜什曼·德斯波的《关于朱安党叛乱起源的通信》（1825），从中借用了人物、名字、方言土语、服装和生活方式的细节，还有各个事件。关于救国委员会的活动，他参阅了加拉、戈伊埃、兰盖、赛纳尔等人的回忆录。关于国民公会，他参阅了《日通报》汇编。他研读了米什莱、路易·布朗、梯也尔、博南的著作；博南的《法国大革命史》保留了一条书签，上写："1793 年 5 月 31 日，关键局势。"这一天成为小说的出发点。他还使用过拉马丁的《吉伦特党史》，阿梅尔的《罗伯斯庇尔》和他的朋友克拉尔蒂著述的《最后几个山岳党人史实》。此外，赛巴斯蒂安·梅尔西埃的《新巴黎》给他提供了 1793 年的法国生活和堡垒建筑的宝贵材料。雨果是一个伟大的作家、一个天才的作家，他的高尚之处在于他怀着人性最美好的悲悯之心来创作这部作品；他的天才之处在于他有着高超的驾驭能力，没有让这一大堆材料所左右，而是驾驭这些材料，创作出一部生动而紧张的历史小说。

这部小说的主旨是首先在于拯救人的生命，这在当时巴黎公社起义被残忍镇压、公社成员们面临死亡威胁的形势下，应该说具有人道主义的进步意义，小说真实地反映了这种社会状况。在小说中，保王党叛军平均每天枪杀30 个蓝军（共和军），纵火焚烧城市，把所有的居民活活烧死在家里。他们的领袖提出"杀掉，烧掉，绝不饶恕"。面对贵族残忍的烧杀，共和军以牙还牙；绝不宽大敌人。在雅各宾派内部，三巨头——罗伯斯庇尔、丹东、马拉，虽然政见有分歧，但都一致同意采取强有力的手段。他们选中主张"恐怖必须用恐怖来还击"的西穆尔丹为特派代表，颁布用极刑来对待放走敌人的严厉法令。因为要保存革命成果，就不得不用暴力来对付暴力。所以，卢卡契才认为："在某种意义上来说，《九三年》是浪漫主义历史小说的最后余音。"

其次，雨果尊重历史，入世地展现了革命与反革命斗争的残酷性，描写出这场斗争激烈而壮伟的场面。作者独具慧眼，选取了大革命斗争最激烈的年代作为小说的背景和切入点，使得这部小说没有停留在对法国大革命一般进程的肤浅描写上，而是试图总结出某些历史经验，折射着灿烂的思想光辉。1793 年是大革命处于生死存亡的一年。在巴黎，雅各宾派取代了吉伦特党，登上了历史舞台；面对着得到国外反法联盟支持的保王党发动的叛乱，以及蠢蠢欲动的各种敌人，雅各宾党实行革命的专政和恐怖政策，毫不留情地镇压敢于反抗的敌对分子；派出共和军前往旺代等地，平定叛乱，终于使共和国转危为安，巩固了大革命的成果。雨果在小说中指出："1793 年是欧洲对法兰西的战争，又是法兰西对巴黎的战争。革命怎样呢？那是法兰西战胜欧洲，巴黎战胜法兰西。这就是1793年这个恐怖的时刻之所以伟大的原因，它比本世纪的其余时刻更伟大。"他又说："九三年是一个紧张的年头。风暴在这时期达到了最猛烈最壮观的程度。"以这一年发生的事件来描写大革命，确实能充分反映人类历史中最彻底的一次反封建的资产阶级革命。

再次，雨果正确评价了雅各宾党专政时期实行的一系列政策。他把国民公会喻为酿酒桶，桶里"虽然沸腾着恐怖，也酝酿着进步"。国民公会宣布了信仰自由，认为贫穷应受尊敬，残疾应受尊敬，母亲和儿童也应受尊敬；盲人和聋哑人成为受国家监护的人；谴责贩卖黑奴的罪恶行为；废除了奴隶制度；颁布了义务教育制；创立了工艺陈列馆和博物院；统一了法典和度量衡；创办了电报、老年人救济院、医院；创建了气象局、研究院。可见，大革命所进行的乃是启蒙思想家的理想，是以先进的资产阶级文明代替愚昧落后的封建体制。

值得一提的是小说的结尾部分。叛军首领朗特纳克被围困在图尔格城堡，他要求以被他劫走作为人质的三个小孩来交换，请蓝军司令官郭万放了他，郭万断然拒绝。可是朗特纳克得到别人帮助，从地道逃了出来。突然他听到三个孩子的母亲痛苦的喊声：三个孩子快要被大火吞没了。朗德纳克毅然折回来，冒着危险，救出三个小孩，他自己则又落到共和军手里。郭万震惊于朗特纳克舍己救人的人道主义精神，思想激烈斗争，认为应以人道对待人道，便放走了郎德纳克。特派代表西穆尔丹是郭万小时的老师，他不顾广大共和军战士的哀求，坚决执行"任何军事领袖如果放走一名捕获的叛军便要处以死刑"的法令，铁面无情地主张送郭万上断头台。就在郭万人头落地的一刹那，他也开枪自杀。关于结尾，人们历来争论不休，难以得出结论，然而小说的魅力却很大程度上来自于此。从艺术表现上看，《九三年》的结尾是出人意料的，同时也是扣人心弦的，体现着作者的哲理沉思。

对法国大革命和九三年阶级斗争的正确描写，是这部小说的基本价值所在。雨果捍卫法国大革命，包括雅各宾派一系列正确政策的立场，鲜明地表现了他的民主主义思想，体现出其真知灼见。《九三年》以雄浑的笔触真实地再现了18世纪末的法国历史面貌，是描绘法国大革命的一部史诗。

【经典回顾】

继续进行着内战的几个星期过去以后，富耶尔地区里的人们不谈别的，只谈到两个人，这两个人的性格完全相反，但是却在做着同一件工作，就是肩并肩地为伟大的革命战争而作战。

野蛮的旺代战争还在继续进行，可是旺代在败退。尤其是在依勒·哀·维连那那一面；由于这位年轻的指挥官在道尔很及时地用一千五百个勇敢的爱国志士击败了六千个勇敢的保王军，那里的叛变虽然不能说是已经完全扑灭，至少应该说是势力已经非常削弱而且非常有限了。那次胜仗以后接着又打了几次胜仗，从这一连串的胜利中，产生了一种新的形势。

局面有了转变，但是突然出现了一种奇特的复杂情况。

在整个旺代地区，共和政府占了上风，这是毫无疑问的；可是到底是哪一个共和政府呢？在逐渐形成的胜利形势中，出现了两个不同形式的共和政府，一个是恐怖的共和政府，另一个是宽大的共和政府，一个想用严厉来取胜，另一个却想用温和来取胜，哪一个会占优势呢？这两个不同形式的共和政府，一个采取妥协态度，另一个采取绝不妥协态度，是由两个人分别代表着，这两个人各有各的威望和权力，一个是军事指挥官，另一个是政治委员，这两个人谁会占优势呢？这两个人中，政治委员有强有力的后盾，他来的时候就带着巴黎公社给桑泰尔联队的森严的口令："不要宽大，不要饶恕！"他还有使一切都服从他的国民公会的指令，里面记载着："任何人如将俘获之叛军领袖释放或使其脱逃者均处死刑。"公安委员会授他以全权，并且命令官兵都服从他，命令上的签名是："罗伯斯庇尔、丹东、马拉。"另一个是个军人，他只有一种力量——怜悯。

他只有臂膀才是打击敌人使用的，他的心就使用来宽恕敌人了。他是胜利者，他相信胜利者是有权利饶恕战败者的。

这样一来，他们两人中间就产生了潜伏着的，可是很深的矛盾。他们两人各自驾着不同的云层，两个都在镇压叛变，但是各自掌握着不同的雷电，一个手里是胜利，另一个手里是恐怖。

整个林原区里人们只谈着他们两个。尤其使那些注视着他们的人担心的是：这两个人虽然绝对相反，却同时紧密地联合在一起。这两个对头是一对朋友。从来没有别的情感比联系着这两颗心的同情更高尚和更深厚的了；这个凶猛的人救了那个柔弱的人的性命，并且因此而在脸上挂着刀痕。这两个人一个是死亡的化身，一个是生命的化身；一个是恐怖的本体，一个是和平的本体；可是他们互相爱着。这是很奇怪的一个问题。我们试设想一下俄瑞斯忒斯是仁慈的，皮拉德斯是残酷的；又设想一下阿里曼会成为阿胡拉的兄弟，就能了解这是怎样的一个奇怪问题了。

再要说明的是：这两个人中被称为"凶猛"的那个同时也是一个最富有博爱精神的人；他为伤兵包扎，他照料病人，他日日夜夜都在野战医院和普通医院里服务，他同情那些赤足的孩子们，他自己什么都不要，把一切都施舍给穷人。打仗的时候，他也参加；他走在队伍的最前头，而且到战斗最激烈的地方去，他是有武装的，因为他的腰带上有一把军刀和两支手枪，他也是没有武装的，因为从来没有人看见他拔出军刀或者摸一下他的手枪。他冒着枪林弹雨，可是并不还击。人们说他以前是个教士。

这两个人一个是郭万，一个是西穆尔丹。

这两个人中间存在着友情，可是这两个不同的原则中间却存在着仇恨；这种情形仿佛是一颗心切成两半，各人分了一半；事实上郭万的确接受了西穆尔丹的半颗心，不过那是温柔的半颗。郭万仿佛得到了白色的半颗心，西穆尔丹留下来的是可以称为黑色的半颗心。这样一来他们在亲密中间就有了不和。这场暗中进行的战争是不会不爆发的。一天早上这场斗争开始了。

西穆尔丹对郭万说：

"我们目前的情况怎样？"郭万回答：

"你知道得和我一样清楚。我把朗德纳克匪帮打得七零八落。他只剩下几个人跟着他。现在他退到富耶尔森林里去了。在八天之内，我就要把他包围。"

"再过十五天呢？"

"他就要成为我的俘虏。""以后呢？"

"你看见过我的告示吗？""看过的。怎样？"

"我要把他枪毙。"

"又发慈悲心了。应该送他上断头台。"

"我这方面，"郭万说，"是赞成军法枪毙的。"

"至于我，"西穆尔丹回驳，"我是赞成革命办法送上断头台的。"

他盯着郭万的脸继续说：

"你为什么要释放圣马克·勒·勃朗修道院的修女们？"

"我不跟女人打仗。"郭万回答。

"这些女人是仇恨人民的。只要有了仇恨，一个女人就抵得上十个男人。你为什么不肯把在卢维尼俘获的一整队狂热的老教士送到革命法庭去？"

"我不跟老头儿打仗。"

"一个老教士比一个年轻的教士更坏。白发苍苍的人来宣传叛变就更加危险。人们是相信鸡皮鹤发的人的。不要有不正确的慈悲心，郭万。弑君的人才是解放者。请你注意塔堡的碉楼。"

"塔堡的碉楼。如果可能的话，我要把王太子从那里释放出来。我不跟小孩子打仗。"

西穆尔丹的眼光变得很严厉。

"郭万，你要知道你必须跟女人打仗，如果这个女人的名字叫玛丽·安东纳特；也必须跟老头儿打仗，如果这个老头儿的名字叫做教皇庇护六世；也必须跟小孩子打仗，如果这个小孩的名字叫路易·卡佩。"

"我的老师，我不是一个政治家。"

"当心不要做一个危险的人物。攻打哥舍兵站时，叛徒让·特利东一败涂地，只剩下他自己一个人拿着军刀向你的整个队伍冲过来，你叫喊：队伍向两旁分开，让他过去！这是为什么呢？"

"因为我们不应该用一千五百人去杀一个人。"

"在盖野特利·大斯蒂野，你看见你的兵士要杀死那个受了伤在地上爬着的旺代党人若瑟夫·贝吉叶的时候，你叫喊：向前冲！这是我的事！结果你朝天放枪，这是为什么呢？"

"因为我们不应该杀死一个趴在地上的人。"

"你错了。这两个人今天都是敌军的领袖；若瑟夫·贝吉叶就是大胡子，让·特利东就是银腿。你救了这两个人，就给共和国增加了两个敌人。"

"我当然希望给共和国增加些朋友，而不是敌人。"

"你在朗代安打胜仗以后，为什么不下令枪毙那三百个农民俘虏？"

"因为朋桑赦免过共和军俘虏，我希望人家说共和政府也赦免保王军俘虏。"

"那么你如果俘获了朗特纳克，你也会赦免他吗？"

"不。"

"为什么？你不是已经赦免过三百个农民吗？"

"这些农民是无知的；朗德纳克却很清楚他做的是什么事。"

"可是朗德纳克是你的亲戚呀。"

"法兰西才是我的尊长。"

"朗德纳克是一个老头儿。"

"朗德纳克是外人。朗德纳克没有年龄。朗德纳克召唤英国人进来。朗德纳克就是侵略。朗德纳克是祖国的叛徒。我和他两人的决斗最后不是他死，就是我死。"

"郭万，记住你这句话。""当然。"

两个人互相注视着，沉默了一阵。郭万继续说：

"我们现在过着的九三年，将来在历史上是一个流血的年头。"

"当心点！"西穆尔丹叫道，"我们担负着可怕的责任。不要谴责不应该谴责的。从什么时候起疾病变成了医生的错处呢？对的，这个伟大年头的特征就是不能仁慈。为什么？因为这是伟大的革命的年头。我们现在过着的这个年头就是革命的化身。革命有一个敌人，这个敌人就是旧社会，革命对这个敌人是毫不仁慈的；同样地外科医生的敌人是毒疮，他对于毒疮也是毫不仁慈的。革命要从国王身上来根绝帝制，要从贵族身上来消灭贵族政治，要从军人身上来铲除暴政，要从教士身上来破除迷信，要从法官身上来消灭野蛮，总之，要从一切暴君的身上来消灭一切暴政。这个手术是可怕的，革命的手很有把握地进行这个手术。至于有多少健康的肉要牺牲掉，你可以去问问布尔哈夫，看他的意见怎样。割治哪一种毒瘤不要流一点血呢?扑灭哪一种火灾不要拆毁附近的建筑来阻止火势蔓延呢?这些可怕的必要牺牲就是成功本身的条件。一个外科医生就像一个屠夫;一个医病的人从外表看来很像一个刽子手。革命就献身于这种无可避免的工作。革命要肢解身体，可是挽救了性命。怎么!你竟然为毒菌求赦吗!你希望革命对有毒的东西仁慈吗!革命不会听你的。革命抓住过去，要把过去歼灭。革命在文明身上割开一道很深的伤口，人类的健康就要从这个伤口里生长出来。你痛苦吗?这是毫无疑问的。这个痛苦要延长多久呢?要有施行手术所需要的时间那么久。以后你就能活下去。革命在为世界开刀。因此才有这次流血——九三年。"

"外科医生是冷静的，"郭万说，"而我所看见的人却是激烈的。"

"革命，"西穆尔丹回驳，"需要一些凶猛的工作者做帮手。革命拒绝一切发抖的手。革命只信任铁石心肠的人。丹东是可怕的，罗伯斯庇尔是坚决不屈的，圣茹斯特是绝不屈服的，马拉是怀恨的。请注意，郭万。这几个名字是必需的。对于我们，他们和军队一样重要。他们能够使欧洲陷于恐怖。"

"也许使将来也陷于恐怖。"郭万说。他停了下来，很快地又接着说:"而且，我的老师，你错了，我并没有谴责任何人。在我看来，革命的真正观点就是毫无责任。没有人是无辜的，也没有人是有罪的。路易十六是一只被投到狮子堆里的羊。他想逃走，他想逃命，他设法防卫自己;假使他能够的话，他一定会咬人。可是一个人不是愿意变成狮子就能成为狮子的。他的软弱的意志被视为犯罪。这只愤怒的羊露出了牙齿。奸贼!狮子们叫喊。于是它们就把它吃掉。吃完以后，它们又自相残杀起来。"

"羊是一头兽。"

"狮子们呢?它们又是什么呢?"

这个反问使西穆尔丹沉思起来。然后他抬起头来回答:

"这些狮子就是良心。这些狮子就是观念。这些狮子就是主义。"

"它们造成恐怖政治。"

"终有一天，革命会证明这种恐怖政治是正确的。"

"只怕这种恐怖政治会损害革命的名誉。"郭万继续说:"自由，平等，博爱，这就是和平和协调的信条。为什么要给它们一个怕人的外表?我们的目的是什么?我们的目的是建立一个包括各个民族在内的世界共和国。那么，我们就不要使他们害怕。恐吓有什么用呢?恐吓不能吸引各个民族，正如稻草人不能引诱鸟雀一样。做好事不能使用坏的手段。我们推翻帝制不是要用断头台来代替它。杀掉国王，但是让人民活着。打掉一切王冠，但是要保护人头。革命是和谐，不是恐怖。仁慈观念被残暴的人们使用错了。恕字在我看来是人类语言中最美的一个字。我只在自己冒着流血危险的时候才使别人流血。此外，我只知道怎样打仗，我不过是一介武夫。但是如果一个人不能够宽恕，那么胜利也就不值得争取了。在打仗的时候，我们必须做我们敌人的敌人，胜利以后，我们就要做他们的兄弟。"

"当心点！"西穆尔丹第三次重复说，"郭万，你对于我比一个儿子更重要，当心点！"

他又带着沉思的样子继续说：

"在我们所处的时代中，仁慈可能成为卖国的一种形式。"

听见这两个人谈话，简直好像是听见剑和斧在对话。

选自《九三年》，上海译文出版社 2007 年版

【名家评点】

1973 年是法国大革命的恐怖时代，纷繁复杂的阶级搏斗极为激烈，这段历史在《九三年》中得到生动的再现，使我们触摸到法国大革命的脉搏。书中惊心动魄的情节，尖锐的矛盾冲突，雄伟的气势，浓烈的色彩，使这本书成为一部不朽的杰作。

雨果的小说技巧在《九三年》中达到了更成熟的地步。小说情节的进展异常紧凑，看不到多少闲笔和题外话，不像《巴黎圣母院》和《悲惨世界》那样，常常出现大段的议论或枝蔓的情节。作者的议论融合到人物的思想中，成为塑造人物不可或缺的部分，这是更高明的手法。从结构上说，小说环环相扣，一步步推向高潮。高潮以三个小孩的遭遇为核心，以三个主要人物的思想交锋为冲突，写得紧张而动人心弦。这部小说虽然篇幅不大，却堪与卷帙浩繁的历史小说相媲美，成为不可多得的上乘之作。

——郑克鲁：《中文版〈九三年〉序》

【延伸阅读】

1. [法] 皮埃尔·布吕奈尔：《19 世纪法国文学史》，郑克鲁、黄慧珍等译，上海人民出版社 1997 年版。

2. 柳鸣九：《雨果创作译论集》，漓江出版社 1984 年版。

【思考与拓展】

1. 西穆尔丹是西欧文学史上不可多得的资产阶级民主派革命家的形象，他在雨果的笔下具有什么特点？

2. 雨果的人道主义理想在《九三年》中有什么独特品格？它是怎样体现的？

（撰稿：刘艳玲）

傲慢与偏见

简·奥斯丁

【作品导读】

简·奥斯丁（1775—1817），是英国18世纪末19世纪初的现实主义作家，也是英国第一位伟大的女作家。在简·奥斯丁短暂的一生中，共为后人留下六部长篇小说，分别是《诺桑觉修道院》、《理智与感伤》、《傲慢与偏见》、《曼斯菲尔德庄园》、《爱玛》和《劝导》。在这些作品中，简·奥斯丁以讽刺幽默的笔法真实而细致地刻画出当时英国小镇的中产阶级的生活和思想，生动地再现了由乡村绅士、淑女、势利眼和社会爬虫等组成的小型世界的面貌。她真实地描写了她所熟悉、理解的教区生活，包括互访、漫步、野餐、叙谈、聚会、舞会、婚姻等活动，描绘出一幅资本主义生产关系渗入小镇后英国乡绅阶层生活的变化及其心理状态的图画，并对当时的妇女问题进行了高度现实主义的探讨，写出了妇女的彷徨和痛苦。

但是，在西方文学史上，简·奥斯丁又是一位有争议的作家，有人对她推崇备至，如同时代的著名作家沃尔特·司各特称赞说："这位年轻女士擅长描写平凡生活的各种纠葛、感受及人物，她这种才干我以为最是出色，为我前所未见……那种细腻的笔触，由于描写真实，情趣也真实，把平平常常的凡人小事勾勒得津津有味……"著名文艺评论家乔治·亨利·刘易斯称她为"散文中的莎士比亚"。但是也有人对奥斯丁的作品持批评态度，《简·爱》的作者夏·勃朗特认为她"全然不知激情为何物"；美国作家马克·吐温则对她怀有"生理上的反感"。不过，她的作品自问世以来，一直深受人们的喜爱，却是不争的事实。恰如当代著名的批评家艾德蒙·威尔逊说的："一百多年来，英国曾发生过几次趣味上的革命，文学趣味的翻新影响了几乎所有作家的声望，唯独莎士比亚和简·奥斯丁经久不衰。"

在简·奥斯丁的所有作品中最为读者欢迎的无疑是《傲慢与偏见》，根

据 20 世纪 80 年代初的统计，这部小说已被译成几十种语言，仅在意大利就有 18 个不同的译本，在西班牙则多达 19 个。著名小说家毛姆将其列入世界十大小说名著之一。《傲慢与偏见》还被许多大学列为指定教材，甚至经过改编搬上荧幕。作家本人也对其非常喜爱，说这是她的"宝贝儿"——"轻快、明亮、光耀夺目"。

小说的整个故事结构主要围绕小乡绅贝内特五个女儿的婚事展开。贝内特夫妇有五个女儿，没有儿子。按法律规定，一旦贝内特先生去世，全部财产即归一个男性远亲所有，女儿无权继承，所以夫妇俩都为女儿的婚事操心，希望她们及早找到有钱的配偶，嫁入豪门。恰好一位年轻富有的单身汉宾利搬进了贝内特家附近的一所住宅，贝内特夫人大为高兴，认为他是一个理想的女婿。在一次舞会上，宾利对贝内特家的大女儿吉英一见钟情，贝内特太太为此激动不已。当时参加舞会的还有宾利的一位贵族朋友达西，他仪表堂堂，非常富有，而且同样是个单身汉，吸引了许多姑娘的目光。但他非常骄傲，对贝内特一家以及其他乡绅不屑一顾，认为所有的姑娘都不配做他的舞伴，其中也包括吉英的妹妹伊丽莎白。聪明活泼的伊丽莎白大为不悦，觉得达西非常傲慢。在后来的接触中，达西对伊丽莎白活泼可爱的举止产生了好感，并渐渐爱上了机智可爱、富有个性的伊丽莎白；但伊丽莎白对他却没有好感。在另一次舞会上，当达西主动请她跳舞，伊丽莎白断然拒绝，达西狼狈不堪。在以后的日子里，由于流言飞语和宾利的妹妹从中阻挠，两个人之间的误会和成见愈来愈多。直到经历了一番周折，两人之间的误会消除，有情人才终于走到一起。这部作品以日常生活为素材，一反当时社会上流行的感伤小说的内容和矫揉造作的写作方法，不仅生动地反映了 18 世纪末到 19 世纪初处于保守和闭塞状态下的英国乡镇生活和世态人情，还表达了作者的婚姻观。

【经典回顾】

贝内特太太尽管有五个女儿帮腔，宾利先生长宾利先生短地问来问去，可丈夫总不能给她个满意的回答。母女们采取种种方式对付他——露骨的盘问，奇异的假想，不着边际的猜测，但是，任凭她们手段多么高明，贝内特先生都一一敷衍过去，最后她们给搞得无可奈何，只能听听邻居卢卡斯太太的间接消息。卢卡斯太太说起来赞不绝口。威廉爵士十分喜欢他。他年纪轻轻，相貌堂堂，为人及其随和，最令人欣慰的是，他打算拉一大帮人来参加下次舞会。真是再好不过啦！喜欢跳舞是谈情说爱的可靠步骤，大家人都热切希望去博取宾利先生的欢心。

"我要是能看到一个女儿美满地住进内瑟菲尔德庄园，"贝内特太太对丈夫说道，"看到其他几个女儿也嫁给这样的好人家，我也就心满意足了。"

几天以后，宾利先生前来回访贝内特先生，跟他在书房里坐了大约十分钟。他对几位小姐的美貌早有耳闻，希望能够趁机见见她们，不想只见到了她们的父亲。倒是小姐们比较幸运，她们围在楼上的窗口，看见他穿着一件蓝外套，骑着一匹黑马。

过了不久，贝内特先生便发出请帖，请宾利先生来家吃饭。贝内特太太早已计划了几道菜，好借机炫耀一下她的当家本领，不料一封回信把事情给推迟了。原来宾利先生第二天要进城，因此无法接受他们的盛意邀请。贝内特太太心里大为惶惑。她想，宾利先生刚来到赫特福德郡，怎么又要进城有事。于是她心里顾虑开了：莫非他总要这样东漂西泊，来去匆匆，而不会正儿八经地住在内瑟菲尔德。幸亏卢卡斯太太兴起一个念头，说他可能是到伦敦去多拉些人来参加舞会，这才使贝内特太太打消了几分忧虑。顿时，外面纷纷传说，宾利先生要带来十二位女宾和七位男宾参加舞会。小姐们听说这么多女士要来，不禁有些担忧。但是到了舞会的头一天，又听说宾利先生从伦敦没有带来十二位女宾，而只带来六位——他自己的五个姐妹和一个表姐妹，小姐们这才放了心。后来等宾客走进舞厅时，却总共只有五个人——宾利先生，他的两个姐妹，他姐夫，还有一个青年。

宾利先生仪表堂堂，很有绅士派头，而且和颜悦色，大大落落，丝毫没有矫揉造作的架势。他的姐妹都是些窈窕女子，仪态雍容大方。他姐夫赫斯特先生只不过像个绅士，但是他的朋友达西先生却立即引起了全场的注意，因为他身材魁梧，眉清目秀，举止高雅，进场不到五分钟，人们便纷纷传说，他每年有一万英镑收入。男宾们称赞他一表人才，女宾们声称他比宾利先生漂亮得多。差不多有半个晚上，人们都艳羡不已地望着他。后来，他的举止引起了众人的厌恶，他在人们心目中的形象也就一落千丈，因为大家发现他自高自大，目中无人，不好逢迎。这样一来，纵使他在德比郡的财产再多，也无济于事，他那副面孔总是那样讨人嫌，那样惹人厌，他压根儿比不上他的朋友。

宾利先生很快就结识了全场所有的主要人物。他生气勃勃，无拘无束，每曲舞都跳，只恨舞会散得太早，说他自己要在内瑟菲尔德庄园再开一次。如此的好性子，自然会赢得众人的好感。他跟他的朋友形成多么鲜明的对照！达西先生只跟赫斯特夫人跳了一次，跟宾利小姐跳了一次，有人想向他引荐别的小姐，他却一概拒绝，整个晚上只在厅里逛来逛去，偶尔跟自己人交谈几句。他的个性太强了。他是世界上最骄傲、最讨人嫌的人，人人都希望他以后别再来了。其中对他最反感的，要算贝内特太太。她本来就讨厌他的整个举止，后来他又得罪了她的一个女儿，她便由讨厌变成了深恶痛绝。

由于男宾人数少，有两曲舞伊丽莎白·贝内特只得干坐着。这当儿，达西先生一度站在离她不远的地方，宾利先生走出舞池几分钟，硬要达西跟着一起跳，两人的谈话让她听到了。

"来吧，达西，"宾利先生说，"我一定要你跳。我不愿意看见你一个人傻乎乎地站来站去。还是去跳吧。"

"我绝对不跳。你知道我多讨厌跳舞，除非有个特别熟悉的舞伴。这样的舞会简直让人无法忍受。你的姐妹在跟别人跳，这舞厅里除了她俩之外，让我跟谁跳都是活受罪。"

"我可不像你那么挑剔，"宾利嚷道，"决不会！说实话，我生平从没像今天晚上这样，遇见这么多可爱的姑娘。你瞧，有几个非常漂亮。"

"你当然啦，舞厅里仅有的一位漂亮姑娘，就在跟你跳舞么，"达西说道，一面望望贝内特家的大小姐。

"哦！我从没见过她这么美丽的尤物！不过她有个妹妹，就坐在你后面，人很漂亮，而且我敢说，也很讨人爱。让我请我的舞伴给你俩介绍介绍吧。"

"你说的是哪一位?"他说着转过身，朝伊丽莎白望了一会，等伊丽莎白也望见了他，他才收回自己的目光，冷冷地说道，"她还过得去，但是还没漂亮到能够打动我的心。眼下，我可没有兴致去抬举那些受到别人冷落的小姐。你最好回到你的舞伴身边，去欣赏她的笑脸，别把时光浪费在我身上。"

宾利先生听他的话跳舞去了。达西随即也走开了，伊丽莎白依旧坐在那里，对他着实没有什么好感。不过，她还是兴致勃勃地把这件事讲给朋友们听了，因为她生性活泼，爱开玩笑，遇到什么可笑的事情都会感到有趣。

选自《傲慢与偏见》，译林出版社 1990 年版

【名家评点】

奥斯丁是以妇女天生和男人一样智力发达、有一样的理性为出发点。在她笔下，相爱的人们之间通常呈现的教育与被教育的关系中，妇女和男人一样能扮演导师的角色，这一关系事实上象征着奥斯丁对女性智力的信心。例如，在《诺桑觉修道院》和《爱玛》中，是亨利·蒂尔尼和奈特利先生对凯瑟琳·莫兰和爱玛·伍德豪斯施行教导，可是在《曼斯菲尔德庄园》和《劝导》中，则是芳尼·普莱斯和安·艾略特，充当了爱德蒙·伯特拉姆和文特渥斯上尉的精神向导。甚至达西——在《傲慢与偏见》中，奥斯丁是把他作为聪明人来描写的——也向伊丽莎白学到了东西，一如后者从他那儿学到了许多东西一样。……仅次于她坚信女性智力的激进态度的是，奥斯丁同样相信，知识能力对于女性和男性是一样需要的。这种对于女性价值标准的重新估价，显示在《傲慢与偏见》中几个重要的女主人公的形象塑造上。吉英·贝内特和宾利小姐，都是具有当时堪称妇女美德的一些品格，而这一时代是

劝告妇女要隐瞒任何精神上的造诣的。吉英对于世界的态度是仁爱的，她的气质性情是温柔顺从的；宾利小姐则多才多艺，举止优雅，体态迷人。可是她们二人谁也无法与伊丽莎白·贝内特抗衡，因为她们缺乏她的"敏锐的观察力"和"判断力"。这个美德标准由达西阐述得很清楚，他认为一个妇女不仅必须精通"音乐、歌唱、绘画、舞蹈以及现代语文……，她除了具备这些条件以外，还应该多读书，长见识，有点真才实学"。

——[英]大卫·莫那翰：《简·奥斯丁和妇女地位问题》

《傲慢与偏见》之所以成为《傲慢与偏见》，首先在于作者对它的特殊艺术处理。作者使用婚姻嫁娶，家庭风波的材料，创造了一个个的艺术世界。由于表现的角度、叙述的语调、人物的性格的塑造、材料的取舍、情节的处理等，全书被赋予了"轻快、明亮、光耀夺目"的喜剧氛围。在《傲慢与偏见》中，通过一幕幕的喜剧场面，正像作者自己说的，"智慧的伟力"和"对人性的透彻理解"得以施展，小说通篇"语言精湛"，作者的描写则"变幻多姿而又恰如其分"，全书"洋溢着机智幽默"。

——朱虹：《简·奥斯丁和她的代表作《〈傲慢与偏见〉》

《傲慢与偏见》是一部构思巧妙的作品，它表明奥斯丁小姐在艺术上是有着多么高明的见识。其故事的发展写得悠闲自然、浑然天成，真可谓天衣无缝，只有鉴赏力非常强的读者才能从中看出作者取舍的匠心。当你解剖这部作品，分析其中的人物、场景、对话之间的关系以及它们对于整个故事的关系时，你就会发现其中没有任何东西是多余的，所有这些不同因素都暗暗地指向一个中心；所有自然逼真的描写虽然看起来和普普通通的日常生活是那样地相像，但却是服从着简约和精选这两条原则，毫不牵强、冗赘之处。

——[英]乔治·亨利·刘易斯：《评英国和法国的最新小说》

【延伸阅读】

1. ［美］安妮特·T·鲁宾斯坦：《从莎士比亚到奥斯丁》，陈安全等译，上海译文出版社 1987 年版。

2. 朱虹编选：《奥斯丁研究》，中国文联出版公司 1985 年版。

【思考与拓展】

　　在很多文学名著中，对男女主人公初次见面情形的描写往往十分精彩。仔细阅读本章节选的内容，分析作者的叙述方法与人物刻画技巧，并与其他名著进行对比。

（撰稿：魏海岩）

复 活

列夫·托尔斯泰

【作品导读】

列夫·托尔斯泰（1828—1910）是 19 世纪俄国最伟大的作家。出生于贵族家庭，早年受到卢梭、孟德斯鸠等启蒙思想家影响。他曾在自己领地上作改革农奴制的尝试，也曾在自己的军旅生活中感受到上流社会的腐化。托尔斯泰在国际国内的生活体验中觉察到资本主义社会重重矛盾，但找不到消灭社会罪恶的途径，只好呼吁人们按照"永恒的宗教真理"生活。他认为俄国应在小农经济基础上建立自己的理想社会；农民是最高道德理想的化身，贵族应走向"平民化"。

托尔斯泰的成名作是自传体小说《童年》、《少年》；1863—1869 年他创作了长篇历史小说《战争与和平》，这是其创作历程中的第一个里程碑；1873—1877 年他经 12 次修改，完成其第二部里程碑式巨著《安娜·卡列尼娜》，小说艺术已达炉火纯青。18 世纪 70 年代末，托尔斯泰的世界观发生巨变，其后于 1889—1899 年创作的长篇小说《复活》是他长期思想、艺术探索的总结，也是对俄国社会批判最全面深刻、有力的一部著作，成为世界文学不朽名著之一。托尔斯泰晚年力求过简朴的平民生活，1910 年 10 月从家中出走，11 月 7 日病逝于一个小车站，一代文学巨匠走完其人生旅程，享年 82 岁。

长篇小说《复活》是托尔斯泰晚年的代表作，情节的基础是真实的案件。贵族青年聂赫留道夫诱奸姑母家中养女、农家姑娘卡秋莎·玛斯洛娃，导致她最终沦为妓女；而当她被诬为谋财害命时，他却以陪审员身份出席法庭审判她。这看似巧合的事件，在当时社会却有典型意义。《复活》时期的托尔斯泰世界观已经发生激变，抛弃了上层地主贵族阶层的传统观点，用宗法农民的眼光重新审查了各种社会现象，通过男女主人公的遭遇淋漓尽致地描绘出一幅幅沙俄社会的真实图景：草菅人命的法庭和监禁无辜百姓的牢狱；金碧辉煌的教堂和褴褛憔悴的犯人；荒芜破产的农村和豪华奢侈的城市；茫茫的西伯利亚和手铐脚镣的政治犯。托尔斯泰以最清醒的现实主义态度对当时的全套国家机器——政府、法庭、监狱、教会、土地私有制和资本主义制度做了深刻的批判和激烈的抨击。不过，作品的后面部分，渐渐突出了不以暴力抗恶和自我修身的说教，托尔斯泰的力量和弱点，在这里得到最集中最鲜明的表现。

小说在以两个主人公精神和道德上复活的经历为书写主线的同时还揭露了俄罗斯社会黑暗的现实，揭露了沙皇专制官僚制度反人民的本质以及教会的丑恶罪行，控诉了贪赃枉法的官吏，触及了旧法律的本质。

《复活》被认为是托尔斯泰创作的“最高的一峰”，是俄国文学史上的经典名作，世界百部经典著作之一。它昭示了人类道德的自我完善，憧憬着人类美好的感情复活，体现了一位伟人暮年心灵的稳健和悲天悯人的大气。我国自 20 世纪初至今已出版过 6 种译本，三四十年代先后有戏剧家田汉和夏衍改编的同名剧本的发表和上演，作品和它的主人公已成为我国读者和观众极为熟悉和喜爱的人物形象。

【经典回顾】

“又可耻又可憎，又可憎又可耻，”聂赫留朵夫沿着熟悉的街道步行回家，一路上反复想着。刚才他同米西谈话时的沉重心情到现在始终没有消除。他觉得，表面上看来——如果可以这样说的话，——他对她并没有什么过错：他从没有对她说过什么对自己有约束力的话，也没有向她求过婚，但他觉得实际上他已经同她联系在一起，已经答应过她了。然而今天他从心里感觉到，他无法同她结婚。

“又可耻又可憎，又可憎又可耻，”他反复对自己说，不仅指他同米西的关系，而且指所有的事。“一切都是又可憎又可耻，”他走到自己家的大门口，又暗自说了一遍。

“晚饭我不吃了，”他对跟着他走进餐厅（餐厅里已经准备好餐具和茶了）的侍仆柯尔尼说，“你去吧。”

“是，”柯尔尼说，但他没有走，却动手收拾桌上的东西。聂赫留朵夫瞧着柯尔尼，觉得他很讨厌。他希望谁也别来打扰他，让他安静一下，可是大家似乎都有意跟他作对，偏偏缠住他不放。等到柯尔尼拿着餐具走掉，聂赫留朵夫刚要走到茶炊旁去斟茶，忽然听见阿格拉芬娜的脚步声，他慌忙走到客厅里，随手关上门，免得同她见面。这个做客厅的房间就是三个月前他母亲去世的地方。这会儿，他走进这个灯光明亮的房间，看到那两盏装有反光镜的灯，一盏照着他父亲的画像，另一盏照着他母亲的画像，他不禁想起了他同母亲最后一段时间的关系。他觉得这关系是不自然的，令人憎恶的。这也是又可耻又可憎。他想到，在她害病的后期他简直巴不得她死掉。他对自己说，他这是希望她早日摆脱痛苦，其实是希望自己早日摆脱她，免得看见她那副痛苦的模样。

他存心唤起自己对她美好的回忆，就瞧了瞧她的画像，那是花五千卢布请一位名家画成的。她穿着黑丝绒连衣裙，袒露着胸部。画家显然有意要充分描绘高耸的胸部、双乳之间的肌肤和美丽迷人的肩膀和脖子。这可实在是又可耻又可憎。把他的母亲画成半裸美女，这就带有令人难堪和亵渎的味道。尤其令人难堪的是，三个月前这女人就躺在这个房间里，她当时已干瘪得像一具木乃伊，却还散发出一股极难闻的味道。这股味道不仅充溢这个房间，而且弥漫在整座房子里，怎么也无法消除。他仿佛觉得至今还闻到那股味道。于是他想起，在她临终前一天，她用她那枯瘦发黑的手抓住他强壮白净的手，同时盯住他的眼睛说："米哈伊尔，要是我有什么不对的地方，你不要责怪我，"说着她那双痛苦得失去光辉的眼睛里涌出了泪水。"多么可憎！"他望了望那长着像大理石一般美丽的肩膀和胳膊、露出得意洋洋的笑容的半裸美女，又一次自言自语。画像上袒露的胸部使他想起了另一个年轻得多的女人，几天前他看到她也这样裸露着胸部和肩膀。那个女人就是米西。那天晚上她找了一个借口把他叫去，为的是让他看看她去赴舞会时穿上舞会服装的模样。他想到她那白嫩的肩膀和胳膊，不禁有点反感。此外还有她那个粗鲁好色的父亲、他可耻的经历和残忍的行为，以及声名可疑的爱说俏皮话的母亲。这一切都很可憎，同时也很可耻。真是又可耻又可憎，又可憎又可耻。

"不行，不行，必须摆脱……必须摆脱同柯察金一家人和玛丽雅的虚伪关系，抛弃遗产，抛弃一切不合理的东西……

对，要自由自在地生活。到国外去，到罗马去，去学绘画……"他想到他怀疑自己有这种才能。"哦，那也没关系，只要能自由自在地生活就行。先到君士坦丁堡，再到罗马，但必须赶快辞去陪审员职务。还得同律师商量好这个案件。"

于是他的头脑里突然浮起了那个女犯的异常真切的影子，出现了她那双斜睨的乌黑眼睛。在被告最后陈述时，她哭得多么伤心！他匆匆把吸完的香烟在烟灰缸里捻灭，另外点上一支，开始在房间里来回踱步。于是，他同她一起度过的景象一幕又一幕地呈现在眼前。他想起他同她最后一次的相逢，想起当时支配他的兽性的欲望，以及欲望满足后的颓丧情绪。他想起了雪白的连衣裙和浅蓝色的腰带，想起了那次晨祷。"唉，我爱她，在那天夜里我对她确实怀着美好而纯洁的爱情，其实在这以前我已经爱上她了，还在我第一次住到姑妈家里，写我的论文时就深深地爱上她了！"于是他想起了当年他自己是个怎样的人。他浑身焕发着朝气，充满了青春的活力。想到这里他感到伤心极了。

当时的他和现在的他，实在相差太远了。这个差别，比起教堂里的卡秋莎和那个陪商人酗酒而今天上午受审的妓女之间的差别，即使不是更大，至少也一样大。当年他生气蓬勃，自由自在，前途未可限量，如今他却觉得自己落在愚蠢、空虚、苟安、平庸的生活罗网里，看不到任何出路，甚至不想摆脱这样的束缚。他想起当年他以性格直爽自豪，立誓要永远说实话，并且恪守这个准则，可如今他完全掉进虚伪的泥淖里，掉进那种被他周围一切人认为真理的虚伪透顶的泥淖里。在这样的虚伪泥淖里没有任何出路，至少他看不到任何出路。他深陷在里面，越陷越深，不能自拔，甚至还洋洋自得。

怎样解决跟玛丽雅的关系，解决跟她丈夫的关系，使自己看到他和他孩子们的眼睛不至于害臊？怎样才能诚实地了结同米西的关系？他一面认为土地私有制不合理，一面又继承母亲遗下的领地，这个矛盾该怎样解决？怎样在卡秋莎面前赎自己的罪？总不能丢开她不管哪！"不能把一个我爱过的女人抛开不管，不能只限于出钱请律师，使她免除本来就不该服的苦役。不能用金钱赎罪，就像当年我给了她一笔钱，自以为尽了责任那样。"

于是他清清楚楚地回忆起当时的情景：他在走廊里追上她，把钱塞在她手里，就跑掉了。"哦，那笔钱！"他回想当时的情景，心里也像当时一样又恐惧又嫌恶。"唉，多么卑鄙！"他也像当时一样骂出声来。"只有流氓，无赖，才干得出这种事来！我……我就是无赖，就是流氓！"他大声说。"难道我真的是……"他停了停，"难道我真的是无赖吗？如果我不是无赖，那还有谁是呢？"他自问自答。"难道只有这一件事吗？"他继续揭发自己。"难道你同玛丽雅的关系，同她丈夫的关系就不卑鄙，不下流吗？还有你对财产的态度呢？你借口钱是你母亲遗留下来的，就享用你自己也认为不合理的财产。你的生活整个儿都是游手好闲、卑鄙无耻的。而你对卡秋莎的行为可说是登峰造极了。无赖，流氓！人家要怎样评判我就怎样评判我好了，我可以欺骗他们，可是我欺骗不了我自己。"

他恍然大悟，近来他对人，特别是今天他对公爵，对沙斐雅公爵夫人，对米西和对柯尔尼的憎恶，归根到底都是对他自己的憎恶。说也奇怪，这种自认堕落的心情是既痛苦又欣慰的。

聂赫留朵夫生平进行过好多次"灵魂的净化"。他所谓"灵魂的净化"是指这样一种精神状态：他生活了一段时期，忽然觉得内心生活迟钝，甚至完全停滞。他就着手把灵魂里堆积着的污垢清除出去，因为这种污垢是内心生活停滞的原因。

在这种觉醒以后，聂赫留朵夫总是订出一些日常必须遵守的规则，例如写日记，开始一种他希望能坚持下去的新生活，也就是他自己所说的"翻开新的一页"。但每次他总是经不住尘世的诱惑，不知不觉又堕落下去，而且往往比以前陷得更深。

他这样打扫灵魂，振作精神，已经有好几次了。那年夏天他到姑妈家去，正好是第一次做这样的事。这次觉醒使他生气蓬勃、精神奋发，而且持续了相当久。后来，在战争时期，他辞去文职，参加军队，甘愿以身殉国，也有过一次这样的觉醒。但不久灵魂里又积满了污垢。后来还有过一次觉醒，那是他辞去军职，出国学画的时候。

从那时起到现在，他有好久没有净化灵魂了，因此精神上从来没有这样肮脏过，他良心上的要求同他所过的生活太不协调了。他看到这个矛盾，不由得心惊胆战。

这个差距是那么大，积垢是那么多，以致他起初对净化丧失了信心。"你不是尝试过修身，希望变得高尚些，但毫无结果吗？"魔鬼在他心里说，"那又何必再试呢？又不是光你一个人这样，人人都是这样的，生活就是这样的，"魔鬼那么说。但是，那个自由的精神的人已经在聂赫留朵夫身上觉醒了，他是真实、强大而永恒的。聂赫留朵夫不能不相信他。不管他所过的生活同他的理想之间差距有多大，对一个觉醒了的精神的人来说，什么事情都是办得到的。

"我要冲破束缚我精神的虚伪罗网，不管这得花多大代价。我要承认一切，说老实话，做老实事。"他毅然决然地对自己说。"我要老实告诉米西，我是个生活放荡的人，不配同她结婚，这一阵我只给她添了麻烦。我要对玛丽雅（首席贵族妻子）说实话。不过，对她也没有什么话可说，我要对她丈夫说，我是个无赖，我欺骗了他。我要合理处置遗产。我要对她，对卡秋莎说，我是个无赖，对她犯了罪，我要尽可能减轻她的痛苦。对，我要去见她，要求她饶恕我。对，我将像孩子一样要求她的饶恕。"他站住了。"必要时，我就同她结婚。"

他站住，像小时候那样双臂交叉在胸前，抬起眼睛仰望着上苍说：

"主哇，你帮助我，引导我，来到我的心中，清除我身上的一切污垢吧！"

他做祷告，请求上帝帮助他，到他心中来，清除他身上的一切污垢。他的要求立刻得到了满足。存在于他心中的上帝在他的意识中觉醒了。他感觉到上帝的存在，因此不仅感觉到自由、勇气和生趣，而且感觉到善的全部力量。凡是人能做到的一切最好的事，他觉得如今他都能做到。

他对自己说这些话的时候，眼睛里饱含着泪水，又有好的泪水，又有坏的泪水。好的泪水是由于这些年来沉睡在他心里的精神的人终于觉醒了；坏的泪水是由于他自怜自爱，自以为有什么美德。

他感到浑身发热。他走到窗口，打开窗子。窗子通向花园。这是一个空气清新而没有风的月夜，街上响起一阵辘辘的马车声，然后是一片寂静。窗外有一棵高大的杨树，那光秃的树枝纵横交错，把影子清楚地投落在广场干净的沙地上。左边是仓房的房顶，在明亮的月光下显得白忽忽的。前面是一片交织的树枝，在树枝的掩映下看得见一堵黑魆魆的矮墙。聂赫留朵夫望着月光下的花园和房顶，望着杨树的阴影，吸着沁人心脾的空气。

"太好了！哦，太好了，我的上帝，太好了！"他为自己灵魂里的变化而不断欢呼。

选自《复活》，人民文学出版社 1989 年版

【名家评点】

早在农奴制度时代，列·尼·托尔斯泰就作为一位伟大的艺术家出现了。他在自己半世纪以上的文学活动中创造了许多天才的作品，在这些作品中，他主要是描写革命以前的旧俄国，即 1861 年以后仍然停滞在半农奴制度下的俄国，乡村的俄国，地主和农民的俄国。在描写这一阶段的俄国历史生活时，列·托尔斯泰在自己的作品里能以提出这么多重大的问题，能以达到这样大的艺术力量，使他的作品在世界文学中占了一个第一流的位子。由于托尔斯泰的天才描述，一个被农奴主压迫的国家的革命准备时期，竟成为全人类艺术发展中向前跨进的一步了。

——列　宁：《列·尼·托尔斯泰》

托尔斯泰以巨大的力量和真诚鞭打了统治阶级，十分明显地揭露了现代社会所借以维持的一切制度——教堂、法庭、军国主义、"合法"婚姻、资产阶级科学——的内在的虚伪。但是，他的学说与现代制度的掘墓人无产阶级的生活、工作和斗争是完全矛盾的。列甫·托尔斯泰的说教究竟反映了什么人的观点呢？通过他的嘴说话的，是整个俄罗斯千百万人民群众，人民群众已经憎恨现代生活的主人，但是却没有去同他们进行自觉的、一贯的、坚持到底和不调和的斗争。

——列　宁：《托尔斯泰和无产阶级斗争》

列夫·托尔斯泰是人类历史上少有的伟大思想家和艺术家。在文学的天地里，他是一位巨人，是一座极其高大的山峰。他的作品对我国读者产生过巨大影响……《托尔斯泰研究》以托尔斯泰的三部主要作品为重点展开论述，对托氏思想和艺术上那些众所周知的特点和问题，比如作为托氏思想体

系纲领的"托尔斯泰主义",其创作方法上的现实主义和浪漫主义,那贯穿其全部生命、全部理论著作和文学创作的巨大而无法解决的、使其终于为之付出生命的矛盾,都给出了自己的陈述和评论……

——杨正先:《托尔斯泰研究》

【延伸阅读】

1. 雷成德等著:《托尔斯泰作品研究》,陕西人民出版社1985年版。

2. 上海译文出版社编:《托尔斯泰研究论文集》,上海译文出版社1983版。

3. [俄]谢·贝奇柯夫:《托尔斯泰评论》,吴昀燮译,人民文学出版社1981年版。

4. 李大钊:《介绍哲人托尔斯泰》,《晨钟报》1916年8月20日。

【思考与拓展】

1. 分析小说男主人公聂赫留朵夫的人物形象。

2. 小说是如何推动情节发展的?

3. 简谈托尔斯泰小说创作的语言风格。

(撰稿:刘 巍)

一个陌生女人的来信

斯·茨威格

【作品导读】

　　斯·茨威格（1881—1942），生于维也纳，奥地利著名小说家，出身于富裕的犹太家庭。希特勒上台后，作品遭禁，1934 年被纳粹驱逐，开始了流亡生涯。1938 年，茨威格的祖国奥地利被纳粹占领，茨威格内心遭受重创。1942 年，茨威格从英国流亡到巴西，欧洲的沦落和纳粹在全世界的嚣张气焰令茨威格所有的憧憬和希望破灭。1942 年，茨威格和妻子服毒自杀，临终前留下了这样的告白："……年过花甲，要想再一次开始全新的生活，这需要一种非凡的力量，而我的力量在无家可归的漫长流浪岁月中业已消耗殆尽。这样，我认为最好及时地和以正当的态度来结束这个生命……"。

　　茨威格一生涉猎广泛，著作丰富，尤以小说和人物传记见长。代表作有小说《马来狂人》、《一个陌生女人的来信》、《女人和大地》、《象棋的故事》、《一个女人一生中的二十四小时》、《里昂的婚礼》等；传记《三位大师》、《同精灵的斗争》、《三个描摹自己生活的诗人》等。

　　茨威格的作品善于描写和刻画人物的内心世界，运用意识流和精神分析的方法，通过大量的内心独白和复杂的心理描写，描摹出主人公心灵的轨迹，灵魂的颤动。罗曼·罗兰曾经称赞茨威格是一个"灵魂的猎者"。茨威格用他的笔，不断地深入人物的心灵世界，对深邃的心理进行层层挖掘和展示，像一束探照灯，照射了人物内心每一个隐秘的角落。在《一个陌生女人的来信》中，茨威格对女主人的心理刻画就体现出了探求幽微，深入挖掘的特点。如主人公少女时代观察 R 先生的出入起居时的敏感与仰慕；十八岁时第一次与 R 先生邂逅、缠绵时的心潮的翻涌与迷乱；分别之后魂牵梦绕的相思之苦，以及再次相遇时内心的幽怨、屈辱。

　　细腻的心理描写，坎坷的人物命运，使茨威格的作品感染了很多读者。

苏联作家高尔基就曾被深深打动。1923 年在致茨威格的来信中，高尔基提及对他的短篇小说《一个陌生女人的来信》的感动，他写到"由于对您的女主人公的同情,由于她的形象以及她悲痛的心曲使我激动得难以自制,我竟丝毫不感羞耻地哭了起来。"他还赞扬茨威格的"惊人的诚挚语调、对女人超人的温存"，称这篇小说"真是一篇惊人的杰作"。

　　《一个陌生女人的来信》是茨威格的代表作之一，发表于 1922 年，作者讲述一个对爱情忠贞不渝的女人痴恋一位作家的故事。一位美丽善良的姑娘从孩提时代就深深地暗恋着邻居青年作家 R 先生，为此，从 13 岁到 30 岁的人生岁月里，R 先生成了她生活的全部，为了他，毫不保留地奉献了自己的脉脉深情和纯洁的身体，甚至为他生了一个孩子，为了抚养孩子，最终沦落风尘。而 R 先生对此一无所知，在短暂的相遇和相处中，只把她当做风月场中的艳遇，激情过后便毫不留恋地丢弃。女人在弥留之际，用一封长信把自己的感情、自己的经历全部告诉了 R 先生。这一叠素笺像是来自另一个世界的冷风，带来关于死亡，关于不朽的爱情的信息。女人用一生的真情换来的只是一场一厢情愿的单相思，但她那种不计回报、全心付出、忠诚如一的坚贞和执著所谱写的不仅是凄婉的爱情绝唱，而且也是人道主义的颂歌。

【经典回顾】

　　有一天晚上，你终于注意到我了。我早已看见你远远地走来，我赶忙振作精神，别到时候又躲开你。事情也真凑巧，恰好有辆卡车停在街上卸货，把马路弄得很窄，你只好擦着我的身边走过去。你那漫不经心的目光不由自主地向我身上一扫而过，它刚和我专注的目光一接触，立刻又变成了那种专门对付女人的目光——勾起往事，我大吃一惊！——又成了那种充满蜜意的目光，既脉脉含情，同时又荡人心魄，又成了那种把对方紧紧拥抱起来的勾魂摄魄的目光，这种目光从前第一次把我唤醒，使我一下子从孩子变成了女人，变成了恋人。你的目光和我的目光就这样接触了一秒钟、两秒钟，我的目光没法和你的目光分开，也不愿意和它分开——接着你就从我身边过去了。我的心跳个不停，我身不由己地不得不放慢脚步，一种难以克服的好奇心驱使我扭过头去，看见你停住了脚步，正回头来看我。你非常好奇、极感兴趣地仔细观察我，我从你的神气立刻看出，你没有认出我来。

　　你没有认出我来，当时没有认出我，也从来没有认出过我。亲爱的，我该怎么向你形容我那一瞬间失望的心情呢。当时我第一次遭受这种命运，这种不为你所认出的命运，我一辈子都忍受着这种命运，随着这种命运而死；没有被认出来，一直没有被你认出来。叫我怎么向你描绘这种失望的心情呢！因为你瞧，在因斯布鲁克的这两年，我每时每刻都在想念你，我什么也不干，就在设想我们在维也纳的重逢该是什么情景，我随着自己情绪的好坏，想象最幸福的和最恶劣的可能性。如果可以这么说的话，我是在梦里把这一切都过了一遍；在我心情阴郁的时刻我设想过：你会把我拒之门外，会看不起我，因为我太低贱，太丑陋，太讨厌。你的憎恶、冷酷、淡漠所表现出来的种种形式，我在热烈活跃的想象出来的幻境里都经历过了——可是这一点，就这一点，即使我心情再阴沉，自卑感再严重，我也不敢考虑，这是最可怕的一点：那就是你根本没有注意到有我这么一个人存在。今天我懂得了——唉，是你教我明白的！——对于一个男人来说，一个少女、一个女人的脸想必是变化多端的东西，因为在大多数情况下只是一面镜子，时而是炽热激情之镜，时而是天真烂漫之镜，时而又是疲劳困倦之镜，正如镜中的人影一样转瞬即逝，那么一个男子也就更容易忘却一个女人的容貌，因为年龄会在她的脸上投下光线，或者布满阴影，而服装又会把它时而这样时而那样地加以衬托。只有伤心失意的女人才会真正懂得这个中的奥秘。可我当时还是个少女，我还不能理解你的健忘，我自己毫无节制没完没了地想你，结果我竟产生错觉，以为你一定也常常在等我；要是我确切知道，我在你心目中什么也不是，你从来也没有想过我一丝一毫，我又怎么活得下去呢！你的目光告诉我，你一点也认不得我，你一点也想不起来你的生活和我的生活有细如蛛丝的联系。你的这种目光使我如梦初醒，使我第一次跌到现实之中，第一次预感到我的命运。

你当时没有认出我是谁。两天之后我们又一次邂逅，你的目光以某种亲昵的神气拥抱我，这时你又没有认出，我是那个曾经爱过你的、被你唤醒的姑娘，你只认出，我是两天之前在同一个地方和你对面相遇的那个十八岁的美丽姑娘。你亲切地看我一眼，神情不胜惊讶，嘴角泛起一丝淡淡的微笑。你又和我擦肩而过，又马上放慢脚步。我浑身战栗，我心里欢呼，我暗中祈祷，你会走来跟我打招呼。我感到，我第一次为你而活跃起来。我也放慢了脚步，我不躲着你。突然我头也没回，便感觉到你就在我的身后，我知道，这下子我就要第一次听到你用我喜欢的声音跟我说话了。我这种期待的心情，使我四肢酥麻，我正担心，我不得不停住脚步，心简直像小鹿似的狂奔猛跳——这时你走到我旁边来了。你跟我攀谈，一副高高兴兴的神气，就仿佛我们是老朋友似的——唉，你对我一点预感也没有，你对我的生活从来也没有任何预感！——你跟我攀谈起来，是那样的落落大方，富有魅力，甚至使我也能回答你的话。我们一起走完了整个的一条胡同。然后你就问我，是否愿意和你一起去吃晚饭。我说好吧。我又怎么敢拒不接受你的邀请？

我们一起在一家小饭馆里吃饭——你还记得吗，这饭馆在哪儿？一定记不得了，这样的晚饭对你一定有的是，你肯定分不清了，因为我对你来说，又算得了什么呢？不过是几百个女人当中的一个，只不过是连绵不断的一系列艳遇中的一桩而已。又有什么事情会使你回忆起我来呢，我话说的很少，因为在你身边，听你说话已经使我幸福到了极点。我不愿意因为提个问题，说句蠢话而浪费一秒钟的时间。你给了我这一小时，我对你非常感谢，我永远也不会忘记这个时间。你的举止使我感到，我对你怀有的那种热情敬意完全应该，你的态度是那样的温文尔雅，恰当得体，丝毫没有急迫逼人之势，丝毫不想匆匆表示温柔缠绵，从一开始就是那种稳重亲切，一见如故的神气。我是早就决定把我整个的意志和生命都奉献给你了，即使原来没有这种想法，你当时的态度也会赢得我的心的。唉，你是不知道，我痴痴地等了你五年！你没使我失望，我心里是多么喜不自胜啊！

天色已晚，我们离开饭馆。走到饭馆门口，你问我是否急于回家，是否还有一点时间。我事实上已经早有准备，这我怎么能瞒着你！我就说，我还有时间。你稍微迟疑了一会儿，然后问我，是否愿意到你家去坐一会儿，随便谈谈。我觉得这是不言而喻的事，就脱口而出说了句："好吧！"我立刻发现，我答应得这么快，你感到难过或者感到愉快，反正你显然是深感意外的。今天我明白了，为什么你感到惊愕；现在我才知道，女人通常总要装出毫无准备的样子，假装惊吓万状，或者怒不可遏，即使她们实际上迫不及待地急于委身于人，一定要等到男人哀求再三，谎话连篇，发誓赌咒，作出种种诺言，这才转嗔为喜，半推半就。我知道，说不定只有以卖笑为职业的女人，只有妓女才会毫无保留地欣然接受这样的邀请，要不然就只有天真烂漫、还没有长大成人的女孩子才会这样。而在我的心里——这你又怎料想得到——只不过是化为言语的意志，经过千百个日日夜夜的集聚而今迸涌开来的相思啊。反正当时的情况是这样：你吃了一惊，我开始使你对我感起兴趣来了。我发现，我们一起往前走的时候，你一面和我说话，一面略带惊讶地在旁边偷偷地打量我。你的感觉在觉察人的种种感情时总像具有魔法似的确有把握，你此刻立即感到，在这个小鸟依人似的美丽的姑娘身上有些不同寻常的东西，有着一个秘密。于是你顿时好奇心大发，你绕着圈子试探性地提出许多问题，我从中觉察到，你一心想要探听这个秘密。可是我避开了：我宁可在你面前显得有些傻气，也不愿向你泄露我的秘密。我们一起上楼到你的寓所里去。原谅我，亲爱的，要我对你说，你不能明白，这条走廊，这道楼梯对我意味着什么，我感到什么样的陶醉、什么样的迷惘、什么样的疯狂的、痛苦的、几乎是致命的幸福。直到现在，我一想起这一切，不能不潸然泪下，可是我的眼泪已经流干了。我感觉到，那里的每一件东西都渗透了我的激情，都是我童年时代的相思的象征：在这个大门口我千百次地等待过你，在这座楼梯上我总是偷听你的脚步声，在那儿我第一次看见你，透过这个窥视孔我几乎看得灵魂出窍，我曾经有一次跪在你门前的小地毯上，听到你房门的钥匙咯嘞一响，我从我躲着的地方吃惊地跳起。我整个童年，我全部激情都寓于这几米长的空间之中，我整个的一生都在这里，如今一切都如愿以偿，我和你走在一起，和你一起，在你的楼里，在我们的楼里，我的过去的生活犹如一股洪流向我劈头盖脑地冲了下来。你想想吧，——我这话听起来也许很俗气，可是我不知道还有什么别的说法——一直到你的房门口为止，一切都是现实的、沉闷的、平凡的世界，在你的房门口，便开始了儿童的魔法世界，阿拉丁的王国。你想想吧，我千百次望眼欲穿地盯着你的房门口，现在我如痴如醉迈步走了进去，你想象不到——充其量只能模糊地感到，永远也不会完全知道，我的亲爱的！——这迅速流逝的一分钟从我的生活中究竟带走了什么。

那天晚上，我整夜待在你的身边。你没有想到，在这之前，还从来没有一个男人亲近过我，还没有一个男人接触过或者看见过我的身体。可是你又怎么会想到这个呢，亲爱的，因为我对你一点也不抗拒，我忍住了因为害羞而产生的任何迟疑不决，只是为了别让你猜出我对你爱情的秘密，这个秘密准会叫你吓一跳的——因为你只喜欢轻松愉快、游戏人生、无牵无挂。你生怕干预别人的命运。你愿意滥用你的感情，用在大家身上，用在所有的人身上，可是不愿意作出任何牺牲。我现在对你说，我委身于你时，还是个处女，我求你，千万别误解我！我不是责怪你！你并没有勾引我，欺骗我，引诱我——是我自己挤到你的跟前，扑到你的怀里，一头栽进我的命运之中。我永远永远也不会的，我只会永远感谢你，因为这一夜对我来说真是无比的欢娱、极度的幸福！我在黑暗里一睁开眼睛，感到你在我的身边，我不觉感到奇怪，怎么群星不在我的头上闪烁，因为我感到身子已经上了天庭。不，我的亲爱的，我从来也没有后悔过，从来也没有因为这一时刻后悔过。我还记得，你睡熟了，我听见你的呼吸，摸到你的身体，感到我自己这么紧挨着你，我幸福得在黑暗中哭了起来。

第二天一早我急着要走。我得到店里去上班，我也想在你仆人进来以前就离去，别让他看见我。我穿戴完毕站在你的面前，你把我搂在怀里，久久地凝视着我；莫非是一阵模糊而遥远的回忆在你心头翻滚，还是你只不过觉得我当时容光焕发、美丽动人呢？然后你就在我的唇上吻了一下。我轻轻地挣脱身子，想要走了。这时你问我："你不想带几朵花走吗？"我说好吧。你就从书桌上供的那只蓝色水晶花瓶里（唉，我小时候那次偷偷地看了你房里一眼，从此就认得这个花瓶）取出四朵白玫瑰来给了我。后来一连几天我还吻着这些花儿。

在这之前，我们约好了某个晚上见面。我去了，那天晚上又是那么销魂，那么甜蜜。你又和我一起过了第三夜。然后你就对我说，你要动身出门去了——啊，我从童年时代起就对你出门旅行恨得要死！——你答应我，一回来就通知我。我给了你一个留局待取的地址——我的姓名我不愿告诉你。我把我的秘密锁在我的心底。你又给了我几朵玫瑰作为临别纪念——作为临别纪念。

这两个月里我每天去问……别说了，何必跟你描绘这种由于期待、绝望而引起的地狱般的折磨。我不责怪你，我爱你这个人就爱你是这个样子，感情热烈而生性健忘，一往情深而爱不专一。我就爱你是这么个人，只爱你是这么个人，你过去一直是这样，现在依然还是这样。我从你灯火通明的窗口看出，你早已出门回家，可是你没有写信给我。在我一生的最后的时刻我也没有收到过你一行手迹，我把我的一生都献给你了，可是我没收到过你一封信。我等啊，等啊，像个绝望的女人似的等啊。可是你没有叫我，你一封信也没有写给我……一个字也没写……

选自《茨威格小说》中卷，中国发展出版社1997年版

【名家评点】

他的作品的基调是现实主义的，他最擅长的手法是细腻的心理描写。他尤为着重选取资产阶级社会中妇女的不幸遭遇的题材，揭露"文明人"圈子的生活空虚和道德败坏，谴责对女性的不尊重和对人的善良品质的戕害，赞美同情、了解、仁爱和宽恕。他努力探索人物的精神世界，描写道德败坏给人带来的情感上的痛苦，揭示个人心灵中种种抽象的美德，甚至让已经堕落的人身上闪耀出道义的火花，他的目的是要改进资本主义社会的道德观念和人们的精神面貌。但是，正如《看不见的珍藏》中那个失明的古董收藏家狂热赞颂的艺术珍品"早已随风四散，荡然无存"，茨威格竭力想挽回的资本主义精神文明也日趋没落，复兴无望了。

——张玉书：《斯·茨威格中短篇小说选》译本序

精神分析认为父亲缺位现象会在女性性格发展上带来巨大的影响。她们无法完成恋父阶段，而害怕阉割的焦虑会伴随一生。《一个陌生女人的来信》中的女主人公就是典型的受害者，是妄想和强迫症状的综合。正是因为她的这种性格，悲剧才早已注定:深爱着她的邻居却从没有告诉他这份情意。从精神分析的角度理解父亲缺位的意义是有建设性的，它不仅第一次探索了深层结构上引起她们个性扭曲的根源，更提出了有效的方法去解决问题。我们希望，通过情感的言语宣泄，经历父亲缺位的女性可以构筑一个健康的性格，而《一个陌生女人的来信》的女主人公那样的悲剧也可以在现实

中改写。

　　——喻颖:《从精神分析角度看心理"父亲缺位"现象对女性性格的影响——解读茨威格〈一个陌生女人的来信〉》

　　"陌生女人"更符合弗洛伊德的欲望哲学,在她的心灵构图上,理智的成分被淡化了,她的心灵受到利比多(libido)的魔力的攫持,到死方休。换言之,激情和欲望联袂表演,唱响一曲为情而生死的心灵绝唱。

　　——陈　红:《〈一个陌生女人的来信〉的四种解读》

【延伸阅读】

　　1. [奥地利]斯·茨威格:《斯·茨威格中短篇小说选》,张玉书译,人民文学出版社 2006 年版。

　　2. 张玉书:《海涅·席勒·茨威格》,北京大学出版社 1987 年版。

　　3. 高中甫主编:《茨威格文集》,陕西人民出版社 1998 年版。

　　4. 斯蒂芬·茨威格:《昨日的世界——一个欧洲人的回忆》,舒昌善等人译,广西师范大学出版社 2004 年版。

【思考与拓展】

　　1. 试分析这篇小说中女主人公的爱情观。

　　2. 为什么直到临终之际,女主人公才向 R 先生表白深情,从女主人公的角度来看,其心理动因是什么?

　　3. 试分析作家 R 先生的形象特征。

（撰稿:隋　丽）

我　是　猫

夏目漱石

【作品导读】

　　夏目漱石（1867—1916），日本作家。本名夏目金之助，生于东京。4 岁开始学习中国古籍，23 岁进入东京大学，后赴英国留学三年，归国后在东京大学讲授英文并开始文学创作。1905 年的《我是猫》令他一举成名。1907 年开始为《朝日新闻》写连载小说。1911 年曾拒绝接受政府授予的博士称号。1916 年因胃溃疡去世。夏目漱石被誉为"国民作家"、"人生之师"。

　　他对东西方的文化均有很高造诣，既是英文学者，又精擅俳句、汉诗和书法。写作小说时他擅长运用对句、叠句、幽默的语言和新颖的形式。他对个人心理的精确细微的描写开了后世私小说的风气之先。他的门下出了不少文人，芥川龙之介也曾受他提携。《我是猫》是夏目漱石的成名作，也是日本文学史上不朽的经典作品。作品写于 1904 年至 1906 年 9 月，1905 年 1 月起开始在《杜鹃》杂志上连载，不久，编成上、中、下三册出版。

　　《我是猫》是一部具有独特形式的批判现实主义小说，淋漓尽致地反映了 20 世纪初，日本中小资产阶级的思想和生活，尖锐地揭露和批判了明治"文明开化"的资本主义社会。

　　这部作品反映面广，内容丰富复杂。通过"猫"的视角，谈感受和见闻，写它的主人穷教师苦沙弥及其一家的平庸、琐细的生活以及和他的朋友迷亭、寒月、东风、独仙等人经常谈古论今、嘲弄世俗、吟诗作文的故作风雅的无聊世态。作品还巧妙地写进了邻家金田小姐的婚事引起的纠葛，并把它贯穿在作品始终。资本家金田的妻子为了选择女婿到苦沙弥家里打听理学士寒月的情况。苦沙弥有些傲慢，不大理睬她，于是招来了金田夫妇的肆意

迫害：先是指使一伙人污辱谩骂；接着唆使苦沙弥的同事进行报复；以后又买通落云馆的顽皮学生闹得他不得安宁；最后还叫苦沙弥过去的同学对他进行规劝、恐吓。

作品所处的时代恰是明治维新以后。一方面，当时的日本资本主义思潮兴起，人们学习西方，寻找个性，呼唤自由，自我意识和市场观念形成大潮；另一方面，东方固有的价值观、文化观与风尚习俗，包容着陈腐与优异，在抗议中沉没，在沉没中挣扎……一群穷酸潦倒的知识分子面临新思潮，既顺应、又嘲笑，既贬斥、又无奈，惶惶焉不知所措，只靠插科打诨、玩世不恭来消磨难挨的时光。他们时刻在嘲笑和捉弄别人，却又时刻遭受命运与时代的捉弄与嘲笑。

小说以"我"(猫)为叙述方式；以"我"的见闻和评论构成内容；"我"的出生为开头；"我"因喝了啤酒掉进水缸淹死，小说随即结束。"猫"是小说虚构的、独特的艺术形象，不仅具有动物的习性，而且具有人的思想意识。在小说里，"猫"是叙述者、评判者，是一个起着多方面作用的完整形象。以猫的眼睛看世界，这在当时，在创作手法上有一定的突破。今天常有作品以外星人的视觉看地球人，同样反映了人间积习，非得站在一副超越现实的视角看世界，否则就看不透彻。

可以说，作品没有完整曲折的情节，也没有一般小说那样严谨的结构。正如作品初版序言里所说："《我是猫》像海参一样，不易分辨哪是它的头，哪是它的尾，因此随时随地都可把它截断，进行结束。"

作品是以讽刺小说著称。作者继承了日本俳谐文学和西欧讽刺文学的传统，善于运用风趣幽默、辛辣讽刺的手法进行揭露和批判。他的描写既夸张、又细腻，语言诙谐有趣。对金田夫妇的面容的描写用夸张的手法，达到讽刺的效果。金田夫人的鼻子"大得出奇，好像是硬把别人的鼻子抢来安置在自己的面孔正中似的"；而金田则不同，不仅"鼻梁很低"，而且"整个面庞也很扁平"。这种夸大、对照突出了他们面容的丑陋，也收到令人发笑的效果。

小说艺术精熟，叙述流畅，舒展自若，表现出作者的高超的艺术造诣。但是，它也有结构松散、内容庞杂、议论较多、描写有油滑低俗之弊。尽管有这些不足，但毕竟是瑕不掩瑜。《我是猫》堪称日本近代文学中讽刺文学的典范之作。

2000年，日本《朝日新闻》报社做了一个题为"千年来最受欢迎的日本文学家"的问卷调查，结果夏目漱石名列第一；以《源氏物语》闻名于世的女文学家紫式部名列第二；而两位诺贝尔文学奖得主却在其后：川端康成名列第九，大江健三郎只名列第十八。中国的日本文学研究者把他誉为

"日本的鲁迅"。鲁迅先生生前就很喜欢夏目漱石的作品，在创作上也深受其影响。著名散文家丰子恺也对其推崇有加，并致力于对夏目漱石作品的翻译和推介的工作。我国此后，对夏目漱石作品的翻译和研究工作一直没有中断过。

【经典回顾】

粘在碗底的还是早晨见过的那块年糕，还是早晨见过的那种色彩。坦率地说，年糕这玩艺儿，咱家至今还未曾粘牙哩。展眼一瞧，好像又香、又瘆人。咱家搭上前爪，将粘在表面的菜叶挠下来。一瞧，爪上沾了一层年糕的外皮，黏乎乎的，一闻，就像把锅里的饭装进饭桶里时所散发的香气。咱家向四周扫了一眼，吃呢？还是不吃？不知是走运，还是倒霉，连个人影都不见。女仆不论岁末还是新春，总是那么副面孔踢羽毛毽子。小孩在里屋唱着《小兔，小兔，你说什么》。若想吃，趁此刻，如果坐失良机，只好胡混光阴，直到明年也不知道年糕是什么滋味。刹那间，咱家虽说是猫，倒也悟出一条真理："难得的机缘，会使所有的动物敢于干出他们并非情愿的事来。"其实，咱家并不那么想吃年糕。相反，越是仔细看它在碗底里的丑样，越觉得瘆人，根本不想吃。这时，假如女仆拉开厨房门，或是听见屋里孩子们的脚步声向这边走来，咱家就会毫不客惜地放弃那只碗，而且直到明年，再也不想那年糕的事了。然而，一个人也没来。不管怎么迟疑、徘徊，也仍然不见一个人影。这时，心里在催促自己："还不快吃！"

咱家一边盯住碗底一边想：假如有人来才好呢。可是，终于没人来，也就终于非吃年糕不可了。于是，咱家将全身重量压向碗底，将年糕的一角叼住一寸多长。使出这么大的力气叼住，按理说，差不多的东西都会被咬断的。然而，我大吃一惊。当我以为已经咬断而将要拔出牙来时，却拔也拔不动。本想再咬一下，可牙齿又动弹不得。当我意识到这年糕原来是个妖怪时，已经迟了。宛如陷进泥沼的人越是急着要拔出脚来，却越是陷得更深；越咬嘴越不中用，牙齿一动不动了。那东西倒是很有嚼头，但却对它奈何不得。美学家迷亭先生曾经评论我家主人"切不断、剁不乱"，此话形容得惟妙惟肖。这年糕也像我家主人一样"切不断"。咬啊，咬啊，就像用三除十，永远也除不尽。正烦闷之时，咱家忽地又遇到了第二条真理："所有的动物，都能直感地预测吉凶祸福。"

真理已经发现了两条，但因年糕粘住牙，一点也不高兴。牙被年糕牢牢地钳住，就像被揪掉了似的疼。若不快些咬断它逃跑，女仆可就要来了。孩子们的歌声已停，一定是朝厨房奔来。烦躁已极，便将尾巴摇了几圈儿，却不见任何功效。将耳朵竖起再垂下，仍是没用。想来，耳朵和尾巴都与年糕无关，摇尾竖耳，也都枉然，所以干脆作罢算了。急中生智，只好借助前爪之力拂掉年糕。咱家先抬起右爪，在嘴巴周围来回摩挲，可这并不是靠摩挲就能除掉的。接着抬起左爪，以口为中心急剧地画了个圆圈儿。单靠如此咒语，还是摆脱不掉妖怪。心想：最重要的是忍耐，便左右爪交替着伸缩。然而，牙齿依然嵌在年糕里。唉，这太麻烦，干脆双爪一齐来吧！谁知这下，破天荒第一次，两只脚竟然直立起来，总觉得咱家已经不是猫了。

可是，到了这种地步，是不是猫，又有何干？不论如何，不把年糕这个妖怪打倒，决不罢休，便大鼓干劲，两爪在"妖怪"的脸上胡抓乱挠。由于前爪用力过猛，常常失重，险些跌倒。必须用后爪调整姿势，又不能总站在一个地方，只得在厨房里到处转着圈儿跑。就连咱家也能这么灵巧地直立，于是，第三条真理又蓦地闪现在心头："临危之际，平时做不到的事这时也能做到，此之谓'天佑'也"。

幸蒙天佑，正在与年糕妖怪决一死战，忽听有脚步声，好像有人从室内走来。这当儿有人来，那还了得！咱家跳得更高，在厨房里绕着圈儿跑。脚步声逐渐近了，啊，遗憾，"天佑"不足，终于被女孩发现，她高声喊："哎哟，小猫吃年糕，在跳舞哪！"第一个听见这话的是女仆。她扔下羽毛毽子和球拍，叫了一声"哎哟"，便从厨房门跳了进来。女主人穿着带家徽的绉绸和服，说："哟，这个该死的猫！"主人也从书房走出，喝道："混账东西！"只有小家伙们喊叫："好玩呀，好玩！"接着像一声令下似的，齐声咯咯地笑了起来。我恼火、痛苦，可又不能停止蹦蹦跳跳。这回领教了。总算大家都不再笑。可是，就怪那个五岁的小女孩说什么："妈呀，这猫也太不成体统了。"

于是，势如挽狂澜于既倒，又掀起一阵笑声。

咱家大抵也算见识过人类缺乏同情心的各种行径，但从来没有像此时此刻这样恨在心头。终于，"天佑"不知消逝在何方，咱家只好哑口无言，直到演完一场四条腿爬和翻白眼的丑剧。

主人觉得见死不救，怪可怜的，便命女仆：

"给它扯下年糕来！"

女仆瞟了主人一眼，那眼神在说："何不叫它再跳一会儿？"

女主人虽然还想瞧瞧猫舞的热闹，但并不忍心叫猫跳死，便没有做声。

"不快扯下来它就完蛋啦。快扯！"

主人又回头扫了一眼女仆。女仆好像做梦吃宴席却半道被惊醒了似的，满脸不快，揪住年糕，用力一拽。咱家虽然不是寒月，可也担心门牙会不会全被崩断。若问疼不疼，这么说吧，已经坚坚实实咬进年糕里的牙齿，竟被那么狠歹歹地一拉，怎能受得住？咱家又体验到第四条真理："一切安乐，无不来自困苦。"

选自《译林世界文学名著——我是猫》，译林出版社 2002 年版

【名家评点】

自然派的小说，凡小说须触着人生；漱石说，不触着的，也是小说，也一样是文学。并且又何必那样急迫，我们也可以缓缓的，从从容容的玩赏人生。譬如走路，自然派是急忙奔走；我们就缓步逍遥，同公园散步一般，也未始不可。这就是余裕派的意思的由来。漱石在《猫》之后，作《虞美人草》也是这一派的余裕文学。晚年作《门》和《行人》等，已多客观的倾向，描写心理，最为深透。但是他的文章，多用说明叙述，不用印象描写；至于构造文辞，均极完美，也与自然派不同，独成一家，不愧为明治时代一个散文大家。

——周作人:《日本近三十年小说之发达》

他所主张的是所谓"低徊趣味"，又称"有余裕的文学"。一九〇八年高滨虚子的小说集《鸡头》出版，夏目替他做序，说明他们一派的态度:

"有余裕的小说，即如名字所示，不是急迫的小说，是避了非常这字的小说。如借用近来流行的文句，便是或人所谓触着不触着之中，不触着的这一种小说。……

或人以为不触着者即非小说，但我主张不触着的小说不特与触着的小说同有存在的权利，而且也能收同等的成功。……世间很是广阔，在这广阔的世间，起居之法也有种种的不同：随缘临机的乐此种种起居即是余裕，观察之亦是余裕，或玩味之亦是余裕。有了这个余裕才得发生的事件以及对于这些事件的情绪，固亦依然是人生，是活泼泼的之人生也。"

夏目的著作以想象丰富，文词精美见称。早年所作，登在俳谐杂志《子规》上的《哥儿》，《我是猫》诸篇，轻快洒脱，富于机智，是明治文坛上的新江户艺术的主流，当世无与匹者。

——鲁 迅:《文序跋集》

夏目漱石是一个最像人的人。今世有许多人外貌是人，而实际很不像人，倒像一架机器。这架机器里装满着苦痛、愤怒、叫嚣、哭泣等力量，随时可以应用。即所谓"冰炭满怀抱"也。他们非但不觉得吃不消，并且认为做人应当如此，不，做机器应当如此。……苦痛、愤怒、叫嚣、哭泣，是附着在人世间的，人当然不能避免。但请注意"暂时"这两个字，"暂时脱离尘世"，是快适的，是安乐的，是营养的。陶渊明的《桃花源记》，大家知道是虚幻的，是乌托邦，但是大家喜欢一读，就为了他能使人暂时脱离尘世。……人生真乃意味深长，这使我常常怀念夏目漱石。

——丰子恺:《暂时脱离尘世》

每个民族或国家的文学，总体看来，无不是那一民族或国家的气质、性格、智慧与感情的写照，如同烟波浩渺的一川大江，是民族的历史在思考。

……

《我是猫》，不知可否说是大和民族在明治时期精神反馈的"冥思录"之一。

——于 雷：《译文版〈我是猫〉序》

这部作品，对资本主义社会，进行了无情的攻击与嘲笑，……我们不难看出作者对现实社会的憎恶到何等程度，和作者的创作态度是如何真挚严肃了。

——刘振瀛：《夏目漱石选集》

【延伸阅读】

1. ［日］夏目漱石：《我是猫》，于雷译，译林出版社 2002 年版。
2. 李光贞：《夏目漱石小说研究》，外语教学与研究出版社 2007 年版。
3. 刘振瀛：《日本文学论集》，北京大学出版社 1991 年版。

【思考与拓展】

1. 试从夏目漱石的人生经历，分析其在《我是猫》中对于知识分子形象的塑造。
2. 试据《我是猫》中诸多人物形象的塑造，描绘 19 世纪日本社会图景。
3. 试模仿《我是猫》的独特视角，写一篇由是观之的文章，文体不限。

（撰稿：王 彤）

从阅读到鉴赏

　　小说是通过典型的人物形象、典型的社会生活环境和完整的故事情节的具体描写，用以反映现实生活的一种文学体裁。

　　人物、情节和环境即小说的"三要素"。通过人物的外貌、对话、行动和心理等描写，塑造人物形象，表现人物或性格；通过对社会生活的细致描写，表现复杂的矛盾冲突，叙述故事的发生、发展、高潮和结局，在情节的发展中展现人物性格的变化；通过描写具体的社会环境，以表现人物和事件产生的历史背景、社会条件，用来烘托人物，显示人物的性格特征。一般来说，小说家总是通过笔下的人物形象来描绘其所处的时代，将自己体悟的生活真理诉诸笔端；而阅读者往往须借助于对人物形象的认识来把握作品所反映的生活本质。

　　只有三者的完美结合，方可搭建起一个个或宏伟、或曲折、或奇谲的小说殿堂，并借以展现生活中的种种，从而引起阅读者的思考。

　　好的小说，绝非是三者"各自为政"的结果，而是将三者完美融合，彼此互为驱使，方能使人拍案叫绝。人物的塑造须借助情节的展开而达至丰满；环境的烘托，则给人物活动和情节的发展创造特定的氛围。正因为如此，人物、情节与环境的相互关系势必成为我们阅读小说、鉴赏小说、探寻小说的美与价值的一般所在。

　　其一，小说环境与人物。我们在谈论小说的环境时，一般指的是故事发生的时代背景，以及由此生成的人物生活、情节展开的社会环境。这些既是人物形象塑造的基石、情节得以展开的理由，也是阅读者在踏入小说的人物世界前最先接触到的小说的土壤。不了解小说故事发生的时代背景与社会环境，就无法理解作品描写的生活、风俗和习惯，无法理解人物的行为、思想以及情节的展开。做不好一个阅读者就更无从欣赏小说之美。小说中的人物要在小说环境中通过情节的发展一点点地崭露头角，一点点地丰满起来。小说环境是小说人物的世界，是情节发展的内在推动力。离开小说环境，人物与情节便成了无源之水，无本之木。因此，品鉴一部小说，不可忽视小说对于环境的描写。

　　但是，我们仍然要对作品呈现在我们面前的环境有较为清醒的认识。当我们阅读一篇小说时，我们实际上已经从日常现实生活领域转入一个想象力的空间，而这个想象力的空间又是由某位小说家根据他个人对生活或者历史的理解创造出来的。因此，我们在此时要面对涉及小说环境架构的三方面资源：我们真实的生活、小说家的真实生活和小说家在小说中创造出来的生活。我们阅读与鉴赏的对象，实际上仅仅是小说家在小说中创造出来的那个生活。

而我们对于这个生活好坏的判定，却又有赖于我们对于小说家真实生活的了解，以及我们对自己真实生活的体验。我们甚至由此断定，在这样的环境中生活的某些人物是真实可信的，是值得同情或者令人深恶痛绝的。因为我们可以在头脑中按照小说家的描绘、结合我们自己对真实生活的体验，生成这样的一种环境，并由此印证小说家铺陈情节的合理性。

其二，小说情节与小说人物。我们可以"看进去"某部小说，常常会用"情节引人"这样的评断来褒扬它。对于一部小说而言，"情节引人"确是一个必备的要素。人物能够在作品中鲜活起来的原因，靠的便是人物的行动，行动起来的人推动了情节的发展。换句话说，情节便是展现人物行动。亚里士多德曾说过："情节是行动的模仿。"再进一步说，情节就是对行动中的人的模仿，就是描写行动中的人物。情节中包含着人对变化中的环境所作出的种种反映，其中包括对改变现存环境而采取行动的可能性。

不容忽视的是，我们阅读小说时，常常被故事的情节所吸引，以至于会忘了人物。尤其是一些推理小说和科幻小说，又特别着重表现情节和事件。因此，我们常常会囿于情节，阅读便流于走马观花，阅读者便很难进入鉴赏者的行列。"看进去"同时还要能"跳出来"。能够进入小说，投入感情以至于与鉴赏对象产生共鸣，同时又能清醒地从鉴赏情感中跳出来对鉴赏的过程和结果作理性分析。这才是完整的符合鉴赏规律的小说鉴赏。

鉴赏小说，除了关注情节的发展，关注得更多的是情节究竟在展现谁人的行动，怎样的行动，如何行动，行动中的人们在各个环节中处于何种地位，地位的变化，由此又产生什么样的跌宕起伏的曲折情节，以及人物关系是否会由此又发生了相应的变化……这样才能理解情节是源于人物而发生发展的必然性，以及情节在表现人物性格、体现人物关系中的重要性。这些理性分析的介入才会让人真正地进入小说鉴赏的状态，在冷静的分析和比较中，阅读者便可以准确地把握小说作品的审美价值和艺术品格，达至鉴赏者的高度。

其三，小说中的人物与人物。小说的情节实际上是由小说人物的性格、言行生发的一件一件事情的有序组合。有什么样的人物性格和人物命运，小说就会生发什么样的事情和情节。小说从来不是孤立地处理人物性格的，因为怎样的人决定他有怎样的行为。作为观察者，我们也是首先根据人的行为来判断人。在阅读的过程中，我们大概都有这样的体会，小说中的某个人有着和你相似的性格，甚至相似的习惯和行为。因此，我们认定小说人物与我们一样，是同我们一类的人，但每个小说人物又显然与其他人物不同，具有自己独特的个性。这使得阅读者得以区分人物的不同，尽管穿着相同衣服的人，但一个是张三，一个是李四。一些优秀的长篇小说往往会得到"微缩的社会"之类的评价。因为它能够在有限的篇幅内，将三教九流、芸芸众生活灵活现地展现在文字之间，主要人物、次要人物，彼此发生关联，相互制约，互相作用，从而形成了错综复杂的人物关系。小说鉴赏者在了解了故事轮廓和故事类型的基础上就要进一步把握小说人物、理解小说人物的性格和命运。

在小说中显现的人物有着各种各样的类型、各种各样的遭遇。无论是人物性格特征还是人物的历史命运，小说作家往往要在其中寄寓他对生活的审美理解和审美评价。小说作家常常是把他主观上对人物的感悟以及想确立的作品主题通过栩栩如生的人物性格和曲折多变的人物命运来含蓄地传达。因此，符合规律的小说鉴赏是在鉴赏故事的同时欣赏小说人物形象。

从阅读到鉴赏，要能够从掌握小说故事到认清故事背后各种人物的矛盾与关系，发现什么样的矛盾与关系推动了情节的进一步发展，进而认识各色人物的不同性格和思想特征，达到理解故事深层含义的鉴赏高度。

[经典回顾]

进入波兰

[俄] 艾萨克·巴贝尔　潘庆舲　译

第六师司令官报告：诺弗戈拉德—沃棱斯克于今日拂晓时被攻占。司令部已经撤离克拉比弗诺，我们的辎重车队一进入人声嘈杂的后方，就铺开在从布列斯特通往华沙的公路上，这条公路早先就是尼古拉一世用农民的累累白骨修筑起来的。

田野里花花绿绿的，被罂粟花点染得分外红艳；正是中午时分，微风在渐渐变黄的稞麦中间荡漾着；洁白无瑕的荞麦，宛如远处修道院的一堵围墙耸起在地平线上。安谧的沃棱河水，蜿蜒曲折地从我们身边流过，随后就在桦树林上空蓝灰色薄雾里消失了；在遍地花开的斜坡之间匍匐爬行，还得穿过一片又一片蛇麻草，不时扎伤了两条早已疲惫不堪的胳膊。而橘黄色太阳，却像一颗被砍掉了的脑袋，从天上徐徐下降，偶尔还从云端里透出一点柔和的光影。落日时分，军旗在我们头顶上空迎风飘扬。傍晚，凉风习习，里面还掺杂着昨天浴血殊战和被宰掉的马匹的气味。黑黝黝的兹勃鲁赫河在咆哮，河水随着一团团泡沫往下游奔腾而去。各处桥梁都已经坍塌了，于是我们就只好涉水过河。这时皓月当空，波光粼粼。许多马匹都装上了后鞘，喧嚣的湍流在数百条马腿中间汩汩作响。有人沉到了水里，还在大声诅咒圣母玛利亚。河面上漂起了从马车上掉下来的黑糊糊的方方块块的碎片，而且到处是乱糟糟的噪音，夹杂着哨声和歌声，正在微弱的闪光隐约可见的山谷里，和在月光下弯弯曲曲的小径上空回响着。

我们到达诺弗戈拉德已是深更半夜了。我在被派去投宿的那个屋子里，发现有一个怀孕的妇女和两个红头发、瘦脖子的犹太人。此外，还有一个犹太人则贴着墙边，蒙住脑袋，睡着了。我又在指定给我的那个房间里，发现好几个衣柜都被兜底翻过，地板上有从女人皮袄上扯下来的破襟襟，还有人们随地乱撒的秽物，以及犹太人一年一度只在复活节使用的那些挺玄乎的陶器碎片。

“拾掇一下吧，”我对那个女人说，“脏得真不像话！”那两个犹太人从原地站了起来，穿着他们的毡底鞋，七手八脚把地上这一堆破东西给清除掉了。他们一声不响，像猴子一般满屋子跳来跳去，又像马戏团里的日本小丑那样，鼓起他们的脖子在不断旋转着。他们给我拾掇好一张原有羽毛褥垫、现已空空洞洞的床，我就只好紧挨着蒙头大睡的那个犹太人的墙边躺了下来。笼罩在我床上的那种贫困，简直令人昏厥。

这时，沉寂压倒了一切。只有那个月亮正用她蓝幽幽的手捂住自己闪闪发亮、无忧无虑的圆脸孔，活像窗外一个流浪汉在四处漂泊一样。

我给自己麻木不仁的双腿来回按摩，躺在那个千疮百孔的褥垫上，不一会儿就睡着了。我梦见第六师司令官突然出现在我跟前；他正在追赶骑在一匹笨重的牡马上的某旅司令官，对准后者的眉心开了两枪。子弹穿过了某旅司令官的脑袋，两颗眼珠子一下都掉落在地上。第六师司令官萨维茨基正冲着那个受伤的人大声嚷道：“你干吗不把全旅人马撤回来？”

说到这里，我突然惊醒了，原来是那个怀孕的妇女正用自己的手指在我脸上乱摸一气。

“好先生，”她说，“你睡觉时还在大声呼喊，你的身子老是在翻来覆去。这会儿我要让你睡到另一个角落去，因为你总是把我父亲推开去。”

她把她的那双细腿和滚圆的大肚皮从地板上抬了起来，又从睡者身上拿走了一条毯子。原来朝天躺着的是一个早已咽了气的老头儿。他的喉管已被割断，脸孔也被劈成两半，胡子上的污血早已变蓝，凝成铅块一般。

“好先生，”那个犹太女人一面猛摇那张床，一面说道，“是波兰人把他的喉管割断了。他还在一个劲儿哀求他们，说：‘拉我到院子里杀吧，别让我女儿眼看着我死去。’可他们压根儿没听他的。他在屋里断气的时候还在惦念着我。——如今我真想知道，"这个女人突然发出一阵可怕的狂叫声，"我真想知道，任凭你走遍天下，哪能再找到像我亲爹那样的父亲呢？"

选自《小说鉴赏》，世界图书出版公司2008年版

【思考与拓展】

1. 在第二段中，描写大自然的美（"被婴粟花点染得分外红艳"的田野，"渐渐变黄的稞麦"，"安谧的河水"，"桦树林上空蓝灰色薄雾"）等一系列形象，与代表暴力的标志（"昨天浴血殊战"的气味，咆哮的兹勃鲁赫河，以及人们大声诅咒）相互交错在一起。这一段描写和小说其他部分有什么关系？（请注意第五段中作者对窗外的月亮的描写）

2. 在第四段中，你觉得作者对犹太人、特别是对那个女人，持什么样的态度？试想作者持同情的语调，又会使小说发生什么样的变化？

3. 那个女人为什么觉得世界上哪个父亲都比不上她自己的父亲呢？她为什么在说这句话时会"突然发出一阵狂叫声"，而不是如热泪夺眶而出，号啕大哭呢？要是采用这样的写法，又会有什么不同的效果？

4. 在小说的结尾处突然来了个转折，它是否合乎情理？从开头描写的细节和小说语调中，甚至在"暴力"中，是否可以找到充分的根据？

5. 试想一下，这篇小说要是用相当长的篇幅进行细致的描写，是否会减低效果？

（撰稿：王 彤）

戏剧 影视 曲艺

牡 丹 亭

汤显祖

【作品导读】

汤显祖（1550—1616），字义仍，号海若，又号若士，晚年自号茧翁，自署清远道人，明代剧作家，江西临川人。因得罪当朝首辅张居正，屡试不第，受挫十载。直到张居正病故，才于万历十一年（1583）中进士。做过掌管礼乐祭祀的太常寺博士，后被贬至广东徐闻县，两年后，调浙江遂昌知县。长期屈陈下僚的汤显祖，上感官场腐败，下感地方恶霸有恃无恐，加上爱女、娇儿先后夭亡，于万历二十六年（1598）毅然辞官，隐居临川玉茗堂。

《牡丹亭》是汤显祖的代表作之一，与其《紫钗记》、《南柯记》、《邯郸记》并称为"临川四梦"。原名《还魂记》，创作于1598年。据明人话本《杜丽娘慕色还魂》而成，是明代南曲的代表。全剧共二卷，五十五出，舞台上常演的有《闹学》、《游园》、《惊梦》、《寻梦》、《写真》、《离魂》、《拾画》、《叫画》、《冥判》、《幽媾》、《冥誓》、《还魂》等几折。

汤显祖曾说："一生四梦，得意处唯在牡丹。"作品通过杜丽娘和柳梦梅生死离合的爱情故事，洋溢着追求个人幸福、呼唤个性解放、反对封建制度的浪漫主义理想，感人至深。

贫寒书生柳梦梅梦见在一座花园的梅树下立着一位佳人，说同他有姻缘之分，从此经常思念她。南安太守杜宝之女名丽娘，才貌端妍，从师陈最良读书。她由《诗经·关雎》章而伤春寻春，从花园回来后在昏昏睡梦中见一书生持半枝垂柳前来求爱，两人在牡丹亭畔幽会。杜丽娘从此愁闷消瘦，一病不起。她在弥留之际要求母亲把她葬在花园的梅树下,嘱咐丫环春香将其自画像藏在太湖石底。其父升任淮阳安抚使,委托陈最良葬女并修建"梅花庵观"。三年后,柳梦梅赴京应试,借宿梅花庵观中,在太湖石下拾得杜丽娘画像,发现杜丽娘就是他梦中见到的佳人。杜丽娘魂游后园,和柳梦梅再度幽会。柳梦梅掘墓开棺,杜丽娘起死回生,两人结为夫妻,前往临安。杜丽娘的老师陈最良看到杜丽娘的坟墓被发掘,就告发柳梦梅盗墓之罪。柳梦梅在临安应试后,受杜丽娘之托,送家信传报还魂喜讯,结果被杜宝囚禁。发榜后,柳梦梅由阶下囚一变而为状元,但杜宝拒不承认女儿的婚事,纠纷闹到皇帝面前,杜丽娘和柳梦梅二人终成眷属。

杜丽娘是我国古典文学里继崔莺莺之后出现的最动人的妇女形象之一,汤显祖在该剧《题词》中有言:"如杜丽娘者,乃可谓之有情人耳。情不知所起,一往而深。生者可以死,死可以生。生而不可与死,死而不可复生者,皆非情之至也。"汤显祖通过杜丽娘与柳梦梅的爱情婚姻,喊出了要求个性解放、爱情自由、婚姻自主的呼声,并且暴露了封建礼教对人们幸福生活和美好理想的摧残。《牡丹亭》以文词典丽著称,宾白饶有机趣,曲词兼用北曲泼辣动荡及南词宛转精丽的长处。

《牡丹亭》的爱情描写,具有过去一些爱情剧所无法比拟的思想高度和时代特色。作者明确地把这种叛逆爱情当作思想解放、个性解放的一个突破口来表现,不再是停留在反对父母之命、媒妁之言这一狭隘含义之内。作者让剧中的青年男女为了爱情,出生入死,除了浓厚浪漫主义色彩之外,更重要的是赋予了爱情能战胜一切,超越生死的巨大力量,从而带来了巨大的感染力!

近年来,《牡丹亭》被不断的搬上舞台,有台湾著名作家白先勇和苏州昆剧院合作的《青春版牡丹亭》、上海昆剧院的《全本牡丹亭》和北京皇家粮仓的《厅堂版牡丹亭》等。一时间,缠绵婉转的"水磨腔"又穿越时空,上演着生生死死的爱情悲喜剧。

【经典回顾】

第十出　惊　梦

【步步娇】

(旦)袅晴丝吹来闲庭院

　　摇漾春如线。

　　停半晌、整花钿。

　　没揣菱花偷人半面

迤逗的彩云偏。

(行介)我步香闺怎便把全身现!

(贴)今日穿插的好。

【醉扶归】

(旦)你道翠生生出落的裙衫儿茜,

艳晶晶花簪八宝填,

可知我常一生儿爱好是天然。

恰三春好处无人见。

不提防沉鱼落雁鸟惊喧,

则怕的羞花闭月花愁颤。

(贴)早茶时了,请行。

(行介)你看:"画廊金粉半零星,池馆苍苔一片青。踏草怕泥新绣袜,惜花疼煞小金铃。"

(旦)不到园林,怎知春色如许!

【皂罗袍】

原来姹紫嫣红开遍,

似这般都付与断井颓垣。

良辰美景奈何天,

赏心乐事谁家院!

恁般景致,我老爷奶奶再不提起。

(合)朝飞暮卷,云霞翠轩;

雨丝风片,烟波画船。

锦屏人忒看的这韶光贱!

(贴)是花都放了,那牡丹还早。

【好姐姐】

(旦)遍青山啼红了杜鹃,

茶蘼外烟丝醉软。

春香呵,

牡丹虽好,他春归怎占的先!

(贴)成对儿莺燕呵。

(合)闲凝眄,生生燕语明如剪,

呖呖莺歌溜的圆。

(旦)去吧。

(贴)这园子委是观之不足也。

(旦)提他怎的!

选自《牡丹亭》,人民文学出版社 1963 年版

【名家评点】

《牡丹亭》所具有的感人的力量，在于它强烈地追求幸福，反对封建婚姻制度的积极浪漫主义理想。这个理想作为与封建思想对立的一种力量而出现，而且在传奇里占了上风。在叛逆者杜丽娘的身边，派来教育她的陈最良与为她驱病的石道姑是鬼魃一样的人物。善良与美好的东西都属于杜丽娘。整个传奇只有杜丽娘受到那么热烈的赞扬。虽然汤显祖关于她的外貌与行动的描写也是很成功的，但是《牡丹亭》所特有的魅人之处却在于描写杜丽娘的感情和理想的那些片段。我们觉得杜丽娘的外貌和行动也很美很动人，这固然是由于直接描写的结果，同时也是她的面貌使我们发生联想的缘故。不像《西厢记》、《红楼梦》一样表达封建婚姻制度如何在一对爱人的幸福道路上设置重重障碍，加以破坏；《牡丹亭》以杜丽娘之死写出她要找到爱人是不可能的，更不要说结合了。她不是死于爱情被破坏，而是死于对爱情的徒然渴望。在这一点说，杜丽娘之死所表示的作家对现实的态度是特别清醒的，同时也充分体现了浪漫主义和现实主义相结合的特色。

——徐朔方：《〈牡丹亭〉前言》

我们不主张对不同社会历史条件下产生的文化现象进行简单、片面的比附，但我们仍不能不指出，汤显祖的《牡丹亭》确确实实展现出了与欧洲人文主义者、浪漫主义者的追求极相近似的观念。它是那样自觉而明豁地表现了人的自发生命力从令人窒息的氛围中终于苏醒的过程，表现了人在一旦苏醒之后所爆发出来的感情激流是如何不可阻挡，在中国古代其他许多富有感情的戏中，感情是包容在主人公身上的一种禀赋，而在《牡丹亭》中，感情则是调配全剧的中心。杜丽娘固然是一个成功的人物形象，但我们不能仅仅像分析其他戏剧形象的性格特征那样来分析她。她更重要的是一种汤显祖所要弘扬的感情的承载体，是一种纯情、至情的化身。

——余秋雨：《世纪的丰收》

明朝则是我国封建社会中对妇女束缚最严厉的时代，少女连去花园和昼眠都被禁止。因此，汤显祖在《游园》中所刻画的是一种深刻的矛盾，少女内心的深层世界和叛逆性格与外部的社会现实之间的剧烈冲突。迸发出一朵朵火花，而不仅仅是淡淡的愁情。正是这种异乎寻常的激情，也可以说是心理上的变态，构成了《牡丹亭》中的一场场奇异情节——《惊梦》、《寻梦》、《写真》、《闹殇》、《冥判》、《魂游》、《幽媾》、《冥誓》、《回生》等。

——骆　正：《中国昆曲二十讲》

【延伸阅读】

　　1. 余秋雨：《笛声何处》，古吴轩出版社 2004 年版。

　　2. 骆　正：《中国昆曲二十讲》，广西师范大学出版社 2007 年版。

　　3. 白先勇：《姹紫嫣红〈牡丹亭〉：四百年青春之梦》，广西师范大学出版社 2004 年版。

　　4. 于　丹：《于丹·游园惊梦：昆曲艺术审美之旅》，中华书局 2007 年版。

【思考与拓展】

　　1. 汤显祖用一些相当模糊的语言文字，准确又深刻地表达出了人物的深层的意识和情感，引发读者与观众的无限想象，试分析《惊梦》一出中的模糊语言。

　　2. 欣赏昆曲《牡丹亭》，体味昆曲唱腔和舞蹈之美。

　　3. 比较杜丽娘与《西厢记》中崔莺莺的不同形象，分析时代的变化给女性爱情观带来的不同影响。

（撰稿：马岂停）

沙 家 浜

【作品导读】

京剧《沙家浜》是由中国京剧团《沙家浜》剧组集体改编、演出的红色经典剧。它取材于崔佐夫的"革命回忆录"《血染着的姓名——三十六个伤病员的斗争纪实》。20世纪50年代末,上海市人民沪剧团集体将其改编为沪剧剧本,取名《碧水红旗》,执笔文牧。1960年正式公演时又改名为《芦荡火种》。1963年初冬,北京京剧团汪曾祺、杨毓珉、萧甲、薛恩厚等负责剧本改编,根据原剧突出"地下工作"的主题,剧名亦改为《地下联络员》,由文化部和中国京剧院、北京京剧团进行京剧的改编和排演。1964年6月,在全国的京剧现代戏观察大会上参加会演,并依据毛泽东的意见改名《沙家浜》。

《沙家浜》的剧情如下:沙家浜是一个江南的村镇。1939年秋,新四军某部和敌人迂回作战,一度撤离阳澄湖畔常熟一带,留下18个伤病员。以指导员郭建光为首的伤病员,由地下党员阿庆嫂负责,安置在沙家浜的革命群众家休养。他们和群众生活战斗在一起,军民结下了鱼水深情。

日寇疯狂扫荡,反动武装"忠义救国军"的头子胡传魁、刁德一秉承日寇大佐黑田旨意,千方百计企图搜捕新四军伤病员。郭建光对地方党政干部作了反扫荡的布置后,率领伤病员暂时隐蔽在芦苇荡里。在消息隔绝、粮缺药尽的艰苦环境中,他们按照毛主席的教导,分析敌情,排除万难,力争主动,坚持待命,像暴风雨中的青松一样挺然屹立。

沙家浜镇的党支部书记阿庆嫂以"春来茶馆"的老板娘的身份为掩护,实际上是党的地下联络员,当初胡传魁刚出道时,遇日军追杀,幸得阿庆嫂救他一命。如今,阿庆嫂抓住敌人的弱点,利用胡传魁、刁德一之间的矛盾,机智灵活地与他们进行了紧张复杂的斗争,并在党的领导和群众的协助下冲破险阻,终于使18个伤病员安全转移。新四军伤病员安全脱险后,胡、刁非常恼火,当着阿庆嫂的面拷问沙奶奶和革命群众,企图破坏沙家浜的党组织。阿庆嫂和沙奶奶互相掩护,沙奶奶痛斥敌人,阿庆嫂乘机了解敌军司令部虚实。新四军某部主力回兵东进。郭建光率领痊愈归队的战士们,配合大部队的行动,组成突击排直插沙家浜,活捉了日寇黑田和汉奸胡传魁、刁德一。沙家浜重新回到人民的手中。

《智斗》是《沙家浜》第四场中的一个片断。胡传魁和刁德一来沙家浜调查新四军伤病员，阿庆嫂为掩护伤员，机智沉着应对二人，与之对答，称为"智斗"。其中的唱段采用三个人对唱的形式。作者根据剧中不同人物的性格和特征，通过多种京剧唱腔的组合设计，表现了剧中人物茶馆老板娘、共产党员阿庆嫂的机智勇敢，敌参谋长刁德一的阴险毒辣以及敌司令胡传魁的粗笨愚蠢。场面生动，音乐形象鲜明。

就《沙家浜》这出戏的行当来说，阿庆嫂属于"旦"角；胡传魁属于"净"角；刁德一属于"生"角(老生)。就其声腔来说，这段戏的唱腔均为"西皮"，特别是它多用"摇板"和"流水"两种板式，这就使三人斗智时那种表面从容平静、而内里却激烈紧张的场面表现得十分充分。戏中三位角色的身份和性格特点鲜明生动——

1. 阿庆嫂

中国共产党地下党员，春来茶馆老板娘。在新四军主力撤出江南后，受命掩护留下的伤病员。胆大心细、遇事不慌、机智灵活、不卑不亢，在掩护伤员过程中，与日本人、刁德一斗智斗勇，最终出色地完成了党交给的任务。

2. 刁德一

国民党军统局特务，忠义救国军参谋长。曾在日本留学，后效力国民党军统局。在新四军主力撤出江南后，受命潜回到老家——沙家浜地区，收编地方武装，组建忠义救国军，试图剿灭新四军伤病员和捣毁地下党组织。沙家浜大财主刁老太爷的儿子。阴险狡猾，诡计多端。

3. 胡传魁

忠义救国军司令。沙家浜镇人，自发成立保安队，当队长为害乡里，后被国民党招安，改名为忠义救国军，任司令。因遭日军追杀得到阿庆嫂救助，从此，视阿庆嫂为救命恩人。假意江湖义气，实际唯利是图。在立场上，总是摇摆不定，坚持着"有奶就是娘，有枪就是草头王"的自我原则。最终，扮演了投靠日本人，甘愿与人民为敌，做民族败类的角色。

【经典回顾】

胡传魁：（白）你问的是她？

（西皮流水）

想当初老子的队伍才开张，

拢共才有十几个人、七八条枪。

遇皇军追得我晕头转向，

多亏了阿庆嫂，

她叫我水缸里面把身藏。

她那里提壶续水，面不改色，无事一样，

骗走了东洋兵，我才躲过了大难一场。

似这样救命之恩终身不忘，

俺胡某讲义气终当报偿。

阿庆嫂：（白）胡司令，这么点小事，您别净挂在嘴边上。那我也是急
　　　　中生智，事过之后，您猜怎么着，我呀，还真有点后怕呀！

刁德一：（白）嘿嘿嘿……

（阿庆嫂取香烟、火柴，提铜壶从屋内走出）

阿庆嫂：（白）参谋长，烟不好，请抽一支呀！胡司令，抽一支！

刁德一：（望着阿庆嫂背影，反西皮摇板）

　　　　这个女人不寻常！

阿庆嫂：（接唱）

　　　　刁德一有什么鬼心肠？

胡传魁：（西皮摇板）

　　　　这小刁一点面子也不讲！

阿庆嫂：（接唱）

　　　　这草包倒是一堵挡风的墙。

刁德一：（略一想，打开烟盒请阿庆嫂抽烟）（白）抽烟！

（阿庆嫂摇手拒绝。）

胡传魁：（白）人家不会，你干什么！

刁德一：（接唱）

　　　　她态度不卑又不亢。

阿庆嫂：（西皮流水）

　　　　他神情不阴又不阳。

胡传魁：（西皮摇板）

　　　　刁德一搞的什么鬼花样？

阿庆嫂：（西皮流水）

　　　　他们到底是姓蒋还是姓汪？

刁德一：（西皮摇板）

　　　　我待要旁敲侧击将她访。

阿庆嫂：（接唱）

　　　　我必须察言观色把他防。

（阿庆嫂欲进屋。刁德一从她的身后叫住）

刁德一：（白）阿庆嫂！

（西皮流水）

适才听得司令讲，

阿庆嫂真是不寻常。

我佩服你沉着机灵有胆量，

竟敢在鬼子面前耍花枪。

若无有抗日救国的好思想，

焉能够舍己救人不慌张！

阿庆嫂：（接唱）

参谋长休要谬夸奖，

舍己救人不敢当，

开茶馆，

盼兴旺，

江湖义气第一桩。

司令常来又常往，

我有心背靠大树好乘凉。

也是司令洪福广，

方能遇难又呈祥。

刁德一：（接唱）

新四军久在沙家浜，

这棵大树有阴凉，

你与他们常来往，

想必是安排照应更周详！

阿庆嫂：（接唱）

垒起七星灶，

铜壶煮三江。

摆开八仙桌，招待十六方。

来的都是客，

全凭嘴一张。

相逢开口笑，

过后不思量。

人一走，

茶就凉……

有什么周详不周详！

京剧《沙家浜》，上海文化出版社 1967 年版

【名家评点】

　　《沙家浜》中的智斗，由于有了阿庆嫂、胡传魁、刁德一之间从各自的性格各自的利益各自的处境出发的勾心斗角，才使正面角色与反面角色在一个暂时排除了简单的政治价值判断的语境中展开生动的智力对垒。角色之间才有了比较平等的斗争。尽管被硬性规定阿庆嫂这个角色要比郭建光低一等级，但这位垒起七星灶，铜壶煮三江的阿庆嫂却是《沙家浜》中、也是样板戏戏剧中难得的一个不是依靠政治身份，而是用心计和胆识于不动声色中战胜敌手的样板戏英雄人物。阿庆嫂的这一特性使她在众多"金刚怒目"式的样板戏英雄中间格外醒目。智斗是最精彩的一场。刁德一的狡猾多疑、阿庆嫂的虚与周旋、胡传魁的"江湖义气"，各有各的心思，各有各的算盘。特别是刁德一、胡传魁、阿庆嫂的三人轮唱，表面上不动干戈，但刁德一、阿庆嫂间的内心角斗已经充分展开，而胡传魁的愚蠢，恰恰折射出刁德一的狐疑和阿庆嫂的机智，也折射出这两个人智斗加暗斗的高度紧张。像智斗这样让敌我双方的三个人物在智力、勇气、情感获得了多样化的表现的样板戏片段似乎仅此而已。但恰恰是这个片段，让观众欣赏到了英雄的智，而不是再次确证英雄居高临下、理所当然的身份价值。

　　可惜，在样板戏中，《沙家浜》的智斗这样的片段是例外的例外。就是那阿庆嫂这位女英雄，也因为从事的是地下斗争，在政治上应该从属于从事武装斗争的郭建光，因此，阿庆嫂这个角色在等级划分上理所当然比郭建光低一层次。尽管《沙家浜》这出戏最早的剧名就叫《地下联络员》，以地下工作的传奇故事取胜，但为了突出武装斗争而不是地下斗争的主导地位，这出剧在修改为《沙家浜》过程中不得不遵命加重郭建光的分量，让郭建光在戏剧的关键处不时地发挥些重要作用，多说些有觉悟的阶级话政策话。但不管怎么改，观众欣赏的依然是说话滴水不漏带点江湖气的阿庆嫂，欣赏阿庆嫂如何周旋于胡传魁和刁德一这两男人之间。

——余岱宗：《论样板戏的角色等级与仇恨视角》

　　现代京剧《智取威虎山》中的"急速出兵"、"打虎上山"，《沙家浜》中的"坚持"、"奇袭"，如果说上述的两出戏都是在舞台表现上呈现出浓烈的"打"和"做"，表现出戏曲舞台上浓郁的"动"的因素的话，《红灯记》中的"痛说革命家史"、"赴宴斗鸠山"、《沙家浜》中的"智斗"，《智取威虎山》中的"深山问苦"、"定计"、则是典型以唱腔唱段表现出来的"静"的舞台形式，从而很好地体现了唱念做打的舞台表现因素。可见戏曲的舞台表现艺术，不只仅仅是内容和主题的积极意义，也不仅仅是唱腔唱段和道白，而是完整的唱念做打有机的结合。

——杨云峰：《现代戏：内容与形式之间的艰难选择》

剧本文学弱化以后，演员的地位过分大于剧作家，表演大于剧本，表演艺术不是与剧本文学结合起来，而是凌驾于剧本文学之上，这就势必造成形式大于内容，局部大于整体，唱腔大于唱词。

为什么说形式大于内容呢？观众到剧场只是看艺术形式，而不是看内容。观众听戏，只是听"角儿"的唱腔，不去思考戏剧的内容。就像现在唱的《沙家浜》里的"智斗"，很像小孩做游戏，观众看的是形式，没有想着那是抗日战争，那是打日本鬼子。看的都是形式而不是内容，因此戏剧内容弱化单调。可是形式却相当完美，其中的念、唱、做、打，一招一式太讲究了。为什么说局部大于整体呢？因为它折子小，片段好，由表演者八仙过海、各显神通，甚至出现一个"角儿"演三个角色的怪现象。

——魏明伦：《戏曲文学漫谈》

【延伸阅读】

1. 汪曾祺：《汪曾祺说戏》，山东画报出版社 2006 年版。
2. 蒋星煜：《文坛艺林备忘录》，上海远东出版社 2006 年版。
3. 陆建华：《汪曾祺的春夏秋冬》，河南人民出版社 2005 年版。

【思考与拓展】

1. 欣赏并学唱《沙家浜·智斗》，品味分析如何综合运用肢体语言、表情语言、唱腔板式、对白唱词等入木三分地表现人物的性格特征和内心世界，凸显角色之间激烈的心理战，强化戏剧冲突的感染力。

2. 《智斗》涉及了三个行当——旦(青衣)、生(老生)、净(花脸)。试从音色等要素上感受、体验、认识京剧不同行当及唱腔板式的韵味特点。

3. 京剧艺术的薪火需要世代传承，想想你愿意和能够做些什么吗？访问支持京剧网站、利用博客等平台弘扬国粹艺术、积极组织参与校园"梨园俱乐部"……增广见闻，怡情养性，不亦乐乎？

4. 心得报告《我体验，我品味——京剧之"美"》：谈谈你对京剧艺术的相识之缘、体验之感、领悟之得。

（撰稿：张晓龙）

巴山秀才

魏明伦

【作品导读】

　　魏明伦（1941—　），四川内江人。剧作家，杂文家。现任全国政协委员，中国戏剧家协会副主席，中国戏剧文学学会会长。成名作《易胆大》、《四姑娘》、《巴山秀才》三获全国优秀剧本奖。1985年致力探索，代表作《潘金莲》引起全国讨论，波及欧美等国家以及香港台湾地区。1992年《夕照祁山》，以文学性取胜，破例在《中国作家》及海外文学刊物发表。1998年推出川剧《中国公主杜兰朵》，在北京与佛罗伦萨歌剧院的《杜兰朵》同时公演，成为中西文化磨合的佳话。2004年，其扛鼎之作《变脸》被列入国家舞台艺术十大精品之一。又以《巴山鬼话》为总题出版杂文随笔。被海内外称为"巴蜀鬼才"。

　　川剧《巴山秀才》是魏明伦的一部力作，首演于20世纪80年代。1983年，在四川省川剧调演大会上，自贡市川剧团演出的新编历史剧《巴山秀才》受到了戏剧界和观众的热情赞扬，随即此剧创作在中国戏剧界产生巨大的影响。该剧剧情如下：清朝末年，巴山县饥民们恳求县令孙雨田开仓放粮。孙雨田一边表示无粮可放，需向上级呈文，方可拨救济粮；一边对总督恒宝谎称巴山民变，使恒宝上当，下札剿办。正当饥民兴高采烈出城迎接来兵，提督李有恒却率兵剿杀，3000人因此丧命。秀才孟登科与妻子侥幸逃脱后来到成都，遇见孙雨田并知道了事情真相。秀才向恒宝面陈巴山冤案，但恒宝因亲手下的剿办之札，起意杀秀才灭口，后因爱妾霓裳说情，秀才遭鞭笞被逐出。秀才无意中得知张之洞将入川主考，便进考场写下巴山县民的冤屈。张之洞将秀才的手书带回京城，面奏皇太后，皇太后派遣专使入川调查。孙雨田向恒宝献计篡改札子，将"剿办"改成"抚办"，想让李有恒当替罪羊。但札子通过霓裳之手转给了秀才。在钦差会审大堂上，秀才与孙雨田等人巧妙周旋，揭穿了真相。钦差下令斩李有恒、孙雨田，革去恒宝官职。但钦差却呈上投过毒的皇封御酒毒杀了秀才。

老戏剧家阳翰笙曾兴奋地说："剧本写得好，演员演得也好。"陈白尘称赞这出戏"几乎无懈可击"。文艺界的普遍评价是，这出戏不但剧本提供了良好基础，导演、表演、舞美等也很值得称道。这部作品以清末四川的一桩史实为素材，塑造了"秀才"这样一位正直、天真、执著的知识分子形象。全剧的情节极为生动，特别是人物性格和语言精粹考究，体现出浓郁的地方特色与人物独有的魅力。该剧自20世纪80年代首演后，曾在全国许多地方演出超过二百场，观众达二十万人次；2002年以后又被不断加工和重排。

《巴山秀才》剧本曾获1982~1983年全国优秀剧本奖；2003年川剧《巴山秀才》在第八届中国戏剧节上，一举夺得中国曹禺戏剧奖的最高奖项"金奖"第一名，成为第一出获此殊荣的川剧剧目。

【经典回顾】

【紧接前场，二幕外】

【恒宝焦急地由左上，孙雨田沮丧地由右上，相遇台中】

恒　宝：札子？

孙雨田：还在搜查。

恒　宝：（怒骂孙）曹操背时遇蒋干！

孙雨田：（嘀咕）董卓背时遇貂蝉！

恒　宝：貂蝉？

孙雨田：大帅的宠姬，吃里扒外。"山人"的锦囊妙计，被她扰乱了，怪得谁来？

恒　宝：这个……（语塞）悔之晚矣，今日会审，如何下台？

孙雨田：大帅免虑，李有恒身上乃是「抚办」札子，今日会审，罪责推给李有恒，定案之后，再除隐患。

恒　宝：嗯，只好如此了。（呼）戈什哈，奏乐有请！（同孙下）

【鼓乐声中，二幕启，制台衙门大堂】

【钦差仪仗列队而出："代天巡守"，"奉旨查办"……气象森严】

【总督队上，戈什哈抱剑上】

【孙雨田、李有恒分上，拱手一礼，肃立接下】

【恒宝上，向幕后一礼，钦差昂然而出，堂威大作】

【钦差居首位，恒宝陪坐】

钦　差：（念）奉旨出朝，地动山摇。查办冤案，为民撑腰！

随　员：（上）回禀钦差，柯登梦到！

钦　差：柯登梦！（喜形于色）有请！

随　员：有请！

孟登科：（上）柯登梦参见钦差大人！

孙雨田：（惊）王爷，他是孟登科！

孟登科：（笑）颠倒来——

钦　差：孟登科——柯登梦！

孟登科：就是我！

恒　宝：王爷，柯登梦只有一十五岁嘛！

孟登科：（笑）再颠转来——

钦　差：一十五岁——五十一岁！

孟登科：正是我！

钦　差：啊！（恍然）哈哈，老头儿，我找得你好苦啊！今儿了结巴山
　　　　一案，你来的正是时候，真是顺天人意，两全其美，摆坐。

孟登科：谢座。（陪坐一旁）

钦　差：（呼）原巴山知县孙雨田？

孙雨田：在。

钦　差：案情原委，从实诉来。

孙雨田：（硬着头皮）回禀钦差大人，巴山干旱，卑职为民请命，实报
　　　　灾情。

钦　差：四川总督恒宝！

恒　宝：在。

钦　差：接报之后，你如何处置？

恒　宝：回禀王爷，下官体恤巴山饥民，下令抚办。

钦　差：记名提督李有恒！

李有恒：在。

钦　差：你又怎么剿起来了？

李有恒：啊！（申辩）标下行伍出身，大帅叫我剿，我敢不剿吗？

钦　差：口说无凭，札子？

李有恒：有！（取札子）请看？

钦　差：（念）抚办！

李有恒：（看札子，大惊）唉呀，怎么变了？

钦　差：铁证如山，还敢狡辩？

【李有恒瞠目结舌，孙雨田接过札子，招摇示众】

孙雨田：众目睽睽，天日昭昭，总督亲笔，制台大印，乃是抚办，抚办啦！

恒　宝：（有意向秀才强调）巴山秀才，看清楚，本帅是抚办啊！

孟登科：（心里有数）大帅，我看得一清二楚！

钦　差：胆大李有恒，违背帅令，擅自剿办，立即斩首，以平民愤。绑了！

【钦差丢下斩标，亲兵捆绑李有恒，插上斩标。

孟登科抢步上前，嬉笑怒骂，痛斥李有恒】

孟登科：李有恒，蠢贼！你助纣为虐，罪之一也，奸掳烧杀，罪之二也，被人换札，替人挨刀，罪之三也！

钦　差：（一听不对）得了吧，老头儿，你说的什么玩意儿！

孟登科：（仿京腔）什么玩意儿？我拿了出来就不好玩了！

（展开札子）

众　人：（同念）剿办！

钦　差：（急问恒宝）这是怎么搞的？

孟登科：（仿京腔）怎么搞的，他们掉包，调来调去，调到我包儿里来了！

李有恒：（狠命咬断"禁口符"大呼）老先生，你才是个救命王菩萨呦！

孟登科：你也不是个好东西，难逃罪责！

【亲兵给李有恒打上"禁口符"，孟登科高举札子示众】

孟登科：众目睽睽，天日昭昭，这才是总督亲笔，制台大印，剿办！恒大帅，（嘲讽）你不要负"偶"顽抗啊？

恒　宝：（大窘，不知所云）王爷……

钦　差：（怒指恒宝等人）你们这群混蛋，要不是秀才揭底，我差点上你们的当了！来呀！把恒宝撤了！把孙雨田绑了！把李有恒砍了！退堂！

随　员：（呼）退堂！

【亲兵推出李有恒，绑了孙雨田，撤了恒宝的座位，钦差扶孟登科上座】

幕　后：（呼）起鼓，开刀——

【恒宝、孙雨田闻声颤抖】

钦　差：老头儿，这下满意了吧？

孟登科：元凶落网，仰仗太后隆恩。

钦　差：太后老佛爷说了，你这一状告得好啊！从古至今，有文状元、武状元，文武双魁状元，还有"进宝状元"、"打更状元"。你老不寻常，是告状的状元！太后老佛爷夸你是个人才，破格提升。来呀，呈上花翎冠戴，捧出皇封御酒！

【吹打，钦差侍从呈上冠袍，孟登科应接不暇，更换穿戴。随员捧皇封御酒上】

随　员：禀启皇封。（启封）

钦　差：一杯御酒，皇恩浩荡——（敬酒）

孟登科：（欲沾唇，忽又向空遥祭）巴山父老，魂兮归来，共饮此杯！
（洒酒于地）

钦　差：二杯御酒，帝道遐昌。（敬酒）

孟登科：（欲沾唇，忽四顾）糟糠之妻不可忘，我的娘子还在衙门外等
候好音。

钦　差：快请状元夫人。

二侍从：是。（下）

【孟登科从容饮了二杯，钦差再敬三杯】

钦　差：（忽变声调）三杯御酒，送上"天堂"！

孟登科："天堂？（酒杯落地，变脸，腹痛如绞）毒酒！

孙雨田：（明白过来，失声）嘿！八算九算，还有十算！

恒　宝：（连呼）王爷，高！

钦　差：不是我高，是圣母皇太后老佛爷高。（指孟）这种料多几个，
大清朝不就砸了吗？

【钦差说着，销毁剿办札子，秀才欲抢，被钦差一脚踢倒】

钦　差：（一本正经）巴山一案就此了结，皆大欢喜。

钦差、恒宝：（同声朗念）载入——史——册！（弹冠相庆而下）

孟登科：（仰天长啸）大清朝……

（唱）三杯酒，三杯酒，杯杯催命！

大清朝，大清朝，大大不清！

孟登科，柯登梦，南柯梦醒！

醒时死，死时醒，苦笑几声！

【孟登科苦笑，孟娘子甜蜜地笑着上】

孟娘子：哈哈、哈哈……（打量秀才穿戴）哎，秀才你究竟中了个啥子
官儿啊？

孟登科：我，我中毒了！

孟娘子：（大惊）啊?!

孟登科：（唱）哪一天，执法无私民有幸啊？

哪一天，灾荒无情国有情!!!

【末句反复伴唱，秀才取下翎顶，弃之如草芥，愤怒地踏上几脚，含恨
倒地惨死】

孟娘子：（悲号）秀才！（幻灭、呆笑）哈哈，中了，中——毒——
了！（狂笑）

哈哈……（伏尸昏厥）

【琵琶声起】

合　唱：天下耳目掩不尽，

歌女琵琶传真情……

【天边映现霓裳身影，民女装束，怀抱琵琶，踏遍巴山蜀水……】

合　唱：巴山惨案催人醒，

巴山秀才死犹生！

选自《魏明伦剧作精品集》，东方出版中心 2007 年版

【名家评点】

那台《巴山秀才》已经让人精神陡然一振。纯熟的技法，漂亮的唱词，却毫无当时一般文人剧作的疲塌斯文、亢奋议论和矫饰悲情，只是活脱脱地凸现出叙事结构和嘲讽魅力，直到观众以为已经剧终，站起身来准备鼓掌的时候，一个意想不到的突转又把所有的观众震得发呆。第一流的文化信号与数量没有关系，几句小诗，一篇短文，很可能立即使我们对作者作出心悦诚服的文化判断而超过浩繁的卷帙；记得那天我从上海长江剧场出来就想，一个真正值得关注的剧作强人出现了……

魏明伦这十年来在剧作上的成功，很值得人们深思。中国文化如何面对国际？传统艺术如何面对现代？这首先不是一个理论问题而是一个实践问题；在实践问题上，又首先不是取决于群体统一而是取决于个体创造。再复杂的文化难题，也总是从为数不多的标志性人物身上开始获得解答信息的。魏明伦显然已成为这样的标志性人物，值得理论家们投注更多的研究目光。

余秋雨：《大匠之门——序魏明伦》

【延伸阅读】

1. 魏明伦：《魏明伦剧作精品集》，东方出版中心 2007 年版。
2. 魏明伦：《魏明伦随笔选》，光明日报出版社 2004 年版。

【思考与拓展】

1. 分析孟登科这一人物形象。
2. 试析剧本节选片断的艺术特色。

（撰稿：李　东）

莎乐美

王尔德

【作品导读】

奥斯卡·王尔德（1854—1900），英国著名的剧作家、散文家和诗人。

他生于都柏林的贵族之家，父亲是外科医生，也是位爵爷。母亲是位作家，是当时一个著名沙龙的主持者。

王尔德毕业于牛津大学。他从小就受到浓郁的文学熏陶。在都柏林三圣大学读书期间，他阅读了大量的古典文学作品，再加上本身才华出众，很快就在文学上获得了巨大成功。

1888 年 5 月，他的第一部童话集《快乐王子及其他》(包括《快乐王子》、《夜莺和玫瑰》、《自私的巨人》、《忠诚的朋友》和《神奇的火箭》)出版了。这本书立刻轰动一时；书的作者也成了人们注目的中心。

1891 年 12 月，他的另一部童话集问世——《石榴之屋》，收有四部童话：《少年国王》、《小公主的生日》、《渔夫和他的灵魂》和《星孩》。这部书并未像王尔德的第一本童话那样立即受到欢迎，而是渐渐地，特别是在王尔德死后，才成为家喻户晓的故事集。

我国翻译王尔德作品最早是在 1915 年。1925 年洪深曾改编他的戏剧成名作《温德米尔夫人的扇子》，以《少奶奶的扇子》为剧名，在舞台上演出。他唯一的长篇《道林·格雷的画像》以及他的戏剧选集，都有中文译本。巴金 20 世纪 40 年代翻译过他的童话《快乐王子集》。余光中翻译过王尔德的戏剧《温夫人的扇子》、《不可儿戏》，并写了精彩的序言《一笑扇底百年风——〈温夫人的扇子〉百年纪念》、《一跤绊到逻辑外——谈王尔德的〈不可儿戏〉》，这已是 20 世纪八九十年代的译文了。

以王尔德生平为题材的电影有三部，20 世纪 60 年代曾有过两部，1997年影片《王尔德和他的情人》将王尔德的同性恋经历搬上屏幕，并详尽地

剖析了王尔德奇异恋情的思想历程，同时也展示了王尔德传奇的一生。

英国铸造了一尊王尔德的头像，人们永远不会忘记这位才华横溢又个性不羁的大文豪。

王尔德的其他戏剧都是喜剧，《莎乐美》是他唯一的悲剧剧本。莎乐美的故事起源于《圣经》，但王尔德更多的是受到19世纪象征主义和颓废主义艺术家对该故事的再诠释的影响：莎乐美是朱迪亚的王希律·安提帕的续弦希罗底的女儿。希律王十分迷恋继女莎乐美的丽质，对她宠爱无度，以至以施洗礼者约翰的头为许诺，请莎乐美跳舞。莎乐美非常任性，其根源是她爱上了约翰，因为不可得而由爱发展为恨：她吻不到活着的约翰，最终吻到了死去的约翰。莎乐美因此被希律王下令处死。

1891年秋天，王尔德在法国巴黎隐居时用法语写下了《莎乐美》的剧本。1892年，他将剧本拿给萨拉·贝因哈特看，后者对剧本很感兴趣，马上主持在伦敦皇宫戏院排练这出戏，并亲自担任莎乐美一角。但因为当时英国法律规定不得将圣经人物公开搬上舞台，宫务大臣拒绝颁发执照给这出戏。1893年2月，剧本在巴黎出版，后来又在伦敦出版了由王尔德的同性恋人阿尔佛雷德·道格拉斯翻译的英文版本。英文版还请了当时名气渐大的比亚兹莱创作插画和装饰。

《莎乐美》只是一出两三万字的独幕剧，也是英国第一个象征主义悲剧。剧中的莎乐美是一个象征形象：她为了能够吻到约翰的唇不顾一切，舍弃一切。这个人物对王尔德尤其有象征意义，他对唯美主义的执著追求有如莎乐美对约翰的追求，而莎乐美作为朱迪亚的公主却惨遭盾击而死的结局似乎也预兆着王尔德大悲大喜的悲剧命运。《莎乐美》虽然短小，但可算得上是王尔德戏剧中最具张力且最完美的作品。

【经典回顾】

希律王：〔莎乐美跳七面纱舞〕啊，精彩极了！你看，你的女儿给我跳舞了。过来，莎乐美，过来，我给你赏赐。啊，凡给我跳舞让我欢喜的都会得到我丰厚的赏赐。我要给你丰厚的赏赐。你的灵魂渴求的一切我都会给你。你想要什么。说吧。

莎乐美：〔跪下〕我愿有人立即用银盘给我送上……

希律王：〔哈哈大笑〕用银盘送上？当然当然，用银盘送上。她十分迷人，可不是吗？你要用银盘给你送上什么？啊，美丽可爱的莎乐美，比犹太国所有的美女都美的莎乐美。你要在银盘里给你送上什么？要他们在银盘里送上什么？你尽管讲吧，不论你要什么你都能得到。我的珍宝都属于你。你想要什么，莎乐美？

莎乐美：〔起立〕约翰的头。

希罗底王后：啊，说得好，我的女儿。

希律王：不，不！

希罗底王后：说得好，我的女儿。

希律王：不，不，莎乐美。你想要的不是这个。别顺着你母亲的意思。
她总给你出些邪恶的主意，别理她。

莎乐美：我才不管我母亲的意思呢，我要求用银盘送来约翰的头，这是
为了我高兴。你发过誓的，希律。别忘了，你发过誓的。

希律王：我知道，我是凭诸神的名义发过誓的。我很清楚。可是我求
你，莎乐美，跟我要别的东西吧！要我半个王国吧，我都给
你。可别向我要你那小嘴刚才提出的东西。

莎乐美：我向你要的是约翰的头。

希律王：不，不，我不给。

莎乐美：你发过誓的，希律。

希罗底王后：你确实发过誓，大家都听见的。你当着众人的面发过誓的。

希律王：住嘴，女人！我没有跟你说话。

希罗底王后：我的女儿要约翰的头，要得很对。那人曾严重地侮辱过
我，曾用使人无法出口的话攻击过我。莎乐美显然很爱她
的母亲。别让步，我的女儿。他发过誓的，他发过誓的。

希律王：住嘴，别跟我说话！……莎乐美，我求你别那么固执。我对你
一向很好。我一向很爱你……也许是爱得过了分。所以，别向
我要这东西吧。你向我要的这东西很可怕，很叫人恐怖。我认
为你肯定是在开玩笑。从身子上砍下来的人头是很吓人的，是
吗？让一个处女的眼睛看见这样的东西很不合适。这东西能叫
你快活吗？你是一点也不会快活的。不，不，你要的不是这
个。听我的话。我有颗祖母绿，一颗滴溜圆的大祖母绿，那是
恺撒的一个宠臣送给我的。通过这颗宝石你可以看到远处的景
象。恺撒看马戏就带一颗这种宝石。可我的祖母绿比他的大。
我很清楚我这颗更大。它是全世界最大的祖母绿。我把它送给
你，好吗？只要你向我开口，我就给你。

莎乐美：我要约翰的头。

希律王：我的话你就没听，没听。听我说，莎乐美。

莎乐美：约翰的头！

希律王：不，不，你并不想要它。你不过是给我出难题罢了，因为我今
天晚上老盯着你看个不停。是的，我今天晚上老盯着你看个不

停。你的美令我难受。你的美叫我非常烦躁，因此我看你才看得太多。好了，我以后不再看你了。人是什么都不能看的。东西不能看，人也不能看。要看只能看镜子，那倒没问题，因为镜子只让我们看见些假面具。啊，啊！拿酒来，我渴了……莎乐美，莎乐美，咱们还是做朋友吧……你以为……啊！我要说什么？啊！我想起来了！莎乐美——不，来吧！到我身边来。我怕你听不见我的话——莎乐美，你知道我的白孔雀吧？我美丽的白孔雀，在花园里的番石榴和高高的柏树之间踱步的白孔雀。它们的嘴甲镀过黄金，它们吃的粟粒儿也染过黄金，它们的脚沾染了紫红。它们一啼鸣天便下雨，它们开屏月亮便在空中露出脸儿。它们成双成对地散步在高高的柏树和黑色的番石榴之间。我的每一只孔雀都有一个奴隶照顾。它们时而在树梢飞翔，时而在草地上蹲坐，时而在水池边照影。全世界也没有比它们更神奇的鸟儿。我知道就连恺撒的鸟儿也比不上我的鸟儿美丽。我愿把我的孔雀给你五十只。你走到哪儿它们都跟着，你出现在它们中间便像是为白云缭绕的月亮……我把孔雀给你吧！全给你，我一共只有百只，全世界的国王也比不上我的孔雀多。我把它们全给你。只要你答应解除我的誓言，别再要求你那小嘴要求过的东西。

莎乐美：给我约翰的头！

〔饮尽杯中的酒〕

希罗底王后：说得好，我的女儿！而你呢，你和你那些白孔雀真是好笑极了！

希律王：住嘴！你老是吼叫，像个食肉动物一样。再别这样吼叫了！你那声音叫我心烦。你给我住嘴……莎乐美，想想你干的是什么事吧！这人可能是从上帝那儿来的。是个圣人，上帝的指头曾经摸过他。上帝曾通过他的嘴说出了可怕的话。无论是在宫殿，或是在沙漠里，上帝永远跟他在一起……至少是可能在一起，谁也说不准。可上帝维护着他，跟他同在是很可能的。若是他也死去，说不定就有灾祸落到我的头上。他确实说过，在他死去那天灾祸会落到某人的头上。那人若不是我又会是谁呢？记住，我到这儿来时就踩到血滑了一下。我不是还听见空中有翅膀扇动的声音吗？是巨大的翅膀的声音。这都是不吉利的兆头。还有别的现象，我确信还有别的现象，虽然我没有看见。你不愿意灾祸降临到我头上吧，莎乐美？再有，你听我说……

莎乐美：给我约翰的头！

希律王：啊，你就没听我说的话。静下心来！我，我不是平心静气的吗？我完全是平心静气。听我说，我在这儿还藏着珠宝，连你母亲也从没见过的珠宝，看了能叫人大吃一惊呢。我有一个项圈，上面的珍珠嵌成四行，像是把许多月亮用银色的光线拴在了一起，像是把五十个月亮织进了金丝的网络里。它们曾在某个王后象牙般的胸脯前闪耀。你带上它也会美丽得像王后的。我有两种紫水晶，一种黑得像酒，一种红得像加了颜色的醇醪。我还有黄玉，黄得像老虎的眼睛。我有烟晶，灰得像斑鸠的眼睛。我有青晶，绿得像狸猫的眼睛。我有总是在燃烧的火欧珀，石里的火焰冷得像冰，看了叫人心灰意冷，见了影子也害怕。我有缟玛瑙，像死去的女人的眼睛。还有随着月亮变化而变化的月长石，它见了太阳就暗淡。我有鸡蛋大的青玉，蓝得像蓝色的花朵。大海在它心中流荡，它那波涛的湛蓝从不受月亮的干扰。我有贵橄榄石和绿柱玉，有绿石髓和红宝石，有缠丝玛瑙和红锆英石，还有石髓，我把它们全给你，全给你，还加上别的东西。东印度群岛的国王刚送给我四把扇子，全都用鹦鹉的羽毛制成。努密地亚国王刚送给我一件长袍，是用鸵鸟羽毛做的。我有一块水晶，里面有不能让女人看的东西，年青人要看先得挨棍子。我在一个珠母匣子里有三颗神奇的绿松石，戴在前额上便能幻想出虚无缥缈的东西，捏在手上又能阻止容易怀孕的妇女怀孕。这些全是了不起的珍品，无价之宝。这还不算，我在一个黑檀木的盒子里还有一对琥珀杯子，像是金苹果。若是有敌人往杯里倒进了毒药，金苹果便会变成银苹果。我在一个琥珀镶嵌的匣子里还有一双镶着玻璃的便鞋。我有西尔士人送来的披风，有镶满红玉和幼发拉底玉的手镯……这些难道你都不想要？你想要什么就告诉我，我都给你。你要什么，我给什么，只有一个东西除外。我把我的一切都给你，除了那个人的生命之外。我连祭司长的法袍都可以给你，我连庇护所的帏幕也可以给你。

众犹太人：啊！啊！

莎乐美：给我约翰的头。

希律王：〔倒在座位上〕把她要的东西给她！老实说她真是她妈妈的女儿。〔士兵甲上前。希罗底王后从国王手中取下死亡戒指交给他，

〔士兵径直送给刽子手。刽子手面露恐惧之色〕

谁取走了我的戒指？我右手上原有个戒指。谁喝了我的酒？我的杯子是有酒的，斟满了酒。有人喝光了我的酒！啊！肯定会有人遇到灾祸的！〔刽子手下到古蓄水池里〕啊！我为什么要发誓？从今以后做国王的可别再发誓了。发了誓不算数是可怕的，算数也是可怕的。

希罗底王后： 我的女儿做得对。

希律王： 我相信会有灾祸降临。

莎乐美： 〔向古蓄水池探过身子细听〕没有声音。我什么都没听见。这个人怎么就不叫喊？啊！若是有人要杀我，我是要叫喊的。我是要挣扎的，我不会任人宰割……砍呀，砍呀，纳阿曼，给我砍呀……不，我什么都没听见。静静的。静得可怕。啊！有什么东西掉到地上了。我听见有东西掉下了。那是刽子手的刀。这个奴隶害怕了，把刀掉到地下，他不敢杀他。这个奴隶是个胆小鬼！还是打发士兵去吧。

〔看见希罗底王后的侍童，转向他〕过来。你是那死去的卫队长的朋友，是吗？唔，可我告诉你，还得有人死。到士兵那儿去，叫他们下去，把国王答应给我的东西取来，那是我的。

〔侍童退缩。莎乐美转身向士兵〕来呀，士兵们。到蓄水池里去把这个人的头给我取来。国王，国王，给你的士兵下命令把约翰的头给我取来。

〔刽子手粗大的黑胳膊从古蓄水池伸出，手执银盾，盾上置约翰的头。莎乐美抓住头。希律王用大氅遮住自己的脸。希罗底王后摇着扇子微笑。拿撒勒人跪下祈祷〕

啊，约翰，你不让我亲你的嘴。好呀！我现在要亲它了。我要像咬一枚熟透的苹果一样咬它。是的，约翰，我要亲你的嘴。我说过我要亲它，可不吗？我说过了。啊！我现在就要亲它……可是你为什么不看我，约翰？你那双刚才还那么可怕的充满愤怒和轻蔑的眼睛现在闭上了。为什么闭上了？睁开眼呀！抬起你的眼皮呀，约翰！你为什么不看我？你是因为怕我才不肯看我吗，约翰？……你那舌头，你那刚才还像一条红蛇喷着毒液的舌头再也不会动弹了，一句话也不会说了。那条鲜红的毒蛇刚才还向我喷着毒汁呢！很奇怪，可不是吗？那条鲜红的毒蛇怎么不动弹了？你不愿要我，约翰。你拒绝了我。你用些恶毒的话骂我，你对我摆架子，像对待妓女。你对我，莎乐美，希罗底王后的女儿，犹太国的公主，就像对待个荡妇一样。哼，我还活着，可你却死掉了，你的脑袋归了我。我可以拿它任意处置。扔它去喂狗，扔它去喂天上的鸟儿。或者把狗吃剩下的再给天上的鸟儿……啊，约翰，约翰，在男人之中你是我唯一爱过的人！别的男人都令我厌恶，而你却很美丽！你的身子是一根象牙的柱头，镶在一双银质的腿上；是一座花园，园里满是鸽子和银色的百合花；是一座有象牙盾徽装饰的银塔。世界上就没有东西比你的身子更白。世界上就没有东西比你的头发更黑。世界上就没有东西比你的嘴唇更红。你的声音是一个散发着异香的香炉，我望着你便听见了奇妙的音乐。啊！约翰，你为什么就没有看看我？你用你的双手作掩护，用你那亵渎的话语作掩护，遮住了你的面孔。你用即将看见上帝的人的掩蔽物遮住了自己的眼睛。唔，你已见到了你的上帝，约翰，可是我呢，我呢，你却从来没看一眼。你若看了我，是会爱上我的。我可是见到你就爱上了你的！啊，我多么爱你呀！我现在还爱你呀，约翰我只爱你一个……我渴望你的美；我迫切地要求你的身子；无论是酒或是苹果都无法平息我的欲望。我现在该怎么办，约翰？无论是滔滔的洪水或是茫茫的大海都无法熄灭我的热情。我原是个公主，你却藐视我。我原是个处女，你却夺去了我的贞操。我原本冰清玉洁，你却在我的血管里燃起了欲火……啊！啊！你为什么就不曾看我一眼？你若是看了我，你是会爱上我的。我很明白你是会爱上我的。而爱的神秘却超过了死亡的神秘。

希律王：你那女儿太可恶了；我告诉你，她太可恶了。实际上她犯下了严重的罪行。我相信那是对某个我们还不知道的上帝犯了罪。

希罗底王后：我因为我的女儿而高兴。她做得对。我现在要留在这儿不走了。

希律王：现在说话的是我哥哥的妻子了。唉，我可不愿在这呆下去，嗨，我说，肯定会有灾祸降临的。玛纳塞、以萨恰、奥济亚斯，熄掉火炬！我什么都不想看见，也不想让任何东西看见。遮住月亮！遮住星星！我们躲到宫殿里去吧，希罗底，我开始害怕了。

〔众奴隶熄灭火炬。星星消失。一大片乌云移来，遮尽了月光。舞台暗转。国王开始向梯上走去〕

莎乐美：啊！我吻到了你的嘴唇。约翰，我吻到了你的嘴唇。你的嘴唇

上有一种苦味……不过，说不定是爱情的滋味……据说爱情有
一种苦味……不过那又有什么关系？有什么关系？我已经吻到
了你的嘴唇，约翰，我已经吻到了你的嘴唇。

〔一道月光泻在莎乐美身上，照亮了她〕

希律王：〔转身，见莎乐美〕杀掉那个女人！

〔众士兵拥上，用盾扑倒犹太国的公主、希罗底王后的女儿莎
乐美〕

〔幕落〕

选自《莎乐美 道林·格雷的画像》，译林出版社 1998 年版

【名家评点】

莎乐美与潘金莲，同样地美丽而又似乎邪恶。二人同样地把爱情与杀人
和血腥联结在一起。二人同样以杀人始，以被杀终。两人同样爱上了不爱自
己、对爱无回应的人：先知约翰与武松。两个人都有另外一个男人的性介
入：一个是莎乐美的继父希律王，一个是西门庆大官人。（希律王还兼着潘
金莲故事中的张大户，即原来潘的主人、在潘金莲身体上未能得手，遂将潘
金莲下嫁武大郎的那个极端坏蛋的角色。）根据学者特别是女性主义学者的
分析，希律王对于莎乐美存在着性侵犯与性压迫。两个故事里都有一对嫂子
与小叔子的恋情：《莎乐美》中是莎乐美的母亲与小叔子希律王成了婚，潘
金莲的故事中是潘金莲苦恋武松。

——王 蒙：《莎乐美、潘金莲和巴别尔的骑兵军》

【延伸阅读】

1. ［英］奥斯卡·王尔德著：《莎乐美》，胡双歌译，上海星群出版公司
1946 年版。

2. 刘茂生、方 红：《〈莎乐美〉：从唯美主义到现实主义》，《外国文学
研究》2007 年第 6 期。

3. 阅读《圣经》中有关莎乐美的部分。

【思考与拓展】

1. 分析莎乐美的人物形象。

2. 分析莎乐美悲剧产生的原因。

（撰稿：李 刚）

屠　夫

乌尔利希·贝希尔　彼得·普列瑟斯

【作品导读】

　　《屠夫》是德国小说家、戏剧家乌尔利希·贝希尔1946年流亡到纽约时和奥地利话剧演员彼得·普列瑟斯合作完成的一部悲喜剧。本剧的两位作者当时都是深受纳粹迫害而流亡国外的进步剧作家。

　　乌尔利希·贝希尔是德国一位有名望的剧作家、小说家和诗人，他擅长写政治性、戏剧性较强的"时代剧"。1910年1月2日出生在柏林的一个律师家庭里。1931年开始写作，由于作品中有反法西斯的倾向而遭禁。1933年，希特勒上台后，他的文学作品被焚烧，话剧遭到禁演，本人也被纳粹驱逐出德国，不得不流亡到国外。期间，贝希尔曾在维也纳度过了近五年的流亡生活，后又逃到瑞士、美国。在流亡期间，他通过办报、出书、组建"反法西斯战士图书馆"等活动，并写了几部反法西斯的文学作品，坚持进行反法西斯的斗争。

　　彼得·普列瑟斯，他本是维也纳一位话剧演员（战后成为导演），也因不堪忍受纳粹的迫害而流亡美国。1944年，两人在纽约邂逅相遇，共同的命运和对法西斯统治的仇恨，促使他们决定合写一部以揭露"希特勒在奥地利七年统治"为主题的话剧。二人在继承维也纳"大众戏剧"传统的基础上，完成了《屠夫》这部三幕悲喜剧的创作。

　　《屠夫》是一部描写世界大战与反思战争的杰作。故事以1938年德意志帝国吞并奥地利，揭开"二战"序幕为背景，它通过鲜明的现实主义风格，描绘了从1938年到1945年间处于法西斯纳粹铁蹄蹂躏下的奥地利人民的生活和命运，揭示了普通德国人在法西斯与人性间的抉择。剧中讲述的是在维也纳的一个普通家庭里——肉铺老板伯克勒和他的妻子比内尔、独生儿子汉斯被卷入法西斯专政的政治漩涡中。由于迫害犹太人的纽伦堡法律规定，伯克勒身边的几位好友都遭到纳粹的迫害，妻子比内尔为追求个性解放而上当受骗，成了纳粹妇女协会会员，而汉斯则参加了纳粹的冲锋队，成了希特勒的忠实信徒……剧中表现了父与子对信仰选择的冲突、犹太人遭受的迫害，通过伯克勒一家的凡人琐事反映出战争带给全人类的灾难和战争卷土重来的警告。在人们的观念中，反法西斯题材的戏剧大都是悲壮惨烈的，但《屠夫》是个例外，它的高明之处在于把一场惊心动魄的战争史实，浓缩在一个普通的奥地利市民家庭中，并着力塑造了一个纯朴、善良、幽默诙谐而又生性耿直的肉铺老板——伯克勒形象，围绕他的眼光、伦理、逻辑来看待第二次世界大战的严酷现实，巧妙地把悲剧性的主题，寓于夸张的德国式黑色幽默中，使人们看清了横行一时的庞然大物到头来不过是一个小丑般的疯子，并最终发现最平凡的小人物身上却蕴藏着坚不可摧的力量。作为一出充溢着平民的机智、幽默和戏谑的悲喜剧，它在笑声中完成了对战争的批判与反思。

话剧《屠夫》直到1950年才在维也纳公演，立刻获得成功，但演出时间不长，很快就被人们忘记。过了近三十年，《屠夫》才被挖掘出来，由西德曼海姆民族剧院再度演出。到1978年，已经上演四年，场场满座，盛况不衰，成为曼海姆民族剧院的保留剧目。中国观众初识《屠夫》是在1982年，作为北京人民艺术剧院1980年远赴德国演出经典名剧《茶馆》的回访，德国曼海姆民族剧院在北京、上海演出了有"日耳曼式《茶馆》"之称的现实主义杰作《屠夫》。他们的演出受到观众极为热烈的欢迎，获得巨大成功。1983年，北京人艺将洋"屠夫"本土化之后搬上了舞台。2005年，当年参演《屠夫》的郑榕、朱旭和周正三位北京人艺"高龄"艺术家再度聚首，率领人艺中青年演员再演《屠夫》。此次上演的《屠夫》依然继承了人艺鲜明的现实主义风格，当年被誉为"东方的伯克勒"的朱旭继续饰演主人公肉铺老板伯克勒，而已经80高龄的老演员郑榕将在轮椅上出色完成一个纳粹秘密警察头子冯·拉姆的形象。每次演出场场爆满，获得巨大成功，并受到观众和专业人士广泛好评。

【经典回顾】

[微弱的晨光，渐亮。店铺的百叶窗尚未拉开。伯克勒先生舒舒服服地躺在铺着弹簧垫的双人床上睡觉，打着呼噜。床底下有一只很亮的夜壶。床头柜上有一个闹钟。挂历上的时间是四月二十号。一个椅子背上搭着一条布裤，一件衬衣，还有内衣，椅子下摆着一双穿旧了的毡拖鞋]

[通向浴室的门开着；汉斯穿着裤子和长筒靴，赤裸着上身，肩上披着

一条毛巾。正准备刮胡子，满脸都是肥皂泡，走进后厅，打开收音机，又消失在浴室里，门半开着。从收音机里传来《霍恩弗里德贝格进行曲》末尾的旋律。随后响起广播员烦人的声音]

广播员：德国广播电台向克拉根福，因斯布鲁克，利欧本，艾森施塔特，维也纳和东方守郡其他省份开始广播。今天是四月二十日，全体德国人民将欢庆自己元首的诞辰日。东方守郡的人民有史以来第一次能够和大家一起庆祝自己最伟大的儿子的光荣节日。为了把全体人民发自内心的巨大欢乐引导到有秩序的轨道上来，特此宣布下列规定：第一，所有私人和公共建筑物上一律悬挂国旗；第二，德国劳动战线、党卫队、冲锋队、希特勒青年团和德国少女队一律按计划列队到指定地点集合；第三，所有国营和私营企业、商店、零售点等单位一律停止营业；第四，致元首的祝贺信一律按特殊邮资计价，递交到专为此目的营业的烟草零售点——

[比内尔穿了一件很好看的带大圆点的连衣裙，扣子还没有扣好，满头的卷发器——纸裹着的卷发器，手里拿着火钳。从过道快步走进后厅，关上收音机。踮着脚尖走向挂门帘的门，倾身听听里面有没有动静]

汉　斯：（刮完胡子，穿上一件新的褐色衬衣，还没塞进裤子里，从浴室里走出，脚步很重）希特勒万岁！早安，妈妈，怎么搞的？干吗把收音机关了？

比内尔：（轻声地）轻点，汉斯。希特勒万岁，希特勒万岁，希特勒万岁。看你把爸爸吵醒了。

汉　斯：（粗鲁地）那才好。今天我们在东方守郡第一次庆祝元首的诞辰日。卡尔·伯克勒先生也该去参加游行才对。

比内尔：可是你应该知道你爸爸的脾气，他不感兴趣。（特别小声地）这可千万不能让外人知道。

汉　斯：我没那么傻。可我们得好好教育教育他。（把衬衣塞进裤子里，抬起左脚放到椅子上，用一块布擦皮靴，擦得非常亮）

比内尔：（很欣赏）真漂亮……你收拾好没有？说不定咱们在市政厅广场还能见面呢。

汉　斯：你参加什么队伍？妈妈？

比内尔：（忙不迭地）参加什么都行，比方说，全国节约协会的队伍八点三十分从帕尼格胡同拐到卡尔广场去。另外，七十九楼的可维斯塔雷克太太邀请我参加德国劳动战线的队伍。

汉　斯：您参加德国劳动战线的队伍吗？

比内尔：我决定，还是（脱口而出）在国家社会主义公牛和活畜妇女协会的队伍中当旗手。当冲锋队员到达黑山广场时，儿童团早已集合完毕，咱们还能互相招手致意。等到九点三十分我们牲畜妇女协会的队伍会迎面遇到走进霍夫施塔龙根的冲锋队。你看，整个安排我都能背下来。

汉　斯：那就快点吧，妈妈，咱们可以一道走。

比内尔：对，你赶快准备好，我还要到卧室走一趟找出那枚新别针，（汉斯跨进浴室，关上门。比内尔在门帘外听了听，一边忙着用火钳卷头发，摸了摸火钳）全凉了。（溜进卧室，消失在左侧）

伯克勒：（在床上翻身，醒了）几点了？（看了一眼挂历）星期四。（闹钟响）真吵死人！（止住闹钟，叹口气）六点三刻，星期四……我的妈！我该到圣·马克斯去一趟……星期四，四月二十日……对了……对了……比内尔！（发现她那边空了）今天是怎么啦？比内尔，你在哪儿？没人答应……？比内尔在干吗？……啊哈！别忙。今天是四月二十号，没错，我的生日！对了，比内尔一定是想让我高兴高兴，正在悄悄准备过生日。（在床上舒舒服服地伸了个懒腰）那就请吧。我可以在床上多躺一会了，过生日也用不着到圣·马克斯去了。去了也没用，得不到什么好东西，净是排骨和爪子，搭的全是骨头。不搭这个又搭什么呢？搭北德的鱼，……今天我得高高兴兴的，我的生日……

[比内尔从左侧钻了出来]

伯克勒：比内尔，告诉我，今天是怎么了，你干吗起这么早？

比内尔：卡尔！你呀，你怎么这样说话，如果连这个都不知道，真丢人。

伯克勒：（受宠若惊）丢人？我的天，我真没想到还有人记得这件事。

比内尔：是吗？

伯克勒：怪美的，不是吗？我也挺高兴……不过，你穿上这件大圆点的衣服，真的没有必要。

比内尔：怎么？！像今天这个日子……（伸手在床头柜的抽屉里摸）我的上帝，我的别针哪儿去了？

伯克勒：你瞧你，我又不是年轻小伙子。咱们年纪都不小了，都是成家立业的人啦。

比内尔：对呀，只有立了业的人才感到有责任，在这种时候……

伯克勒：这，这有什么了不起的……

比内尔：卡尔！求求你，别这样说……啊，找到别针了。我该走了。

伯克勒：别装模作样的，你知道，我可不是这样的人。

比内尔：我知道，你不是这样的人！可你也该换换脑筋啦，你懂我说的意思……（离开卧室消失在通往过道的门外）

伯克勒：（站起身，穿上粗布裤，提到睡袍里面，从头上脱掉睡袍，穿上一件海魂衫，穿上拖鞋）这个娘儿们本来心眼倒不坏，不过这样过生日倒有点可笑，不管怎么说，过生日总是高兴的事。我得上厕所去。（趿拉着拖鞋走进后厅，拧浴室门上的大钥匙）有人？谁在里面呢？

汉斯的声音：是我，爸爸。

伯克勒：噢，原来是汉斯，他也起来了。看来他还不太坏，这个坏小子。多半也是为我的生日准备什么东西，Im Petto（秘而不发），就像拉丁文说的那样。（走出过道的门从里面打开店铺的门，腰上围着围裙，手拿一根长竹竿走到胡同里，准备用竿子把百叶窗推上去）

[这时汉斯从浴室里走出来]

比内尔：（从过道的门快步走进后厅，在她的衣领上别着一枚闪闪发光的银白色纳粹徽章，得意地小声问道）你喜欢这个新别针吗？

汉　斯：真帅！人人都能看得见。咱们走吧，妈妈。

[两个人从过道的门下]

古里奇：（从右侧巡逻到此，抓住伯克勒的手，不让他继续干下去。）向您致敬，伯克勒先生。

伯克勒：向您致敬，巡官先生。您早。（举起手中的竿子，想接着干。）

古里奇：喂，喂，伯克勒先生，您今天可不能开店。

伯克勒：对不起，您说什么？

古里奇：就是说，您别干啦。今天过节。不许开门。

伯克勒：（很受感动）您真好，巡官先生。不是我自作多情，如果一个值勤的巡官都惦记着我，我真感到受宠若惊，Nollets Vollet（情不自禁），就像拉丁文说的那样，人总是人嘛。

古里奇：伯克勒先生，我没懂你说的话，也许是您一时高兴，随便说说而已，没什么奇怪，不是吗？完全可以理解……

伯克勒：对，对，是有那么一点儿，自然，自然——

古里奇：在这样的节日里——对吧——完全自发地，对吧？

伯克勒：别总说节日节日的，我告诉您，巡官先生，我一点不在乎。太谢谢您啦，您真可爱，不过还是让我打开店门吧。

古里奇：不行，不行，对不起，伯克勒先生。您应该有所在乎。说什么也没有用，我有我的命令。

伯克勒：对不起，巡官先生，也许我还没有睡醒……什么命令？

古里奇：有关节日的。官方的节日，诞辰日。

伯克勒：生日，不错，谢谢您想到这个。我已经向您道过谢了，就不必
太小题大做啦。

古里奇：（威胁说）伯克勒先生，请您注意，大过节的，我可不爱听这
样的话。

伯克勒：那您就听听，巡官先生！咱们到底说的是哪一天？

古里奇：今天。一个欢庆的日子。诞辰日。

伯克勒：对呀。又怎么样？（向古里奇伸出手）

古里奇：（呆呆地看着伯克勒伸过来的手；他的双手反背在背后）干吗？

伯克勒：（有点不耐烦）您还想让我干什么？难道还要我向您祝贺？

古里奇：我不允许你说这话，坚决不允许，尽管今天每一个人民同志都
可以互相祝贺——

伯克勒：每一个？不明白，为什么每一个？

古里奇：是每一个。看上去，您真不知道今天是诞辰日？元首的生日。

伯克勒：（大吃一惊）谁的？怎么回事？谁过生日？我过生日。

古里奇：（立正）今天是元首兼帝国总理的生日，所以根据官方的通
知，一切商店企业均不得开门。懂了吧？

伯克勒：对不起警官先生，请您告诉我，我哪一天过生日？今天是我的……

古里奇：有可能！可是我不感兴趣，对此我没接到什么命令。

伯克勒：噢——原来如此！所以比内尔穿上大圆点的衣服。汉斯一清早
就上厕所——所有这一切都为这个"私生子"？连老子过生日
他们全忘了。别误会，我并不在乎过不过生日，一点都不在
乎。但是他们干的太过分了。人一年才过一次生日。我是说，
这些人是怎么想的，生日无论怎么说只不过是一件私事。

古里奇：您的生日也许是这样。元首的生日可是全体人民的公事，一件
大喜的事。所以您也应该参加庆祝，伯克勒先生。

伯克勒：什么？我？什么德行事我都可以庆祝，这生日我可不参加庆
贺。如果不让我过生日，我也不给别人过生日。

古里奇：（极严厉）伯克勒先生，算您幸运，您对我说这话时，我已经
转过身去，否则我要依法拘捕您，怪扫兴的。（趾高气扬地沿
着胡同从右侧下）

伯克勒：（满脸不高兴地走进店铺，虚掩上门，出现在后厅里，坐在桌
旁的长沙发上，六神无主地四处张望）那么说，只许他过，不

许我过……（桌上放着茶杯，一个咖啡壶，一小篮子小白面包圈，不痛快地嚅吮白面包圈，嘟嘟囔囔）好一个生日……（又四下里看看）在自己家里……也不行，何必呢！（打开酒柜，取出一瓶李子烧酒和一只小酒盅，斟酒，左手举杯，为自己敬酒）祝生日愉快！（真心诚意地）一切顺心，卡尔……（换右手举杯，做碰杯状，一仰脖喝干，吧唧吧唧嘴，又斟上第二杯，做举杯祝酒状）谢谢你，彼此彼此。（一饮而干。天时尚早，从右侧胡同里传来手风琴声，弹奏的歌曲叫《喝葡萄酒的时刻将要到来》，奏得不很准）

哈青格尔：（睡眼惺忪，脸色苍白，身上破旧的兔皮短大衣没有扣好，后脑勺上歪戴一顶皱皱巴巴的绿色丝绒帽子，帽顶上还有一撮羚羊胡子，橡皮衣领歪歪扭扭。一摇一晃地沿着胡同走来，胸前挂着一架手风琴，他信手乱弹着。他看见伯克勒店铺的门半开着，停止拉琴，悄悄地走进铺子；他敲过道的门。伯克勒打开门，哈青格尔进门，有点口齿不清，语无伦次地）祝你早——早安，伯克勒先生，我想今天早晨头一个向你道早——早安。

伯克勒：（轻声地）你是头一个，哈青格尔先生。

哈青格尔：你一定觉得奇怪，一定奇怪得要命，伯克勒先生，看见我这么大清早满大街演奏音乐。

伯克勒：（随口应付）是有点奇怪，哈青格尔先生。

哈青格尔：（没脱大衣，坐到长沙发上）我向波麦瑟尔说，你认得他，就是那个烟草总店的高级职员波麦瑟尔，我对他说，你知道吗，波麦瑟尔先生，我说，我总觉得今天的庆祝缺少点什么。我说，没有伯克勒还叫什么庆祝，我真这样说的。

伯克勒：（这时他从酒柜里又取出一个酒盅，为两人斟满酒，把一盅酒塞给哈青格尔）说得不错。（他们碰杯，喝酒）

哈青格尔：（叹了一大口气，擦擦嘴）这个波麦瑟尔上星期退休了，为了叫他开开心，我们六点进了酒馆，我自己想，哈青格尔，我自己想，睡觉之前，应该去看看伯克勒。

伯克勒：（受感动）你真够朋友，哈青格尔先生。

哈青格尔：因为今天是他的生日，我对他说。

伯克勒：（打听明白）谁的生日？

哈青格尔：（很肯定）伯克勒的，嘿嘿。

伯克勒：对极了，是伯克勒的，不是别人的，伯克勒的生日就在这儿庆祝。（斟满李子酒）干杯！

哈青格尔：干杯！贵庚——嗯……我们该庆祝多少岁的生日？

伯克勒：我是八九年出生的。

哈青格尔：八九年？（把下巴抵到胸口上，若有所思地用手按了几个琴键）多亏我的神志还清楚，记得刚才喝了十七杯葡萄酒，又在这儿喝了几杯李子酒，否则，我真的会认为，你搞错了出生年份。

伯克勒：（高兴地大笑）错了？嘿嘿，什么错了？

哈青格尔：（狡黠地）你看，伯克勒先生，如果咱们在这儿只庆祝你的生日，不是旁人的，那么，我可不情愿为八九年干杯。

伯克勒：那为什么？这是我的出生年份。

哈青格尔：怪哉。这也是他的出生年份，不仅是你一人的。

伯克勒：（用拳头向桌子猛的一击）够了。在出生年份上他也和我过不去，这个讨厌鬼！（惊讶而发愣，后摇摇头）来，再喝一杯定定神。

哈青格尔：（给他和自己斟酒）祝你健康，伯克勒先生。在同一年同一天生出好几个奥地利人，这是完全可能的。一人在维也纳，一人在布劳瑙，第三个人，比方说，在施廷肯布鲁恩……

伯克勒：第三个人在哪？在施廷肯布鲁恩？亏你想得出来。

哈青格尔：别生气，别生气，我提到施廷肯布鲁恩只不过是打个比方，这纯粹是凑巧。

伯克勒：（骂起来）哪有那么巧？我在维也纳出生，就待在维也纳。如果一个人在施廷肯布鲁恩出生，干吗说是在布劳瑙出世，然后跑到德国去，当上了领袖又跑回来，把整个世界搞的乱七八糟？现在咱们这儿简直是神魂颠倒。比内尔像换了一个人，汉斯更是疯疯癫癫——我也快了——，罗森布拉特不得不到美国去。这都是因为这个施廷肯布鲁恩。

哈青格尔：（想把话题引开）提起罗森布拉特，（吃吃地笑，喝第二杯酒）我看见他一手提着桶一手拿着扫帚去比利时领事馆，去搞过境签证。

伯克勒：他还没有走，这位律师先生？干吗拿着扫帚去搞签证？

哈青格尔：（狡黠地喝他的酒）在他到美国去之前，到哪儿去都带着一只桶和一把扫帚。

伯克勒：他疯了？他以为，这些东西不带在身边，就有人偷他的？

哈青格尔：（把手指斜压在鼻子上）这是安全措施。冲锋队员傻极了，看见他这样就不会再命令他去扫这扫那。他要不是整天提着桶夹着扫帚像疯子似的到处跑，那他更不得安宁。他就这样，一会儿到领事馆，一会儿到旅行社，一会儿进咖啡馆。换句话说，手拿扫帚可以走遍天下。

伯克勒：（开心地大笑，立即又变得严肃异常）你说，这不是胡闹吗？让一个律师提着桶夹着扫帚从这个领事馆跑到另一个领事馆。……（若有所思地摇着头，走到哈青格尔跟前压低嗓门）你知道，哈青格尔，我是一个普普通通的屠夫。可是我有一个敏锐的鼻子，就是这个鼻子。每当我清晨开车去圣·马克斯街，路过跑马道时，就是说在离屠宰场还很远的地方……我就开始，刚路过跑马道我就开始嗅到血腥味。现在，只有咱们俩，我告诉你，哈青格尔，我们已经到了跑马道。

哈青格尔：（不明白）你说的是什么意思，伯克勒？

伯克勒：我嗅到了血腥味。

[哈青格尔好像不认识似的瞧着伯克勒，伯克勒并不躲避他的目光，两个人互相打量，谁也没注意到远处传来的进行曲的声音，乐曲声越来越近]

哈青格尔：（慢慢低下头，一边拉手风琴，一边跟着哼哼）喝葡萄酒的
　　　　　时刻将要到来，（越唱越快，也更自信）而我们却不复存
　　　　　在，特拉拉拉拉，拉，拉，拉，拉——

[庄严的进行曲越来越近]

伯克勒：（像突然惊醒过来，情绪高涨地跟着唱）美丽的姑娘千千万，
　　　　我们全要——

[他们俩的歌声被越来越近的进行曲《霍斯特——韦塞尔之歌》的大鼓声、小鼓声、军号声和有节奏的脚步声所淹没。伯克勒站起来，身体笨得像一头公牛，伸长脖子注意听，两臂伸开，进行曲声渐小，消失在远处。]

哈青格尔：（重新开始唱，情绪没有受影响）喝葡——萄——酒——的
　　　　　时刻——将要到来

伯克勒：（尽情地唱）他已不复存在——

两　人：特拉拉拉拉，拉，拉，拉，拉

哈青格尔：美丽的姑娘千千万——

伯克勒：他已不复存在——

两　人：特拉拉拉拉，拉，拉，拉，拉。

伯克勒：（随着哈青格尔的琴声拍手，膝盖来回屈伸，尖声伴唱）

　　　　　　　　　　　　　　　　　　　　　　　　　　——幕下

选自《屠夫》第1幕第3景，中国戏剧出版社1982年版

【名家评点】

屠夫卡尔·伯克勒的简单的、普通的、和美的家庭生活由于法西斯的入侵而迅速发生变化，他对法西斯的厌恶、憎恨与日俱增。但是这并非出于他的政治觉悟和信仰，而是出于他要维护自身的尊严和做人的正当权利以及他正直、善良的秉性。由于他的生日与希特勒的生日碰巧是在同一天，为这个法西斯元凶的生日举国庆贺，竟是他的尊严受到伤害。他提出了发人深思的问题：为什么庆贺一个人的生日就要剥夺另一个人过生日的权利。了不起的是他敢于公开地以自己的生日与希特勒的生日进行抗争。通过由此而产生的一系列喜剧事件，我看到一个普通屠夫的凛然不可侵犯和敢于蔑视希特勒及法西斯强权的无畏精神。比起一个向人民提供肉食的、正直的屠夫伯克勒来说，那个向全人类挑战、屠杀生灵的凶恶屠夫希特勒只不过是一撮粪土而已，而伯克勒却是一座巍巍的大山。

正当法西斯疯狂迫害犹太人的时候，伯克勒敢于直言对挚友犹太人罗森布拉特博士表示好感，并亲临车站为他送行；他抱出误入禁止犹太人入内的公园里的犹太孩子，把她送到惊恐万状的妈妈的身边；他为保卫共产党人、铁路工人赫尔曼，痛击法西斯分子，怒责因出卖赫尔曼而'荣升'为冲锋队队长的儿子。伯克勒的这些行动一点也没有自己是个英雄的意识，然而这一切都那样动人、深刻地表明，法西斯主义是如何违背人民的意志。任何强大的势力，也许可以猖狂一时，但违背人民的意志，终究要归于失败。历史是属于人民的。这就是伯克勒其人其事所阐明的深刻的哲理性主题。

——金山：《〈屠夫〉译后语》

【延伸阅读】

1. [德] 乌尔利希·贝希尔，[奥地利] 彼得·普列瑟斯：《屠夫》，中国戏剧出版社 1982 年版。

2. 搜狐娱乐：北京人艺演出反法西斯名剧《屠夫》

http://yule.sohu.com/s2005/tufu.shtml

【思考与拓展】

1. 思考悲喜剧《屠夫》的深刻主题。

2. 分析剧中人物伯克勒的性格特点。

（撰稿：罗 曼）

醉 酒

侯宝林

【作品导读】

侯宝林（1917—1993）是我国相声界承前启后、继往开来的一位大师，也是世界瞩目的杰出艺术家。他继承并发扬了相声的现实主义传统，改变并提高了相声的艺术格调。在中国的相声艺术由旧到新的转变过程中，起到了筚路蓝缕、披荆斩棘的作用，使相声这一新中国成立前鄙俗、简陋的民间"玩艺儿"成为一种家喻户晓、群众喜闻乐见的"重要艺术形式"。

侯宝林自小学艺，先是学京剧，后改学相声。抗日战争期间，侯宝林与郭启儒合作，他一改当时相声粗俗的风气，以高雅的情趣与格调的质朴、正派的台风赢得了广泛赞誉。新中国成立后，侯宝林很快就成为妇孺皆知、享誉海内外的艺术大师。此后，他立志相声改革，一面对一些传统相声进行修改、加工，一面又创作了一些反映现实生活的新相声。创作了很多脍炙人口的作品，如《婚姻与迷信》、《妙手成患》、《关公战秦琼》、《夜行记》、《戏剧杂谈》、《戏剧与方言》、《改行》、《醉酒》、《戏迷》等。同时在海内外舞台上大显身手，深受观众欢迎，被誉为"相声艺术大师"、"瑰丽国宝"。此外，他还历任中国文联常务委员、中国曲艺工作者协会副主席、北京大学、辽宁大学兼职教授等职，并从事曲艺理论研究，出有多部著作，《曲艺概论》、《相声溯源》、《相声艺术论集》等。另外，他还主演过《游园惊梦》、《笑》等喜剧电影。

侯宝林的相声艺术有着独特的魅力：第一，"寓庄于谐"的艺术形式。他一改旧时相声的低俗风气，化雅为俗，将相声作为一种真正的艺术形式来追求，从而提高相声的审美趣味，并借此反映时代、剖析社会。第二，"形神兼备"的表演特色。侯宝林的"学"与"唱"甚为著名，通过声音语言和肢体语言将人物的特点自然流露，毫不做作。第三，"生动精妙"的语言手段，不仅善学方言乡音、市声叫声、戏曲流派，而且善于把这些物质因素用来塑造人物。

建国初期，曲艺界很多相声段子都是改变外国笑话而成的，《醉酒》就是改编当中最成功的一段。侯宝林将外国笑话提炼成谐趣横生、饶有回味的相声包袱，起到了化平庸为神奇的作用，而且在外为中用方面，也为后人留下了宝贵的经验。醉酒是相声讽刺的绝妙对象，但在传统和新编的相声里嘲讽醉酒最经典的作品则非侯宝林的《醉酒》莫属。

【经典回顾】

甲：相声的题材比较广泛。

乙：对。

甲：有的是歌颂英雄模范的。

乙：唉！专写新人新事。

甲：有的是讽刺打击敌人的。

乙：揭露敌人的丑恶的面目。

甲：还有的是反映人民内部矛盾的。我们身上有了缺点也可以编成相声
　　进行批评。

乙：这路相声也不少。

甲：比如说喝酒这个问题……

乙：嗯？喝酒怎么啦？

甲：大概你爱喝酒吧？

乙：嗯！会喝。

甲：明儿请你喝酒，一顿能喝多少？

乙：喝不了多少，一顿能喝二两。

甲：多来点儿。

乙：来多少？

甲：一斤。

乙：嗯！不行，那就醉啦。

甲：好哇！

乙：醉了还好？

甲：我爱看醉鬼。

乙：醉鬼有什么好看？

甲：你没听过那出《贵妃醉酒》吗？那舞蹈身段多美呀！

乙：那是杨贵妃。

甲：你要喝醉了还不得跟杨贵妃似的。

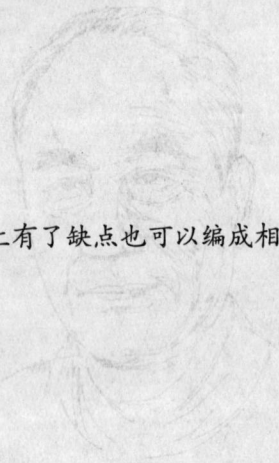

乙：我比杨贵妃呀?

甲：当然，你这样比杨贵妃是差点儿。

乙：……

甲：千万可别喝醉了。老年人还可以，偶尔来一点，别多喝，不影响身体健康。

乙：对，多喝不好。

甲：有些年轻人，过去不会喝酒，练喝酒，你说有什么好处? 年轻人爱面子，喝上酒不服气，你一杯我一杯喝醉了，胡打乱闹。

乙：这何必呢。

甲：就算你不闹，喝醉了就睡。

乙：那还好。

甲：好什么，人的工作、休息、睡眠应该有一定的时间，有的年轻人喝醉一睡三天，身体不受影响吗?

乙：对身体没好处。

甲：还有的人，喝醉了爱乐，看什么都乐。有的人喝醉了爱说，平常没那么多话，只要喝醉了，活多，没正经的，瞎说，"张不长李不短，仨蛤蟆五个眼……"

乙：唉，仨蛤蟆六个眼。

甲：其中有个蛤蟆是独眼龙。

乙：嘿，这个巧劲儿。

甲：过去还有这么一种人，借酒撒疯，喝点酒满街上闹事，躺到马路上。

乙：啊? 躺马路上?

甲：喝点儿酒谁也不怕啦。（对观众）"我就这样儿，不管你是谁，不服你跟我来来。"

乙：谁跟你来来呀?

甲：（对观众）"你瞧我干什么? 这有什么可瞧的?"

乙：你这样儿还不可瞧。

甲：（对观众）"你乐什么? 你喝醉了?"

乙：人家喝醉了?

甲："我就这样儿，今儿我就在马路上躺会儿。"

乙：快起来吧，来车啦。

甲："什么车?"

乙：自行车。

甲："不躲，让它往这儿（指腰）来。"

乙：从身上轧过去? 要来三轮车哪?

甲："不躲，让它往这儿（指腰）来。"

乙：真横。汽车来了怎么办？

甲："不躲！"

乙：还不躲？

甲：你得说"消防队的汽车！"

乙：那也不躲。

甲："先躲一会。"

乙：这怎么躲开了？

甲：救火车碰了白碰！

乙：这是真醉了吗？

甲：装醉！

乙：这倒对。

甲：真喝醉的人不这样儿。

乙：什么样儿？

甲：他怕人说他醉了。喝醉的人爱吹牛，你要说他："你别喝了，你可醉了。""谁喝醉了？我喝醉了吗？好，咱俩人再碰三杯。"

乙：嗯，是吹上了。

甲：有时候俩醉鬼碰一块儿，更有意思了。

乙：怎么呢？

甲：对吹呀。

乙：啊！

甲："三杯干什么？咱俩拿瓶儿喝，（大声喊）再来两瓶！"

乙：别嚷啦！

甲："你说你没喝醉？你说话舌头都短了。"

乙：你的舌头也不长了。

甲："你说你没醉？来，你来这个。"（腰中掏出一物）

乙：什么？

甲：拿出一个手电筒，往桌上一放，一按电门，不是出现一个光柱吗？

乙：是呀？光柱怎么样？

甲："你说你没醉。来，你顺我这柱子爬上去！"

乙：啊？

甲：那能爬上去吗？

乙：是醉了。

甲：那个还不含糊呢。"这算什么，你别来这套，我懂，我爬上去呀，我爬到半道儿，你一关电门我掉下来呀?!"

乙：他也醉了。

选自《侯宝林表演相声精品集》，文化艺术出版社版 2003 年版

【名家评点】

像一切杰出的表演艺术家一样，侯宝林的舞台动作是极为洗练的。他没有繁琐的手势，挤眉弄眼式的面目表情，而是紧紧抓住被拟人物的部分外部特征，予以夸张，却又有分寸地突现，然后，则集中开掘人物的内心世界。在《醉酒》里，他模拟两个不同的醉汉，也没有在舞台上或倒西歪，趔趔趄趄，而只是一只手扶着桌角，象征其站立不稳的醉意，他们的神态，完全靠他们自己的语言。通过少而精的形体动作，仿佛交给观众一把钥匙，打开我们想象和联想的广阔天地，让我们以自己的生活经验去和演员一道共同创造舞台形象。

——薛宝琨：《相声艺术入门》

《醉酒》中一个主要的"包袱"采取的是"三翻四抖"的手法。一是自行车，二是三轮车，三是汽车，构成"三翻"，最后用消防队的汽车抖响"包袱"，可谓细针密线，喜剧效果非常强烈。除此之外，这段作品的"底"也可谓精妙无比，对醉酒者的讽刺淋漓尽致。这段相声还有一个不同凡响之处，就是把醉酒区别为真醉和假醉，而且分别刻画各自的心态：假醉的人借酒撒疯，真醉的人怕别人说他醉。表现醉酒和区分真假，主要依靠声音化妆和神态模拟。

语言运用自如，也是这段相声的特色。人们常说'仨蛤蟆，六只眼'，醉眼醉语里变成'仨蛤蟆，五只眼'，故意造成悬念，然后点出有个'独眼龙'，真是左右逢源，得心应手。

——汪景寿、藤田香：《相声艺术论》

【延伸阅读】

1. 侯宝林：《戏剧杂谈》，通俗文艺出版社 1956 年版。

2. 侯宝林：《侯宝林表演相声精品集》，文化艺术出版社 2003 年版。

3. 中华相声网：侯宝林作品集

   http://www.xiangsheng.org/asp/

【思考与拓展】

1. 思考《醉酒》中所体现出的侯派相声风格。

2. 分析《醉酒》中运用的相声手法。

（撰稿：罗 曼）

恋爱的犀牛

廖一梅 孟京辉

【作品导读】

《恋爱的犀牛》这部戏剧作品创作于20世纪90年代末，该剧是当代著名先锋戏剧导演孟京辉一系列实验戏剧作品中的经典之作，也是孟京辉戏剧创作道路上的一座里程碑。

"实验话剧"是一个具有中国特色的称谓，它是相对于传统话剧而言，指的是戏剧结构和表现方法区别于斯坦尼斯拉夫斯基戏剧体系的话剧。具体地说，在中国，先锋派戏剧、布莱希特的叙事剧、荒诞派戏剧被视为实验戏剧。这些颇具另类色彩的戏剧流派因其激进的姿态，也被统称作先锋派戏剧。实验戏剧因为大胆地采用颠覆传统戏剧的表现手法而具有强烈的感染力，同时，它也注重保留传统戏剧中一些积极的成分，诸如关注现实，批判现实，试图解释人生的意义及价值，弘扬对于真善美的追求等内容。

《恋爱的犀牛》讲述了犀牛饲养员马路为获得美丽女孩明明的芳心，不断改变自己却还是陷入绝望的残酷爱情故事。因为一个美丽而乖张的女孩明明的出现，犀牛饲养员马路与世无争的生活彻底改变了。这份不期而至的爱情，让马路兴奋和快乐，他发狂地爱着明明，为了赢得她的爱情，他不断地改变自己，做了能做的一切，甚至可笑到参加恋爱训练班。好友"牙刷"为马路找来妙龄女郎红红和莉莉，希望结束马路的单恋，由此引发了一场荒唐闹剧。为了明明，马路放弃了巨额的奖金，放弃了自己平静的生活，然而马路所做的一切，并没有赢得明明的芳心，反而使自己陷入了更加绝望的境地。明明要远赴他乡了，绝望中的马路绑架了明明并且杀死了钟爱的黑犀牛，将它的心作为自己爱情的礼物奉献在明明面前。

该剧首演于1999年夏天，在北京最炎热的日子里，这部由廖一梅编剧，孟京辉导演的小剧场戏剧在中国青年艺术剧院的小剧场连续演出了40场，场场爆满，获得巨大成功，被誉为"年轻一代的爱情宝典"，青年演员郭涛及吴越饰演的"马路"与"明明"令无数观众为之倾倒。该剧依靠卖票创下上座率超过百分之百的演出盛况，剧场常常应观众的要求而临时加座，能容纳400人的小剧场最火爆时曾挤进过近500人，整部戏创票房纪录40万元。由此掀起了小剧场戏剧的狂潮，被业内认为是"戏剧开始赚钱"的头一遭，导演孟京辉以及编剧廖一梅也因此一炮而红。作为当代中国戏剧旗帜性作品，《恋爱的犀牛》成为中国小剧场戏剧史上的一个奇迹，它影响了一批年轻的话剧观众和话剧创作者，并成为"先锋"的范本之一。

2003 年，在全国戏剧演出市场低迷的情况下，该剧首次登上海话剧艺术中心演出 5 场，新版"马路"与"明明"迅速成为青年爱情偶像的代名词，演员段奕宏及郝蕾颠覆性的戏剧表演受到专家和观众一致好评。"非典"过后，《恋爱的犀牛》在北京人艺小剧场连演 33 场，演出场面极为热烈。在戏剧市场萧条冷清的大环境中突围而出，逆势而上，成为京沪两地戏剧舞台的救市之作，再次带动了小剧场戏剧的繁荣局面。同年并受"韩国首尔未来潮流戏剧节"及深圳大剧院邀请，《恋爱的犀牛》作为中国最具代表性的先锋戏剧演出开始巡演旅程。

2004 年，由段奕宏和王柠主演的大剧场版《恋爱的犀牛》在北京首都剧场演出 10 场，在距离演出前 21 天，演出票全部售空。同年应广大观众强烈要求，《恋爱的犀牛》进入北师大北国剧场加演 7 场，百场演出的骄人纪录使该剧成为中国当代实验戏剧当之无愧的原创经典，经典戏剧进入大学校园，更成为年青一代的爱情圣经。

截至目前，全国已有 15 个城市的 27 所大专院校排演该剧近 100 场，各类评论文章达到 1000 多篇，中国人民大学、北京理工大学、首都师范大学等都演出过不同版本的"犀牛"，该剧成为除《雷雨》外被高校剧社搬演最多的剧目。《恋爱的犀牛》不仅培养了一代观众，更被誉为挖掘优秀青年演员的试金石，培养了一批有潜质的演员，如今活跃于影视荧幕和话剧舞台的郭涛、廖凡等都是从该剧的舞台上迈出了跨入表演艺术殿堂的第一步。

导演孟京辉，北京人，生于 20 世纪 60 年代。1986 年毕业于北京师范大学中文系，1991 年毕业于中央戏剧学院导演系，获文学（艺术）硕士学位。在中央戏剧学院学习期间，他积极组织演剧活动，致力于实验戏剧的探索、研究。1987 年主演法国剧作家尤金·尤奈斯库的名剧《犀牛》(蛙实验剧团演出)，1988 年主演瑞士作家拉缪的音乐戏剧《士兵的故事》(蛙实验剧团演出)，1990 年导演英国剧作家哈罗德·品特的名剧《送菜升降机》(中央戏剧学院演出)，1991 年导演环境戏剧《深夜动物园》(中央戏剧学院演出)。同年在中央戏剧学院发起组织实验戏剧集体，举办"实验戏剧十五天"演出季。

1991 年，孟京辉在中央戏剧学院导演法国剧作家尤金·尤奈斯库的名剧《秃头歌女》(中央戏剧学院演出)，以其极富感官的冲击力引起了人们对其的注意。同年 6 月，他导演法国剧作家萨缪尔·贝克特的名剧《等待戈多》(中央戏剧学院演出)，作为其硕士毕业作品在中央戏剧学院小礼堂上演，这部标志着孟京辉导演风格形成的作品，参加了 1993 年 3 月在德国柏林世界文化宫举办的"中国前卫艺术节"的演出。在中央戏剧学院的专业学习和实践，为孟京辉日后的艺术创作奠定了坚实的基础，成为他事业起飞的平台。

毕业后，孟京辉进入了中央实验话剧院（现中国国家话剧院），于当年创立了"穿帮剧团"，开始了艺术创作的高峰期。创业了《思凡》、《阳台》、《我爱×××》、《一个无政府主义者的意外死亡》等先锋戏剧。在先锋戏剧领域中的突出成就和才华，使他终于在 2000 年荣获第 4 届中国话剧"金狮奖"导演奖。2000 年 3 月孟京辉主编出版《先锋戏剧档案》一书，半年内再版三次，使中国的先锋艺术成为当代时尚。如今在北京的大学生和白领群体中，看孟京辉的先锋戏剧几乎成了一种高级时尚和品位。2001 年，孟京辉拍摄他的电影处女作《像鸡毛一样飞》，2002 年该片荣获第 55 届瑞士洛迦诺国际电影节评委会"特别关注奖"，香港国际电影节费比锡影评人大奖。

编剧廖一梅（孟京辉的妻子），是中国近年来备受瞩目的编剧、作家。1992 年毕业于中央戏剧学院戏剧文学系，现为中国国家话剧院编剧，活跃在影视、戏剧创作领域。除《恋爱的犀牛》外，由她编剧的戏剧《魔山》（2005 年北京儿艺股份有限公司首演）、《艳遇》（2007 年中国国家话剧院首演）、《琥珀》等，都是广受欢迎的作品。由她编剧的电影《生死劫》获美国纽约崔贝卡电影节最佳影片金奖；电影《像鸡毛一样飞》(孟京辉执导)获香港国际电影节费比锡影评人大奖，洛迦诺国际电影节青年评委会特别奖；电影《一曲柔情》获美国孟菲斯妇女电影节金奖。著有长篇小说《悲观主义的花朵》、《魔山》、剧本集《琥珀＋恋爱的犀牛》。此外，还曾经参与了《中国机长》、《绝对隐私》、《龙堂》等电视剧集的编剧工作。评论文章及随笔散见《戏剧电影报》、《北京晚报》、《三联生活周刊》等报刊杂志。

廖一梅和孟京辉"一编一导"的"夫妻档"，有过多次携手合作的经历，在艺术道路上创造出一个又一个的光辉经典。近年来，两人合作频繁，对戏剧创作共同的执著和痴迷，使两人不仅成为生活中的伴侣，而且堪称目前国内戏剧界最具有票房号召力的工作拍档。

【经典回顾】

【舞台上，女孩明明被蒙着眼睛绑在椅子上。马路坐在她旁边】

马　路：黄昏是我一天中视力最差的时候，一眼望去满街都是美女，高
　　　　楼和街道也变幻了通常的形状，像在电影里……你就站在楼梯
　　　　的拐角，带着某种清香的味道，有点湿乎乎的，奇怪的气息，
　　　　擦身而过的时候，才知道你在哭。事情就在那时候发生了。我
　　　　怎样才能让你明白我如何爱你？我默默忍受，饮泣而眠？我高
　　　　声喊叫，声嘶力竭？我对着镜子痛骂自己？我冲进你的办公室
　　　　把你推倒在地？我上大学，我读博士，当一个作家？我为你自
　　　　暴自弃，从此被人怜悯？我走入精神病院，我爱你爱崩溃了？
　　　　爱疯了？还是我在你窗下自杀？明明，告诉我该怎么办？你是
　　　　聪明的，灵巧的，伶牙俐齿的，愚不可及的，我心爱的，我的
　　　　明明……

【马路摘下明明眼睛上的布。犀牛图拉发出叫声，它已经近在眼前】

明　明：你要干什么？走开！把这犀牛带走！

马　路：这就是图拉，我最好的，也是最后的伙伴。明明，我想给你一
　　　　切，可我一无所有。我想为你放弃一切，可我又没有什么可以
　　　　放弃。钱、地位、荣耀，我仅有的那一点点自尊没有这些东西
　　　　装点也就不值一提。如果是中世纪，我可以去做一个骑士，把
　　　　你的名字写上每一座被征服的城池。如果在沙漠中，我会流尽
　　　　最后一滴鲜血去滋润你干裂的嘴唇。如果我是天文学家，有一
　　　　颗星星会叫做明明；如果我是诗人，所有的声音都只为你歌
　　　　唱；如果我是法官，你的好恶就是我最高的法则；如果我是神
　　　　父，再没有比你更好的天堂；如果我是个哨兵，你的每一个字
　　　　都是我的口令；如果我是西楚霸王，我会带着你临阵脱逃任由
　　　　人们耻笑；如果我是杀人如麻的强盗，他们会祈求你来让我俯
　　　　首帖耳。可我什么也不是。一个普通人，一个像我这样普通的
　　　　人，我能为你做什么呢？

【马路突然掏出一把剪刀向犀牛刺去！鲜血喷涌，图拉发出恐怖的嗥叫！
暴怒地向马路冲去。明明尖声大叫着】

马　路：别怕，图拉，我要带你走。在池沼上面，在幽谷上面，越过山
　　　　和森林，越过云和大海，越过太阳那边，越过轻云之外，越过
　　　　星空世界的无涯的极限，凌驾于生活之上。前面就是一望无际
　　　　的非洲草原，夕阳挂在长颈鹿绵长的脖子上，万物都在雨季来
　　　　临时焕发生机。

【马路举枪杀了图拉。图拉巨大的身体慢慢倒下。明明惊恐得发不出声音。马路持刀走向图拉，挥刀砍下，掏出图拉血淋淋的心脏】

马　路：这是我能给你的最后的东西，图拉的心，和我自己，你收
　　　　留他们吗?明明，我亲爱的，温柔的，甜蜜的……

【明明满脸泪水，说不出话来】

马　路：

　　一切白的东西和你相比都成了黑墨水而自惭形秽，

　　一切无知的鸟兽因为不能说出你的名字而绝望万分，

　　一切路口的警察亮起绿灯让你顺利通行，

　　一切正确的指南针向我标示你存在的方位。

　　你是不留痕迹的风，

　　你是掠过我身体的风，

　　你是不露行踪的风，

　　你是无处不在的风……

　　我是多么爱你啊，明明。

【马路抱住绑在椅子上的明明】

明　明：你把诗写完了，多美啊，真遗憾。

【探照灯突然亮了，警报声大作，所有人冲进犀牛馆，呆望着这一切却不敢靠近】

警　察：马路，马上释放人质，举手投降，你已经被包围了!

黑子等人：马路!

【马路对周围的一切无动于衷，只是紧紧地抱着明明。明明不动。眼睛望着远处，突然唱起了歌】（歌词略）

选自《先锋戏剧档案》，作家出版社2000年版

【名家评点】

　　孟京辉也正是90年代先锋戏剧中最具影响力的前卫主攻，他对中国先锋戏剧的创建与影响功不可没。这位年轻的戏剧导演是一位"戏剧诗人"，始终善用多情而灼热的语言在舞台上抒写诗篇，表达梦幻，尽管他也常犀利地讥讽嘲弄，更乐于机智地戏谑调侃，但他的戏剧总是诗情弥漫，吟诵如歌。孟京辉以自己身体力行的一系列成果，为现代观众打开了戏剧审美的一片新天地，使新的戏剧观念得以日渐深入人心，也为他一贯推举的"实验戏剧"做出了卓有成效的范例和注脚。

　　——溯石:《舞台梦寻者的探险与迷失——关于孟京辉的实验戏剧》

　　观看孟京辉的先锋戏剧，你总能感受到荡漾其中轻松风趣的幽默、撩人

胸怀的温情、狂放不羁的嘲讽、令人深思的荒诞和诗意盎然的浪漫。

——陈吉德:《打造"孟氏快感"——孟京辉论》

在《恋爱的犀牛》演出的现场,你可以听到暗中啜泣的声音,这完全不是被别人故事感动的结果,而是因为它触碰到了你身体某个被遗忘的部位,让你无法因矛盾痛苦而忘情于这个世界,让你永远无条件地去拥抱和热爱这个充满了痛苦折磨和温暖爱意的世界。这种经过理性思索的人生经验将穿透你内心的迷雾,在某种程度上改变你的生活态度,深化你对人生的理解。

在这个钢筋水泥、高楼大厦、金钱欲望构筑的物质主义时代,孟京辉先锋戏剧所表现出来的年轻躁动、生命激情和狂妄理想重新激发了我们对生活的美好渴望和对生命信仰的追求。

——牛鸿英:《孟京辉与中国当代先锋戏剧》

它不是中国第一部先锋话剧,却是第一部赚了钱、且"寿命"最长的。

故事质素的通俗、噱头运用的频繁、舞美设计的雕琢,使得《恋爱的犀牛》的先锋特质已经打了严重的折扣。

——刘华萍、江 峰:《〈恋爱的犀牛〉先锋的经典还是悲哀?》

【延伸阅读】

1. 孟京辉主编:《先锋戏剧档案》,作家出版社 2000 年版。

2. 廖一梅:《悲观主义的花朵》,新星出版社 2008 年版。

3. 廖一梅:《琥珀 + 恋爱的犀牛》,新星出版社 2008 年版。

4. 陈吉德:《中国当代先锋戏剧:1979—2000》,中国戏剧出版社 2004 年版。

5. 魏力新编著:《做戏》,文化艺术出版社 2003 年版。

6. 戏剧研究:《孟京辉:先锋戏剧的"招牌"》,http://www.xiju.net

【思考与拓展】

1. 简要了解孟京辉在实验戏剧领域取得的主要成就。

2. 戏剧界对孟京辉创作实践的争议焦点集中在哪些问题上?

3. 通过阅读剧本感受廖一梅剧作中文字运用的魅力与特点。

4. 尝试以"爱情"为主题,创作一个微型戏剧剧本。

(撰稿:马弋飞)

我爱我家

梁 左 英 达

【作品导读】

1992 年 11 月 5 日，对于中国情景喜剧来说，却是值得纪念的一天。从美国留学归来的英达联合了《编辑部的故事》的编剧之一名作家王朔以及因相声《虎口脱险》、《小偷公司》而成名的相声作者梁左，筹划着要在中国制作一部真正的情景喜剧。

情景喜剧起源于美国，英文名称为 situation comedy，简称 sitcom，是场景相对固定，并以播出时伴随着现场观众或后期配制的笑声（称为罐头笑声）为主要外部特征的系列电视剧。它融合了常规电视剧和综艺节目的特点，现场演出，有固定的人物活动场景，有现场观众的反应；同时它又有一个完整的故事，有一些固定的贯穿全局的人物推动情节的发展。它并不要求深化人物性格和挖掘人物心理活动，而是在角色限定的范围内，要求随心所欲的即兴表演。时空转换时，通过几个固定的外景的穿插，来完成对事件发生的时间和地点的简单交待。通常采用边拍边播的方式，以室内场景为主，是各剧集之间有联系又各自独立的系列剧样式。

梁左（1957—2001），北京人。中国著名剧作家、编剧、相声作家。1985 年毕业于北京大学中文系，早期创作了许多脍炙人口的相声作品。20 世纪 90 年代初与英达一同创作了大型情景喜剧《我爱我家》，开创了中国情景喜剧的先河。他一生创作了众多广受好评的喜剧作品。

英达（1960— ）1984 年在美国密苏里大学获得戏剧硕士学位，之后随导演阿兰·帕库拉在纽约实习。同时也成为《欢声笑语》——这部以酒吧为背景的情景喜剧的忠实观众，他被这种新颖的电视节目形式深深吸引，萌生了把它带回中国发展的想法。1990 年回国后，他边做演员边向别人推销自己的想法，终于在两年后"瓜熟蒂落"，找到了知音也是后来事业上重要的合

作伙伴——王朔、梁左，开始了一次前途未卜的电视剧创作的探索。这个白金组合作出的第一个创意就是一部表现中国普通家庭的情景喜剧，定名为《我爱我家》。

　　1993年5月中国第一部电视情景喜剧《我爱我家》在酝酿了近半年之后终于问世，开始在北京电视台首播。这部由王朔策划、英达导演、梁左编剧的120集（1993年拍摄前40集，1994年和1995年又拍摄了后80集）情景喜剧透过20世纪90年代北京一个六口之家以及他们的邻里、亲朋好友各色人等构成的社会横断面，展示了一幅改革大潮中大千世界绚丽斑斓的生活画卷。它集教育性与娱乐性、严肃性与通俗性、艺术性与群众性于一身，借鉴了美国情景喜剧的表现形式，同时创造性地运用了中国传统文化中相声、小品的滑稽幽默元素和手段，创造出了一种全新的电视剧样式，成为真正令广大中国电视观众捧腹大笑的电视作品。《我爱我家》的播出在中国电视剧界"一石激起千层浪"，引起了广泛的反响和热烈的讨论。

　　和所有的新生事物一样，对《我爱我家》的评价社会上存在着两种极其鲜明对立的观点：一方面对《我爱我家》取得的成绩给予充分的肯定，对这种能带来巨大轰动效应和可观经济效益的新的艺术形式坚决支持。1997年《我爱我家》在天津的"喜剧电视节"上被专家评为12部电视喜剧佳作之一。另一方面，《我爱我家》也遭到猛烈的声讨，尤其是在南方电视观众中甚至被评为"年度最差电视剧"，英达也成为"最差导演"。类似"中国第一部不可多得的现代喜剧珍品"、"不可替代的名家客串精品"这样的评价都被无情地认为是商业的宣传和一些玩笔人的"造作"。两种截然相反的观点针锋相对，《我爱我家》便在这种争论中慢慢积累起了人气，获得越来越多观众的认同。15年后的今天，《我爱我家》久播不衰、笑声不断，在各电视台的重播率高居前列，而且这部电视剧还被当成相声一般在电台反复重播，居然效果奇佳。现在几乎没有人再怀疑《我爱我家》国产情景喜剧"龙头老大"的地位，它甚至已经成为衡量其他国产情景喜剧的标准。

　　英达、王朔、梁左的第一次合作便掀开中国电视史上新的一页，如今他们开创的事业已经走进了中国的千家万户，成为摆在老百姓每日餐桌上的"电视家常菜"。英达本人作为将"情景喜剧"引入中国的"传道士"，也被国内外同行称为"中国的诺曼·李尔（美国情景喜剧之父）"。

　　《我爱我家》的一炮而红，其中有它的必然因素。这主要取决于两点：

　　其一，梁左的创作功力。《我爱我家》成功的关键首先在于有了一个极其出色的剧本，这点应归功于编剧梁左精湛的创作技巧。《我爱我家》第一次成功地整合了传统相声、小品、室内剧中的幽默元素，使之融合并恰当地表现在情景喜剧当中，形成了有中国特色的本土化的情景喜剧作品。由于编剧梁左之前在相声和小品方面有着丰富的创作经验。因此，该剧中充满了相声中的"包袱"和小品中的"搞笑"成分，再加之导演英达对"北京话"的熟悉，整部剧又充满了十足的"京味儿"，使得全剧高潮迭起、笑料不断、栩栩如生、活灵活现，让观众一看就被吸引住了。应该说《我爱我家》的成功，首先胜在语言上。

其二，演员"梦之队"的组合。如果说有了英达的导演、梁左的编剧，使《我爱我家》成功了一半的话，那么该剧另一半的成功应该当之无愧地归功于演员出色的表演。宋丹丹、文兴宇、杨立新、梁天、关凌、沈畅等人的绝妙搭配，形成了艺术创作上常讲的"活儿捧人"和"人捧活儿"的双赢局面。在中国当时尚无情景喜剧表演实践经验可以借鉴的情况下，演员们凭着扎实的表演功底和高超的领悟力，边演边摸索经验、总结体会，以独到的演技将剧本中刻画的一个个平面人物立体丰满鲜活地展现在观众面前，张弛有度、不温不火、惟妙惟肖，塑造出一系列光彩照人的喜剧人物形象，给观众留下了难以磨灭的印象。而有趣的是这种完美的组合搭配效果，又是当初《我爱我家》的主创人员事先没有预料到的。英达曾经对媒体记者谈过《我爱我家》选角色的一些故事，当时出于拍摄经费短缺的原因，根本没想过大张旗鼓选演员的事，现在这些主要演员几乎全是"友情加盟"，是靠着各种亲戚朋友关系被凑到一块的，没想到表演效果这么好，这么出彩，甚至超出了剧本的预期效果，这也可以算作是意外的惊喜了。其实即使英达本人也不得不承认，《我爱我家》的拍摄是一次冒险的尝试，推出的时机并不完全成熟，中国老百姓当时甚至从未听说过什么"情景喜剧"，它的推出并不存在水到渠成，而有点横空出世的意味，但正是这种"误打误撞"给刚刚开始领略电视神奇魅力的中国观众带来了强大的"形式冲击力"，一下子被这种新奇的"罐装笑声"所吸引，从此被《我爱我家》引领着进入了一个全新的喜剧时代。这种成功，与当时整体电视剧制作环境的封闭以及电视剧资源的稀缺和创作思路的保守狭窄有着直接的、密不可分的关系。从这一层面看，《我爱我家》的出现遵循的仍然是20世纪90年代文化产品走红的特有模式。

如今再来重新客观审视《我爱我家》，它在拍摄手法、艺术表现手段、制作方式以及运作机制等许多方面都存在着明显的初级产品的特征，带有电视制作起步阶段普遍存在的稚嫩痕迹。尽管如此，《我爱我家》仍然以其独特的文化个性、旺盛的艺术生命力和无与伦比的长久影响力，在中国电视剧发展史中打上难以磨灭的烙印，成为家喻户晓的艺术经典。

【经典回顾】

剧情简介：志新钓鱼与人发生争执落水，电视台误以为是志新救落水儿童，来采访志新，全家人都想在电视上露把面儿……

（下午，客厅，和平收拾，志新一身脏兮兮落汤鸡样进）

和　平：志新，你不是钓鱼去了嘛？正好，楼底下让咱家劳动，洒水，你就甭换身裳了。

志　新：我还洒水，我刚从水里上来！

傅　老：这个钓鱼好像一般都是在岸上？

志　新：我开头儿是在岸上呢，旁边那孩子忒可气，所有的鱼啊，都是冲我的面子的，最后都让他给钓走，我跟他商量换换地儿，死活不干，文的不行我跟他来武的，我们俩这一掰扯，就一块儿下去了。

和　平：就你这游泳技术你还不给鱼吃了呀你？

志　新：这不后来赶过来一武警和一外地民工，这才算把我给钓上来。不是，嗨……

（志新在客厅，傅老领几人上）

傅　老：志新，有电视台的人找你，你干了什么坏事要给你曝光啊？

志　新：唉，唉，不是我，不是我，确实不是我！

女主持：唉，贾志新同志您不用谦虚了，我一闻就知道是您。

志　新：您怎么还带用鼻子认人儿的？

女主持：您那满身的臭河泥味，说明您就是见义勇为，救儿童的那一位！

志　新：我三遍我还没洗干……您说什么？见义勇为？这性质这么给我确定的？啊，对，没错，那就是我！

女主持：我们是电视台的"京华纵横"栏目的工作人员，我是主持人，我叫马羚。

志　新：对对对！（握手）

女主持：这位是我们的摄影师英宁（握手），我们是专门来采访您的英雄事迹的。

志　新：不是，您等会儿，我现在脑子有点儿乱，一时半会儿我还转不过来，英雄？哎，爸，您听见了吧，我当英雄啦！

女主持：对，老人家，恭喜您了，您有这么一位好儿子，您一定要好好向他学习！

傅　老：我向他学习？

女主持：对！

傅　老：有没有搞错呀？

女主持：没错没错，我们刚才采访了现场的许多群众，都这么说，当时救人的有三位，一位是武警战士，还有一位外地民工，那两位都没有留下姓名就走了，只有贾志新同志被赶过来的儿童家长揪住不放，才留下的姓名。

傅　老：那是啊，人家怕孩子将来留下什么后遗症，好找他算账！

志　新：（急拦）哎哎！马小姐，我强烈要求单独接受采访！

女主持：唉！

志　新：我换衣服去。（下）

（客厅，志新穿得像模像样，精神焕发）

女主持：准备好了么？

志　新：（微笑）开始！

女主持：啊，（向镜头）可以了么？好。观众朋友们，你们好！（志新向镜头招手）京华纵横栏目又和大家见面了，今天呢，我们要向大家介绍一位非常有意思的人物，阳光雨露育青松，改革时代出英雄（志新再挥手，谦逊又淡定），现在呢，向大家介绍的，是今天下午，见义勇为不顾自己的生命安危，而抢救落水儿童的——贾志新同志（志新鼓掌）啊，贾志新同志，你好！（握手）

志　新：你好！

女主持：你好！

志　新：你好！您真是太好了！您都有男朋友了吧？

女主持：啊？有了。

志　新：哎呀，您怎么也不跟我商量一下儿呀？

女主持：这事儿吧……哎（向镜头）停！咱们不能谈这个问题，咱们得围绕提纲来谈，可以么？开始吧！

志　新：啊，马小姐，您什么时候开始主持这栏目的？

女主持：啊，时间不长。

志　新：噢，万事儿开头儿难嘛。

女主持：对。

志　新：这个，有个适应过程，现在适应了吧？

女主持：嗯，还好吧。

志　新：那您能谈谈主持这个栏目的体会么？

女主持：（向镜头）我主持这个栏目的体会主要有……哎，停！对不起，咱们俩谁采访谁呀？

志　新：有点儿乱！

女主持：行，咱们从头再来，不用急，好，贾志新同志，（向镜头）可以了吧？贾志新同志，您能谈谈今天下午您是怎么发现落水儿童的么？

志　新：（想想）这还用发现？我们俩是一块……啊，是我一人儿发现的……我下午啊，我说到公园钓……那地方好像不许钓鱼哈？

女主持：对对对，那地方是禁止钓鱼禁止游泳，我们去的时候还有一帮红领巾在做宣传呢！

志　新：对对对，那我就不是去钓鱼，我到公园我……我背英语，A、B、C、D……我正背的高兴，忽然间听见有人喊，河里面小孩大大的有！我管他哪儿的人呢，喊声就是命令，冲到河边儿，往下一看，哎呀呀！情况是万分紧急，小孩是生命垂危，怎么办？向组织请示？来不及了！跟领导汇报？等不了了！我教孩子游泳？不赶趟！我自己下去，我就上不来了！

女主持：哎？您不会游泳啊？

志　新：狗刨我会两下儿，我坚持不了多一会儿啊，（起身）怎么办？怎么办？袖手旁观？孩子就完了，我下水救人，我自己就悬了！就在这万分危急的时刻，我脑海中刷刷刷刷刷闪出了很多英雄人物！

女主持：哎，您都想起谁来了？

志　新：（带比划）我想起了董存瑞炸碉堡，就像冬天里的一把火；邱少云焚烈火，熊熊火光照亮了我；黄继光堵枪眼，我用青春赌明天！欧阳海拦惊马，你用真情换此生！

女主持：对不起，对不起，停一下，我怎么觉着这哪儿都不挨哪儿啊？

志　新：那我再想点儿挨着的？

女主持：行，挨着的，哎，别想了，再想孩子该淹死了！

志　新：对对对，孩子还跟水里呢，就听见大吼一声，助跑，起跳，加速，再起跳，嗖，一个漂亮的转体三周半加屈体后空翻……

女主持：您不会游泳，倒会跳水哈。（停止录像已有好久）

志　新：跟电视里高敏学的！我下水以后，我先是仰泳再是蛙泳再是蝶泳最后我是自由泳……

女主持：哎，别动，您怎么又会游泳了？

志　新：实践中学习呀，嘟嘟嘟嘟嘟嘟……

女主持：汽艇来了？

志　新：我游泳就这声儿！

女主持：噢。

志　新：迅速我接近了这目标，一个金蛇缠身，把孩子锁住，乘风破浪，游向对岸，不光救起了落水儿童，捎带脚儿，我把全国纪录给破了！（坐下）累死我了！

女主持：哎，贾志新同志，怎么成您一个人救儿童了呢？

志　新：啊，是，后面还有俩他追不上我。

摄像甲：这人是不是有病啊？

女主持：啊，没事儿，我听说人被水淹过了以后呢，会出现暂时地智力低下状况，哎，贾志新同志，我们能采访一下您的家人么？

志　新：唉！嗯？我还没开始说呢？！

（客厅，采访傅老）

傅　老：英雄，啊，不是容易当的，不是随便当地，这个不是什么人都能当的，要不然我们十多亿人干嘛要向英雄学习呐，我们相互学习不就完了嘛！

女主持：老人家，是这样的，今天请您谈谈具体的，您的儿子贾志新的英雄道路。

傅　老：啊，志新能够有今天，啊，除了社会的培养，当然跟我们家长的教育是分不开地，我记得他三岁那年……哎，是五岁吧？

女主持：啊，老人家，这个年龄无关紧要，您谈点儿具体的吧。

傅　老：怎么无关紧要呢，我在想那时候他脱没脱开裆裤。啊，对了！十五岁。十五岁那年他们学校下乡参加学农劳动的时候，他把他一个同学推进粪坑，弄的人家好几年吃饭都不香！所以今天，他把人家孩子推下水也不是偶然地！

女主持：啊？错了！老人家，不是他把人家推下水，是他把人家救上来！

傅　老：他把人家救上来？

女主持：对对对！

傅　老：他怎么会把人家救上来？（笑，起身）你就是打死我都不信！

女主持：这头脑有毛病是不是有遗传啊？咱们换人吧！

（客厅，采访志国）

志　国：说到我弟弟吧，就不能不先说到我，不管怎么说呢也是先有我，后有他。

女主持：贾志国同志，今天咱们重点谈谈您的弟弟，好吗？

志　国：那不成，我今年42岁，一岁那年的事儿我就不说了，我从两岁说起吧。

女主持：哎哎，是这样的，以后等您当英雄的时候，咱们再慢慢地谈您，今天呢，咱们就说说您弟弟。

志　国：我弟弟？

女主持：唉！

志　国：那还不是因为受了我的熏陶。我打小儿教他学英雄啊，刘胡兰的故事我一天给他讲八遍，我还教他唱那歌剧，（唱）数九那个寒天下大雪，天气那个……是这个味儿吧？

女主持：（被吓得站起）是，是……（尴尬地笑）

志　国：唱得不好您见笑啊，我们还在家拍戏，我演那个刘胡兰，他演大胡子土匪连长，哎哟拿起菜刀照我脖子上就砍呐，现在还有印儿呢（撸领子）您瞧，能给个特写么？（向镜头使劲伸脖子）

女主持：哎哎，贾志国同志，谢谢您了，谢谢！

志　国：啊？完了？

……

（主持人和摄像等几人在客厅讨论，旁边摆着京韵大鼓，和平着戏装上）

和　平：马主持！

女主持：唉唉！

和　平：您好（握手），听了贾志新的英雄事迹以后，我是心潮起伏热浪翻，作为一名文艺工作者，我们有责任歌颂英雄，我现编了一段京韵大鼓，麻烦您给录下来晚上一块儿播啊！

女主持：唉，和平同志，实在对不起，我们这是专题栏目，不是文艺部。

和　平：没关系，您搁文艺栏目里也成，您体谅我呀二十多年了没上过电视，好不容易有这么一次机会，您说我能轻易错过嘛，这样，我就算半拉清唱了，麻烦您呢，回头帮忙喊声好儿啊（准备，向摄像），您照着点……（拿家伙），（向女主持）录音！

女主持：唉唉唉（无奈举起话筒）……

和　平：（伴奏）有一位……高了点儿……（重来）有一位青年，名字叫，叫什么？贾志新！

（采访组几人偷偷下）

（晚，一家人在电视前等待）

和　平：七点嘛。

志　新：七点！七点我调好台了都！

和　平：北京一。

志　国：（上）圆圆，快点儿要不看不上了！

和　平：（小张拿椅子上）我得好好瞅瞅我这扮相上了电视不定多漂亮了呢！

志　新：估计我的形象还可以。哎我说，（向小张）让你通知的人都通知了么？

小　张：你放心吧，志新哥，我连算命的瞎子老孙都通知到了！

傅　老：啊？瞎子看电视？

志　国：看不见能听，一样受教育！

小　张：可惜来不及通知我老家的父母，看不着我掌勺的镜头喽。

志　新：歇着吧你！

小　凡：哎哎哎，（指电视）马羚！昨天我还跟她握过手呢！

（电视里，画内音）马羚：欢迎收看这一期的京华纵横栏目，昨天下午在本市青年湖公园内，小学生刘某与男青年贾某在钓鱼时发生争执，互相拉扯双双落水，被即时赶到的一名武警战士和一名外地民工相救，为此我们采访了本市园林局的负责人，他希望广大游人在旅游旺季遵守公园里的各项规定（志新垂头丧气，下，圆圆上，家人继续看）不要私自钓鱼和在河里游戏，以免发生意外。该公园一直是钓鱼和游泳的禁区，附近小学的师生们常年坚持在园内外宣传安全知识，记者在现场采访了和平里四小的五年级学生贾圆圆同学，她说："（圆圆出现在电视画面上）其实很多大人不是不识字，是不自觉，等真出事儿就晚了……"

圆　圆：（众人看圆圆）我也不想讲，非让我讲两句。（美滋滋下）

——本集完——

选自《我爱我家：大型电视情景喜剧文学剧本》，华艺出版社1993年版

【名家评点】

《我爱我家》是导演英达在攻读导演系硕士学位后的一次行为实践，如同雀巢咖啡的引进一样，他为中国观众舶来了一种西方的娱乐形式，迎合着中国正步入城市化的大众的娱乐趣味和心理趣味。

——张建珍：《关于"逃避"的集体庆典——由〈我爱我家〉谈情景喜剧》

实话实说，我是偏爱《我爱我家》的，也曾对某些人的诘难而深感不解。我觉得，如果说对什么是雅俗共赏弄不明白的话，那就请他去看一看《我爱我家》吧。

——丁道希：《汗水酿造的欢乐——英达情景戏剧漫谈》

《我爱我家》用一种轻松而智慧的方式描述了一个普通家庭中的平凡故事，却折射了整个社会的问题和矛盾，人们在观看中一次次会心的笑，正是对这种表述方式的理解和赞赏，也是寻找到内心共鸣，引发群体归属感的表

达。于是,《我爱我家》获得了观众的认同。以"客厅"为核心引发了一场"大众的狂欢"。

——吴筱颖《 小品式喜剧与大众的狂欢——从〈我爱我家〉谈"英达情景喜剧"的特色 》

第一名:《我爱我家》——论收视率《我爱我家》比不了《武林外传》,论历史意义比不上《地下交通站》,论接近现实《我爱我家》比不过《家有儿女》。但是,《我爱我家》在我国情景喜剧史上的地位却是所有其他情景喜剧所难以企及的。毫不夸张地说,其在情景喜剧史上具有"教父"般的意义。

——孙 展:《盘点中国情景喜剧 》

《我爱我家》之所以成为经典,关键在于语言的机智,随着时间的变迁,观众更能发现"此中有真意",而且越嚼越有味道。

——王国平:《情景喜剧走出困境期待繁荣》

【延伸阅读】

1. 南沱、斐人:《那人英达——梦工场·中国明星制造》,现代出版社2004 年 4 月版。

2. 梁 左:《笑忘书:梁左作品选》,华艺出版社 2002 年版。

3. 马星海:《喜从天降》,中国电影出版社 2002 年版。

4. [美]赫利泽:《喜剧技巧》,古丰译,南京大学出版社 2003 年。

5. 陈犀禾:《当代美国电视——影视艺术技术丛书》,复旦大学出版社1998 年版。

6. 王 朔:《王朔文集:随笔集》,云南人民出版社 2004 年版。

【思考与拓展】

1.《我爱我家》成功的因素有哪些?

2. 通过提供的作品链接阅读《我爱我家》的完整剧本,体会情景喜剧剧本创作的思路和特点。

3. 请立足在"家庭"模式的基础上,创作一集情景喜剧的文学脚本。

(撰稿:马弋飞)

乱世佳人

塞尔兹尼克

【作品导读】

电影《乱世佳人》根据美国著名女作家玛格丽特·米切尔的著名同名小说《飘》改编而成，美国米高梅影片公司1939年出品。小说《飘》是一部具有浪漫主义色彩、反映美国南北战争题材的作品，全书分为五部共六十三章，以女主人公斯佳丽的爱情纠葛和人生遭遇为主线，生动地再现了美国南部种植园经济由兴盛到崩溃、奴隶主生活由骄奢淫逸到穷途末路、奴隶主阶级由疯狂挑起战争直至失败死亡、奴隶制经济为资本主义经济所取代这一美国南方奴隶社会的崩溃史。因此，它既是一部人类美好爱情的绝唱，又是一部反映当时政治、经济、道德诸多方面的巨大而深刻变化的历史画卷。主人公斯佳丽身上表现出来的叛逆倔强和艰苦创业、自强不息的精神，一直令读者为之倾心。1936年小说问世后，立刻被翻译成多种文字畅销全球，具有前瞻精神的好莱坞制片人大卫·奥·塞尔兹尼克以锐利的眼光看出了这部小说的内在价值，并以5万美元买下了它的拍摄权，计划将它搬上银幕。他先后动用了18位编剧，最后由西德尼·霍华德将这部三卷集小说改写成电影剧本。制片人塞尔兹尼克亲自参与编写剧本，并精心挑选了包括导演、演员在内的第一流电影艺术家参加影片的摄制。历时了3年的艰辛拍摄后，同名电影《乱世佳人》横空出世，成为好莱坞影史上最值得骄傲的一部旷世巨片。《乱世佳人》也是好莱坞黄金时代巅峰之作。

斯佳丽(费雯丽饰)是一个漂亮、任性、果断的美国南方女子，爱上了另

一庄园主的儿子阿希礼(莱斯利·霍华德饰)，但阿希礼却选择了温柔善良的玫兰妮(奥利维娅·德·哈维兰饰)。斯佳丽赌气嫁给玫兰妮的弟弟查尔斯。南北战争爆发后，查尔斯上前线战死。斯佳丽和风度翩翩的商人瑞德(克拉克·盖博饰)相识，瑞德开始追求斯佳丽，但遭到她的拒绝。南方军战败，亚特兰大一片混乱。不巧玫兰妮产期将至，斯佳丽只好留下来照顾她。战后斯佳丽在绝望中去找瑞德借钱，偶遇本来要迎娶她妹妹的暴发户弗兰克。为了保住家园，她勾引弗兰克跟她结婚。弗兰克因反政府活动遭北方军击毙，斯佳丽再次成为寡妇。出于各种复杂的原因，她与瑞德结婚。女儿出生后，瑞德把全部感情投注到女儿身上，跟斯佳丽的感情因她忘不了阿希礼而导致破裂。女儿的意外坠马身亡，更使他伤透了心。操劳过度的玫兰妮临终前把她的丈夫阿希礼和儿子托付给斯佳丽，但要求她保守这个秘密。斯佳丽不顾一切扑向阿希礼的怀中，站在一旁的瑞德无法再忍受下去，心灰意冷地转身离去。面对伤心欲绝毫无反应的阿希礼，斯佳丽终于明白，她爱的阿希礼其实是不存在的，她真正需要的是瑞德……

1939 年 12 月 15 日，当时仅有 30 万人口的亚特兰大市突然涌进了 100 万人，这一天是电影《乱世佳人》的首映式，也是好莱坞历史上最辉煌的一刻。几十年后，看过这部影片的观众已数以亿计，"永恒的爱情蕴于宏大的战争中"的主题从此在好莱坞风行，且经久不衰。

这部豪华的彩色影片基本保持了原著的深度和韵味，而且仍以美国南方人的观点来表现南北战争。导演维克多·弗莱明以巧妙的艺术构思和娴熟的电影手法，再现了美国南北战争的壮观场面。尤其是灾民逃难、车站广场及亚特兰大的大火等场面，至今仍然令人叹为观止。这部长达 3 小时 46 分钟的巨片，耗资 400 多万美元，整个拍摄工作历时 3 年，一共设置 200 场布景，正式搭建 90 余场：其中亚特兰大市布景 20 公顷，内含一条长达 2135 米的公路，两旁建筑物 53 幢。大火一场戏动用 7 架摄影机同时拍摄，光汽油就用了 35000 加仑。整部影片拍摄用去胶片 135 万英尺。

《乱世佳人》公映后，立刻轰动了全美国和整个大洋彼岸。影片把美国人奋斗于逆境，追求个人独立、尊严、爱情，永远乐观进取的民族精神表现得淋漓尽致。这部影片在该年度举行的第十二届奥斯卡奖评选中，获十三项提名，最后囊括了最佳影片、最佳导演、最佳女演员、最佳女配角、最佳剧本、最佳彩色片摄影、最佳美工、最佳剪辑 8 项大奖，创造了奥斯卡历史的最高纪录，成为奥斯卡历史上一个不可逾越的"至高点"。此外，该片的艺术师威廉·卡梅伦·孟西斯获特别奖，制片人大卫·塞尔兹尼克获欧文·塔尔伯格纪念奖。此片 1977 年荣获美国电影学会评选的"美国十大佳片"之一，名列美国百部经典名片前列，甚至在几十年后仍是全球最卖座的影片之一，不能不说是电影史上的一个奇迹。

电影《乱世佳人》的诞生，标志着好莱坞电影进入"恢弘巨制"时代。这部影片以其恢弘的气势、富有生命力的色彩、豪华的场景，以及宏大逼真的战争场面，细腻的心理刻画和男女主人公天衣无缝的完美组合，给人以视觉上又一次极大的享受。该片前半部分如同一首史诗，重现一百多年前繁荣的种植园文明的没落，亚特兰大五角广场遍地的伤兵，不断的逃难、枪杀、大火等场面规模宏伟，色彩雄浑；后半部则是一处悲恸的心理剧，以戏剧的力量揭示出女主人公在与内心的冲突和矛盾中走向成熟稳重的过程。

影片上下两部都以土地作结。上部中斯佳丽独自站在塔拉的荒田上抓起一把红色泥土，对天发誓决不让塔拉的人再挨饿，在雄壮有力的主题曲旋律的高奏之下，画面从斯佳丽站在土地上昂然面对未来挑战的剪影镜头中淡出；下部斯佳丽望着远去的爱人瑞德，悲痛欲绝，耳边突然响起了父亲雄厚的声音，"世界上唯有土地与日月同在"。塔拉！家！塔拉！家！对，回家！她一定能在红色的土地上重新得到力量，一定有办法让瑞德回来，"明天又是另外一天了！"斯佳丽的眼睛重新现出了无尽的希望，高昂的主旋律再一次响起。

这部影片人物众多，场景壮阔，把真实的历史背景和虚构的人物故事结合起来，构成了一部动人的史诗，社会的变迁和历史的风云使人物性格、命运更加丰满和充满了波折，反过来，它通过人物的命运沉浮也描绘出一幅生动的历史图画，从中透视出一个时代的结束。好看的电影总会给观众带来永久的回味，《乱世佳人》在感动美国人的同时也感动了全世界。观众总能从影片中找到自己在现实中的影子，这也许就是它的永恒所在，虽然今天《乱世佳人》里很多演员都已经离世而去，可他们的艺术形象永远都是不朽的经典。

小说作者玛格丽特·米切尔生于美国南部佐治亚州的亚特兰大市。小说《飘》出版后风行一时，被翻译成许多国家的文字，而成为美国文学中最畅销的书籍之一。1937年获普利策奖。改编成电影后，以《乱世佳人》的译名在我国上映。

米切尔自幼受父亲影响，对亚特兰大在南北战争中的历史特别感兴趣，并使它们渐渐变成了她生命中很重要的一部分。1914年，米切尔就读于华盛顿中学，天性叛逆的她对学校刻板的教学方式极其厌恶，常常以编小说自慰。她曾在自己编撰的小说封皮背面写道："世上有一个接一个的作者，但作家是天生的而不是造就的。"米切尔可以称得上是一位天才作家，她一生只写过一部小说《飘》，但就是这部小说让她获得了1937年的普利策文学奖。

【经典回顾】

第十二章 塔拉，希望之土（塔拉，指塔拉庄园，斯佳丽的出生之地）

（玫兰妮重病。她知时日已不多，要见斯佳丽）斯佳丽：是我，玫荔。

（注："玫荔"为斯佳丽对玫兰妮的昵称）

玫兰妮：答应我……阿希礼…阿希礼和你。

斯佳丽：阿希礼怎么样，玫荔？

玫兰妮：替我照顾他，就像你那时替他照顾我一样。

斯佳丽：我会的，玫荔。

玫兰妮：照顾他，可别让他知道。

斯佳丽：晚安。

玫兰妮：答应我？

斯佳丽：还有什么，玫荔？

玫兰妮：巴特勒上尉……对他好一些……他这么爱你。

斯佳丽：好的，玫荔。

（玫兰妮过世。斯佳丽安慰心碎的阿希礼，忽视了瑞德的存在。瑞德无法忍受而离开。但突然间斯佳丽发现了事实，她不爱阿希礼。她转而寻找瑞德）

斯佳丽：瑞德，等等我！瑞德，等等我，瑞德！瑞德！

（起居室外）

瑞　德：进来。

斯佳丽：瑞德。

瑞　德：玫兰妮，她已经……好吧，愿上帝让她安息。她是我见过的唯一的十全十美的好人。伟大的女人。一个不平凡的女人。虽然她死了，这对你来说是好事，是吗？

斯佳丽：你怎么能这么说。你知道我是真的爱她的。

瑞　德：我真不知道，但至少到最后你都欣赏她了。

斯佳丽：我当然欣赏她。她从来为别人着想，不为自己，她最后的话也是为你。

瑞　德：她怎么说？

斯佳丽：她说，对巴特勒上尉好一点。他这样爱你。

瑞　德：她说别的了吗？

斯佳丽：她说，她还说要我照顾阿希礼。

瑞　德：有了前妻的允许，一切都方便多了，是吗？

斯佳丽：你什么意思？你在干什么？

瑞　德：我要离开你了，亲爱的。你现在需要的是离婚，你关于阿希礼的梦要实现了。

斯佳丽：不，不，你错了！全错了！我不要离婚，噢，瑞德，今晚上我
　　　　才知道，才知道我原来是爱你的，我就跑回家来告诉你。噢，
　　　　亲爱的，亲爱的！

瑞　德：请别这样，给我们的婚姻留一点可以回忆的尊严吧，最后的时
　　　　候烧了彼此吧。

斯佳丽：最后？噢，瑞德，你听我说，我这么久以来一定是一直爱着
　　　　你，但我这么傻，一直不知道，请相信我。你一定是在乎我
　　　　的，玫兰妮说你在乎的。

瑞　德：我相信你，那么阿希礼·威尔克斯呢？

斯佳丽：我，我从没有真的爱过他。

瑞　德：至少到今天早上你一直装得很像那么回事。噢，斯佳丽，我已
　　　　经想尽各种办法了。哪怕是我从伦敦回来时，你对我好点……

斯佳丽：我是很高兴见到你回来的。但是，瑞德，你当时那么讨厌。

瑞　德：而且在体病的时候，那全是我的错，我一直希望你会叫我，但
　　　　你没有。

斯佳丽：我想要你，我非常想，但是我想也许你不要我。

瑞　德：看来，我们俩很不协调，是吗？现在没用了。有邦尼的时候，
　　　　我们还可能快乐。我喜欢把邦尼当成你。还是小姑娘，是没有
　　　　受战争、贫穷摧残的你。她很像你，我可以宠她，放纵她，就
　　　　像我想宠爱你一样。但她一死，她把什么都带走了。

斯佳丽：噢，瑞德，瑞德，别再说了。我很难过，为发生的一切难过。

瑞　德：我亲爱的，你真是个孩子。你以为说句对不起，过去的一切就
　　　　都改正过来了。把我的手帕拿去，你在任何危急的关头我都没
　　　　见你有过一条手帕。

斯佳丽：瑞德，瑞德，你去哪儿？

瑞　德：我要去查尔斯顿，去应该属于我的地方。

斯佳丽：请你带我一起去吧！

瑞　德：不，我对这儿的一切都厌倦了。我想要安静，我想看看生命中
　　　　还有什么更高尚和美丽。你知道我在讲什么吗？

斯佳丽：不，我只知道我爱你。

瑞　德：这是你的不幸。

斯佳丽：瑞德！你要走，我去哪里呢？我该怎么办呢？

瑞　德：坦白说，我亲爱的，我一点也不关心。

斯佳丽：我不能让他走，不能！一定有办法让他回来。噢，现在我想不
　　　　了这些，不然我要想疯了。明天，明天再想。我一定要想清

　　楚，一定！现在干什么呢？什么才重要呢？

（父亲和阿希礼的话在她耳边回响起来。）

奥哈拉：你想告诉我，凯蒂·斯佳丽·奥哈拉，塔拉对你毫无意义吗？土
　　　　地是唯一重要的东西，是唯一永恒的东西。

阿希礼：有些东西你爱它胜过爱我，只是你不知道。

奥哈拉：塔拉，你从这儿吸取力量。

阿希礼：塔拉，塔拉的红土。

奥哈拉：土地是唯一重要的东西，唯一永恒的东西。

阿希礼：只是你不知道，有些东西你爱它胜过爱我，塔拉。

奥哈拉：你从这儿吸取力量……

阿希礼：塔拉的红土……

奥哈拉：土地是唯一重要的东西。

阿希礼：有些东西你爱它胜过爱我……

奥哈拉与阿希礼：塔拉的红土……塔拉！塔拉！

斯佳丽：塔拉！家！我要回家，我要想办法让他回来。不管怎样，明天
　　　　是新的一天！

选自《乱世佳人》，南方出版社 2006 年版

【名家评点】

　　作为一名大导演，弗莱明对于南北战争这个宏大的历史事件的处理是相当出色的。影片没有描写过一个战争场面，但却通过几个人物的爱情波折及塔拉庄园和奥克斯庄园的兴衰，反映了人们对战争的态度、战争的进程和对战争的诅咒，影片的时间跨度很长，情节也很多，但却那么和谐地构成一个完整的整体，没有使人感到有多余的镜头，从这一点看来，这部影片就可以称得上是一部史诗。

——纽约影评人协会

　　费雯丽是如此惊艳，以至于不该如此真实；她是如此真实，以至于不该如此惊艳。她有如此的美貌，根本不必有如此的演技；她有如此的演技，根本不必有如此的美貌。……好莱坞只为她一人分裂！

——第 12 届奥斯卡评委会

　　她（费雯丽）是一个伟大的演员，是上帝的杰作，如果没有她，这部影片未必能如此大受欢迎。

——英国前首相　丘吉尔

【延伸阅读】

1. ［美］米切尔:《乱世佳人》（上、下册），陈良延等译，上海译文出版社 2007 年版。

2. 胡克、游飞主编:《美国电影分析》，中国广播电视出版社 2007 年版。

3. 黄文达:《世界电影百话》，汉语大词典出版社 2004 年版;

4. 郑雪来主编:《世界电影鉴赏辞典》，福建教育出版社 2003 年版。

【思考与拓展】

1.如何评价电影《乱世佳人》在世界电影史上的地位？

2.背诵并体会《乱世佳人》中经典台词及其魅力。

3.通过链接观看影片《乱世佳人》，结合你的感受，写一篇 3000 字左右的影评。

（撰稿:马弋飞）

红 高 粱

张艺谋

【作品导读】

电影《红高粱》根据莫言同名中篇小说改编，是新中国第一部走出国门并荣获国际 A 级电影节大奖（柏林电影节金熊奖）的影片，为中国新电影赢得世界性声誉作出了贡献。《红高粱》以其精湛的制作技巧和浓郁的传奇色彩引起了人们的广泛关注。影片公映后，产生了空前的影响力，在当时一张电影票价几毛钱的情况下，该片票价居然炒到 5~10 元。影片并未照搬小说的意识流结构，而是将故事改为直线叙述，导演、摄影精心复现了小说构造的色彩世界，使画面非常具有视觉冲击力，以如阳光般眩目、热情似火的红色震惊了影坛。

1983 年底，步出北京电影学院不久的张艺谋作为摄影师，与同学张军钊、何群、肖风拍出了《一个和八个》，宣告中国电影"第五代"的诞生。随后，他与陈凯歌合作，推出"第五代"的扛鼎之作《黄土地》，此后三人再度合作《大阅兵》，在中国电影界掀起一股冲击波。1988 年，张艺谋的导演处女作《红高粱》在柏林电影节上为中国人捧回了第一个金熊奖，正式开始了其辉煌的导演生涯。在短短的五年间，张艺谋完成了从摄影、表演到导演的大跨步跃进，在中国电影界创造了一个近乎神话般的现实。《红高粱》的成功还使得"第五代"导演前期创作中遭遇的现实困境获得了暂时的解脱。然而也就是从这部影片开始，"第五代"导演创作群体向着不同的方向分散发展。

1987 年，《红高粱》是张艺谋和巩俐的第一次合作，这对中国影坛的黄金搭档就是从此开始了他们辉煌的电影道路，《菊豆》、《大红灯笼高高挂》、《秋菊打官司》等，一直到 1995 年的《摇啊摇，摇到外婆桥》宣告了合作的终止。此后，张艺谋独自走上了他的《英雄》之路。

《红高粱》所获奖项：

1988 年　获第 38 届西柏林国际电影节最佳影片金熊大奖

1988 年　第 5 届津巴布韦国际电影节最佳影片，最佳导演，故事片真实新颖奖

1988 年　第 35 届悉尼国际电影节电影评论奖

1988 年　摩洛哥第一届马拉卡什国际电影电视节导演大阿特拉斯金奖

1988 年　第八届中国电影金鸡奖最佳故事片奖

1988 年　第十一届《大众电影》百花奖最佳故事片奖

1989 年　第 16 届布鲁塞尔国际电影节广播电台听众评委会最佳影片奖

1989 年　法国第五届蒙彼利埃国际电影节银熊猫奖

1989 年　第八届香港电影金像奖，十大华语片之一

1990 年　民主德国电影家协会年度奖提名奖

1990 年　古巴年度发行电影评奖十部最佳故事片之一

《红高粱》讲述的是几十年前发生在中国北方农村的一个传奇性故事。"我奶奶" 19 岁那年，曾外祖父把她嫁给了十八里坡有麻风病的酒厂老板李大头，换回一头好骡子。迎亲路上，轿把头余占鳌领着轿夫们起哄颠轿。行至青杀口，高粱地里杀出劫道人，余占鳌送他上了西天，"我奶奶" 对他有了好感。三天后奶奶回门，又遇蒙面人，原来是救她一命的余占鳌。两人激情迸发，在高粱地里相亲相爱，作天地之合。从此他就成了 "我爷爷"。

几天后奶奶回来，李大头被人杀了，奶奶留住众伙计，开始主持酒厂。"我爷爷" 酒醉后被扔进空酒缸，恰这时土匪秃三炮劫走了 "我奶奶"。罗汉大爷等人凑足三千块钱赎回 "我奶奶"。"我爷爷" 酒醒后找秃三炮算账，居然逼得秃三炮求饶。"我爷爷" 回来后，朝高粱酒里撒了一泡尿，竟成了喷香的好酒——十八里红。

九年后，日本鬼子逼乡亲们砍倒高粱修公路，又将罗汉大爷剥皮示众。当晚 "我奶奶" 搬出十八里红，伙计们喝完酒，准备打鬼子报仇。第二天黄昏 "我奶奶" 给 "我爷爷" 他们送饭，倒在鬼子的机枪下。"我爷爷" 他们疯一样冲向日本军车，一声巨响。伙计们全死了，九岁的我爹，找到了已经痴呆的 "我爷爷"，站在 "我奶奶" 的尸体旁。夕阳如血，高粱如血，我爹唱起来："娘！娘！上西南，宽宽的大路长长的宝船……"

【经典回顾】

单家西院

院子里散散落落的鸽子大摇大摆地走着，不时扑棱着翅膀，飘然而起，又悠然落下。

九儿倚着房门，她的手掌上落着一只雪白的鸽子，用高粱粒那么大得通红的小眼珠望着她。她咕咕咕地和它说话，它也咕咕咕地答话。她喂它几粒高粱米。各自的羽毛在啄食参起，尾羽像一把将开又合的白扇。

罗汉进院，关切地问："掌柜的好些了？"

九儿诚恳地："谢谢大叔惦记，好多了。"

罗汉："今天正是九月九，掌柜的不到烧锅上看看，散散心？"

九儿："也好，来了也有些日子了，还没见过出酒呢。"说着，她把手一扬，掌中的白鸽扑棱棱飞上蓝天，留下动听的鸽哨声。

烧酒作坊

烧酒作坊，热气腾腾。

两个扣着酒甑的大木甑架在锅灶上，一阵酥白，一阵橙黄，煞是壮观。一股淡淡的、甜甜的、似酒非酒的味儿从木甑里透出来。

这时，九儿在王嫂的搀扶下，款款而来。看得出来她已经过一番精心打扮，梳得高高的、油光水滑的发髻，一身鲜艳的绸缎裤褂，光鲜整洁的脸上挂着的矜持的微笑，都透露出她的尊贵和气派。

罗汉连忙拿过一只方凳，请她落座。她示意罗汉，让他继续指挥作业。

罗汉精神焕发，吆喝道："上凉水。"

两个伙计踩着高凳，往酒甑的凹槽里倒进两桶凉水。另一个伙计拿着一块船桨状的木棍，踩着高凳，把凹槽里的凉水搅得飞速旋转。

烧火的小伙计挑选几块松油饱满的劈柴杵子扔进锅灶里，两个灶洞火声雷动，白亮一片，那白光从灶里射出来，映照着伙计们油汗淫淫的胸膛。

罗汉吆喝说："换水！"

两个伙计跑到院子里，提了四桶拔凉井水来。搅水的伙计站到高凳上去，把甑上开关一拧，已经温热的水咕嘟嘟流走。提水的伙计倒上新打来的凉水。他们便拿过桨状的木棍，奋力搅动，凹槽里的凉水被搅得天旋地转。淋漓的汗水从他们的脸上、胸膛上滚落下来。

罗汉朗声唱道："准备接酒！"

两个伙计，各提一个细蜡条编成、糊了十遍纸、刷了百遍油的酒篓，放在两个大酒甑伸出来的鸭嘴状流子上等待着。

酒香逐渐浓烈，有细小的蒸汽从木甑接缝处逃逸出来。白锡的酒流子上汪着一片斑斑，凝聚着，缓缓地颤动着，终于凝成几颗明亮的水珠，像眼泪一样，滚落到酒篓里。

罗汉又高声喊道："换水，加急火！"

提水的伙计川流不息提来凉水。锡甑上的换水龙头大开，凉水由上注入，温水从下边流走，锡甑始终保持着凉冰冰的温度，蒸汽在锡甑夹层里遇冷凝结，汇集成流，最后从酒流口喷涌而出。

初出流子的高粱酒灼热、血红透明、飞溢蒸腾。罗汉手捧粗瓷大碗，伸到酒流子下面，在碗里接满新酒。

他直起身，朗声高喊："敬酒神——"

众伙计围拢过来，各人手里都捧着一大碗血红血红的高粱酒。

他们面对墙上被千年酒气熏得飘然欲仙的杜康画像，神情庄严肃穆。

九儿为周围的气氛所感染，屏息静观。

罗汉恭恭敬敬将酒碗高举过头，亮声领众人唱起"酒神曲"，十几条坑坑洼洼的嗓子吼出豪迈的、激动人心的旋律：

> 九月九，酿新酒，
> 好酒出在咱的手！
> 好酒！
> 喝了咱的酒——
> 上下通气不咳嗽；
> 喝了咱的酒——
> 滋阴壮阳嘴不臭；
> 喝了咱的酒——
> 一人敢走青杀口；
> 喝了咱的酒——
> 见了皇帝不磕头。
> 一四七，三六九，
> 九九归一跟我走。
> 好酒，好酒，好酒！

在众人吼出的"好酒"声中，罗汉将手中的一大碗酒一饮而尽。

众人也一饮而尽。

九儿肃然起敬，她的心和这群汉子一下子沟通了。

这时，罗汉端过一碗酒来，恭恭敬敬递到九儿面前说："掌柜的，尝尝新酒吧。"

九儿接过酒，先嗅了嗅，又伸出舌头舔了舔，再用双唇嚅一点，仔细品咂滋味。

哑巴过来，比划着喝酒的姿势，咿咿呀呀，劝九儿喝了。

九儿喝了一口酒，在嘴里含着，觉得双颊柔软，一松喉，那口酒便滑溜地进肚里去了。她连喝了三大口，顿觉全身毛孔舒张，心里出奇的快活。于是，仰起脖子，把一碗酒喝得点滴不剩。只见她面色益加红润，弯月似的眼睛越发明亮，更显得光彩夺目，灵气逼人。

伙计们惊愕地看着她，啧啧赞叹。

罗汉恭维道："掌柜的，您海量！"

九儿连连摆手，那只绞丝银镯子在她鲜润的小臂间团团转动，说："我从没喝过酒。"

正在这时，余占鳌风尘仆仆闯进来。他夺过九儿手里的酒碗，说道："你看我喝！"

他连连接满三大碗新酒，一仰脖，咕嘟咕嘟一饮而尽。

众人赞道："好酒量！"

罗汉催促众伙计："快，接酒了！"

伙计们哗啦哗啦接满一篓又一篓的酒，都摆在劈柴堆旁。

余占鳌扛一篓新酒到劈柴堆旁，觉得小腹紧涨，不由分说，对着酒篓就撒尿，尿水滋到满盈的酒篓里，溅出一朵朵酒花。他撒完尿，故意冲着九儿咧嘴一笑。

九儿满脸潮红，无可奈何。

罗汉叫过哑巴，把那篓被余占鳌糟践了的酒提出作坊。

哑巴在东院的墙角里找到一个空酒瓮，把酒篓里的尿酒哗哗倒入瓮中，盖上木盖。

余占鳌走过九儿身边，伸出强有力的胳膊就要把九儿揽过来。

九儿并不挣扎，顺势靠在他身上。

余占鳌在九儿耳边轻轻说："我冲花脖子眼皮底下打了七枪！"

九儿霎时脸上雪白，立脚不稳，跌坐在方凳上，两手紧紧揽住余占鳌的腰，又是哭，又是笑。

余占鳌两眼放光，全身肌肉紧绷，像打滚后爬起来的骡马。他跑回劈柴堆，脱得只剩一条遮羞的短裤，冲着九儿兴奋地喊道："你看着我出甑！"

（画外音）：

"出甑是酿酒工艺过程中最吃力、也是最能显示男子汉气魄的活儿。我爷爷的用意，是'司马昭之心路人皆知'。"

酒流干了。伙计们正搬掉锡甑，揭掉蜂眼木盖，露出满木甑酱黄色的热气灼人的高粱酒糟。

余占鳌手持短把木锨站到一条方凳上，把酒糟一锨一锨铲出来，拍到伙计们递上来的筐子里。他动作很小，几乎只靠小臂运动，热气喷的他半身赤红，脊背上的汗水流成小河。

伙计们又都只穿一条遮羞短裤，出甑的出甑，运酒糟的运酒糟，作坊里一派热气蒸腾的动人景象。

单家东院

若干天后。

夜深人静。罗汉关好东院大门，提着罩子灯到厦棚给牲口添了草料，正要回到他的南屋，突然嗅到一股比他素常闻惯的更加醇厚浓郁的酒香，他寻味找去，竟是被遗弃在墙角的那瓮加尿高粱酒。

罗汉把那瓮酒悄悄捧回南屋，关上门，遮严窗，取一个酒提儿，从那酒瓮里打上一提酒来，又慢慢地往回倒。酒浆撒成一条酒帘儿，直挂进酒瓮里。酒浆落到瓮里的酒面上时，打出十几朵酒花来，组成菊花形状。他舀起一点酒，用舌尖尝了尝，酒味芳醇。他喝了一大口酒瓮里的酒，又找凉水漱了漱嘴，然后端起他那青瓷酒壶，就着壶嘴呷了一口他平日里喝的酒。他兴奋得从椅子上跳起来，青瓷酒壶滚到地上，差点没打碎，壶里的酒顺着壶嘴流了一地。

（画外音）：

"我爷爷往酒篓里撒了一泡尿，本来是恶作剧，不知怎么搞的，倒使我们家的高粱酒从此变成远近闻名的好酒。这里头的科学道理我不敢胡说，留给酿造专家去研究吧。"

单家西院

天蒙蒙亮。

罗汉兴冲冲捧着那瓮神秘的酒来敲西院的门。

王嫂睡眼惺忪开开门，问道："这么早……"

罗汉顾不得和她寒暄，直奔正房而去。王嫂在后面叫他，他也管不了。他边走边喊："掌柜的，大喜！"

屋里传出九儿倦倦的声音："谁呀？"

罗汉听见屋里有人说话，捧着酒，用身子推门。

房门虚掩着，罗汉跌跌撞撞进得房来。他把酒瓮举得高高，兴奋地报告道："掌柜的，大喜！"

正房里，九儿和余占鳌，双双躺在大炕上。

罗汉瞠目结舌，那一瓮酒差点就从他手里滑下来。

单家庄——高粱地

晨雾朦胧。

罗汉背一简单的行囊，蹒跚步出单家庄，融入雾气缥缈、如梦如海的高粱地。

（画外音）：

"关于罗汉大叔的出走，外间传闻很多。按道理说，他与我们家族只有经济上的联系而无血缘上的关系，最有力的证据无过于他是我奶奶的'罗汉大叔'，我爹和我也一贯称他为'罗汉大叔'。他点缀着我们家的历史，而且确凿无疑地为我们家的历史增添了光彩，至于别的传闻，就不必去管它了。"

选自《中国电影剧本选集（十四）》，中国电影出版社 1994 年版

【名家评点】

这部力图解构现实主义的电影作品，在清除当代中国现实主义电影消极因素的同时，也把它的积极因素一股脑儿虚化掉了。电影与人们惯常指认的那种"现实"拉开了不小的距离。当他们依照故事发生的年代找寻抗日战争的"真实"图景的时候，人物与场景的传奇色彩，彻底阻断了这种努力的方向；当他们调整方向，试图从土匪秃三炮被日本人剥皮的血腥场面中，读解影片的象征或隐喻含义的时候，过于写实的细节展示，又一次成功地让这种期待化为乌有。

——李道新：《影视批评学》

这部影片的确是个杂种，好像什么都有点，但跟哪头又都够不上。从创作方法上看，也很难说它是现实主义，还是浪漫主义，而是属于野路子。我觉得这也是一种探索。希望评论界的同志对第五代的作品不要只寄予一种希望，我们自己也不愿拘泥于一种模式。《红高粱》无论在精神内涵上，还是在电影形态上，都没想学谁，就是想体现出一种地地道道的民族气质和民族风格；同时，在如何拍电影上显示出一点自由自在的东西，它实际上反映了我创作心态的不安分。

——罗雪莹：《赞颂生命 崇尚创造——张艺谋谈〈红高粱〉的创作体会》

【延伸阅读】

1. 章柏青、贾磊磊主编：《中国电影史》，（上、下）文化艺术出版社 2006 年版。

2. 林邵峰编著：《视觉英雄张艺谋》，中国广播电视出版社 2005 年版。

3. 中国电影艺术编辑室：《论张艺谋》，中国电影出版社 1994 年版。

【思考与拓展】

1.《红高粱》获得过哪些奖项？

2. 如何评价《红高粱》在中国电影史上的地位？

3. 简述张艺谋电影的风格特点。

4. 写一篇影评，题目是《从小说到电影——评〈红高粱〉》，字数为 3000 字。

（撰稿：邢雁冰）

从观看到鉴赏

1911 年意大利影评人、电影理论先驱卡努杜在《第七艺术的诞生》一书中，第一次将电影视为一门独立且综合的艺术，并将之命名为"第七艺术"，与建筑、音乐、绘画、雕塑、诗歌和舞蹈等六门艺术相提并论。

故事、影像、声音和剪辑是电影的四个重要元素，借助技术的帮助，电影把影像和音响再现于银幕之上，通过对各种剪辑技巧的运用，叙述故事发生、发展、高潮和结局。一部成功的电影，必须是建立在故事、影像、音响和剪辑四个元素都强有力的基础之上的。反之，四个元素中若有一个薄弱环节，"就可能严重削弱一部本来应该是优秀的电影"。因此，故事、影像、声音和剪辑是我们在欣赏电影时，需要着意关注的方面。

一、电影的故事

与小说、戏剧一样，电影也需要一个好的故事。大部分电影都是从一个最初的构想变成故事开始的，而这个故事便是整部电影的核心与关键。"有好故事就可能有一部好电影，如果故事不能成立，那么影片必将是灾难。"如何评价一部电影的故事好坏呢？

首先，需要考虑的是主题。如果抓不住电影的主题讲的是什么，就很难评论、分析和研究它。任何内容都可以成为主题，但是每部电影必须只能表达一个主题，必须保持故事主题的前后一贯性。其次，需要关注的是电影故事的结构。结构是通过对人物生活中的一系列事件有机地排列组合成"具有战略意义的序列"，以激发人物的具体情感，表达人物的具体人生观，它是支撑电影的骨架，如果没有对电影结构的整体把握，整部电影只能沦为众多事件的单纯而无意义的罗列。再次，电影中的人物也是需要考察的内容。主题鲜明一致、结构清晰完整的电影，如果其中的人物不够鲜活，缺乏生命力，那么电影也将是干瘪而无趣的。分析电影中的人物性格，有助于挖掘电影主题，理清电影脉络，抓住电影结构，因为无论电影阐释什么样的主题、设置什么样的结构，都需要通过人物活动来展示与体现。电影中的"每一个人物都必须给故事带来适当的素质组合"，如世故或天真、精明或糊涂、大方或抠门、聪明或愚蠢等，都必须比例适当，这样才能"令观众相信，这个人物能够做到而且将会去做他所做的事情"。

二、电影的影像

生活中我们常说"看"电影，由此可见，电影在视觉上具有先天的、巨大的价值。一部电影是否成功，归根结底在于其影像的质量。如果电影原本的影像很拙劣，那么，加上出色的剪辑，优美的音乐，巧妙的特技，虽然能够改善电影质量，却无法扭转已有的局面，创造出精美绝伦的电影。一般来说，电影的影像元素包括镜头、构图、运动、色彩等内容。

镜头是影像结构的基本单位。一个镜头，根据马尔丹的定义，从观众角度讲，"是两个镜头之间的那段胶片"。一般在一部剧情片中大概有400~800个镜头。超过这一数目，则影片节奏较快；少于这一数目，则影片节奏较慢。

每秒镜头由24格画面构成，镜头是动态流淌式的，而画格是静态停顿式的，静态的画格连接在一起便构成了动态的镜头。而我们通常所说的构图，"是指静态的画格的构图"。考察电影中的构图问题，关键在当某一画面出现时，是否能够把观众的注意力准确地吸引到导演需要的地方。如果该画面能够准确引导观众的注意力，才能称得上是成功的构图。

电影中的运动虽然只是光学的幻象，而不是实际的现象，但却能增加电影真实感，造成强烈的"视觉刺激"。电影中的运动基本可以分为快动作、慢动作、定格等类型。快动作常用来表现喜剧故事，慢动作常与悲剧相联系，定格则可以唤起我们对某一画面的注意和烘托主题。

"色彩是极富表现力的艺术语言。"北京电影学院苏牧教授认为，电影"不仅是用光线，而且是用色彩进行绘画的过程"。在电影中，色彩的出现常有以下几种情况和作用。

色调，是根据影片的主题和风格，以一种颜色为主导，使整部影片"呈现出一定的色彩倾向"。如冷峻的主题，以冷色调贯穿；温暖的主题，以暖色调贯穿；既不冷又不暖的主题，就以不冷不暖的色调贯穿，当然也有为了表达某种特定的主题，"为影片专门设计一种色调"。

局部色相，是影片"画面中某一具体物体的颜色"，它的出现，大都是为了表现某种主题，比如《辛德勒名单》结尾处出现的红衣小女孩。

彩色片、黑白片交替出现，这或是"出于结构需要，或者是出于主题需要"，现代电影中常出现这样的情形，如《天生杀人狂》、《我的父亲母亲》、《阳光灿烂的日子》等。

三、电影的声音

1927年第一部有声电影《爵士歌王》在美国诞生后，声音作为一种元素加入电影中来，使电影是只能看不能听的艺术蜕变为"讲述"视听语言的综合艺术。电影中的声音由语言、音乐、音响三部分构成。

语言是指电影中靠人嘴发出的声音。它分为对白、独白和旁白，具有配合影像、表达人物内心情感、塑造人物性格、表达电影主题等作用。

电影中的音乐，是为了配合表现影像内容，如渲染环境气氛、表现人物心境、抒发人物情感、表现作品主题等。

电影中除人嘴发出的语言、加工过的音乐之外的所有声音，如喇叭声、水流声、心跳声、风雨声等都是音响。恰当合理的音响，可以加强"身临其境"的真实感，且能够渲染环境氛围、增加画面的信息量以及表现人物当时的心理。

虽然电影是以"视"为主，以"听"为辅，但声音在电影中的作用越来越重要，正如黑泽明说的那样："电影声音不是简单地增加影像的效果，而是其两倍乃至三倍的乘积。"

四、电影的剪辑

"电影艺术的基础是剪辑"，剪辑可以把一系列影像、声音素材组接在一起，创造出一部崭新的电影，其重要性不言而喻。通过剪辑，既能够压缩时空，把一小时内发生的动作压缩为一分钟；又能够延伸时空，把一分钟内发生的动作扩展为一小时；还能够调整影片的节奏，"一部影片有一部影片的剪辑节奏倾向"。功夫片、警匪片、喜剧片节奏较快，而爱情片、家庭伦理片节奏较慢。不过，更常见的是：在一部电影中，随着故事情节的变化，剪辑节奏也相应的变化，时快时慢，像 2008 年获得第 80 届奥斯卡奖最佳剪辑奖的《谍影重重 3》就是一个这样的范例。

想要从艺术上去鉴赏电影，不仅要能够把握电影的故事内容与发展脉络，还要能够破译电影中的影像、声音密码，挖掘创作者的意图。电影是一门集体创作的综合艺术，要达到从普通地"看"电影，到费力地读解电影，再到深入地分析、鉴赏电影的高度，需要拥有较多的观影经验与较高的电影理论修养。

【思考与拓展】

1. 试分析电影《贫民窟的百万富翁》的故事结构。

2. 试分析电影《阳光灿烂的日子》的影像特点。

3. 试分析电影《谍影重重 3》的音响及音乐特色。

4. 试分析电影《教父》在剪辑方面的特殊之处。

5. 请观看电影《辛德勒名单》，尝试从故事、影像、声音、剪辑等方面对其进行分析，并完成一篇 3000 字的影评。

（撰稿：邢雁冰）